DU MÊME AUTEUR

ROMANS

Les fils conducteurs, *Verticales, 2017 ; prix Wepler-Fondation La Poste 2017 ; Folio, n° 6688, 2019*

Là d'où je viens a disparu, *Verticales, 2020 ; prix Alain Spiess 2020, prix Frontières-Léonora Miano 2021*

THÉÂTRE

Straight, *Éditions Théâtrales, 2014*

Tout entière / Et le ciel est par terre, *Éditions Théâtrales, 2017*

Qui croire / Lointaine est l'autre rive, *Éditions Théâtrales, 2019*

Fondre, *Éditions Théâtrales, 2019*

Soudain Romy Schneider, *Éditions Théâtrales, 2020*

Un sacre / La vie invisible, *Éditions Théâtrales, 2023*

star

guillaume poix

star

roman

verticales

Pour Mijane, Dominique, Géraldine et Gabrielle

Il y a quelques années, à l'époque où je me destinais à être comédien, j'ai appris l'existence d'un certain Ariel Winthrop, acteur et réalisateur américain dont je ne connaissais rien. Cette découverte a changé le cours de ma vie.

1.

« Jouer ne consiste pas, malgré ce qui persiste à se dire, à rester naturel. Jouer, c'est l'art d'endosser le fardeau de la vérité et les limites dues au fait d'être quelqu'un d'autre. »

Steve Tesich, *Karoo*

Tout a commencé à Paris, en 2007. Cette année-là, j'avais réussi à m'incruster, comme stagiaire, sur le tournage d'un film qui se déroulait dans un appartement haussmannien, boulevard Raspail.

J'y arrivai, un jour de fin d'été, quelques semaines avant que les prises de vues ne débutent. Un peu partout des gens s'affairaient, on tirait des câbles électriques, on stockait des projecteurs et tout un tas de machines dont j'ignorais la fonction, on consultait des tableurs Excel punaisés aux murs, des plannings, on passait des coups de téléphone, on s'affolait, on riait, on s'interpellait. On bossait.

À la première assistante qui m'accueillit, élégante femme à la voix cendrée, j'expliquai qui j'étais. Elle me jaugea, mon air juvénile devait lui inspirer méfiance ou pitié (ou les deux). Je bafouillai, rougis, finalement réussis à l'informer que je venais pour aider, c'était prévu, la réalisatrice était au courant. Elle me demanda d'attendre dans un coin de l'appartement que celle-ci arrive et veuille bien m'accorder quelques secondes d'un temps, je devais pouvoir me l'imaginer, particulièrement rare et, de ce fait, extrêmement précieux.

Je m'assis donc sur une chaise de la monumentale entrée, tentant de me trouver une contenance, de paraître éclairé, regard concentré sur l'environnement proche et lointain comme si moi aussi j'en étais, et je repensai à ce mot de je ne sais quel acteur, Noiret, Trintignant ou Piccoli, va savoir : « Si tu veux faire du cinéma, trouve-toi une chaise. »

Bien sûr que je voulais faire du cinéma. Je n'entendais pas rester stagiaire. J'avais un plan. J'allais inopinément apparaître dans la nudité de mon être exceptionnel. J'allais me faire repérer.

Ainsi, quand la cinéaste arriverait, je me lèverais, elle tournerait la tête vers moi, marquerait un temps d'arrêt (stupeur oblige), je ferais semblant de ne rien noter, exagérant mon naturel, elle me regarderait comme on contemple un phénomène, m'imaginerait instantanément dans son cadre et, sans plus de détour, me proposerait un rôle.

J'enchaînerais alors les tournages puis les couvertures de magazines. Hollywood m'appellerait. Je serais le nouveau visage de Saint Laurent, Dior ou Vuitton, le Frenchy que tout le monde s'arrache. Je deviendrais le plus jeune acteur français à décrocher un César et, à l'étranger, un Oscar, un Bafta, un Goya. Désormais bankable, j'achèterais un appartement dans le voisinage, plus vaste encore que celui-ci, et une villa sur la Côte d'Azur. Je ferais une fleur promotionnelle à des palaces opportunément situés aux Maldives, aux Seychelles ou sur l'île Maurice en venant m'y reposer entre deux films. Je laisserais leur community manager me photographier abandonné sur un transat face au cristal de la mer. Entre mes mains, sésame, le scénario du prochain Campion ou Scorsese dont je tiendrais, bien entendu, le rôle-titre. Mon visage et mon corps, ma voix, même, un temps raillée pour ses tonalités de palmipède, puis finalement révérée comme ce petit truc spécial n'appartenant qu'à moi, seraient glorifiés. Je m'afficherais sur les écrans écocides de toutes les plus grandes villes de la planète, les murs des chambres miteuses ou moulurées, les couvertures d'agendas scolaires serrés contre leur cœur par des adolescents mélancoliques, les cartes postales en noir et blanc vendues sur les quais de Seine. Je recevrais sans cesse des sacs contenant des offrandes – vêtements, parfums, bijoux ou montres de luxe.

Je ne m'appartiendrais plus.

On se souviendrait de moi.

Et je n'aurais plus qu'à repenser dans l'allégresse à cet instant où, assis sur cette chaise inconfortable, dans l'entrée de cet opulent appartement, j'avais vu très précisément ce qui allait m'arriver – cet instant où j'avais senti que la gloire était là, à la portée du regard d'une femme, soulagé de constater que j'avais fait le plus dur puisque je m'étais trouvé une chaise.

La réalisatrice arriva enfin.

Je me redressai, tentai d'élargir mes pectoraux pour avoir l'air musclé, pas trop droit, un peu avachi, coude posé sur la cuisse, tête orientée vers le bas, regard dirigé vers le haut – la manœuvre était complexe. Je commençai par plisser les yeux pour avoir l'air sensuel avant de les écarquiller à nouveau de peur de n'avoir l'air que myope.

Entre elle et moi, plusieurs embûches. On la sollicitait, elle devait donner des réponses à la volée. Elle avait ralenti le pas. J'eus l'impression qu'elle m'avait vu, j'allai pour me lever plus franchement, mais elle recula soudain et s'éclipsa dans une autre pièce.

J'avais donc eu ce ridicule mouvement de suspension – fesses rebondissant comme lorsque, dans une salle d'attente, après qu'une voix lasse a écorché votre nom pour vous convoquer, vous vous dépliez tout en ayant un doute (était-ce bien moi ?) et restez en position de défécation la seconde de trop, toute votre dignité, déjà mise à mal par la situation médicale ou administrative, tombe tel un étron dans le fond d'une cuvette immaculée.

Elle reparut heureusement.

J'eus à peine le temps de me repositionner sur la chaise, déjà je me relevais, cette fois comme un piquet. J'affectai un sourire pincé puis tournai prestement la tête sur le côté où trônait un immense miroir au mercure – je me vis alors, il n'en fallut pas davantage pour déclencher une suée. Je n'étais vraiment rien, et un rien qui perlait et luisait par-dessus le marché.

Je revins à la réalisatrice et constatai qu'elle s'était rapprochée à la vitesse d'une comète, elle était face à moi désormais. Elle cligna des yeux, plusieurs fois, tout en me souriant. Elle semblait très avenante et je compris vite que ses clignements ne témoignaient d'aucune incrédulité, plutôt d'une maladie oculaire dont j'apprendrais qu'elle était effectivement atteinte, comme Beethoven, en son temps, de surdité. Elle m'adressa la parole, voix traînante et pourtant rapide. Elle commençait toutes ses phrases par non.

— Non, vous pouvez déjà lire le scénario et on avisera.

Elle disparut aussi sec, missionnant l'assistante qui n'avait vraiment pas que ça à faire mais trouva les quelques secondes nécessaires pour me tendre un exemplaire du scénario (extraordinairement épais) que je saisis d'une main trop molle, il manqua de tomber, je le rattrapai en pliant les genoux, ce qui enclencha mécaniquement un autre mouvement, j'étais de nouveau assis sur ma chaise, une brique sur les cuisses, je n'avais plus qu'à lire.

Le film s'intitulait *Les Bureaux de Dieu* et racontait le quotidien d'un planning familial. Il était réalisé par Claire Simon. Le nom ne vous dit peut-être rien et pourtant vous la connaissez. Vous la connaissez parce que vous avez vu *Récréations* et *Le bois dont les rêves sont faits*, vous avez vu *Le Concours* et *Vous ne désirez que moi*.

Après ma lecture, je reçus de Claire Simon la charge de faire répéter le texte aux actrices qui en éprouveraient le besoin. Au casting, il y avait une pléiade de stars féminines. Claire Simon m'indiqua que l'une d'entre elles, Nicole Garcia, avait déjà manifesté son souhait de bénéficier des services du répétiteur.

Je laissai donc un message sur le répondeur de Nicole Garcia, cœur cognant à tout rompre au moment d'entendre pour la première fois sa voix tigre blond griffes de soie lâchant un lapidaire : « Vous pouvez laisser un message sur ce répondeur. » Je bégayai le pourquoi de mon appel puis raccrochai.

Quelques jours plus tard, elle finit par me rappeler et me donna rendez-vous chez elle.

J'avais fait, sans le savoir, un pas décisif vers Ariel Winthrop.

ADELINE
J'ai un retard de… quatre jours.

DENISE
Quatre jours seulement ! Et… Comment est-ce que vous prenez le fait de savoir que vous êtes enceinte ?

ADELINE
Ben, en fait, j'ai pas tellement de questions à me poser… Je suis vraiment pas du tout dans la situation où je pourrais garder l'enfant. Déjà, je peux plus vivre sans médicaments. Avant, j'avais une santé en béton. Quand on sent que ça se dégrade à vingt-huit ans, c'est comme si… Comme si j'approchais de la fin.

Nicole Garcia et moi étions installés sur le canapé de son spacieux salon. Elle était Denise, une bénévole du planning familial, et moi Adeline, une jeune femme qui avait été internée à la suite d'une dépression. Elle souffrait également, me semblait-il, de schizophrénie.

Je n'avais alors que vingt et un ans, toutefois ce qu'elle déclarait à propos de ses vingt-huit printemps passablement moroses m'intriguait. En répétant inlassablement cette phrase, je me sentais comme un enfant qui entend parler de mort, de sexe ou d'argent et qui, sans mesurer l'étendue infinie des champs que recouvrent ces excitantes notions, a pourtant l'intuition qu'il n'en a abordé que la face nord.

Je m'efforçais de garder une certaine tenue malgré le nombre faramineux de coussins de velours qui invitaient à s'avachir. Nicole avait préparé du thé, nous étions côte à côte, je n'en croyais pas mes yeux.

Nicole Garcia – le nom ne vous dit peut-être rien et pourtant vous la connaissez. Vous la connaissez notamment parce que vous l'avez vue dans des films de Rivette, Miller, Verneuil, Deville, Resnais, Simon, Sautet, Lelouch et j'en passe. Mais vous la connaissez aussi parce que vous avez vu *Place Vendôme* et *Le Fils préféré*, vous avez vu *Mal de pierres* et *L'Adversaire*.

J'étais dans son salon, à quelques centimètres d'elle. Sa voix si reconnaissable s'élevait dans les airs et me chatouillait les lobes d'oreilles. Parfois, elle répondait au téléphone et disparaissait dans un coin de l'appartement. Je l'entendais au loin tandis que je détaillais le mobilier, les bibelots, les livres d'art – le somptueux décor de son antre.

D'une élégance insensée, caressante jusque dans son regard, Nicole avait les traits malicieux d'une enfant, elle était espiègle, fauve, et sa beauté intimidante.

Elle se frottait souvent les paumes comme si, par cette friction frénétique, elle voulait faire circuler le trop-plein d'énergie vitale qui l'habitait. Elle concluait toujours en entrechoquant ses mains dans un fracas tendre, clinquant. Elle applaudissait la vie. Ce geste que je n'ai vu que chez elle, je l'adorai instantanément. J'en venais même à l'imiter quand j'étais seul pour comprendre ce qu'il recelait, apprécier l'électricité qu'il diffusait dans le corps, la capturer, me l'approprier.

Elle m'impressionnait parce qu'elle parlait comme un livre. Elle utilisait des mots rares mais jamais dans sa bouche cela ne semblait soutenu ou désuet. Est-ce parce que ses mots voyageaient jusqu'à mes oreilles par le canal de sa voix, cette voix qui m'envoûta littéralement le jour de notre rencontre et qu'après toutes ces années je cherche encore à décrire ? Chaque fois que je tente de la nommer, j'ai l'impression de manquer la cible – tigre blond, griffes de soie, toutes les métaphores que je risque sont en deçà –, il faudrait pouvoir dire la Californie dans la brume, la déclivité des toits d'ardoise étreignant les manoirs des bords de Manche, l'ombre et la clarté autour de la bouche ouverte d'une enfant de trois ans qui écoute une histoire, il faudrait pouvoir dire le goût d'un vin sec, les gargouillis pendant l'ivresse, dire le vertige du premier pas dans le faisceau d'un projecteur et la solitude des nuits de pleine lune, mais je n'ai aucun des mots capables de fouetter le sens au point de coïncider avec l'étrange et insaisissable chose que je tente de désigner.

Ce qui donnait à Nicole son charme si particulier, c'était

cette manière toujours nomade d'être là. Elle était bel et bien là, puissamment là, mais son être entier migrait en permanence sous vos yeux. Il dérivait vers un cap invisible dont les coordonnées constamment se reconfiguraient. Vous l'aviez devant vous, tout à vous, et pourtant vous pouviez constater en direct qu'elle était en pleine transhumance, exilée d'elle-même et, de ce fait, profondément elle-même.

Nicole doutait. De tout. Tout le temps. C'était épuisant. C'était fascinant. C'était l'intelligence faite femme.

Mais ce qui d'elle saillait le plus, outre son éclat, c'était son humour. Surtout : son désir de rire. Elle était d'une drôlerie folle. Au début, je m'astreignais à masquer mon hilarité, je ne savais pas si les stars avaient ce droit à l'humour, s'il était autorisé de faire rire quand on s'appelle Nicole Garcia. Il n'empêche, elle faisait mouche tout le temps. Elle ne rechignait jamais à être impertinente, ce qui la rendait plus irrésistible encore.

C'était un marbre, un Rembrandt, un Flaubert, une idole – une déesse.

DENISE
Qu'est-ce que vous en pensez justement… Que quelque chose se soit débloqué en vous ?

ADELINE
Ça tombe mal, quoi !

DENISE
Ça tombe mal mais ça veut dire que vous pouvez être enceinte… C'est pas rien, ça.

Je relançais Nicole quand elle flanchait, nous passions plusieurs heures à traverser ensemble les deux grandes scènes d'entretien qu'elle devait assurer dans le film.

```
DENISE
Vous aviez renoncé à quelque chose?

ADELINE
Je sais pas. Peut-être.

DENISE
Votre corps vous dit quelque chose. C'est important d'écouter ce que vous dit votre corps. Il y a peut-être des idées en vous qui ne sont pas fondées.
```

Je donnais tout ce que je pouvais et affectais une spontanéité que je jugeais désarmante, soucieux de la voir braquer ses yeux sur moi. Non pas la jeune fille schizophrène qui se cachait derrière mes mots, mais moi, moi tout entier, conscient qu'elle était cinéaste et qu'il me restait encore une chance d'être repéré. Au cours de l'une de nos conversations, elle avait d'ailleurs défini l'acteur en ces termes : un être qui force le regard des autres sur soi, peut-être parce qu'un regard, un jour, a manqué. J'étais résolu à la prendre au mot. L'acteur en puissance que je croyais être n'avait pas charmé Claire Simon. Tout était encore possible avec Nicole. J'étais bien décidé à rastignaquiser mon approche et forcer un destin paresseux.

ADELINE
J'ai plus les moyens en moi. Au fond de moi.

DENISE
Demandez-vous si vous avez envie d'être quelqu'un.

ADELINE
Ah mais c'est sûr, moi j'ai toujours eu envie d'être quelqu'un mais…

DENISE
Alors les moyens, vous les trouverez.

J'aurais pu avoir honte de cette instrumentalisation de ma fonction de répétiteur mais je considérais que c'était de bonne guerre. On ne pouvait pas impunément lâcher un jeune talent dans l'appartement d'une star et attendre de lui qu'il se contente de faire tapisserie.

En même temps, je sentais bien que ma marge de manœuvre était étroite. Plus j'afficherais mon ambition, plus elle serait rédhibitoire. Mais plus je m'effacerais, plus je disparaîtrais.

Je devais trouver le juste équilibre entre une présence suffisamment marquante et mémorable pour imprimer en Nicole une empreinte persistante, et une relative discrétion à même de me distinguer. Ne rien demander, surtout, ne rien demander. Rester à ma place mais, imperceptiblement, glisser sans en avoir l'air, incarner ce que je croyais alors être mon plus beau rôle : moi-même.

Après le tournage des *Bureaux de Dieu*, j'accompagnai l'équipe à Cannes où le film avait été sélectionné à la Quinzaine des Cinéastes. La production m'avait demandé d'être là en renfort pour m'occuper des actrices. Il y avait Nicole Garcia, mais aussi Nathalie Baye, Isabelle Carré, Rachida Brakni, Béatrice Dalle, Anne Alvaro, Marie Laforêt… Auprès de toutes, j'allais être une dame de compagnie – une sorte de sous-fifre corvéable à merci. Pas franchement de quoi sauter au plafond, j'en conviens.

Mais j'allais à Cannes. Et Cannes, pour toute personne anormalement constituée, c'est un rêve. Comme j'étais parvenu à nouer avec Nicole une amitié inattendue au fil de nos séances de répétitions, j'espérais même monter les marches à son bras car elle m'avait nonchalamment proposé d'aller voir le nouveau Soderbergh un soir où nous serions libres. Elle renonça finalement, incapable de se souvenir qu'elle m'en avait fait la proposition. Ce revirement présageait ce que serait mon séjour – une déroute.

J'égarai Nathalie Baye sur une plage qui n'était manifestement pas celle où ses intervieweurs l'attendaient. Il faisait une chaleur accablante, elle était en talons aiguilles, son maquillage menaçait de lui faire un visage de bougie fondue. Nous marchions en plein cagnard, elle se protégeait du soleil en brandissant sa pochette Chanel, je me liquéfiais dans l'angoisse de ne jamais trouver le bon spot. Elle finit par m'apostropher sur un ton étonnamment magnanime :

— Vous êtes perdu, en fait.

J'étais perdu, il n'y avait pas de doute.

Je me fis également incendier par un coiffeur hystérique aux faux airs d'Aragorn qui me tint personnellement responsable d'un fiasco logistique.

Il manquait une place dans la berline prévue pour raccompagner Isabelle Carré et Rachida Brakni à leur hôtel après une émission de télévision. Entre le lieu de l'enregistrement et le palace, il y avait à peu près cinq cents mètres – sur une Croisette bondée, certes, mais on parle bien de cinq cents mètres. Comme ma mission était de rester avec les actrices, de ne pas les quitter d'un cheveu (d'ailleurs admirablement gaufré par Aragorn), j'annonçai à ce dernier qu'il devait se rendre à l'hôtel à pied pour assurer le raccord gaufrage, il y serait en, allez, sept minutes, je ne pouvais pas me permettre de laisser mes ouailles seules. Il me fusilla du regard et, au moment où j'allais monter dans la berline, me bouscula violemment et s'installa à ma place en hurlant : « Je n'ai jamais vu ça ! », ce qui nous faisait au moins un point commun. La voiture démarra, il ne me restait plus qu'à sprinter sur la Croisette pour arriver en même temps que le véhicule. Trempé, rougeaud, agonisant – car oui, en plus de tout le reste, je suis asthmatique –, j'ouvris les portes à ces dames tandis qu'Aragorn prit un air digne et pincé de garde suisse.

Il y eut enfin cette soirée festive où, après avoir décliné un rail de coke offert par l'attaché de presse, je m'escrimai à réparer le bouchon d'un flacon de parfum Hermès pour je ne sais plus laquelle des déesses, moi qui suis une bille en bricolage. Je finis par en renverser tout le contenu sur mes cuisses. Faute d'avoir prévu une tenue de rechange, je passai la soirée dans ce treillis de camouflage improvisé.

Je revins de ce rêve cannois dans le même état qu'un chemisier blanc malencontreusement mêlé à une machine remplie de jeans – gris.

J'enquillai ensuite des projets de théâtre tous plus foireux les uns que les autres, des cours de jeu inutiles et ruineux assortis d'auditions humiliantes (nous en reparlerons), des tournages de courts-métrages autoproduits jamais montés ni diffusés.

J'avais l'impression de gaspiller ma jeunesse. Je me sentais vieillir en voyant s'éloigner mon eldorado. Je repensais constamment à cette phrase répétée des dizaines de fois devant Nicole : « Quand on sent que ça se dégrade à vingt-huit ans, c'est comme si… Comme si j'approchais de la fin. » Chaque mois me rapprochait bel et bien de ce couperet fatidique, les vingt-huit ans. La fin.

Cette réplique était une prophétie, je l'avais d'ailleurs senti, elle était en train de s'accomplir. Il ne se passerait rien de décisif dans ma vie.

Plus c'était calme, plus je feignais, auprès de mon entourage, d'être dans un tourbillon. Telle pièce donnée une seule fois dans une cave de vingt-cinq places sur un plateau de deux mètres par trois où je jouais un pape aux prises avec l'Histoire se promettait d'être la révélation théâtrale de la saison. On jouait à guichets fermés le 6 mars à 18 heures, informais-je mes amis.

— Je devrais pouvoir te trouver une petite place mais pas te voir immédiatement après être sorti de scène car il faudra que je démonte étant donné qu'une autre pièce joue à 20 heures. Si tu as le temps d'attendre que j'aille rendre le véhicule servant à transporter le décor à Gif-sur-Yvette chez l'oncle du régisseur lumière qui nous a gracieusement prêté sa Kangoo lavande, je serai vraiment ravi de boire une bière en happy hour avec toi, si possible pas trop loin de la porte de Clignancourt où je loge.

Les choses s'accéléraient, confiais-je à mes cousins ou mes parents. J'étais très demandé, je m'étais fait un énorme réseau, je ne savais plus où donner de la tête.

— Alors non, je ne suis pas encore intermittent du spectacle mais, tu sais, ce n'est pas mon but à court terme. Et puis ça fait partie du jeu, il faut accumuler les projets non rémunérés, surtout ne pas s'économiser, donner de sa personne pour espérer, au bout du compte, tirer enfin le gros lot. Tout viendra en son temps. J'ai confiance.

En réalité, je me morfondais. Mais l'avouer, ç'aurait été consentir à ma démolition. Dire haut et fort, devant tout le monde, que je m'étais trompé. Que tout ce temps passé à m'agiter pour me montrer avait été vain. Qu'il n'en resterait, dans l'esprit des autres, qu'une vague sensation de gâchis. Du temps perdu. Qu'il était urgent de revenir à la vie réelle, de suivre une formation valable, de me trouver un travail et de laisser derrière moi mes puérils et narcissiques rêves de gloire. D'avouer que je ne serais jamais une star, jamais comédien, même, parce que je n'en avais ni le talent ni l'étoffe.

Il n'y a que des mythologies encombrantes quand on veut devenir acteur – elles vous colonisent et vous obsèdent.

Vous n'entendez parler que de celles et ceux qui ont été repérés sauvagement dans la rue, les Delon, Duris, Dalle ou Bonnaire qui n'ont rien fait pour ça, se sont contentés d'évoluer dans les frusques de leur nature indomptée, caressant de leurs semelles trouées le bitume où, miracle, passait justement un directeur de casting foudroyé par leur inexplicable aura – eux qui se sont même payé le luxe de décliner la sollicitation pressante du dénicheur de prodiges, rétorquant, au moment de froisser entre leurs mains de lycéen une carte de visite pour laquelle d'autres éventreraient leurs parents ou sauteraient d'un pont, « ça m'intéresse pas, désolé », tournant les talons avec un vague sourire mutin qui attise davantage le désir avant de finir par rappeler quelques semaines plus tard, voix nonchalante disposée à murmurer les mots qui changeront le cours de leur vie.

Vous n'entendez parler que de celles et ceux qui, alors qu'ils accompagnaient leur frère, cousine, amie à une audition, soit pour encourager (les plus pervers), soit pour donner la réplique (les plus fourbes), se sont distingués, ont éclipsé leur binôme dont on n'entendra jamais parler – sauf si le malheureux rebut saute d'un pont ou éventre ses parents. Là encore, ils n'y peuvent rien, tout s'est fait malgré eux, leur charme, leur vitalité, la lumière renvoyée par leur carnation auront ébloui, et contre ça il n'y a rien à faire.

Je ne semblais pas m'acheminer vers un tel scénario ni posséder les qualités requises pour ce genre de destin. Pourtant j'y croyais. J'estimais qu'il n'était pas temps de renoncer. Il fallait avaler les couleuvres, serrer les fesses et continuer. Je considérais qu'il était impossible que ça ne marche pas. Tout simplement impossible. Comme ma mort. Cela n'arriverait pas. Cette prophétie malheureuse me provoquait. Elle testait mes nerfs et ma capacité d'endurance. Il m'appartenait de m'obstiner et de renverser la prédiction. Ma chance, elle, arriverait.

Elle arriva.

En 2012, cinq ans après notre rencontre, Nicole Garcia m'engagea pour travailler sous sa direction dans son septième long-métrage, *Un beau dimanche.*

J'y jouais un Anglais venu sur le continent passer un week-end dans la somptueuse propriété de la mère d'un ami, et cette mère était jouée par Dominique Sanda.

Le nom ne vous dit peut-être rien et pourtant vous la connaissez. Vous la connaissez notamment parce que vous l'avez vue dans des films de Bresson, Demy, Bertolucci, De Sica, Visconti, Malle, Duras, Deville et j'en passe.

À l'évidence, je ne pouvais pas tout miser sur cette expérience étant donné l'importance relative de mon rôle – je n'avais aucune réplique dans le script, j'apparaissais. (Tout de même, cinq jours de tournage.) Ce n'était pas de la figuration, non, c'était un rôle. Un vrai rôle. (Un rôle muet, certes.) Un rôle secondaire. Oui, c'est vrai, très secondaire. (Tellement secondaire en réalité qu'on pouvait me louper.) Bon. Mais j'étais présent dans des scènes importantes, me persuadais-je, et même dans l'une des plus importantes du film : un repas de plein air – je n'en dirai pas plus si vous souhaitez voir le film. (Peut-être l'avez-vous vu, d'ailleurs, et peut-être que vous vous dites : « Grands dieux, je suis en train de lire un texte écrit par celui qui jouait l'Anglais dans *Un beau dimanche* de Nicole Garcia ! » Si ce n'est pas le cas, si vous ne vous dites pas cela parce que, d'une part, vous n'avez pas vu le film et, d'autre part, les chances pour que vous ayez fait le rapprochement entre ce film et moi, mon nom en tout cas, aperçu par hasard en caractères minuscules et en queue d'un générique défilant à la vitesse d'une comète quand vous étiez déjà en train de vous rhabiller pour peu que vous ayez vu ce film en salle, ces chances sont à peu près nulles.)

Si je ne faisais qu'apparaître sans avoir aucun dialogue, je me consolais, à l'époque, en me disant qu'au moins je n'aurais pas à parler anglais. J'éviterais ainsi le ridicule en ne dévoilant pas mon piètre accent – je ne peux toujours pas expliquer pourquoi Nicole m'avait attribué ce rôle-là en particulier, pourquoi m'avait-elle choisi, moi, petit acteur d'origine corse et lyonnaise, pour jouer un Anglais alors que mon anglais n'était pas, a priori, mon plus mémorable talent.

Quoi qu'il en soit, tout ceci (moi = rôle muet), ayant lu le scénario, je le savais. Mais ce que j'ignorais en arrivant sur le plateau pour mon jour 1, c'est que Nicole avait prévu de nous faire improviser quelques scènes de groupe – ce qui voulait dire que j'allais, en fait, devoir (horreur) parler.

J'avais pour partenaire une petite amie anglaise (dans la fiction, je veux dire, je n'ai jamais eu de petite amie anglaise et je ne peux pas dire si je le regrette). Cette petite amie de fiction anglaise était une vague cousine de Nicole qui se réjouissait d'être là, capturée, immortalisée par sa lointaine parente. Elle n'avait pas trente ans, comme moi à l'époque, et elle se destinait à être psychanalyste. Elle trouvait cela tout à fait réjouissant à la différence de moi qui, si j'étais fier de faire enfin du cinéma, et avec Nicole Garcia, étais surtout terrorisé de ne pas être à la hauteur.

À mesure que je compris qu'il allait falloir improviser, donc parler, donc parler en anglais, ce qui ne semblait nullement déranger ma moitié, petite amie anglaise de fiction, ça la réjouissait même, comme tout ce qui se passait sur le tournage, ça l'amusait follement (on tournait dans un sublime château près de Toulouse), arriva cette scène cauchemardesque où je devais converser avec Éric Ruf, devenu depuis administrateur de la Comédie-Française, ce qui n'est pas sans en imposer au verso d'un curriculum.

Aussi improvisai-je une scène de small talk avec lui, fils de Dominique Sanda (dans le film, s'entend), frère de l'ami qui m'avait invité à passer ce week-end dans son château, enfin le château de sa mère, Dominique Sanda (sa mère dans le film) – j'espère qu'on suit –, et je m'entendis lui demander jusqu'où s'étendait sa propriété, initiative idiote qui m'accula à baragouiner un pathétique :

— *And the fields behind the river, are they yours too ?*

Phrase inepte, conne au possible, que j'inventai sur le moment, dans la panique, l'effroi devrais-je dire, contemplant d'un œil pénétré la ligne d'horizon qui se confondait avec la Garonne, phrase abyssalement sotte qui aurait sans doute été reniée par n'importe quel scénariste digne de ce nom, phrase qu'il allait me falloir fixer, reprendre et répéter à l'infini puisque la scène était filmée sous plusieurs angles (il y aurait donc plusieurs prises), phrase dont personne alentour ne sembla relever la niaiserie, phrase surtout dont je n'ai jamais su si la grammaire en était correcte.

Quelques mois plus tard, cela, je n'osai d'ailleurs le demander à l'homme anglais (un vrai, lui – Anglais, s'entend) dépêché en studio pour la postsynchronisation (postsynchro comme on a coutume de la nommer dans ce qu'on a coutume de nommer le milieu), je n'osai pas lui poser la question suivante : cette phrase abyssalement conne est-elle seulement correcte grammaticalement parlant ?

J'aurais pu, j'aurais dû, même, lui demander pendant que je m'acharnais à me doubler moi-même, répétant dans un micro cette maudite réplique en cadence avec la barre qui défilait bien trop vite sur l'écran, cette barre censée m'aider à caler le texte sur l'image du plan – le tout devant le producteur, évidemment, le monteur et je ne sais combien de spectateurs inutiles faisant soi-disant partie de l'équipe. Je n'y parvins pas car j'éprouvais une honte paralysante, une honte plus envahissante encore que sur le tournage dans la mesure où ni Dominique Sanda ni Éric Ruf ne pouvaient faire diversion, j'étais bel et bien l'objet des regards, le seul, et, pire, celui de l'écoute. Mais le véritable Anglais de cette postsynchro ne perçut pas ma honte et, tandis que je recommençais, pivoine, suant comme à Cannes, comme chaque fois que ma dignité s'écrase sur des parois en émail, il finit par se tourner vers moi pour me demander, dans un français impeccable, si j'avais des « origines australiennes » car il lui apparaissait que mon accent était celui d'un Australien – remarque que je ne sais toujours pas comment interpréter.

Le soir de cette journée de tournage où s'inventa, dans un éclair de génie, cette épatante réplique dont je viens de raconter la genèse, Nicole et moi buvions un verre au bar de notre hôtel. Elle attendait Louise Bourgoin et Pierre Rochefort, les deux premiers rôles du film, avec qui elle allait sortir dîner.

Elle évoquait l'une des séquences qu'elle tournerait le lendemain puis nous avions dérivé et en étions venus aux cinéastes qu'elle aimait, John Cassavetes notamment (le mari de Gena Rowlands à qui Nicole ressemble selon moi de manière absolument saisissante).

C'est précisément à cet instant que Nicole prononça pour la toute première fois le nom d'Ariel Winthrop.

Ariel A. Winthrop.

Enthousiaste, elle mentionna la scène la plus célèbre de cet acteur américain, sa scène iconique, celle de la mèche de cheveux dans *Opening Night* du même Cassavetes.

J'avais bien sûr vu *Opening Night* – toute personne ayant le désir de devenir acteur a vu ce film, du moins été forcé de le voir – mais je ne me souvenais absolument pas de cette scène de la mèche de cheveux.

— Mais si, insista-t-elle. C'est lui, Ariel, qui remet la mèche de Gena Rowlands quand, le soir de la première à New York, elle s'apprête à entrer en scène. Elle est ivre morte, incapable de tenir debout, affalée contre le mur de carton qui la soustrait à la vue des spectateurs, tandis que le reste de l'équipe, brutal, paniqué, compatissant aussi, la secoue. On la contraint, on lui fait boire du café noir, on la stimule, et lui, Ariel, simple figurant, assistant ou répétiteur qu'on n'avait pas encore remarqué, passe une main dans ses cheveux. Juste ça. Il remet une mèche blonde qu'il glisse derrière son oreille, l'oreille de Gena Rowlands, effleurant sa pommette, plongeant son regard si particulier, ses yeux bleus lac sombre dans ceux, émiettés, d'elle, la noyée, l'actrice, Gena Rowlands alias Myrtle Gordon, qui semble alors trouver dans ce geste la force de se catapulter hors des coulisses pour rejoindre le monde trop éclairé qui l'attend. La caméra saisit le trouble entre eux deux et la voilà qui repart au front.

De ce genre d'apparitions, continua Nicole, Ariel Winthrop est spécialiste. Sa carrière en est pleine. À vrai dire, elle n'est faite que de ça. Il n'a tenu aucun premier rôle. Ni même de second. Non. Ariel était figurant. Mais attention : figurant de luxe – on dit que ses cachets n'avaient rien de symbolique –, figurant de luxe que se sont offert Cassavetes, donc, et pas qu'une fois, mais aussi Lumet, Lynch, Wenders, Scorsese, Coppola et j'en passe.

Elle-même, Nicole, avait eu le projet d'engager Ariel pour jouer le mari de Dominique Sanda dans *Un beau dimanche* mais il avait disparu de la circulation et personne ne savait s'il était encore en vie. Alors, comme elle avait déjà fait des pieds et des mains pour retrouver Dominique Sanda en Uruguay (je jure que c'est vrai), au fin fond de l'Uruguay (va savoir pourquoi Dominique Sanda s'était réfugiée au fin fond de l'Uruguay), Nicole avait abandonné l'idée et décidé que Dominique Sanda serait veuve – punto basta.

— C'est triste, reprit-elle, plus personne ne connaît Ariel, aujourd'hui. Dans les années 80, c'était une star. Ce qui a contribué à façonner sa légende, c'est qu'outre sa carrière d'acteur, Ariel a réalisé un film qui est devenu mythique. *Miss None*, il s'appelait. Ça veut dire Mademoiselle Aucune, ou Mademoiselle Personne. L'exemple parfait du film maudit. Ça ne te dit rien ?

— Strictement rien, avouai-je avec embarras.

— Dans *Miss None*, Ariel avait entrepris de raconter sa propre vie en ne se montrant jamais. En dérobant systématiquement son visage. C'était vraiment une idée géniale et assez révolutionnaire, à l'époque, de concevoir une sorte d'autobiographie filmée dans laquelle on ne verrait jamais le visage de l'acteur dont la vie se rejouait à l'écran.

L'autre idée géniale de ce film était qu'elle-même, Nicole, cette même Nicole qui m'avait choisi pour jouer un Anglais qu'à mon insu j'avais transformé en Australien, cette même

Nicole en train de boire un Americano (un Americano, oui, et moi aussi d'ailleurs, n'ayant pas eu le courage de prendre autre chose parce que, d'une part, j'avais sans doute voulu la flatter en m'alignant sur son choix, ignorant tout de l'Americano, d'autre part, non, il n'y a pas d'autre part), cette même Nicole, sirotant son Americano, donc, cette Nicole-là se trouvait avoir été justement choisie par Ariel pour jouer sa femme dans *Miss None*.

— Un rôle de parfaite inconnue, me confia-t-elle, regrettant peut-être après coup qu'Ariel n'ait pas épousé Marilyn Monroe ou Ingrid Bergman qu'elle aurait dès lors incarnée, elle, Nicole, puis dépassée grâce à ce rôle, devant se contenter, puisque Ariel n'avait épousé qu'une anonyme, de prêter ses traits à une femme ordinaire dont elle ne se souvenait même pas du prénom – Meredith, peut-être, lâcha-t-elle en commandant deux autres Americanos (parenthèse, c'est très fort en alcool l'Americano, c'est Martini + Campari, et au bout du deuxième, je vous garantis que ça tape).

Dans l'attente de cette deuxième tournée, Nicole se mit à me décrire le mémorable premier plan de *Miss None* qui lui vaut sa légende :

— Ça commençait de très près, tu discernais une masse informe et foncée. Puis la caméra ondulait, prenait du champ et tu avais tout à coup une image d'ensemble plus nette. C'était déjà un premier choc parce que tu t'apercevais que ce que tu voyais depuis le début, tous ces replis de matière indiscernable, c'était en fait les décombres d'un homme. Il était replié sur le coin d'une petite table rectangulaire aux bords arrondis parsemée de papiers de bonbons. Je me souviens que c'était filmé d'une telle façon que tu faisais forcément une association mentale entre les papiers de bonbons et les bords arrondis de la table. Ça paraît fou, mais tu avais l'image d'un enfant rien qu'avec ces deux détails. Oui, un enfant. Et tu pouvais même penser que cet enfant était aimé parce qu'on lui avait acheté des bonbons et parce qu'on avait installé dans le salon une table sans aucun angle tranchant. C'est ça le cinéma, un cadre et, avec lui, la présence obstinée d'une histoire, tapie dans tes yeux. Ariel était donc affalé sur la table. Il avait les cheveux en bataille et une position très étrange. L'un de ses bras passait par-dessus son crâne comme… Comme l'anse d'un panier en rotin, je ne vois pas quelle autre analogie faire, c'était très incongru… Son autre bras pendait le long de sa jambe, tu constatais alors qu'il était entièrement nu. Il ne bougeait pas. Tu ne savais pas s'il était mort ou vivant. Ça durait longtemps et au moment où tu en venais à te demander si le plan lui-même ne s'était pas figé, tu apercevais une mouche en train de voleter près de lui. Une grosse mouche noire ou bleue, un peu comme celles qu'on retrouve hors saison au fond des éviers dans les maisons des bords de mer. Je me souviens que la mouche dessinait dans les airs une boucle comme au fusain, furtive. Elle le faisait par deux fois. Et toi, tu t'interrogeais encore. Est-ce volontaire, est-ce un accident ? Je veux dire, la présence de cette mouche, dans ce plan-séquence qui dézoome lentement, est-elle un signe à décrypter ou un simple hasard ?

Le serveur déposa les Americanos sur notre table, Nicole but une gorgée en faisant tinter les glaçons puis recommença à décrire :

— À l'arrière-plan, il y avait une large baie vitrée qui donnait sur une terrasse. Elle était inondée d'un soleil très blanc et cette luminosité contrastait sévèrement avec l'obscurité du premier plan. C'est étrange, en te disant ça, je repense subitement à cette phrase de Jack London dans *Martin Eden* que j'adore et qui m'a toujours accompagnée : « La vie était pour lui comme la lumière blanche qui blesse les yeux fatigués d'un malade. »

Elle laissa flotter la phrase un moment avant de réattaquer :

— Derrière la terrasse, on voyait la mer. Elle scintillait sous l'assaut de cette lumière blanche qui blesse les yeux fatigués des malades…

Elle sourit avec mélancolie.

— Et au moment où tu te disais que ce paysage idyllique était littéralement saccagé par la vision tragique de l'homme nu, effondré sur ce coin de table rectangulaire aux bords arrondis et jonché de papiers de bonbons, au moment où tu percevais pleinement le contraste, ça coupait.

Nicole inclina lentement la tête vers le bas, semblant entendre quelque chose ou bien désireuse de reprendre du souffle. J'en profitai pour détailler ses narines, ses pommettes et ses yeux bronze, absentés.

— C'était un plan magistral, monté dans un grand silence. Il n'a pas cessé de m'inspirer. Tout était dit de l'histoire, et avec une économie de moyens remarquable. Aucun effet de mise en scène. Une austérité implacable. Dans le film, la musique était splendide. Ariel aurait pu l'utiliser pour ce premier plan, t'en mettre plein la vue, mais il avait préféré retenir les choses. Elle naissait plus tard, progressivement, et elle t'étreignait sans que tu t'en rendes compte. Pour un premier long-métrage, c'était impressionnant de maîtrise et de maturité. Avec les années, je me dis que j'ai eu beaucoup de chance. J'ai énormément appris sur ce tournage. C'est un miracle qu'Ariel m'ait choisie.

— Pourquoi un miracle ?

— Parce que figure-toi qu'il m'avait repérée non pas dans *Mon oncle d'Amérique* d'Alain Resnais comme je l'ai d'abord supposé, mais dans *Le Gendarme se marie* de Jean Girault. Pas franchement le plus inspirant de mes rôles.

Autant Ariel Winthrop et *Miss None* m'étaient totalement inconnus, autant je connaissais par cœur tous les Louis de Funès. J'étais capable de rejouer, du tac au tac, des dizaines de répliques extraites de la série des *Gendarme*. Je me contentai, mezza voce, de m'étonner de la carrière internationale d'un film aussi… (je cherchais le mot) français, disons, que *Le Gendarme se marie*.

— Je ne crois pas qu'il ait été projeté aux États-Unis. C'est simplement qu'Ariel était en France, en 1968, quand *Le Gendarme* est sorti. Il avait une vingtaine d'années et il était venu à Paris pour apprendre le français. En allant au cinéma un peu au hasard, il est tombé sur *Le Gendarme se marie*. Il est resté un peu plus d'un an en France, je crois. Il ne savait pas trop quoi faire de sa vie. À son retour aux

États-Unis, il a commencé sa carrière dans un film de Coppola. Pas mal pour un début. Il ramasse les ordures dans *The Rain People*, si je me souviens bien. Quand je l'ai rencontré en 1986 pour le tournage de *Miss None*, il m'a avoué qu'il m'avait choisie parce qu'il avait adoré mon apparition, de moins d'une minute je précise, dans *Le Gendarme*. Il m'avait trouvée saisissante quand j'abandonne une partie de ping-pong et demande à Louis de Funès de faire sauter une contravention.

Je visualisais très précisément cette séquence. J'étais même à vrai dire capable de réciter les dialogues de la scène qui se concluait par le fabuleux « vous êtes un chou » de Nicole, entonné d'une voix assez haut perchée, mais j'évitai de me lancer dans une imitation.

Nicole me confia tout cela, hilare, puis elle cita Ariel, assez immodeste :

— C'est à cela qu'on reconnaît les grands acteurs. Si tu peux apparaître une seconde dans un film et qu'on te remarque, c'est que tu es un immense acteur. Et si on se souvient de toi, alors tu es une légende.

Comme Pierre Rochefort et Louise Bourgoin n'arrivaient toujours pas, Nicole se laissa digresser. Elle me parla de *Plein Soleil* de René Clément et de ce plan qu'elle adorait dans lequel Romy Schneider apparaît pendant trente-sept secondes.

— J'ai compté, avait-elle insisté.

Ça l'avait marquée parce que c'était, au centième près, son temps de présence dans *Le Gendarme se marie*.

Elle, Romy Schneider, posée comme une potiche à côté d'Alain Delon pendant trente-sept petites secondes alors que, quatre ans plus tôt, elle avait joué *Sissi*, devenant une star mondiale.

Nicole m'avoua comprendre intimement cette humilité. Cet effacement. Je rebondis bêtement sur l'invisibilisation des femmes mais elle me reprit :

— Ce n'est pas tant être une femme, la question ici, qu'être acteur.

Les Americanos faisaient leur effet, l'alcool infusait en nous, Nicole se mit à évoquer avec passion l'intelligence et l'élégance d'Ariel, sa manière de diriger, sa manière stupéfiante de jouer.

Je finis par lui demander si elle avait une copie de *Miss None*, un DVD, s'il était possible de découvrir ce film mythique, parce que cela faisait tout de même très envie. De but en blanc elle assena :

— Personne ne peut plus le visionner, hélas. Ariel a fini par le détruire parce que voilà, il y a une chose qu'il n'avait pas anticipée : il ne supporterait pas de se voir à l'écran plus de trente-sept secondes.

Il semble que ça lui ait soudain sauté aux yeux pendant la projection qu'il avait organisée pour Nicole à Los Angeles. Elle se rappelait y être venue spécialement, pensant sans doute que l'avenir se jouerait dorénavant là, qu'elle allait conquérir Hollywood – écrans écocides, murs de chambres, couvertures d'agendas, cartes postales, etc.

— On regarde le film tous les deux, côte à côte, je pleure, je suis sans voix à la fin de la projection, mon visage est inondé de larmes. Je me tourne vers lui, mon regard entier dit la reconnaissance de m'avoir offert un si beau rôle, de m'avoir écrit un si beau personnage, de m'avoir dirigée et filmée comme ça, je pense intérieurement que c'est prodigieux parce que je ne me reconnais pas. Et tandis que mon regard, exprimant tout ça, plonge dans le lac sombre du sien, il pose une main sur mon genou puis me dit :

— Je vais détruire ce film.

Et, passé la stupeur et mes tentatives pour l'en dissuader, passé l'effroi, Ariel, dont la main n'a toujours pas quitté mon genou, y exerce une légère pression, et je comprends le gouffre qui se creuse en lui.

Alors je dis d'accord, et ensemble nous plaçons les épreuves et les négatifs de la copie zéro dans un fût, nous l'arrosons d'essence puis nous y mettons le feu à l'aide d'une boîte d'allumettes que j'avais récupérée à la réception du Chateau Marmont, nous réchauffant les mains au-dessus de ce brasier, avant d'aller boire un Americano dans un dinner sordide de Pasadena.

Ramasser les ordures dans *The Rain People* de Francis Ford Coppola.

(...)[1]

JANET MASLIN : *Vous regrettez parfois ?*

ARIEL A. WINTHROP : Quoi donc ?

De ne pas... avoir joué davantage ?

Grands dieux, non !

Dans l'interview que Janet R. Maslin, fameuse critique de cinéma américaine, a réalisée pour le *New York Times* le 16 février 1999 (titre d'ailleurs évocateur : « *The Perfect Stranger* »), Ariel dit *Holy shit, no !* J'ai traduit *Holy shit* par *Grands dieux* après avoir longuement hésité avec *Putain de bordel*, mais c'est toujours un peu délicat les jurons en anglais, on ne sait jamais si c'est très vulgaire ou très pieux, les deux à la fois sûrement comme chez les Québécois, seulement ça ne marche pas toujours chez nous les *Vierge de putain*, *Sainte Merde de Dieu* et autres *Christ l'enculé*, ça ne sonne pas pareil, voilà pourquoi j'ai opté pour *Grands dieux*.

1. Un chapeau donnant quelques repères sur Ariel introduit ces propos, mais il recoupe les informations déjà transmises par Nicole.

Apparaître, c'est ce qu'il y a de plus beau pour un acteur, je crois qu'il n'y a que ça, au fond, qui m'intéresse… apparaître.

Pourquoi, d'après vous ?
Parce que ça suppose, immédiatement après, de disparaître. On s'épargne ainsi le risque de déplaire, ce qui est la pire des hantises pour les acteurs, et au fond pour n'importe qui sur cette terre, je veux dire, déplaire… Il n'y a tout simplement pas le temps pour ça quand on ne fait que des apparitions.

Le temps pour quoi ?
Pour lasser, décevoir et, d'une certaine façon, mourir dans le regard des autres. J'ai l'impression, en ce qui me concerne, de rester vivant parce que je suis… bref. Bref comme une comète. Elle passe, on la regarde filer, et puis voilà, *that's it.*

Vous n'auriez pas envie de creuser un rôle ?
Pour quoi faire ?

Je ne sais pas… pour aller au bout d'un personnage, donner à sentir tout un parcours, des émotions, marquer les esprits, comment dire, compter ?
Je n'ai jamais été doué pour les maths.

Janet Maslin note ici un silence gêné – *awkward silence.*

Plutôt qu'apparaître, est-ce que ce n'est pas ce que souhaite tout acteur ?
Aligner des chiffres ?

> *Durer.*
>
> Mais je dure… oh je dure… je dure peu à chaque fois, c'est vrai, et pourtant, vous me voyez, je suis là, devant vous, j'existe, après une carrière comme la mienne, j'existe encore, alors au fond, à choisir, je veux dire : me farcir des tournages (*stuffed with shootings*) sans fin puis être balayé par la première starlette venue avant d'être englouti dans l'alcool, les amphétamines et les tabloïds, ou bien durer par ma rareté… Qu'est-ce que je raconte ? Pas ma rareté, ma pingrerie, voilà, parce que c'est ça, comme tous les nuls en maths, moi, je suis d'une effroyable pingrerie, chaque seconde me coûte, alors autant qu'elle soit inoubliable, pas vrai ?

Après avoir quitté Nicole passablement éméché, j'étais monté dans ma chambre et m'étais assoupi. Quelques heures plus tard, réveillé par le son d'un téléviseur provenant de la chambre voisine, j'avais commencé à vagabonder sur internet.

J'étais intrigué par l'histoire d'Ariel, je voulais en savoir plus sur cet homme elliptique, un peu braque – au moins voir son visage, plonger mes yeux à moi, cuivre oxydé tendance fiente, dans son lac sombre.

Mais hormis un lien vers le site dédié aux archives du *New York Times* qui retranscrivait l'entretien (l'article était payant), il n'y avait rien. Les rares résultats qui s'affichaient proposaient de migrer vers des profils Facebook ou Instagram, des Ariel vivant à Winthrop – banlieue nord du Massachusetts – et affichant des visages poupins aux joues érythémateuses, des pages LinkedIn détaillant les parcours et compétences de tous les Ariel passés par l'université Winthrop – j'appris à cette occasion qu'il existait une faculté portant ce nom en Caroline du Sud –, des extraits de livres en anglais où apparaissaient, séparés, les deux mots prisonniers d'une gangue fluo, des suggestions du moteur de recherche me signalant l'existence d'une lessive homonyme, et toute une foule de notices imbitables détaillant statistiques ou résultats sportifs – non, hormis cela, je ne trouvai rien d'autre.

La rubrique « images », même, ne proposait aucune photographie plausible de lui. Ni de son regard. Aucune vidéo non plus ne reprenait la scène de la mèche de cheveux. Pas la moindre trace de lui, comme si son existence matérielle avait résisté à la transposition numérique, contré la vague, comme s'il avait poussé au bout sa logique de figurant, furtif occupant d'une microscopique parcelle de l'espace digital, simple entrefilet.

Ariel, me disais-je, déçu autant qu'excité par la prouesse, n'était qu'une tête d'épingle, une allusion de spécialiste, une note de bas de page en caractères minuscules, un crédit oubliable au fin fond d'un index encyclopédique – une vie invisible.

> *Est-ce que vous proposez vous-même les actions que vous accomplissez à l'écran ?*
> Je préfère parler de gestes, ce sont des gestes, chaque fois des gestes. Ce n'est pas moi qui les propose. Ils sont dans le scénario. Il y a des notations du type : « On passe l'aspirateur » ou « Quelqu'un est affalé sur le comptoir ».

On me fait lire les dernières versions, et je choisis celui que j'ai envie de faire parmi les gestes qui sont décrits ici ou là. Je choisis quel « on », quel « quelqu'un » j'ai envie d'être. J'essaie de ne pas me répéter, de ne pas servir un scotch dix fois, j'essaie de varier, d'explorer chaque fois de nouveaux gestes. De film en film. Ça m'intéresse, ça. Le geste. Qu'il soit clair, net, que la trajectoire soit sans ambiguïté. La vie est tellement ambiguë, je crois que ça me fait du bien que dans mon travail les choses soient limpides.

Vous avez conscience que vous avez l'air un peu fou ?
Pourquoi ?

Vous ne trouvez pas ça… bizarre ?
Qu'est-ce que vous trouvez bizarre ?

Vouloir si peu. Je crois que c'est ça qui me surprend. Vouloir si peu.
C'est parce que vous jugez que c'est peu.

Ça ne l'est pas ?
Non.

Certes, sauver Gena Rowlands, ce n'est pas rien, mais enfin…
Je voudrais dissiper un malentendu. Je déteste cette scène. Pour moi, c'est une trahison. John Cassavetes m'a trahi.
Je ne devais, au départ, que lui tendre un petit peigne avant son entrée en scène. C'est le geste que j'avais choisi. Je le trouvais net. Pas question de me substituer à elle. Le film raconte ça, d'ailleurs. Que les femmes n'ont pas besoin des hommes. L'inverse est faux. Les femmes, elles, n'ont aucun

besoin des hommes. Aucun. Le peigne, ça symbolisait ça pour moi. Je suis superflu. Net. Clair. Sans ambiguïté. Mais John a voulu qu'on improvise, ce que je déteste. Il trouvait que j'étais trop mécanique avec cette histoire de peigne. « Robotique », il répétait. La journée avait été longue, on était fatigués, alors il m'a dit : « On va essayer autre chose, tu vas lui remettre une mèche de cheveux. » J'ai pensé à tort que c'était clair, je n'ai pas été assez vigilant, je n'ai pas perçu la portée de ce geste. Vous savez, John est le cinéaste qui a le mieux filmé les femmes, parlé d'elles aussi, mais c'est parce qu'il a créé avec elles. Je crois qu'il était une femme et un homme en même temps. En tout cas, il n'était pas qu'un homme quand il filmait ou jouait. Bon, mais avec la mèche, je ne sais pas, je lui ai obéi, je l'ai fait, et Gena m'a regardé avec de tels yeux, forcément, c'est la plus grande actrice de l'Histoire, alors il s'est passé quelque chose, et moi je n'ai pas tout de suite compris ce qui se jouait. Ce n'est qu'en voyant le film que j'ai été choqué par le plan. Je lui ai dit et on s'est fâchés. Mais pour *Gloria,* il m'a rappelé alors j'ai proposé, comme une revanche, d'apparaître dans une scène où Gena me gifle. Ça s'est très bien passé hormis le nombre de prises qu'on a dû faire et le nombre insensé de beignes que Gena m'a collées, mais ça nous a tous réconciliés, je crois. John m'a même dit que j'avais raison pour la mèche de cheveux. Il trouvait que c'était le pire plan du film, il aurait dû le couper mais il n'avait pas osé pour une seule raison, me disait-il : parce que c'était moi.

Ça vous a flatté ?

Je peux comprendre ses regrets. Moi, je donnerais n'importe quoi pour rallumer un joint dans *Serpico.*

Pourquoi ?
Parce que je le fais avec un autre enjeu que celui pour lequel j'ai été engagé.

C'est-à-dire ?
C'est le début de ma carrière. Je veux bien faire. Je veux qu'on me voie bien faire. Donc je suis mauvais.

Pourquoi un acteur serait mauvais parce qu'il désire qu'on le voie ? N'est-ce pas le métier même de l'acteur de chercher, non, de demander à être vu ?
Rien n'est plus différent du métier d'acteur que ça.

C'est-à-dire ?
Un acteur doit, par-dessus tout, aspirer à une chose au moment où il entre en scène ou au moment où il entend action, c'est (...)

Fin du contenu gratuit. Le reste de l'article était flouté et occulté par un cadenas assorti d'un lien vers des formules d'abonnement sur lequel je cliquai aussitôt, écarquillant les yeux en avisant la somme exorbitante dont il fallait s'acquitter pour avoir le droit d'achever sa lecture. Je balançai quelques secondes.

On m'affirmait que j'avais lu 65 % du contenu, ce taux acheva de me convaincre. J'estimai en savoir assez sur cet illuminé un rien vaniteux sous ses dehors d'ascète à la dérive. Ce raté s'efforçant de justifier pourquoi il n'avait jamais percé. Ce figurant qui s'était complu dans une non-carrière. Tant pis pour les secrets gisant à la disposition des nantis férus d'art brut, je fermai la fenêtre et en restai là.

Allumer un joint dans *Serpico* de Sidney Lumet.

Affalé sur la petite table de bois noir, peinte ainsi par je ne sais quel régisseur alcoolique n'exerçant plus depuis des lustres, noir parce que ici au théâtre, mesdames et messieurs, tout se doit d'être noir tels les abysses de l'âme humaine que l'on sonde – il suffisait toutefois de s'approcher pour constater que le noir se voyait moins que les nervures effilochées du contreplaqué, idem d'ailleurs pour toutes les lattes fatiguées du soi-disant parquet censé former ce qu'on a coutume de nommer les soi-disant (néanmoins mythiques) planches, tout ceci donnant à sentir un climat de négligence crapuleuse inversement proportionnel au tarif mensuel appliqué par l'établissement –, affalé, donc, sur les ruines de l'idéal athénien (tentant surtout d'éviter les échardes), je jouais.

C'était une scène de rupture, j'incarnais le mari quitté. Henrik Ibsen, dont je ne saurai jamais s'il est norvégien, danois ou russe, avait commis le texte original, laborieusement transposé par je ne sais quel traducteur septuagénaire à la peau grenue ayant, au cours de sa « carrière », davantage abusé de jeunes actrices (ou acteurs, j'ai un doute) que véritablement traduit des pièces depuis une langue dont il ne déchiffre de toute façon pas un traître mot, déléguant la besogne à ses victimes. Ce quidam, longtemps incrusté dans le milieu, avait ainsi supposé que cette phrase aurait un sens et j'étais là, moi, contraint de bredouiller une poignée de mots forcés au pied-de-biche dans la bouche du bien nommé Torvald, car c'était ce bien nommé Torvald que j'interprétais, personnage échappé de la fameuse *Maison de poupée*.

Ma partenaire était pleine de conviction, je n'en manquais pas, même si la mienne semblait moins perceptible.

Elle, qui jouait Nora, était en train de me dire qu'elle me quittait, qu'elle n'avait été qu'une poupée (ceci explique cela) entre les mains de son père avant d'échouer entre les miennes, celles de Torvald en tout cas, qu'elle me laissait nos progénitures, qu'elle ne reviendrait pas et qu'il m'appartenait désormais de « trancher ». Elle vociférait ce verbe, « Tranche, Torvald », et si je ne saisissais pas un traître mot de ce que la raclure avait voulu retranscrire du génie sophistiqué, je faisais cependant mine de comprendre et m'affublais d'une expression de stupeur.

Je prétendais donc, et m'indignais et m'agitais et m'offusquais, etc. En vérité, je ramais. C'en était trop pour Nora qui dégoupilla une monumentale gifle (torgnole), visant mal la joue, lui préférant mon oreille droite qu'elle rabattit violemment contre le côté gauche de mon crâne (duquel l'oreille martyre mit d'ailleurs plusieurs minutes à se décoller), perçant mon tympan dans la manœuvre à en juger par la douleur faramineuse qui faisait tourner au-dessus de mon crâne, comme dans les dessins animés, une auréole criarde de poussins piauleurs. Mes jambes flageolèrent, j'eus quelques secondes de blanc, je me tus, je ne savais à vrai dire plus si je respirais. Je finis par tomber à genoux, sonné. Je me souvins à ce stade que j'avais encore du texte (perpétré par le quidam), rien ne me revenait, alors en désespoir de cause je braillai plusieurs « Noraaaa » d'une voix d'adolescent qui mue.

— Merci, coupa notre professeur d'art dramatique puisque c'est ainsi qu'on a coutume de nommer les acteurs sous-employés faisant œuvre de « pédagogie » dans ce genre d'écoles aux tarifs exorbitants qu'à cette époque je fréquentais.

Je me redressai avec peine, n'osant pas immédiatement lever le regard vers ledit professeur se tenant à la proue d'un public de compétiteurs apathiques espérant le naufrage. J'attendais les commentaires sur notre prestation, notre scène, même si je n'entendais plus grand-chose.

Je m'assis sur la chaise d'écolier rouillée qui constituait, avec la table mal calée, notre principal élément de décor, je dirigeai les yeux vers ma partenaire écarlate et triomphante, certaine d'avoir pulvérisé toutes les Nora l'ayant précédée. Elle n'eut pas un mot pour s'excuser de la baffe qui n'était pas prévue, pas plus que pour m'indiquer les démarches à suivre afin de percevoir une pension d'invalidité puisqu'il ne faisait désormais aucun doute que j'étais sourd (comme

Beethoven en son temps, pouvais-je me rassurer). Non, elle se tenait droite et victorieuse, prête à recueillir les louanges dudit professeur qui, cela m'était apparu au fil des cours, était clairement incontinent – à moins que nos performances soient accablantes au point qu'il lui faille sortir de la salle à intervalles réguliers pour se réveiller au contact du dehors, hypothèse au fond plus plausible maintenant que j'y pense.

C'est qu'on ne peut pas éternellement boire des Americanos avec Nicole Garcia, la vie réelle reprend le dessus et, me concernant, à l'hiver 2013, la vie réelle se résumait aux cours privés d'art dramatique que je m'acharnais à suivre afin de préparer les concours d'acteurs – concours nationaux, comme on a coutume de les nommer lorsque l'on veut se convaincre du prestige de ses ambitions –, une poignée d'établissements disséminés dans l'Hexagone dont les seuls sigles suffisent à trouer l'estomac de tout aspirant comédien.

Car on ne peut pas non plus jouir éternellement de l'aura conférée par un (très) second rôle dans un film de Nicole Garcia – même s'il arrive qu'on prie finalement pour être coupé au montage –, on se doit d'écouter les commentaires de son maître.

Après un silence étonnamment long, quelques inspirations muées en soupirs las, Didier, puisque tel était le nom du maître, plaça les doigts, qu'il avait courts, sur ses yeux, ses tempes, son front. Il fit mine de réfléchir, on sentait qu'il forçait. Ses phalanges trapues se recroquevillèrent, de la vapeur s'échappa de son cuir chevelu pourtant soyeux – coupe soignée du vieux beau : sel, poivre, vaguelettes et gomina –, le langage tentait de se frayer un passage dans les arcanes de sa matière cérébrale.

Quelques syllabes opportunément conservées en cas de besoin vital semblèrent s'agglomérer pour former des syntagmes, une phrase menaçait de naître, elle hésitait encore, il y avait la conjugaison – c'est le présent de l'indicatif, oui, mais l'auxiliaire est retors, il se donne moins facilement qu'un bon vieux premier groupe pas prise de tête, et puis l'accord, comment faire, quel est le sujet, à quoi faut-il accorder ce qui remonte le cours de la mémoire comme un saumon d'élevage pris dans la nasse de son unité de stabulation, vague souvenir trop rarement activé –, on allait tout de même tenter quelque chose.

Le visage de Didier se contracta dans la tentative d'articulation, sa température rectale avait dû grimper en flèche, il poussa, rougit, sa pensée complexe et singulière avait bel et bien fini d'arpenter l'alvéole neuronale résiduelle. Elle se projeta directement dans sa bouche cernée par de splendides facettes nacrées appliquées pour un prix inavouable deux ans plus tôt, le son éclata enfin et laissa résonner à mon oreille encore valide ces mots précieux et dont la profondeur allait m'habiter pendant des années :

— C'est pas bien.

Répétée plusieurs fois, la sentence fut même, suprême raffinement de cruauté, affublée d'un adverbe modalisateur qui intensifiait la blessure :

— C'est vraiment pas bien.

Puis la nature rustique de Didier reprit le dessus, il retrouva sa fougue virile, sa grossièreté un temps qualifiée d'« impayable » par un critique sensible à la laideur, et assena une formule plus crue :

— J'vais même vous dire, c'est d'la merde. De la grosse grosse merde.

Revenu sur les bancs du public, je m'enfonçai dans l'ombre, bras croisés, je tentai d'écouter les éructations de Didier sans me laisser déconcentrer par les scénarios qui affluaient dans ma tête au rythme de ses postillons jaunâtres – aller aux urgences ? ça existe les urgences ORL ? débarquer sans rendez-vous chez un médecin généraliste ? simuler un malaise afin d'être emmené par les pompiers et éviter la queue à l'accueil de l'hôpital ?

Je peinais à gonfler d'un sens utile les menaces bonhommes enquillées par Didier, il riait gras trop régulièrement pour que je ne sois pas parasité par son timbre d'erreur de la nature. Il finit par résumer son analyse critique comme suit :

— Z'êtes pas prêts.

Didier avait du métier, de la bouteille, il était renommé dans tout Paris pour cela : son tempérament. Il ne s'embarrassait pas, il ne ménageait pas ses élèves, il disait les choses tout net (avec une remarquable économie et un talent hors pair pour trouver les formules qui claquent).

Qu'on ne vienne donc pas le faire chier – je visualisais

quand je songeais à lui une sorte de bouledogue anglais au regard torve, filet de bave suspendue à la babine alourdie, crocs fétides –, il avait préparé des générations de jeunes gens aux concours, il en avait fait rentrer plus d'un (je me demandais par quel (miraculeux) malentendu), il avait l'un des meilleurs taux de réussite de la capitale, les scènes de conservatoire, ça le connaissait – même s'il n'avait plus mis les pieds sur un plateau depuis 1998, c'était à sa sortie (son éviction) de la Comédie-Française, il y avait passé trois ans comme pensionnaire et portait ce trophée en médaille autour de son absence de cou. Il profitait d'ailleurs de son indigence pédagogique et artistique pour en parler régulièrement, on y avait droit, à vrai dire, à chaque cours. Il récidivait, rappelant qu'il avait joué, lui, dans la salle Richelieu, la mythique salle Richelieu, qu'il avait *donné*, lui, Molière, Marivaux, Racine comme on octroie à la populace un relèvement du taux du livret A, oui, il avait foulé les marbres de cette *maison* légendaire, il en avait été, lui, l'un des visages, et l'un des plus prometteurs.

Pour mettre fin à notre supplice – ou à celui de Didier étant donné qu'il ne savait pas quoi dire de plus que merde bouse chiasse, mais surtout pas quoi faire pour nous mener dans la bonne direction de la scène, si tant est d'ailleurs que cette scène fût jouable (je précise qu'il avait établi une liste de dix scènes du répertoire, celles qu'il avait jouées lui-même, et quand venait le moment de faire le choix de celles que l'on présenterait aux concours, il nous imposait invariablement les mêmes, les siennes, et s'affligeait de notre incapacité à l'égaler) –, l'un des plus paresseux d'entre nous lui demanda pour la énième fois pourquoi, justement, il avait été écarté (viré) de la maison de Molière.

Didier se raidit comme si on lui avait subrepticement introduit un suppositoire antidiarrhéique, il prit alors une expression désabusée, lèvres pincées, secoua la tête et laissa échapper un petit rire narquois :

— Je dérangeais. Je voulais faire du cinéma, je commençais à décrocher pas mal de rôles et ça ne plaisait pas à l'administrateur de l'époque. Je prenais trop la lumière, ça menaçait la troupe, alors on m'a demandé de choisir, et sans hésiter, j'ai repris ma liberté pour vivre mon rêve de cinéma.

Ledit rêve se composait, d'après mes recherches, d'un rôle de présentateur télé dans *Jet Set* de Fabien Onteniente (il y arborait une élégante coupe mulet), d'un autre rôle de dealer dans *La Beuze* de je ne sais qui (coupé au montage, apparemment) et d'une demi-douzaine d'apparitions comme récurrent dans les dernières saisons d'*Une femme d'honneur* où il incarnait, aux côtés de Corinne Touzet, l'adjudant Théobald Maton.

Ma partenaire et moi n'étions donc pas prêts. Ces quelques mots tournaient dans ma tête, je les ruminais et je n'écoutais plus le récit de Didier, je n'en avais de toute façon plus la capacité technique. Je connaissais déjà la description salace des coups qu'il avait infligés aux partenaires féminines qui avaient eu le malheur de devoir se farcir Figaro, Sganarelle ou Lubin quand ces pauvres-là avaient eu le malheur de lui prêter leur langage, le droit de cuissage et autres frivolités imposées par cette répugnante andouille –, je pensais à tous ces moments où je n'avais pas été prêt, ces incessantes occasions manquées, toutes ces circonstances malvenues où le monde m'avait dit que le problème venait de moi.

Ce plan dans *Les Bureaux de Dieu* réalisé un jour où il y avait pénurie de figurants, où j'avais été choisi à la volée puisque j'étais là, stationnant dans les couloirs en quête d'un sens à donner à ma présence quand Nicole ne tournait pas, moi donc désigné pour jouer avec une autre un couple venu à l'accueil du planning familial, ma joie de me savoir furtivement présent dans cette aventure, ma déception au moment de découvrir le plan en question, littéralement coupé en deux par le cadre de Claire Simon, rejeté en dehors du champ quand ma partenaire, elle, apparaissait dans toute sa jeunesse, et moi, amputé d'une moitié de moi-même, blason mutilé. J'étais renvoyé à ma demi-nature d'être humain, pas encore prêt à être saisi en entier, petit bout de ce que peut-être un jour je deviendrais si le Dieu de ces bureaux se décidait une fois pour toutes à être avec moi.

Cette autre fois au lycée où, dirigé dans *Tartuffe* par une intervenante lymphatique et abusive soi-disant metteuse en scène, j'avais d'abord été pressenti pour être Tartuffe lui-même, passant des semaines à apprendre le texte, avant d'être distribué en Orgon, bien plus accordé à ma nature crédule, semblait-il, assigné ensuite à Damis car son énergie adolescente me correspondait mieux, assurait la metteuse en scène. Chaque répétition qui passait m'enfonçait, je prenais un rôle et devais l'abandonner aussitôt puisque je ne convenais nulle part. Alors ce fut vers le costume de Madame Pernelle que l'on m'orienta.

— Et pourquoi pas ? avait lancé la metteuse en scène dans un rire de gorge interminable, moi m'escrimant dès lors à jouer les vieilles grincheuses, affublé d'une robe de dentelle saumon et d'un chapeau de mariage, avant d'être finalement relégué au rôle de Flipote (je défie quiconque de savoir qui est Flipote), cette domestique muette et consanguine suivant sa maîtresse, la Pernelle, comme un bouledogue anglais, n'ayant pas même un hémistiche à débiter.

Du rôle-titre au rebut sans réplique, j'avais dégringolé les marches de la gloire sous les regards gourmands de la troupe qui, s'amusant de mes plaisanteries lucides et néanmoins aigres, contemplait, avec le soulagement que cause toujours l'élimination d'un semblable, ce dépeçage méthodique et imparable.

Je pensais à toutes ces fois où je m'étais infligé ça, la honte que j'aurais eue si ma mère ou mon père m'avaient vu réduit à ce presque néant, et je me demandais pourquoi.

Pourquoi je voulais jouer ? Pourquoi je m'échinais à essayer d'être quelqu'un qui n'existe pas ? Pourquoi me fuyais-je ainsi ? Et pourquoi endurais-je toutes ces humiliations ? Pourquoi je me détestais autant ? Croyant vouloir me distinguer, est-ce que je n'aspirais pas, au fond, à n'être rien ?

Le 3 février 2014, jour de l'avant-première d'*Un beau dimanche*, je me rendis à Paris.

À l'époque, je vivais de nouveau à Lyon, j'y étais retourné après mes fracassants échecs aux concours *nationaux* (merci Didier pour ton vénérable enseignement et ses prodigieux résultats). Retour à l'envoyeur, donc, puisque Lyon, plus précisément sa banlieue nord, c'était *ma* ville comme ont coutume de le dire niaisement ceux qui sont allés voir ailleurs parce que ladite ville leur sortait par tous les trous, se sentant moralement tenus, après en avoir dit pis que pendre, de rectifier le tir puisqu'ils y sont revenus la queue basse, employant un possessif qui ne trompe personne.

Mon échec parisien ne m'avait pas encore totalement démotivé. Tavernier avait tourné nombre de films à Lyon, et puis Lyon était la deuxième ville de France, n'en déplaise aux Marseillais. À Lyon, il y avait le TNP et les Célestins, et tout un tas de théâtres disposés à donner leur chance à ceux qu'on appelle les émergents, puisque c'était le label que je convoitais.

J'ignorais encore qu'émergent recoupe en réalité une catégorie à la fois très précise et totalement bidon. Pour y correspondre, il faut remplir deux critères : obtenir de la presse (blogs compris) un papier pas trop mauvais où il est vaguement fait allusion à vous d'une part, ne serait-ce que dans les informations données en fin d'article, la distribution en l'occurrence. D'autre part – non, il n'y a qu'un seul critère. Décidément. C'était à ma portée.

Une petite précision. Si vous apparaissez avant vingt-cinq ans, vous êtes un prodige. Ça ne se discute pas et tout le monde a envie de vous baiser (au sens propre). Entre vingt-cinq et trente-cinq ans, vous êtes un jeune artiste prometteur, encore immature dans votre approche mais prompt à dompter votre fougue et approfondir votre démarche à mesure que les sales coups de votre milieu poliront votre enthousiasme, inhiberont votre spontanéité et tueront votre envie même de faire ce métier. Tout le monde a envie de vous baiser (au sens figuré). Entre trente-cinq et quarante-cinq ans, vous êtes un artiste à suivre (on est trop occupé à baiser ailleurs, *no offense*). Après quarante-cinq ans, normalement, les statistiques sont formelles, vous n'existez pas (en plus de n'être clairement plus baisable). Vous enjambez directement la cinquantaine pour devenir une valeur sûre si vous avez survécu. Après vos soixante-dix ans, vous pouvez souffler, vous voilà trésor national, mythe vivant (et périmé).

La catégorie émergent, dont on pourrait croire qu'elle a sciemment été fomentée par un institut de conseil désireux d'ajouter un critère d'évaluation flou et polémique nécessitant d'autres missions de ce même institut pour le définir, est en effet plus retorse qu'il n'y paraît car elle déborde toutes ces tranches d'âge.

Émergent, vous l'êtes du moment que l'on ne vous connaît pas encore ou que l'on n'arrive décidément pas à retenir votre nom ou à remettre votre visage (et qu'il reste quelqu'un quelque part qui ne vous aurait pas encore baisé). Émergent veut dire inconnu. Émergent veut dire inoffensif. Émergent veut aussi dire éligible aux bourses.

Certains artistes restent émergents toute leur vie. C'est un peu comme le César du meilleur espoir. Il arrive que l'on ne confirme pas l'essai et que l'on demeure, ainsi qu'ont pudiquement coutume de dire celles et ceux qui en ont fait les frais, un espoir toute sa vie. Et même si l'idée paraît tentante, il se peut, et je dis bien il se peut (nuançons afin de ne pas passer pour quelqu'un d'aigri même si, aigri, j'aurais quelques raisons de l'être (je veux dire, avant de subir les erreurs d'algorithme de Rakuten qui me confond avec Guillaume Canet, connaissiez-vous mon nom ? M'avez-vous déjà admiré dans un film ? Une série ? Vu au théâtre ? CQFD, mais je le répète, je ne suis pas aigri), et si je ne souhaite pas passer pour quelqu'un qui crache sur le milieu du cinéma et du théâtre, en sus de mon amour profond pour ces grandes familles, c'est aussi parce que, voyez-vous, je connais encore quelques (rares) personnes (exerçant dans lesdits milieux) qui pourraient me gratifier du label tant désiré, je ne dis pas me nommer aux Césars puisque j'en suis, comme beaucoup, à répéter dans ma salle de bains un hypothétique discours de lauréat (je m'entraîne maintenant pour le César d'honneur)), il se peut donc (pfiou) que ce soit une manière (élégante) de vous éliminer et de s'assurer de votre disparition définitive.

César du meilleur espoir = crime parfait.

Si je vous dis Pierre-Loup Rajot, Grégori Derangère, Laure Marsac ou Laurence Côte, vous vous ruez sur votre smartphone, alors à quoi bon s'acharner à répéter un discours face au miroir avec son tube de shampoing dans les mains.

Faute de prodige, on se rabat sur émergent. C'est une manière de ne pas sombrer dans la précarité totale quand on est têtu comme je l'étais. Car les émergents sont obstinés. C'est le principe même de ce label. Tout est toujours possible. On peut à n'importe quel moment gravir l'échelon supérieur. Il convient de rester mobilisé et d'être constamment *en dynamique*.

Certains émergents peuvent également, cas particulier qui prend le système à son propre jeu, être dénués du moindre talent (ça m'arrangeait) mais d'une agilité hors pair s'agissant de repérer le réseau des résidences et des appels à projets. Vous me direz que c'est une forme de talent. Les émergents ont dans ce cas une connaissance redoutable du maillage territorial et des attributions des collectivités locales. Voilà pourquoi on les retrouve, trente ans plus tard, aux postes de directeurs. Quand vous vous voyez devenir émergent, vous pouvez dire adieu à l'art. Je ne suis pas quelqu'un d'aigri. Je répète. Je. Ne. Suis. Pas. Aigri.

Pour ma part, j'avais (temporairement) dit adieu à Paris pour jouer la carte émergent à Lyon – j'ai oublié de préciser qu'émergent est une catégorie uniquement provinciale : à Paris, soit vous existez comme prodige, soit vous n'existez pas.

Quoi qu'il en soit, en attendant d'être labellisé, je *remontai sur* la capitale pour ladite avant-première.

Ça se passait dans un cinéma des Champs-Élysées, en début de soirée. Il y avait du monde, la production du film m'avait réservé un hôtel moyen, je m'étais bien habillé, un peu trop (clairement j'étais *overdressed*, comme ont coutume de le nommer les boulets non aigris de mon genre), et je compris vite mon erreur en arrivant, je n'allais évidemment pas faire de photos, qu'est-ce que je m'imaginais ?

À l'accueil, je tendis mon carton à deux jeunes gens, hôte et hôtesse juvéniles, certainement des acteurs eux aussi. Je ne pus m'empêcher d'éprouver de la pitié, ou de la honte, quelque chose qui me faisait horreur. Je me sentais au-dessus d'eux et, au lieu de me réjouir, cette sensation me poissa.

Je devinais très bien les galères, les plans foireux, les projets infructueux déraisonnablement multipliés. Je savais les baby-sittings, les clients des bars chics ou miteux qui les désiraient et les méprisaient, les soirées interminables passées à déchirer (biper) des tickets dans des théâtres immenses, à servir des bières ou à se faire des italiennes dans un lit froid, les échecs-sa-mère aux concours *nationaux*. Je les voyais rafraîchir la page des résultats sur internet, rafraîchir sans fin, actualisant jusqu'à la nausée (myriades de clics qui rendent fous). J'y lisais les noms des autres enfoirés, des autres connasses, pas le leur. Je sentais le sol qui se dérobait sous leurs corps avides, leur cœur qui cognait et s'enfuyait de la poitrine pour sauter par la fenêtre, leurs larmes chassées, leur mâchoire serrée au point de faire saigner les gencives. Je sondais avec eux l'écran de leur smartphone, les notifications de messages non lus. J'entendais leur respiration d'asthmatiques. Je savais exactement ce qu'ils se disaient, ce qu'ils ressentaient en écrivant des sms hypocrites à leurs parents, leurs amis, tous ces gens qu'ils devaient prévenir de leur échec, *pas pour cette fois!* ou *raté!* avec un point d'exclamation autour duquel ils auraient pu accrocher un nœud coulant. Je reconnaissais le bruit mat du téléphone qu'ils finissaient par poser à l'envers après l'avoir mis sur silencieux. Le scénario se répétait, deux, quatre, dix fois jusqu'à ce qu'ils renoncent, qu'ils deviennent hôte et hôtesse d'accueil auprès d'une société de production, espérant croiser un regard, exister dans le mien, ne sachant ni si je comptais, ni si je pouvais les aider, moi qui ne leur souriais pas, ne croisais pas leur regard parce que j'avais honte, parce que je voulais leur dire que ce n'était jamais fini, que tout pouvait arriver, que rien n'arrivait jamais. Ils s'imaginaient peut-être qu'avec mon nom comète au générique, avec ces quelques plans dont je ne savais même pas encore s'ils avaient été coupés au montage, avec mon pathétique *And the fields behind the river, are they yours too?*, j'étais lancé, alors qu'il ne faisait aucun doute que j'allais me crasher, me prendre le mur, et jamais la chance ne reviendrait.

Je voulais leur dire cela mais, incidemment, je surpris une conversation entre le producteur et le distributeur. Je compris que Manon, dix-neuf ans, et Jonas, vingt-deux ans, étaient les deux enfants de ce dernier et qu'ils se faisaient un peu d'argent de poche, se destinant à faire une école de commerce pour l'un et médecine pour l'autre, alors je m'engouffrai directement dans la salle.

Nicole arriva, impériale. Elle présenta le film en quelques mots, le noir se fit, la projection commença.

Je regardai mes cuisses pendant la première moitié, puis vinrent les scènes dans le château. Je mis la main en visière sur mon front comme pour me dérober aux regards qui, j'en étais certain, ne manqueraient pas d'affluer vers moi quand la supercherie serait révélée au grand jour. Je perçus une silhouette qui me ressemblait, je la trouvai étonnamment grasse, et petite, affublée d'un sourire crispant, voulant tellement qu'on la voie et bien faire, se décalant systématiquement dans les plans de groupe pour être bien certaine que personne ne la cache.

Puis le moment arriva.

J'entendis quelques bribes en anglais de la petite amie de fiction qui s'en sortait (la bougresse) pas trop mal, et, lâchée comme un mugissement de mammouth sur une scène d'opéra, ma phrase se fit entendre.

Elle pulvérisa le film.

J'étais persuadé d'avoir entendu quelques rires, je me tassai dans le fond de mon fauteuil et entrepris d'ouvrir les mains en plateau devant moi au cas où l'envie me prendrait de vomir.

Le générique défila, j'eus à peine le temps de rater mon nom, les lumières se rallumèrent, les applaudissements fusèrent, Nicole réapparut, elle appela l'équipe du film et là : calvaire, dilemme. Je ne savais pas quoi faire. Devais-je rejoindre les autres sur scène ? Je constatai que la petite amie anglaise était arrivée avant même Louise Bourgoin et Pierre Rochefort. Elle n'avait peur de rien, elle rayonnait, non : elle luisait, elle était phosphorescente. Je me tassai un peu plus et peut-être par fierté ou parce que j'espérais que Nicole – après avoir dénombré d'un regard les acteurs présents comme une institutrice vérifie qu'elle a son compte de mioches après la récré – m'appellerait et que je pourrais alors la rejoindre.

Pourtant ce qui devait arriver arriva. Personne ne se rendit compte de mon absence, écarlate confondue avec celle du fauteuil, la projection prit fin, les gens se dispersèrent, ils allèrent boire du champagne, et je décidai de disparaître sans même aller saluer Nicole.

Je descendis l'avenue des Champs-Élysées sous la neige fondue (c'était le mois de février), rentrai à mon hôtel moyen et me commandai au room service un club-sandwich au thon, moi qui déteste le thon, seulement voilà, je n'avais pas osé contredire le réceptionniste qui me l'avait recommandé.

Mais, et voici pourquoi je raconte cet épisode accablant : le lendemain de l'avant-première, au petit déjeuner de l'hôtel moyen, on m'aborda, et c'était Dominique Sanda qui m'abordait. J'étais assez fier d'être logé dans le même hôtel moyen que Dominique Sanda. J'étais surtout abasourdi qu'elle se souvienne de moi.

— Je peux m'asseoir avec vous ?

Je bredouillai, me relevai précipitamment comme si j'avais vu la Vierge (de putain). Je renversai un peu de café sur la soucoupe, bruits de porcelaine, je bredouillai, elle rit, s'installa.

— Je ne vous ai pas vu hier, vous étiez là ?

J'acquiesçai et répondis sobrement que je ne m'étais pas couché tard, j'étais fatigué (pathétique).

— Oui, tout ce cirque…

Dominique Sanda buvait son thé comme une reine, la vapeur ourlait son visage et son regard métallique me souriait derrière la tasse.

— Moi je repars aujourd'hui. Je serais bien restée davantage à Paris, mais… Finalement non.

— Vous repartez… euh…

— À Montevideo, oui.

— Ah oui.

— Vous vous demandez ce que je fiche là-bas, hein ?

— Non, bien sûr que non, c'est normal. Enfin je veux dire, vous avez bien le droit de vivre en Uruguay (pitoyable).

— J'ai suivi un homme.

— Ah.

— Un mec.

— Ah bah oui.

— Je ne regrette pas.

— Ah bah non.

— Vous aussi ?

— Pardon ?

— Vous suivez quelqu'un en ce moment ?

Étais-je en train de me faire draguer par la femme douce ou étais-je un dangereux érotomane ? Je relançai :

— En ce moment, à choisir, je préférerais qu'on me suive.

— Vous savez, la chance tourne dans la vie. Parfois vous suivez, parfois on vous suit. Ce n'est pas très compliqué.

— Moi, j'ai souvent l'impression que c'est à moi de suivre.

— Profitez donc, suivez et faites-vous suivre, vous n'avez pas encore l'âge d'être veuf.

— Oui, ce n'était pas très délicat de la part de Nicole.

— Oh, pourquoi ? J'ai eu tellement de partenaires masculins. Ça repose de jouer seule. J'espère simplement que je ne vais pas me spécialiser dans les rôles de veuves réfrigérées. Si c'est ce que j'inspire désormais, autant arrêter. Ou se flinguer.

— Pourquoi vous n'avez pas demandé à avoir un autre mari ?

— Comment ça, un autre mari ?

— Pourquoi vous n'avez pas suggéré un autre comédien pour jouer votre mari ?

— Je n'ai pas l'habitude d'écrire les scénarios à la place des cinéastes. Je lis veuve, je suis veuve, punto basta.

— Oui mais là, vous ne deviez pas l'être, à l'origine.

— Vous me l'apprenez.

Un long silence, je tartinai de la confiture sur une moitié de croissant pour tenter de me faire oublier. Dominique Sanda semblait troublée. Elle me fixait avec une expression soudainement hostile.

— Dites-moi qui devait jouer mon mari, vous qui savez tout.

— Un dénommé Ariel Winthrop.

— Ariel Winthrop ? Non ?

— Vous le connaissez ?

— Ariel ? Oh là, oui. On a tourné ensemble, il y a très longtemps, dans *Le Navire Night*. Il y fait une apparition. C'est là que je l'ai rencontré.

De quel navire ou croisière parlait-elle ? Le vide opaque de mon regard dut la renseigner puisque, magnanime et radoucie, elle me donna quelques clés.

— Le film de Marguerite Duras. Vous connaissez ?

— Je connais Duras, bien sûr (au secours), mais ce film, non.

— C'est un film atrocement chiant. Ariel traverse le champ, la nuit. Juste ça. C'est ce que voulait Marguerite, simplement qu'il passe une fois. Elle l'a repris je ne sais combien de fois, elle l'engueulait, elle trouvait qu'il marchait mal, elle lui expliquait ce que devaient faire ses bras, ceci et cela, où devaient aller ses regards. J'ai cru qu'il allait devenir fou, et comme pour moi aussi ç'avait été un calvaire, ça nous a soudés. On a énormément ri. J'adorais quand il imitait Marguerite. Il avait un humour ravageur, vous savez. Il l'a peut-être toujours, cela dit.

— Mais comme on ne sait pas s'il est vivant ou mort.

— Oh, il est tout ce qu'il y a de plus vivant !

— Comment pouvez-vous en être si sûre ?

— Parce qu'il y a eu une polémique sur son film et je sais qu'il a répondu par avocats interposés. Je ne l'ai pas revu depuis tellement longtemps, c'est dommage, ça nous aurait fait une occasion.

— Une polémique ?

— La Warner a conservé, à son insu dit-il, une copie de son film, oh… je perds le nom.

— *Miss None.*

— Mettons. La copie est à Burbank, en Californie, et Ariel est devenu fou quand la Warner a fait part de son désir de le sortir enfin. C'est Nicole qui joue l'épouse d'Ariel, finalement.

— Oui, elle m'a raconté.

— Elle qui ne parle pas un mot d'anglais.

— Ah bon ?

Je ravalai, c'était donc ça : Nicole s'était vengée en me proposant un rôle dans une langue que je ne maîtrisais pas pour mettre un point final à ma carrière au cinéma. Elle avait souhaité m'éliminer.

— Nicole est au courant ? Ils vont le sortir quand ?

— Ils ne vont pas le sortir. Apparemment, le film est trop mauvais.

— C'est bizarre, Nicole m'a soutenu qu'il était sublime.

— Je pense que tout ça c'est une opération de com, peut-être même orchestrée par Ariel lui-même.

— Pourquoi il ferait ça ?

— Parce que c'est un homme.

— Un figurant.

— C'est la même chose.

Mon tiers de croissant me glissa des mains, rejoignant ma tasse encore pleine de café froid, ploc, gerbe disproportionnée, mon t-shirt était maculé. Dominique Sanda fit comme si elle n'avait rien vu, je grommelai tout en essuyant piteusement les dégâts.

— C'est toujours un mystère, les films.

— Ah bah ça.

Je tapotai les taches avec ma serviette en papier bleu marine dont j'avais trempé l'un des coins dans mon verre d'eau. Le pire était à venir.

— Vous lisez un scénario, il est génial, et quand vous allez voir au cinéma ce qu'en a fait le réalisateur, vous vous retrouvez devant une insondable merde.

— Ah bah ça.

La serviette bleu marine déteignait sur mon t-shirt, il était maintenant moucheté d'auréoles violettes.

— Il était bien le scénario de son film, pourtant.

— Ah bah ça.

Abondante suée.

— Vous l'avez lu ?

— Hein ? Pardon. (Je tentai de me reprendre.) Quoi donc ?

— Le scénario du film d'Ariel.

— Ah bah non. On peut le lire ?

— Je dois encore avoir un exemplaire à Montevideo.

— Je vous demande pardon ?

J'étais une vache Milka.

— Oui ?

— Mais comment vous êtes-vous procuré ce scénario ?

— Ariel m'avait proposé le rôle. Le rôle de Nicole.

— Alors, vous êtes sûrement la dernière personne à avoir le script.

— Ça m'étonne. Nicole n'a pas gardé le sien ?

— Elle m'a dit qu'il avait fait brûler tous les exemplaires du scénario après s'être débarrassé de la copie zéro.

— Sans blague ?

— Vous êtes passée entre les mailles du filet.

— Qu'est-ce que vous voulez dire ?

J'entrepris de boire mon verre d'eau mais en le portant à ma bouche, je constatai que des dizaines de particules de papier bleu flottaient à la surface. La serviette avait bouloché quand j'avais bricolé mon éponge. Je bus en fermant les yeux une rasade d'eau souillée.

— Je suis en possession d'une rareté, vous voulez dire.

— C'est collector.

Je me concentrai sur les corpuscules de papier à exfiltrer de ma langue.

— Vous pourriez le vendre aux enchères.

— Ça intéresserait qui ?

— Nicole. Moi.

— Je vous en fais volontiers cadeau, j'ai trop de vieux scripts qui prennent la poussière.

— À moi ? Vraiment ?

— Vous voulez le lire ?

— Bien sûr. À part le premier plan, je ne sais même pas de quoi ça parle.

— Je vous l'enverrai, à l'occasion, donnez-moi votre adresse. Il est en anglais mais ça ne vous posera pas de problème si j'ai bien compris.

Elle éclata d'un rire qui me coupa l'estomac. Feignant la complicité, je répondis un maladroit *Not at all* qui la fit rire de plus belle, puis réorientai l'échange vers Ariel.

— Pourquoi vous avez refusé de jouer dans le film d'Ariel ?

— Il fallait se mettre nue.

— Et alors ?

— Je suis quelqu'un de très pudique.

— Mais vous êtes actrice.

— C'est la même chose.

Traverser la nuit dans *Le Navire Night* de Marguerite Duras.

2.

« J'hésite entre ne rien savoir et tout savoir, n'écrire qu'à la condition de tout ignorer ou n'écrire qu'à la condition de ne rien omettre. »

Nathalie Léger,
Supplément à la vie de Barbara Loden

Le 7 septembre 2009, une femme quitte son domicile de Sacramento, Californie. Elle monte dans sa Buick rouge sombre immatriculée 7JTR625 et conduit jusqu'au Sacramento Executive Airport.

Elle se gare en marche arrière, quitte son véhicule qu'elle verrouille puis rejoint l'une des deux pistes de l'aéroport pour embarquer à bord d'un bimoteur Cessna 340.

Elle s'appelle Lana Bendylaw. Elle est titulaire d'un brevet de pilote depuis le 29 janvier 2009, elle a déjà volé plus de deux cent cinquante heures.

Dans l'avion il y a six places, mais c'est manifestement seule qu'elle attend d'obtenir de la tour de contrôle l'autorisation de décoller, ce qu'elle fait, il est 15 h 08.

Elle se dirige vers le nord, le temps est clément, la région se remet tout juste d'une série d'incendies dramatiques dus à un épisode de canicule particulièrement sévère. À mesure que l'avion progresse, plusieurs messages lui sont envoyés sur son téléphone, on établira qu'ils l'ont été par un homme de trente-six ans, Quentin LeBon, son conjoint.

Les messages restent sans réponse, l'avion progresse inexorablement.

Vers 15 h 49, il approche d'Oroville, Lana reçoit quatre appels radio auxquels elle ne donne pas suite. Elle commence sa descente sur Oroville, l'avion perd rapidement de l'altitude, sa vitesse ne décroît pas, Lana tient son cap, le mur qu'elle s'est choisi pour horizon approche, elle garde les yeux ouverts au moment de le percer, il est 15 h 54 et ce n'est que le début.

Cette histoire, c'était Jonathan Winkapeg qui me la racontait.

J'étais assis dans son bureau de Beverly Hills car j'avais réussi à décrocher un entretien avec cet influent agent de la WME. Il cherchait des acteurs français capables de tourner dans plusieurs productions pour lesquelles il travaillait.

— La France est à la mode, avait-il lâché au moment de me recevoir, avec l'expression d'un homme qui aurait avalé par erreur un tube de colle à bois.

Ce rendez-vous, je l'avais obtenu grâce à la recommandation de sa protégée, Madeline, bijou de comédienne dont Jonathan pensait qu'elle avait l'étoffe d'une Streep, une Kidman, une Winslet, qu'elle allait exploser dans quelques mois, et ceci je le savais car Madeline était la femme dont, à l'époque, je partageais la vie, car oui : je n'ai pas tout dit.

Juste avant que les *fields* soient *behind the river* – je ne résiste pas, c'est le moment opportun, c'est même maintenant ou jamais, et tant pis pour cette énième phrase en apesanteur : qu'ai-je voulu dire en marmonnant ces mots, acculé, et que disent-ils de moi ? J'y ai longuement pensé, je peux formuler plusieurs hypothèses : la première, mon obsession pour le foncier ; la deuxième, qui en découle, ma fascination pour les riches, en tout cas les propriétaires, fascination non exempte d'un ressentiment social (pourquoi pas moi ?), ressentiment proprement indécent si j'en juge par mes origines privilégiées ; la troisième, ma nature profondément bourgeoise ; la quatrième, mon sens de l'observation (de l'à-propos) à une époque où je ne suis pas encore myope – il y avait littéralement des *fields* derrière la rivière – d'une part, et d'autre part, car cette fois il y a un d'autre part, je me trouvais dans un château, conversant avec le châtelain, il était donc probable que ledit grand propriétaire (dans la fiction) soit à la tête d'un domaine de plusieurs hectares et qu'il se réjouisse que j'en prenne la mesure devant lui ; la cinquième, ma perversité, je cherchais peut-être en réalité à humilier cet héritier (bien sûr que les *fields* derrière la Garonne n'appartenaient plus au domaine qui avait été rogné année après année à cause des placements calamiteux du père mort (le défunt mari de Dominique Sanda qui aurait dû être joué par Ariel Winthrop), il ne restait presque plus rien de l'empire initial, tout allait s'effondrer sous peu pour de bon et j'enfonçais le clou à dessein) ; la sixième, qui en découle elle aussi, ma nature profondément antibourgeoise ; la septième, mon envie d'ailleurs, aller voir derrière la rivière, m'échapper de cette inconfortable situation (tant celle de la fiction, pensum dominical, que celle du réel, tournage qui me démasque), hypothèse qui m'arrange dans la mesure où, en plus d'occulter mon épouvantable tempérament d'inconstant, elle me permet de faire un lien non seulement avec ce qui précède mais avec ce qui va suivre et de reprendre la phrase laissée en suspens par l'un de ces exaspérants tirets que j'ai pris l'habitude de déposer devant vous comme autant de cadavres à enjamber –, quelques semaines, donc, avant de savoir que mon impeccable accent australien serait immortalisé pour une postérité en pâmoison, j'avais décidé de participer à la loterie américaine en vue d'obtenir une Green Card et j'avais, asseyez-vous, oui, moi (oui oui, moi) : j'avais gagné.

Je m'étais toujours figuré la loterie comme un grand torrent de chiffres vomissant les numéros vainqueurs. Je me souviens des tirages à la télévision, ces quelques minutes précédant le film du soir, rite immuablement annoncé par une orchestration de supermarché. Il y avait un grand globe de plexiglas trônant au sommet d'une volée de marches laquées. Baba, je contemplais l'air soufflé dans cette bulle qui me donnait faim car j'y voyais des grains de maïs cabriolant leur devenir pop-corn.

Toutes ces billes multicolores qui se savaient désirées au-dehors s'entrechoquaient sans retenue. On pouvait voir dans ce combat pour l'exfiltration le déchirant spectacle de l'existence humaine. Les billes, ces mouches, c'étaient nos corps prisonniers d'une planète sans issue ni aspérités apparentes, fracassés les uns contre les autres par l'effet des désirs, des guerres, des cyclones, sauvés par une force mystérieuse, pas tant la Providence que la sélection naturelle, désespérante foire d'empoigne d'où ne sortaient du lot (du cauchemar, du piège) que quelques molécules mieux conformées et pas plus gênées que ça à l'idée de jouer des coudes pour se sauver.

Je détaillais la combinaison gagnante pompeusement exhibée sur une réglette calibrée, je vérifiais que les chiffres correspondaient à ceux qui apparaissaient sur l'écran, annoncés par la voix d'une femme invisible qui m'inspirait, au même titre qu'Annie Pujol, sphinx low cost, faisant pivoter, non sans mélancolie, les lettres de l'énigme à trouver dans *La roue de la fortune*, une insondable tristesse. J'avais de l'empathie pour ces silhouettes assignées à leur tâche, de la pitié, presque. Bien que décisives dans le jeu, je ne pouvais m'empêcher, passé l'envie de faire pivoter à mon tour ces lettres et d'être à la place dudit sphinx, de plaindre leur position de faire-valoir, de second rôle – de détail.

En soumettant ma candidature à la loterie américaine, j'avais participé pour la première fois à un dispositif où le hasard souverainement décide. Je visualisais tout ce processus comme un tirage au sort télévisuel, j'entendais malgré moi des roulements de tambour et des froissements de cymbales et, compte tenu de ce qu'on aura plus ou moins saisi de ma nature de winner, je me voyais inévitablement éconduit, deuxième ou troisième dauphin au sourire crispé, contraint qui plus est de complimenter le gagnant devant tout le monde et de faire comme si je n'avais pas envie de lui démonter la tête, candidat malheureux passant l'appel de courtoisie au président élu pour lui adresser mes félicitations républicaines et mes vœux de réussite. Ainsi, le jour où j'avais reçu un mail m'indiquant que j'étais sélectionné, ayant refoulé ma participation au bazar, j'avais pris la missive pour un spam. Je l'avais repêchée in extremis dans ma corbeille après avoir opportunément recouvré la mémoire.

Le mail m'informait qu'il me restait plusieurs étapes (dossier, visite médicale, entretien à l'ambassade). Mois après mois, je les passai. Avec succès, contrairement aux concours d'acteurs. La radiographie de mes poumons était impeccable, mon casier judiciaire vierge. Ainsi, au terme d'un entretien avec un blond râblé dont le ventre blanc et duveteux se devinait entre les bâillements de sa chemise étriquée, j'avais entendu le verdict, un *Welcome* réticent cinglé sans sourire dans un petit bureau quelconque. Un *Welcome* qui disait : « Je tamponne votre dossier, vous pouvez prendre vos billets d'avion. »

Nous étions en 2014, il s'était écoulé deux ans et demi entre mon inscription à cette loterie et mon arrivée à Los Angeles puisque, on est ce qu'on est, j'avais décidé de viser Hollywood pour devenir une star mondiale (cf. écrans, murs, couvertures, cartes postales). J'avais manifestement des difficultés à y parvenir en France, nul n'est prophète en son pays, voulais-je me consoler, alors à moi l'Amérique.

À 16 h 38, soit exactement quarante-quatre minutes après l'impact du bimoteur de Lana, le mur d'enceinte principal du barrage d'Oroville cède, les deux déversoirs suivent immédiatement, des millions de tonnes d'eau et de moellons mêlés à la carlingue et à la chair de Lana se répandent sur les terres environnantes. Par chance, qui dit canicule dit parfois sécheresse, le niveau d'eau est moindre, le nombre définitif de morts sera tout de même porté à 29 000 – 29 000 tout rond, précisa Jonathan.

— Mais le plus fou dans cette histoire, c'est que les autorités ont décidé de retirer du décompte officiel des morts deux personnes. Il y a eu en réalité non pas 29 000 morts, mais 29 002 morts. Alors ? D'après toi, qui sont ces deux-là ? me demanda Jonathan, œil malicieux du charmeur de serpents.

— Lana et Quentin, fis-je avec assurance, postulant que Quentin, ayant trouvé une lettre de sa femme lui annonçant le mode opératoire de son suicide, avait été contraint, en découvrant l'ampleur de la catastrophe, de se supprimer à son tour.

— Erreur, cingla Jonathan qui n'attendait que cela. Lana a en effet été effacée du registre des morts, mais Quentin ne s'est pas suicidé, il s'est remarié avec une décoratrice d'intérieur si mes souvenirs sont bons. Il n'y a pas si longtemps, ils ont fait la une de *Life* ou *Newsweek*, je ne sais plus, bref, il y a une autre personne et ce n'est pas Quentin. Tu ne vois pas ?

Je moulinais intérieurement : un technicien du barrage qui n'avait pas signalé une fissure, l'architecte qui avait livré un édifice vicié, l'aiguilleur du Sacramento Executive Airport qui avait laissé l'avion de Lana décoller, la sœur siamoise de Lana, non, je ne voyais pas.

— La lettre laissée par Lana à Quentin a été publiée

dans la presse quelques semaines après l'accident. Enfin l'accident, disons plutôt l'attentat, mais je ne crois pas que ça convienne non plus. Crime me paraît trop tranché. Les choses sont toujours beaucoup plus ambiguës, n'est-ce pas ? En tout cas, cette lettre ne comportait qu'un seul mot : *Pregnant*.

Enceinte.

Me répétant le mot en boucle, je songeais au mur d'enceinte du barrage. Des images m'assaillaient, de troublantes correspondances me traversaient. Ce mot disait beaucoup de choses. Il exprimait tout à la fois l'état et la destination de Lana. Je sentis un froid mordre mon ventre.

Je divaguai quelques secondes, regard perdu sur l'affiche de *Gloria* de Cassavetes qui trônait derrière le bureau de Jonathan. Je venais de la remarquer et je voyais, en surimpression du corps de Gena Rowlands, celui de Nicole. Alors, furtivement, je repensai à Ariel.

Il y avait plusieurs mois qu'il m'était sorti de la tête. À contempler l'affiche, je tâchais de me rappeler une anecdote qu'il évoquait au sujet de *Gloria* dans l'interview que j'avais lue en partie. Je cherchais en vain, me promettant de la consulter de nouveau et même de revoir le film pour élucider le mystère. Jonathan me sortit de ma rêverie pour en éclaircir un autre :

– Lana était enceinte ! Elle et son bébé, on les a supprimés du bilan. On a effacé leur existence. Et personne n'a trouvé à redire. C'est effarant, non ?

C'était ça et plein d'autres choses, me dis-je sans oser ouvrir la bouche ni quitter les yeux exorbités de Jonathan derrière lesquels je continuais de percevoir le corps campé en miniature de Gena Rowlands.

— Je raconte cette histoire aux étrangers parce que ici, évidemment, tout le monde s'en souvient, elle a traumatisé le pays entier. Je suis quand même surpris que tu n'en aies jamais entendu parler. Mais en 2009, tu avais quoi, quinze ans ? Quand je pense que j'approche des soixante-dix piges, Sainte Vierge en son Fion l'Immaculé !

Jonathan se montrait parfois d'une vulgarité difficile à retranscrire. Concernant mon âge, si j'étais flatté, je me fis toutefois un devoir de rétablir la vérité.

— J'avais vingt-trois ans en 2009.

— Par tous les saints suaires, tu en as combien alors maintenant ? Vingt-huit ? Les vingt-huit fatidiques ?

J'acquiesçai timidement. La fin était là. La prophétie allait se réaliser. Jonathan semblait la connaître, lui aussi. J'aurais préféré mourir à vingt-sept ans comme toutes les légendes dignes de ce nom afin de m'éviter ce regard affligé.

— Je n'avais jamais entendu parler de… (moi non plus, je ne trouvais pas le mot adéquat) ce fait divers.

Jonathan s'enfonça dans son fauteuil. Il me scruta comme si j'étais un monochrome, il croisa les mains sur sa bedaine et éclata soudain d'un rire tonitruant.

— Maudit Dieu de Son Cul ! C'est le scénario du prochain film de Paul Thomas Anderson ! Une histoire inventée de toutes pièces et tu auditionnes demain pour le rôle de

Quentin, un Français originaire de Nevers (il prononçait *never*). 11 h 15, mon secrétaire te donnera l'adresse.

Mon cœur s'emballa, Jonathan me fit signe de déguerpir, je me relevai précipitamment et me dirigeai vers la porte.

— Tu connais Nevers, j'imagine ? me demanda Jonathan, rayonnant.

— Je n'ai rien vu à Nevers, fis-je, souriant, tandis que je quittais le bureau de Jonathan en hochant la tête.

— Cette bonne vieille nympho de Maggie ! eus-je le temps d'entendre avant que la porte ne se referme.

Quand je l'avais rencontrée au Stella, dans le quartier de Silver Lake, Madeline allait sur ses trente ans. Son visage m'avait immédiatement semblé familier sans que je parvienne à déterminer pourquoi.

Elle sirotait un Mimosa. C'est en avisant la coupe safranée dont elle caressait l'évasement de son majeur gauche, tête posée sur la main droite, coude appuyé sur le comptoir, regard de charbon qui s'effrite, que je lui avais demandé ce qu'elle ingurgitait. Elle avait murmuré, lasse et rauque, ce nom de fleur, Mimosa. J'y avais tout de suite vu un signe car c'était une fleur que j'aimais mais je m'étais gardé de lui avouer de peur de n'être à cet instant pour elle qu'un méprisable baratineur.

Jus d'orange et champagne.

J'avais dit que j'allais en prendre un, moi aussi. Elle s'était détournée et m'avait laissé admirer sa chevelure abondante, bouquet de mimosas vieilli au parfum de miel.

C'était une scène de film. Nous étions dans un bar à cocktails à une heure avancée de la nuit, elle était comédienne comme à peu près tout le monde à Los Angeles, mais c'était déjà trop tard pour elle, avait-elle concédé au terme d'une conversation poussive qui ressemblait aux ruines d'une ville bombardée en hiver.

— Pourquoi trop tard ? avais-je lourdement relancé.

Je connais ce visage.

— Tu trouves que je ressemble à une jeune première ?

— Si je dis oui, tu vas croire que je te drague.

Mais où est-ce que j'ai vu cette fille ?

— J'ai un oncle qui habite à Sydney.

Non ? C'est pas possible.

— Je ne suis pas certain de savoir quoi faire de cette information, tentai-je pour la dérider.

— T'es pas australien ?

Ça ne peut pas être elle.

— C'est toi ?

C'est elle.

— C'est moi ?

— Sidney ! Mais bien sûr ! Je te reconnais !

— T'as pris quoi ? Ç'a l'air dément.

— Le petit Sidney !

— Mec, lâche-moi la grappe, t'es complètement défoncé.

— Grace Sheffield !

Madeline se figea.

— T'as dit quoi ?

— Grace Sheffield !

Elle me fixa avec une expression de stupeur.

— Quel est le rapport avec Sydney ?

— Je ne suis pas australien, je suis français.

— Mon pauvre.

— Maggie Zina.
— Madeline Zima, tu y étais presque.

Madeline Zima – le nom ne vous dit peut-être rien et pourtant vous la connaissez. Vous la connaissez parce que vous aussi, dans les lointaines années 90, chaque soir sur M6, vous avez regardé *Une nounou d'enfer*. Chaque soir, après avoir vaguement écouté les informations du *6 minutes* qui en durait davantage, vous avez eu envie de prendre dans vos bras l'adorable Grace Sheffield qu'elle incarna pendant six saisons tandis que votre mère se prenait de passion pour Niles, le caustique majordome.

— Tu as dit Sidney et tout m'est revenu !

— Écoute, le principal, c'est que tu t'y retrouves. Maintenant, je veux bien que tu me foutes la paix.

— Cet épisode où Niles fait croire à C. C. Babcock que Maxwell n'a pas trois mais quatre enfants. Margaret, Brighton, toi, Grace, et Sidney qu'il invente. Le petit Sidney ! Je connais les dialogues par cœur !

— Je suis à deux doigts d'appeler la police.

— Pardon.

Elle ne me calculait plus. Après un temps de flottement, je hasardai :

— Tu sais que c'est une hérésie de corrompre le champagne ?

— Ta connerie est une hérésie.

— Ma connerie est française.

— Je hais les Français.

— Moi de même. Et les Australiens.

Elle esquissa un demi-sourire. Je m'enhardis :

— Et les chieurs qui te collent aux basques en commentant ce que tu bois.

— Les chieurs qui t'expliquent la vie.

— Les mecs.

— T'as tout compris.

— Un peu moins con que prévu.

— Ou aux abois parce que tu sais que je vais pas accepter ta putain de demande d'autographe.

— Effectivement, j'ai bien saisi que je pouvais m'asseoir dessus.

Elle commanda un autre Mimosa, je fis de même.

— Tu trouves vraiment ça dégueu ? me lança-t-elle en vidant bruyamment le contenu de son verre.

— Innommable.

Elle eut un rictus.

— Je sais pas ce qui est pire : ça ou les sandwichs au beurre de cacahuètes.

Elle éclata franchement de rire, recrachant les dernières gouttes de l'ignoble mixture sur moi. Étais-je condamné à être constellé chaque fois que je me trouvais en tête à tête avec une femme ?

— Désolée, bredouilla-t-elle en riant de plus belle.

— Je t'en prie, j'avais chaud.

— T'es marrant en fait.

— Aux abois.

On nous servit deux nouveaux Mimosas.

— Bon courage, fis-je en levant mon verre.

— Qu'est-ce que tu fous ici en fait ?

J'expliquai à Madeline le pourquoi de ma présence à Los Angeles, exposant les développements de ma fulgurante carrière en France, puis je lui demandai, cette fois plus sérieusement, à quoi ressemblait sa vie d'actrice. Elle avait connu la notoriété très jeune, aussi avançai-je que ça n'avait pas dû être facile de rebondir après cela.

— Si tu prononces encore une fois le mot rebondir, je te casse la gueule.

— Tu veux pas m'embrasser plutôt ?

Je me découvrais entreprenant, moi qui, en France, aurais fait une crise de tachycardie à la simple idée de mendier son numéro de téléphone à une femme.

— Essaie, tu verras.

— Je me réserve le droit de surseoir.

— Vous êtes tous comme ça ?

— Qui ?

— Les Français.

— Tous comment ? Cons ? Drôles ? Alambiqués ?

— Perdus.

— Non. Je suis le seul à être comme ça.

Elle me fixait de ses yeux d'opale.

— Ça nous fait un point commun, ajoutai-je.

Elle m'expliqua qu'elle avait joué dans plusieurs téléfilms, tenu un autre rôle récurrent dans *Californication*, une série avec David Duchovny. Elle y jouait une jeune femme sauvage, le contrepoint de son rôle de petite fille sage qui l'avait rendue mondialement célèbre. Elle ajouta, avec un air de défi, que c'était une série très crue comme son nom l'indiquait.

— Ça parle de cul et c'est très drôle. Mais genre, hilarant.

Cela faisait quatre ans maintenant qu'on ne lui avait plus proposé de rôles significatifs. Elle se sentait glisser dans l'anonymat, l'oisiveté – le vide –, et redoutait que son apogée soit derrière elle.

Elle fut traversée par une émotion si sombre en avouant tout cela que je pris le risque d'éclaircir son humeur en lâchant :

— Je suis sûr que ça va aller. Tu sais, on passe sa vie à rebondir.

Elle m'embrassa subitement, un long baiser, terriblement excitant, vorace, nous nous dévorions la bouche, mais lorsque mes lèvres quittèrent les siennes, je reçus un violent coup de poing dans la mâchoire.

Nous fîmes très mal l'amour cette nuit-là, ainsi qu'une demi-douzaine de fois encore – assez pour nous faire douter de l'intérêt de boire d'autres infects Mimosas l'un avec l'autre. Toutefois, au bout de quelques semaines, j'emménageai chez elle.

À ma grande surprise, c'était un logement très modeste. Ça m'avait frappé le premier soir, j'avais furtivement songé que c'était sa garçonnière (j'ai conscience que le mot ne correspond pas mais je n'ai pas trouvé comment l'adapter au contexte du célibataire féminin, le vocable n'existe pas, il semble que la langue française n'ait pas prévu ce cas de figure), puis compris que c'était bel et bien l'endroit où Madeline vivait. Percevant ma déception – et devinant que je m'attendais à une villa avec piscine sur les hauteurs de

Santa Monica –, elle avait confessé être joueuse : elle passait des heures à flamber au poker sur internet et perdait des sommes considérables, tous ses cachets depuis *Une nounou d'enfer* y étaient passés. Elle avait conclu cet aveu en affirmant être de toute façon très bien dans ce petit meublé, c'était un peu sordide certes, mais elle n'en avait strictement rien à foutre, d'autant qu'on était à deux pas du Stella.

Cela m'arrangeait car je venais d'y prendre le poste de barman, mon prédécesseur ayant été choisi par Clint Eastwood pour donner la réplique à Tom Hanks dans son prochain film.

Plusieurs mois passèrent dans cette routine. Nous nous retrouvions chaque soir au Stella où nous buvions obstinément des Mimosas. J'avais plaisir à faire le clown pour Madeline derrière le comptoir. Je lui balançais quelques vannes bien senties, ses rires fusaient et cela me donnait confiance. Comme son rire était très singulier – une sorte de débordement nasal, suraigu, traînant aussi, s'élargissant à mesure que l'hilarité augmentait, devenant pour finir un cri de jouissance bestial –, elle attirait l'attention. Progressivement, une meute se formait autour d'elle, et dans l'allégresse de sa fréquence communicative, un soubresaut tribal de plaisir déferlait autour de nous.

Je progressai dans mes compositions tant et si bien que j'en vins à me révéler à moi-même : j'étais un acteur comique. Je devais viser le one-man-show. Mes déboires, surtout ma manière de les raconter, plaisaient. J'avais mon petit talent, estimait Madeline. C'était ainsi que je l'avais séduite, rien de nouveau sous le soleil, je l'avais fait rire et ce rire était devenu notre carburant érotique.

Très rapidement, je devins un barman prisé. Je me taillai

une réputation de stand-upper. J'avais mes habitués. Madeline entraînait le mouvement, elle fédérait chaque soir une nuée de bougres hagards et enjoués qui me bissait à qui mieux mieux et en redemandait jusqu'au petit matin. *Mon* public m'aimait. Je servais toujours plus de champagne à Madeline, bien souvent il débordait de sa coupe, alors elle en léchait le rebord, et, inévitablement, j'avais envie d'elle.

Pendant cette joyeuse période, nous nous sommes aimés en voiture, dans les toilettes du Stella, à même la moquette douteuse de notre appartement, sur notre lit, sur le fauteuil orange du salon, parfois sous la douche.

Ce fut une vie gaie, détraquée, une vie de pas grand-chose. Nous buvions, rions, baisions, et moi je ne voulais rien d'autre que ce cliché de comédie romantique indépendante. Je ne désirais rien d'autre qu'elle sur moi, elle contre moi, elle en moi, et vice versa. Les violons cesseraient peut-être de sangloter un jour, je la perdrais sans doute, mais en attendant je n'aspirais qu'à cueillir les mimosas de la vie.

J'avais l'impression de vivre dans un film, moi qui en avais rêvé depuis toujours. Tout y était simple. On vous fomentait un destin – au moins étiez-vous certain d'en avoir un –, on s'occupait du moindre problème pour vous. Vous n'aviez qu'à vous soucier d'être le personnage qu'on aime, il suffisait de dire ce qui avait été prévu, l'angoisse de la repartie n'existait plus, vous pouviez vous libérer à tout jamais des blancs, des contretemps, des flops. Les choix, les dilemmes, les hasards étaient tranchés pour vous, les risques étaient pris pour vous, les dommages étaient assumés pour vous. Vous pouviez, de plus, couper des scènes de votre biographie à loisir histoire d'abréger ou de dynamiser le quotidien, ou bien de vous épargner les mauvaises surprises. Mais surtout, tout ça se faisait en musique, ce qui était une nette amélioration au regard de l'ordinaire.

Combien de fois, pédalant dans Paris, casque sur les oreilles, avais-je écouté la bande originale de ma vie ? J'imaginais le découpage des plans sur moi, les travellings, les zooms sur mon visage extatique quand j'allais bien, ravagé de larmes quand ça n'allait plus, j'imaginais l'émotion ressentie par les spectateurs en me découvrant dans telle situation, je m'entraînais à jouer les scènes que je redoutais ou espérais, je précisais les dialogues et les intentions de jeu qu'il fallait mettre en œuvre pour un maximum de crédibilité.

Tous ces films que je m'étais faits jusqu'ici pour que les années aient une saveur, pour ne pas tomber dans un trou que l'anonymat recouvre avec des pelletées d'indifférence, tous ces montages que j'avais réalisés pour conférer à ma présence sur cette terre un but, un rythme, une mémoire, toutes ces œuvres potentielles qui avaient donné forme à mes jours m'avaient permis d'aller au bout de ce que j'éprouvais. Si je ne les rejouais pas, les choses n'étaient pas vécues jusqu'à leur terme, écrirais-je un jour en exergue de mon autobiographie.

Rencontrer Madeline m'avait permis d'endosser le rôle du french lover. C'était très plaisant et très inattendu.

Comme comédien, je n'avais eu jusque-là que peu d'emplois à ma disposition. Ni les princes, ni les valets ne semblaient faits pour moi, ainsi que me l'avait délicatement signifié mon agente française.

Régine Couteau – le nom ne vous dit sûrement rien, et c'est tant mieux. S'il vous parle, je vous plains.

Régine était malheureusement une institution. Elle avait vu défiler des générations d'acteurs et se targuait d'avoir inventé le métier d'agente en France. C'est bien simple, fut un temps où il n'y avait personne d'autre. Elle ressemblait vaguement à Estelle Leonard, l'agente de Joey dans *Friends*, en moins drôle et en moins sympathique. Aujourd'hui nonagénaire, elle continuait de travailler, allait au théâtre en traînant les pieds et acceptait de s'occuper de vous si vous aviez la gentillesse de lui offrir des After Eight, ces infects chocolats à la menthe qu'elle dégustait à toute heure de la journée. Le tuyau étant bien connu des acteurs en galère, j'avais moi aussi fini par échouer chez Régine avec plusieurs boîtes.

J'avais tout de même vérifié son adresse dans *Le Guide du comédien*. En recevant chez moi ce manuel inutile qu'on vous recommande d'acquérir en province quand vous avouez à demi-mot que vous voulez être acteur, j'avais eu l'impression de recevoir la clé d'un coffre. Tous les secrets les plus précieux y étaient consignés, je n'aurais qu'à lire soigneusement les conseils prodigués et, quelques pages plus tard, tadam, je me serais transformé en acteur. Je disais acteur car bien sûr comédien, c'était ringard. C'était pour ceux qui se contentaient du théâtre alors que moi, je visais plus grand, je visais écran panoramique, close-up et tout le toutim. Ledit manuel m'aura au moins permis d'apprendre que l'improbable rue de la Grande-Truanderie où créchait Régine se situait dans le Ier arrondissement.

Le jour où elle m'avait reçu, Régine avait rempli au stylo bille vert une fiche avec mes mensurations, les langues que je parlais, les sports que je pratiquais. Elle écrivait tout en lettres capitales. Lentement. Elle y avait collé ma photo d'identité à l'aide d'un bâton UHU, avant de ranger le tout dans une chemise en carton rose layette. Elle me rappellerait quand elle aurait des trucs à me proposer.

Je savais qu'être représenté par Régine était la promesse d'une absence de carrière – je n'allais pas tarder à revenir à Lyon pour tenter l'émergence –, aucun de ses protégés n'était pris au sérieux mais j'estimais que c'était mieux que rien. J'avais tort évidemment. Dans ce métier, un rien est toujours préférable à un presque rien qui vous ringardise pour de bon. Au moment de la quitter, je lui avais tout de même demandé à quoi elle songeait me concernant. Occupée à extraire un After Eight de son étui carré en papier bible noir, elle avait répondu du tac au tac et la bouche pleine :

— Les pédés ou les collabos.

Alors, quand Madeline me proposa de rencontrer son agent à elle, convaincue qu'une carrière comique s'offrait à moi et qu'il fallait absolument me donner un coup de pouce, je me persuadai que j'avais eu raison de tout mettre en œuvre pour traverser l'Atlantique, que la chenille était enfin sortie de son cocon et que je n'avais plus qu'à battre des ailes jusqu'à Beverly Hills pour célébrer la métamorphose. Peu m'importait que les phalènes fussent éphémères. Enfin, j'étais aimé, enfin, j'étais reçu – enfin considéré.

— Déjà des essais ? Mais c'est génial ! Tu as dû taper dans l'œil de Winky.

En rentrant de mon entretien avec Jonathan, son agent qui était devenu entre-temps le mien, je racontai à Madeline le scénario du film pour lequel j'allais auditionner le lendemain. J'avais quelques pages de texte à apprendre. Elle m'écouta, fascinée d'abord, puis de plus en plus irritée.

Madeline ne croyait pas du tout à cette histoire de femme enceinte qui entraîne dans son crash des milliers de vies. Elle se montra résolument hostile à la trame et aux personnages du script.

Je tentai d'en défendre la portée métaphorique, cette femme faisait sauter un barrage : portant la vie, elle donnait la mort. Je me risquai à comparer ce crash kamikaze à un accouchement, j'évoquai maladroitement la rupture de la poche des eaux pour justifier les longs travellings prévus par le réalisateur montrant l'eau qui dévastait les terres, les habitations, les animaux, les humains, toutes choses englouties – je ramais.

— Il n'y a qu'une tripotée de mecs pour s'exciter sur ce genre de métaphores à la con.

— Ça n'a rien de con, les métaphores.

— Ce scénar, c'est juste une insulte faite aux femmes.

— Je ne vois pas en quoi.

— C'est bien le problème.

Madeline se leva brusquement du fauteuil orange et se dirigea vers la chambre. Il n'y avait de toute façon pas mille zones de repli dans notre appartement quand nous nous disputions.

— Tu es jalouse parce que je passe des essais ?

— Je te demande pardon ?

— Tu es brutale.

— Je suis brutale ?

— Et injuste. Si ça t'arrivait, moi, je me réjouirais pour toi.

— Tu comprends vraiment rien.

— On dirait que l'idée que je puisse réussir te terrifie.

Elle éclata de rire et disparut dans la chambre.

Le personnage de Quentin était opaque, mutique le plus souvent, un traumatisme hérité de son enfance française que l'on devinait par intermittence. On ne savait pas s'il régnait sans partage sur l'enfer qu'était devenue sa vie avec Lana ou si le film cherchait le twist. Je ne disposais que de quelques scènes mais je sentais que Quentin ne se réduisait pas uniquement à ce tyran ombrageux qui faisait froid dans le dos. Quelque chose se jouait pour moi. Si je décrochais ce rôle, tout basculerait. Je n'avais pas cessé de servir des Diamants Verts, des Tempêtes et des Mojitos à de jeunes acteurs convaincus que Los Angeles était le seul endroit au monde où tout pouvait changer en une seconde. Du jour au lendemain, il était possible de passer d'une vie de barman à celle d'icône planétaire.

Après quelques heures, je rejoignis Madeline dans la chambre et manifestai mon désir. J'étais déterminé à réussir cette audition, ce qui permettrait, accessoirement, d'infléchir notre situation financière. Je dus être suffisamment insistant pour que Madeline tarisse sa rancœur et prenne le dessus. Elle m'emmena vers la table de la cuisine pour baiser bel et bien tel qu'elle le voulait, elle. Et avec des cris.

On criait beaucoup quand on faisait l'amour. Nous étions deux bêtes assoiffées du désir de vivre, les deux interprètes d'une scène de sexe capable de faire pâlir d'envie des millions de spectateurs qui se seraient dit, s'ils nous avaient vus, qu'ils ne voulaient qu'une seule chose au monde, être pris, aimés, dévorés, possédés, mordus, rompus, pilonnés comme cela. On criait non pas parce que le plaisir l'imposait, non, l'inverse, parce que le cri appelait le plaisir, le décuplait, parce que le cri nous faisait coïncider avec la sauvagerie du sexe dont nous tirions les plus puissants effets. Le cri nous rendait étrangers l'un à l'autre, alors seulement nous pouvions nous abandonner et baiser d'amour vrai, sale et pur.

J'étais emmêlé à Madeline, je bavais comme toujours pendant et après, je bavais sur son épaule et dans son cou, je lui caressais le dos là où je savais qu'elle frémissait.

J'avais ressenti cette fois une certaine tristesse. Comme si une lumière d'automne avait irradié mon bas-ventre. Nos caresses étaient mélancoliques.

Je fis allusion à l'affiche de *Gloria* punaisée dans le bureau de Jonathan, aux trois silhouettes ombrées de Gena Rowlands, superposées et en partie confondues, chacune munie d'un flingue, s'essayant différemment à une posture de tir, cette affiche que j'avais contemplée en pensant à Nicole et Ariel, retrouvant l'amertume de l'Americano. Je lui avouai que pour moi elle était cela, ces trois versions de la même femme, chacune elle mais chacune différente. Combien êtes-vous, avais-je envie de lui demander, combien êtes-vous dans cette envie conjointe d'aimer et de détruire ?

Gloria était l'un des films préférés de Madeline. Alors je lui parlai d'Ariel, j'évoquai son obsession du geste, la scène mythique de la mèche de cheveux dans *Opening Night*, ses yeux lac sombre et l'histoire de *Miss None*.

Elle se tut un long moment. Elle n'avait pas l'air de situer Ariel, si c'était bien ce que signifiait son silence, quoique cela n'eût rien de certain. J'avais l'impression que tout le monde à Hollywood ne pouvait que le connaître, aussi m'étonnai-je et commençai-je à l'interroger. Elle proposa pour seule réponse de revoir *Gloria* afin que nous élucidions ensemble quel geste *mon* Ariel pouvait bien y faire.

Recevoir une gifle de Gena Rowlands dans *Gloria* de John Cassavetes.

Entraîné, préparé, du moins, aux cinglés – aux comportements, disons, désarmants ou inappropriés –, j'aurais dû l'être. Grâce à l'opiniâtreté de Régine, j'avais enduré en France plusieurs castings au cours desquels je m'étais copieusement fait insulter.

Au moment de m'accueillir dans une pièce de six mètres carrés munie d'un vasistas où avaient lieu les essais pour lesquels je m'étais présenté ce jour de février, un directeur de casting assis derrière une table recouverte d'une nappe jaunâtre, homme flasque, barbu, sans âge et doté d'une voix aigrelette, m'avait rapidement avisé en m'appelant par mon prénom puis prié de m'installer pour la scène. Je m'exécutai et m'apprêtai à entamer le monologue qu'on m'avait enjoint d'apprendre.

J'avais trouvé le texte lunaire. C'était une sorte de démonstration étrange censée prouver l'existence de bactéries stellaires aux révolutionnaires facultés de régénérescence neuronale, une sombre histoire de vie éternelle. En faisant de rapides recherches sur internet, j'avais découvert qu'il s'agissait de la retranscription d'une prise de parole de Jean-

Claude Van Damme. Je m'étais alors documenté de manière exhaustive sur l'acteur belge, postulant que le film pour lequel je me présenterais le lendemain était en fait un biopic sur cet énergumène et qu'ils cherchaient plusieurs acteurs pour l'incarner à différentes étapes de sa vie. J'allais me lancer lorsque retentit le timbre péremptoire du directeur de casting :

— Chut. Tais-toi. Tu te tais.

Je me figeai, bouche béante, attentif à ce qu'aucun son n'en sorte pour éviter d'aggraver mon cas. J'attendis quelques secondes, il reprit de plus belle :

— Tu arrêtes. Tu ne bouges pas.

Je ne savais plus où regarder, je n'osais pas même cligner des yeux.

Au bout d'un moment, alors qu'il semblait plus courroucé que jamais en constatant que j'étais encore là, il eut un mouvement de tête vers ses pieds.

Je compris que depuis le début il parlait en fait à son chien, un bichon dissimulé sous la nappe jaune, justement prénommé Jean-Claude.

— Jean-Claude, stop. Papa est là. On fera pissou plus tard.

Je pus enfin faire la scène. Je pris un léger accent belge à dessein, espérant pouvoir faire illusion, j'avais des ressources insoupçonnées dès qu'il s'agissait de jouer avec un accent. Je fis si bien que le directeur de casting me demanda si j'étais wallon, je mentis et confirmai. Natif de… Je faillis dire Neuchâtel, je n'étais plus sûr de la localisation exacte de cette ville au nom de fromage comme toutes les villes moches, je me rabattis sur Liège. Il opina d'un air mystérieux, comme si Liège lui rappelait une balade romantique de fin de journée avec Jean-Claude, un pissou mémorable gratifié au pied d'un réverbère Années folles. Cela paraissait lui plaire. Il m'encouragea toutefois à reprendre, mais « sans jouer », précisa-t-il.

— C'est-à-dire ?

— Ne joue pas. Tu dis le texte.

— Je dis le texte ?

— Tu dis le texte. Tu arrêtes de jouer. Tu ne joues pas.

Il ne parlait plus à son bichon.

Une autre fois, Régine avait frappé fort, j'auditionnai pour la série *Dix pour cent* où il m'est apparu qu'elle avait inspiré le personnage interprété par Liliane Rovère. Ils cherchaient un visage vierge, si j'ose dire, pour incarner celui qui deviendrait le compagnon de Camille Cottin, alias Andréa Martel.

Une fois parvenu dans les bureaux cossus de la production pour les essais, je me présentai à l'accueil. Le secrétaire me demanda de patienter dans la salle d'attente et alla avertir la directrice de casting de mon arrivée. D'où j'étais, je pouvais entendre tout ce qui se disait dans son bureau. Quand le secrétaire arriva, elle l'alpagua immédiatement pour l'interroger sur l'identité du candidat suivant.

— On a qui maintenant ?

Le secrétaire renseigna mon nom.

— Oh non… Non, pas lui ! Non… Il est nul. Mais il est nul. Je t'assure, il est nul, mais qu'est-ce qu'il est nul ! Pourquoi on se le tape ?

Elle avait dû me voir dans *Un beau dimanche*.

Complètement humilié, je fis comme si je n'entendais pas. Au moins, elle me connaissait, ce qui était déjà quelque chose. Je me rendis alors dans la salle indiquée par le secrétaire et fus bientôt rejoint par la directrice de casting – Dorothée, de son prénom, quinquagénaire exaspérée par à peu près tout, et surtout par moi. Elle m'accueillit avec ces mots :

— Pipi ? Café ?

Décontenancé, je déclinai, ce qui sembla l'irriter davantage. Je ne comprenais pas pourquoi elle tenait absolument à ce que j'aille uriner. Qu'est-ce qu'ils avaient tous ? Elle reprit aussi sec :

— C'est pour un rôle récurrent, je te préviens. On veut quelqu'un avec une présence. Une vraie présence. De l'envergure. Quelqu'un qui ait une aura. Quelqu'un qui tienne le choc sur plusieurs saisons.

Le message était on ne peut plus clair. Elle devait estimer que j'étais la personne la plus dénuée d'aura et d'envergure qu'elle ait jamais vue. Je devais m'apparenter pour elle à un iule poilu et luisant, quelque chose en tout cas de si rebutant que j'inspirais l'envie qu'on m'écrabouille et qu'on me jette dans la cuvette des chiottes pour que je disparaisse à tout jamais dans un grand bruit d'eau.

Je ratai cette audition et découvris, en visionnant la première saison, qu'ils avaient choisi une femme. Andréa Martel était devenue lesbienne – revirement que je ne sais toujours pas comment interpréter.

Régine n'était pas responsable de toutes mes débâcles. Avant l'expérience traumatique de Cannes, le tournage des *Bureaux de Dieu* m'avait déjà singulièrement éprouvé. Sollicité pour raccompagner Marie Laforêt chez elle, j'avais à peine eu le temps de masquer mon angoisse en considérant les clés d'une Clio trois portes gris métallisé. N'ayant encore jamais conduit dans Paris, je me représentais l'entreprise comme la scène où HAL prend le contrôle dans *2001, l'Odyssée de l'espace*.

J'avais fait mine de maîtriser la situation quand la fille aux yeux d'or, grimpant, bien avisée, à la place de la morte, m'avait demandé pourquoi j'avais déplié le plan du métro sur mes genoux. (Je précise que les premiers smartphones ne furent commercialisés qu'à partir de 2007, année du tournage du film de Claire Simon, mais qu'à l'époque je n'avais clairement pas les moyens d'acquérir un mini Hal capable de m'indiquer le trajet à suivre pour pallier l'absence de GPS.)

J'avais donc roulé depuis le boulevard Raspail jusqu'à Châtelet, tout s'était à peu près correctement déroulé jusqu'au moment où je m'étais mangé un trottoir. La voiture avait rebondi sur la chaussée, heurtant une poubelle. Marie Laforêt s'était alors ruée sur la poignée de maintien et simultanément, dressée sur son siège, elle avait hurlé « Santa de Dios ! » en se signant. Elle m'avait sommé de la laisser descendre sur-le-champ, elle allait prendre un taxi aux frais de la production et porter plainte contre moi qui avais cherché à l'assassiner. Elle avait ouvert sa portière et, avant de quitter la Clio, m'avait envoyé son sac à main dans le plexus d'un coup sec et hargneux. J'en avais eu le souffle coupé, elle avait disparu en me traitant de danger public, me souhaitant de flamber dans les flammes de l'infierno, et je n'avais pas eu le temps de lui demander si elle avait des accointances uruguayennes.

Ces épreuves auraient dû me préparer à ce que j'allais subir au moment de passer les essais pour décrocher le rôle de Quentin LeBon – mais il est vrai qu'on n'est jamais préparé à l'éradication du moi.

Une précision s'impose avant d'aller plus loin. Le tournage des *Bureaux de Dieu* ne m'a pas mis qu'en présence d'illuminées sanguines. Il y a eu Claire. Il y a eu Nicole. Il y a aussi eu Marceline – je n'ai rien dit sur Marceline et c'est inadmissible.

Marceline Loridan-Ivens, le nom ne vous dit peut-être rien et pourtant vous la connaissez. Vous la connaissez parce que vous l'avez vue dans *Chronique d'un été*, vous avez vu *Algérie, année zéro* et *La Petite Prairie aux bouleaux*. Et vous avez lu *Et tu n'es pas revenu* et *Ma vie balagan*.

Dans son appartement biscornu de la rue des Saints-Pères, Marceline (ça calme tout de suite) m'avait raconté Auschwitz, son mari Joris, la Chine, les valises pendant la guerre d'Algérie, tout ce qu'elle a par la suite relaté dans ses livres.

Nous avions passé le tournage collés l'un à l'autre. J'allais la chercher chez elle, à quelques pas du décor, pour l'accompagner sur le plateau. J'étais son chaperon. Je me souviens de son trac immense. Comme Nicole elle était cinéaste, mais elle n'avait pas la même carrière d'actrice et jouer l'intimidait. Elle marchait lentement, juchée sur de minuscules souliers noirs à semelles compensées. Elle ne voyait plus que d'un œil. Elle qui avait traversé un siècle d'horreurs paraissait si frêle. Ses mots, je les comprenais intellectuellement, mais le puits de nuits profondes et gelées qui faisait surgir de sa pupille morte des flots de cauchemars sans images me restait insondable. En fait, je ne comprenais rien. Je ne comprenais que ce corps d'un mètre quarante tout au plus, cette chevelure rousse et balagan, ces mains vitiligo et cette voix de bébé léopard.

J'adorais la voir se faire maquiller. Son visage parsemé de taches de rousseur et de vieillesse se reflétait dans le miroir. Elle s'y contemplait d'un œil étranger. J'observais alors le pinceau lesté de poudre chair chatouiller ses joues creuses. Je scrutais l'effacement progressif du temps sur sa peau couleur d'érable. Chaque trace disparaissant sous l'artifice me bouleversait. Il suffit de cela, me disais-je, pour oublier. Sa figure se métamorphosait discrètement, sans autre bruit qu'un infime chatoiement. Elle revenait du fond de sa jeunesse, ses traits d'enfant ressurgissaient et la femme, la vieille dame acclamée, le témoin majeur et révéré cédaient la place à l'adolescente. Mais c'était l'adolescente terrorisée qui réapparaissait. Celle qui avait un jour été traînée là où les mots meurent également. En gommant les stigmates du temps, je redoutais qu'on abolisse sa mémoire, ce qu'elle avait traversé. C'était l'inverse qui se produisait. La mémoire se faisait plus vive puisqu'elle ressuscitait son plus criant visage. On la maquillait non pour l'embellir ou atténuer les empreintes de ce qu'elle avait subi. Au contraire. On la maquillait pour que s'adresse à nous, en direct, la jeune fille revenue qu'elle ne cesserait jamais d'être.

Un soir que nous dînions sur son balcon, elle me parla d'amour. Elle avait préparé du pigeon, c'était la première fois que j'en mangeais. Je nous revois, fumant un joint ensemble au-delà de minuit, dans le doux automne parisien de cette année-là. C'était mon premier pigeon. Mon premier joint, aussi. Et ce serait le dernier. Le minimum que je puisse faire pour donner à cette rencontre un caractère inoubliable dans ma vie, pensais-je, c'était de partager une chose qui n'aurait jamais lieu qu'avec elle. Nous aurions pu faire l'amour mais, cela, je le ferais avec d'autres, espérais-je à l'époque. Fumer un joint, pour moi qui m'étouffais dès que me parvenaient les émanations d'une cigarette, me semblait une expérience désirable, suffisamment transgressive par rapport à mon éducation pour me croire en rupture et en garder une image étincelante. J'étais un gentil garçon, à l'époque, bien élevé, une sorte de Grace Sheffield. Je n'étais pas encore entré dans ma période *Californication*.

J'ai observé Marceline préparer cette chose dont j'ignorais tout, cette chose stupéfiante qui faisait naître en moi mille fantasmes, mille craintes aussi, moi l'ignare, je l'ai regardée allumer la mèche filandreuse et tirer, s'abreuver au parfum salutaire, elle m'a tendu le bâton de haschich avec un air radieux de petite fille, et, longuement, patiemment, j'ai extrait de ce philtre le pouvoir de garder pour toujours le charme et l'odeur de cette soirée, remerciant la nuit que cette femme si petite, si gourmande, cette femme tonitruante et libre comme j'ai vu peu de personnes l'être, cette femme aimante, cette femme légère comme la cendre et lourde comme les années, cette femme puisse avoir ce répit d'où hurlerait pourtant toujours le silence du passé.

Elle me raconta l'amour *après*. Quelques années plus tard, elle l'écrirait dans un livre portant ce titre. Elle m'avait confié ce soir-là des choses qu'elle n'avait jamais dites à quiconque, comme pour me faire croire que je pouvais compter.

— Pourquoi je te parle de tout ça ? s'était-elle étonnée.

— Parce que je te le demande, avais-je crânement répondu.

Elle m'avait prêté un livre. Je ne lui ai jamais rendu. *Joris Ivens ou la Mémoire d'un regard*. Cet ouvrage lui était cher mais je voulais conserver quelque chose d'elle. Je le contemple parfois dans ma bibliothèque, en gardant le silence.

Et je n'ai jamais plus mangé de pigeon.

Me dévorer – moi qui l'étais devenu, pigeon – avait l'air d'être le projet de Nancy, la directrice de casting, le matin où je tentais de devenir Quentin LeBon.

À peine parvenu dans une vaste salle où se trouvaient pas moins de trois caméras tournant déjà – je mesurai le contraste avec les moyens français dont j'avais été jusqu'ici témoin en pareille circonstance –, et tandis que Nancy venait de s'installer avec deux assistants, un mec hystérique muni d'un flingue, qui avait l'air vrai pour ce que j'y connaissais en armes à feu, déboula, précédé par des cris étouffés dans le couloir et un vacarme fulgurant ayant à peine eu le temps de nous alerter. Le mec se rua sur moi.

Un mec avec un flingue, me dis-je, paniqué, un mec avec un flingue, *a guy with a gun* – depuis plusieurs semaines, je conversais intérieurement en anglais, j'avais délaissé le français, je rêvais également dans cette langue étrangère quand il m'arrivait de dormir assez pour que quelque chose ressemblant à un rêve naisse dans les profondeurs embrumées de ma conscience –, *a guy with a gun*, donc, devant moi, en train de me viser avec son colt, son browning, son beretta, n'importe lequel de ces gadgets de cow-boy.

J'avais commencé par sourire comme cela nous arrive parfois dans une situation de gêne extrême ou d'effroi. Le mec ne faisait pas semblant. Il était possédé. Ses épaules étaient massives, il portait un t-shirt ras du cou, un treillis, ses avant-bras étaient déraisonnablement velus, il me tenait en joue et me hurlait des insultes (toujours ces enculées de nonnes qui sucent leurs mère, neveu et arrière-petite-cousine).

J'avais d'instinct levé les mains en l'air, le mec fulminait, il m'accusait de lui avoir piqué sa copine, je ne comprenais rien, il m'ordonna de me mettre à genoux, Nancy tentait mollement de le calmer, les deux assistants étaient figés sur leur fauteuil, le mec hurlait de plus belle, j'étais maintenant couché au sol, mains sur le crâne, canon enfoncé dans la nuque.

C'est quand même pas de bol, me disais-je, pour une fois que je passais un casting pas trop nul.

— Merci, Brad, lâcha Nancy.

Ledit Brad me tapota l'épaule, éclata de rire et s'excusa aussitôt. Il m'aida à me relever, j'étais à l'ouest.

Nancy m'expliqua qu'elle avait souhaité me placer dans une situation de stress pour observer et évaluer ma réponse corporelle. À présent, j'allais pouvoir suivre les directions qu'elle me donnerait pour jouer l'une des scènes que j'avais apprises.

Je pouvais l'attaquer en justice pour ce qu'elle venait de me faire subir, j'aurais pu avoir une crise cardiaque, je m'étais liquéfié devant elle – je remerciai mes sphincters d'avoir tenu, j'aurais tout aussi bien pu me vider. Je me contentai d'un sourire complice et d'un :

— Je comprends, bien sûr, c'est normal.

Mais qu'est-ce qui était normal, au juste ? J'étais un morceau de cheddar qu'on allait soupeser ? Un bon vieux steak dont on allait vérifier qu'il ne se grisait pas une fois sorti du réfrigérateur ? Un bichon à qui on allait intimer l'ordre de ne pas aboyer en lui envoyant dans le gosier une croquette au thon pour le faire patienter avant son pissou ? Qu'est-ce qui me valait d'être manipulé de cette manière, objectivé de la sorte, qu'est-ce qui justifiait qu'on me fasse subir les expériences les plus humiliantes ? Est-ce qu'un acteur était condamné à n'être que cette chose soumise et consentante, cette Flipote dénuée de volonté, cette chose inerte et molle qu'on s'échangeait au gré des besoins, cette chose pratique et muette qui pouvait rapporter gros ?

Je ne m'étais pas contenté d'un « Je comprends, bien sûr, c'est normal ». En écoutant le silence qui avait suivi mon « Je comprends, bien sûr, c'est normal », quelque chose s'était déclenché au fond de moi.

Là, maintenant, tout de suite, je n'en pouvais plus. Tout était allé très vite, un trop-plein de résignation et de honte accumulées depuis toutes ces années où, des metteurs en scène aux directeurs de casting, des assistants aux stagiaires, on s'était permis de me poser des questions dégradantes sur mon intimité et les limites que je me fixais dans toutes les dimensions de ma vie, on m'avait demandé de me mettre dans des positions indécentes, on m'avait imposé de faire le chien, le rouge, le nord, Patrick Juvet, la limace, la sérendipité et l'ovule, on m'avait baratiné sur mon clown intérieur, mon médium et mon timbre de ténor enrhumé, on m'avait encouragé à tenir des propos ignobles et orduriers pour me faire remarquer, on m'avait ordonné d'aller chercher toute la crasse tapie dans mes entrailles pour briller, on m'avait sommé d'aller toujours plus loin dans le seul but, ça m'apparaissait subitement, de faire jouir cette petite armée de pervers frigides et complexés. C'en était trop.

J'avais balancé ma tirade de questions indignées. C'était logorrhéique, ça sortait dans un australien pas dégueu, c'était un vibrant plaidoyer contre l'instrumentalisation des acteurs, l'anéantissement de l'art dramatique, la marchandisation des corps et des consciences.

Nancy commença par me remercier pour cette conversation très inspirante et édifiante à maints égards. Puis, très poliment, elle me congédia en m'expliquant que je n'avais manifestement pas les épaules pour être acteur, *métier* – elle avait sciemment appuyé sur ce mot – qui consistait tout simplement à savoir se rendre disponible.

De retour ce soir-là après mon service au Stella, au terme d'une journée éprouvante où je n'avais pas su *me rendre disponible* – les mots de Nancy n'allaient pas cesser de me hanter –, je constatai, paniqué, que Madeline était partie. Elle avait laissé un mot, comme dans les films aux scénarios paresseux qui racontent d'improbables histoires de barrage et de crash d'avion.

Elle avait payé sa part de loyer pour trois mois. Elle ne reviendrait pas. Notre histoire était tripante, concluait-elle, mais on ne pouvait pas continuer à conjuguer nos échecs.

« La vie était pour lui comme la lumière blanche qui blesse les yeux fatigués d'un malade. »

— C'est râpé, mon vieux.

— Je m'en doutais un peu.

— Nancy se souviendra de toi, en revanche.

— Tu sais qui ils prennent ?

— Pierre Niney, tu connais ?

— Vaguement, concédai-je, de mauvaise foi.

Pouvais-je vraiment concurrencer Pierre Niney ? Cette audition était une mascarade.

— Il est très connu en France, non ?

— Je n'irais pas jusque-là. Il commence à percer mais je ne miserais pas un kopeck sur lui.

J'avais déjà un flair indéniable à l'époque.

— La production te propose quand même de faire une journée de figuration. J'ai accepté. Je me suis dit que c'était une manière d'exorciser l'échec.

— Tu t'es dit ça.

— C'est dans six mois, tu as le temps de te faire à l'idée.

— Qu'est-ce que je vais foutre d'ici là ?

— Je vais voir si je peux te trouver d'autres choses mais à mon avis ce sera silhouette au mieux.

— Ça me correspond tout à fait en ce moment.

— Passe me voir la semaine prochaine, on boira un verre pour fourrer les apôtres avec toute leur merde d'hosties.

Jonathan allait interrompre la conversation quand brusquement je lui demandai d'une voix un peu trop impliquée :

— Tu sais où est Madeline ?

Il y eut un long silence.

— Elle ne t'a rien dit ?

— Non, répondis-je.

— Ça ne va plus entre vous ?

— Rien ne va plus.

Je raccrochai.

Madeline, où es-tu ? Dans quel plan, quelle histoire, quel script ?
J'imagine ton corps hanter de lents travellings, tes jambes découper la lumière des projecteurs, éblouir les badauds amassés derrière les cordons de sécurité, œil percé par l'éclat de ton pas, ta cadence inimitable qui fait de toi un bout de verre dépoli par la mer.

Madeline, je n'avais pas anticipé le trou au fond duquel je suis en train de tomber. Chaque jour, je vais sur une plage, n'importe quelle plage, et j'y suis n'importe quelle personne. Tandis que j'immerge mes cuisses dans l'eau, je me répète que je ne suis que ça, n'importe quelle personne. Je dois mener ma vie sans toi, n'importe quelle vie de cette n'importe quelle personne que je suis et m'en contenter, l'accepter, parce qu'il n'y aura pas d'autre n'importe quelle personne pour l'être à ma place. Il n'y aura plus que moi sans toi et pour toujours.

Madeline, les plages californiennes, je les fréquente toutes depuis que tu es partie. J'y marche de longues heures. Je regarde la nuit tomber dans le blanc de l'océan. Je regarde les maisons. Je regarde les corps de leurs habitants se détacher sur la lumière des baies vitrées. Je regarde les amis de ces corps d'habitants et les familles de ces corps d'habitants et les enfants de ces corps d'habitants se détacher tout aussi élégamment sur la même lumière des mêmes baies et je me dis que ç'aurait pu être nous.

Madeline, les fêtes californiennes, aussi, je les fréquente toutes. Je ne vis plus que dans les fêtes des bords de mer parce que c'est ce que font ceux qu'on a quittés, ceux qui se croient capables de finir dans l'eau salée ou chlorée s'ils n'emportent pas, pour se consoler, la célébrité, la gloire qu'à douze ans ils ont décidé d'arracher à l'objectif d'une caméra mais qui constatent, à vingt-huit ans, qu'elle désertera toujours au motif qu'ils ne sont qu'oubliables et qu'au plus bas, capables ils ne le sont même pas de se tuer dans n'importe quelle mer bordée par n'importe quelle plage sur laquelle on organise n'importe quelle fête où tu n'es pas.

Pour seule réponse, je reçus un message rédigé par un certain mailer-daemon dont l'objet était *Failure Notice*. Je transformai ma lettre en sms. Échec de l'envoi.

Je n'étais plus qu'un numéro bloqué.

Madeline m'avait ghosté.

Menotter Pierre Niney dans *Oroville* de Paul Thomas Anderson.

— Alors, vieille salope ?

Jonathan m'accueillit dans son bureau avec l'air surexcité d'un enfant à qui l'on vient d'offrir des tickets d'entrée pour Disney World.

— Niney est imbuvable.

— Mais tellement sexy.

— Je ne me rends pas compte.

— Je t'assure. Il va tout déchirer, ce petit. Et sinon ?

— J'ai juste eu l'impression de passer une journée dans la peau d'Ariel Winthrop, répliquai-je, déterminé à me faire mousser tout autant qu'à tester la cinéphilie de Jonathan.

— Par tous les trous du Saint-Père, tu connais Ariel Winthrop ?

— Je connais aussi son film, *Miss None*. Tu sais qui est Ariel, alors ?

— Je suis son agent.

Je ne pus masquer ma surprise.

— Son agent ?

— Oui. Je n'aurais pas dit non à plus, d'ailleurs.

Il éclata d'un rire lubrique.

— D'où l'affiche de *Gloria*.

— Entre autres.

— Pourquoi tu ne me l'as pas dit plus tôt ?

— J'ignorais que tu avais déjà entendu parler de lui. Même ici, peu de gens savent qui c'est. Comment ça se fait que tu le connaisses ?

— C'est une longue histoire.

— Mais encore ?

— Je connais Nicole Garcia.

— Nicole ? Non ? Mais enfin, j'adore Nicole ! Je l'adore. On s'est parlé il n'y a pas si longtemps pour un projet de film. J'adore cette femme. Son intelligence. Son insolence. Sa voix, mais sa voix !

— Tout le monde adore Nicole.

— Je cherche désespérément à la faire tourner. C'est la meilleure, bordel de fucking putain (trop de fucking à traduire). La meilleure que vous ayez en France.

— Elle ne parle pas un mot d'anglais.

— Et alors ? Combien de mots anglais tu bredouilles, toi ?

— J'ai joué un petit rôle d'Anglais dans…

— Toi ? Un rôle d'Anglais ? Sainte Nonette de la Défonce, qui pourrait être assez détraqué pour te proposer un rôle d'Anglais ?

— Nicole.

Jonathan applaudit et tapa sur son bureau comme si les Giants de New York avaient ravi le Super Bowl aux Broncos de Denver.

— J'y crois pas !

— C'est pendant le tournage qu'elle m'a raconté l'histoire d'Ariel et de *Miss None*.

— Une chose, mon vieux : tu n'arrêtes pas de dire *Miss Known* alors que c'est *Miss None*, tu saisis la différence ?

Je saisissais très vaguement.

— Tu dois prononcer le mot *none* comme le mot *nun*.

— *Nun* ?

— Oui.

— Qu'est-ce que ça veut dire ?

— Nonne.

— Nonne ?

— Nonne, oui. Bonne sœur. Religieuse. Clarisse. Ursuline. Béguine. Moinesse.

Je mesurais maintenant l'étendue de son vocabulaire grivois. Jonathan était une encyclopédie papale à lui tout seul.

— Le film se prononce *Miss Nonne* ? repris-je pour être sûr.

— Oui.

— Je croyais que ça voulait dire *Miss None*.

— Ça veut dire *Miss None* puisque c'est comme ça que ça s'appelle.

— Mais tu dis que ça se prononce *Miss Nonne*.

— Oui. *Ça se prononce*. Mais ce n'est pas parce que ça se prononce *Miss Nonne* que ça ne veut pas dire *Miss None*. Plutôt, ce n'est pas parce que ça se prononce *Miss Nonne* que ça veut dire *Miss Nonne*.

— La confusion, arrête-moi si je me trompe, vient du fait que justement, en prononçant *none* comme je le faisais, tu entendais *known*, n'est-ce pas ?

— Oui.

— Ça y est, je comprends ! *None* veut dire personne alors que *known* veut dire connu, donc c'est antithétique.

— Si tu veux.

— Je croyais dire *Mademoiselle Personne* et tu entendais *Mademoiselle Connue*, c'est quand même drôle.

— Ç'a l'air hilarant.

Jonathan fixait l'un de mes lobes d'oreilles avec une expression d'écœurement très visible, comme si j'avais une énorme croûte purulente. Je relançai pour faire diversion :

— Tu me confirmes qu'il n'y a aucun moyen de voir le film ?

D'une main, je caressai mon lobe d'oreille pour vérifier qu'il n'y avait rien de suspect. J'avais vu *Mary à tout prix*, mais rien à signaler de ce côté-là depuis quelques jours.

— Affirmatif. J'imagine que Nicole t'a expliqué qu'Ariel l'avait détruit ?

— Oui, mais je n'arrive pas à croire que toutes les copies aient été brûlées. Dominique Sanda m'a parlé d'une polémique avec la Warner…

— Tu connais Dominique Sanda ?

— Je l'ai rencontrée sur le tournage du film de Nicole. On avait plusieurs scènes ensemble.

— Non mais regardez-moi cette nymphette en pénitence ! Tu es au courant qu'elle a disparu de la circulation ? Personne ne sait où elle est. Steven a voulu la faire tourner dans *Lincoln* pour jouer la femme de Daniel Day-Lewis mais il n'a jamais réussi à la retrouver. Il s'est rabattu sur cette pisseuse de Sally Field.

— Elle vit en Uruguay.

— Je te demande pardon ?

— Dominique Sanda vit en Uruguay, à Montevideo.

— Tu es sérieux ?

— Pourquoi tu n'as pas demandé à Nicole ? D'ailleurs ça fait près de deux ans que j'attends de recevoir son exemplaire du scénario de *Miss... Nonne.*

— Comment se fait-il que cette onction de connasse détienne un exemplaire ?

— Ariel lui avait proposé le rôle.

— Absolument pas.

— Je te demande pardon ?

— Il n'a jamais été question qu'elle joue dans le film.

— Ah bon ?

— Ah oui.

— Elle m'a menti ?

— Je ne sais pas ce que cette petite suceuse a bien pu...

Je l'interrompis pour m'épargner son chapelet fleuri.

— Pourquoi m'aurait-elle menti ?

— Chéri, elle te draguait, voilà tout.

— Je ne crois pas.

Je me rappelai effectivement avoir ressenti un trouble pendant notre petit déjeuner.

— Elle n'a peut-être pas été approchée par Ariel pour jouer le rôle, mais elle doit quand même avoir un exemplaire du scénario.

— Et par quel miracle ?

— Je n'en sais rien.

— Pardon de te le dire mais chaque fois qu'il est question

de ce film, tes yeux brillent et s'écarquillent, c'est presque gênant. On a l'impression que tu…

— Que je quoi ?

Jonathan utilisa ses épaisses mains manucurées pour mimer un geste obscène.

— Que tu copules avec l'image que ça fait naître en toi.

— Carrément.

— Je te le dis.

— Tu es juste un obsédé, Jonathan.

— Un putain d'obsédé. Comme tout le monde.

— En tout cas, elle m'a parlé d'une polémique avec la Warner qui aurait conservé une copie du film à l'insu d'Ariel.

— C'est fou, toutes ces copies fantômes qui circulent. Un script en Uruguay, une bobine à Burbank. Ce sera quoi la prochaine fois ? Une capsule numérique dans le trou de balle de…

— Jonathan.

— Tout ça c'est du bullshit. Juste une histoire de fric, un litige sur le contrat qui traîne depuis des années et que j'ai à peu près réussi à régler malgré le silence d'Ariel. Il n'y a aucune copie nulle part. Zéro. Le film n'existe plus. Ariel non plus, pour ainsi dire.

— Comment ça ?

— Ce giton de mes deux ne tourne plus.

— Pourquoi ?

— Ça fait près de quinze ans. Pendant un moment, j'ai continué à lui soumettre les propositions qui m'arrivaient, mais il ne donnait jamais suite. Il ne m'a plus rappelé depuis

1999, alors autant te dire que je n'ai aucune idée de l'endroit où il peut bien être, ni même si ce Lazare en robe de foutre est encore en vie.

— C'est pour le retrouver que Nicole t'avait appelé ?

— Oui.

— Pourquoi est-ce qu'il a disparu ?

— Si je le savais.

— Il doit être mort.

— Pas forcément.

— C'est quand même bizarre qu'il ait rompu tout contact avec son agent.

— Non, ça arrive tout le temps chez nous. Les gens vont et viennent, ils atteignent la gloire, ils parviennent à être aussi riches et célèbres qu'ils le voulaient, et puis ils s'enterrent, tu ne les revois plus jamais et tu ne sais pas pourquoi, c'est le principe même de cette industrie de baiseurs de derches. Elle te prend, elle te bouffe, elle te vide, et puis elle recrache ton squelette quand elle s'est bien gavée. Sans compter les suicides, les accidents et les internements.

— Et tu l'as vu, le film, toi ?

— *Miss None* ? Malheureusement oui. Une partie du moins. Un ours.

Jonathan s'enfonça dans son fauteuil.

— Le générique avait été réalisé par Elaine et Saul Bass. Leur nom ne te dit peut-être rien et pourtant tu les connais. Tu les connais notamment parce que, rassure-moi, tu as vu *Casino*, *West Side Story* ou *Spartacus*, pour lesquels ils ont conçu les génériques. Celui de *Miss None* fonctionne à la manière d'un album photo, procédé plutôt classique, tu me diras, à cette différence près que les photographies apparaissant à l'écran sont vidées d'une partie de leur image. Elles sont découpées, trouées de blanc, comme si un enfoiré de maniaque en culotte de pisse avait raturé le visage censé y figurer pour l'effacer. L'oublier. Il y avait plus exactement trois photographies, et si ma mémoire est bonne, elles ne représentaient qu'Ariel. Ariel adolescent puis jeune homme puis homme. Sa silhouette du moins, son corps, quoi, tu vois ce que je veux dire.

Jonathan m'indiqua également que les trois photographies étaient issues de la collection personnelle d'Ariel : lui, fluet, posant le jour de ses quinze ans devant l'Empire State Building ; lui, athlétique, la vingtaine, contre le tronc de l'un de ces foutus conifères dont la résine dégueu te flingue un polo Valentino en moins de deux ; lui enfin, plus mûr, dans un costume de laine écrue, sortant d'une Cadillac. Trois photos en noir et blanc retravaillées par le couple Bass et exposées au spectateur putatif de *Miss None*. (Je traduis *assumed* par putatif parce que j'aime bien mais aussi parce que ça a le mérite d'être le mot juste, pour une fois.)

Sur ces trois clichés, l'être sans visage qui se devine malgré le blanc voit son corps évoluer : frêle puis musculeux, sur une vingtaine d'années, des quinze ans d'Ariel à ses quarante ans – âge fatidique où non seulement la fertilité décroît pour qui veut procréer (et même chez les hommes, on l'ignore trop, m'avertit Jonathan) mais surtout la densité neuronale, laissant les êtres que nous sommes dans un état de viduité alarmante –, véritables zeppelins voués au crash dans une campagne pluvieuse à peine vallonnée (l'image est de moi, elle remplace ici l'inventaire salace auquel Jonathan se livra complaisamment).

— Bon, pour être tout à fait franc, je me suis endormi pendant la projection, tellement c'était lent, alors hormis le générique, je ne me souviens de presque rien, il me semble qu'il y avait une scène où il était à poil en train de cuver sur la table de son salon, et puis une scène de cul interminable comme à peu près tous les plans. Tu devrais aller voir Andrès Garcìa de ma part, il a composé la musique, il doit avoir plus de souvenirs que moi. Je te file son mail, si tu veux.

— Il a un lien avec Nicole ?

— Pourquoi ?

— Garcia ?

— Tu sais combien de Garcia il y a à L.A. ? Et dans le monde entier, à ton avis ? Aucun lien, je peux te l'assurer.

— Je demandais juste.

— Nicole ne t'a pas raconté le film ?

— Juste la première scène.

— Interroge-la. Elle doit s'en souvenir. C'est l'une des seules à l'avoir vu fini. Et puis elle aura peut-être une fournée d'anecdotes à te raconter sur le tournage. Je n'y ai pas assisté, moi, j'ai suivi ça de très loin, je ne peux pas t'en dire plus, d'autant que je lis toujours les scénars en diagonale.

— Je vais appeler Nicole, tu as raison.

— Pourquoi tu t'intéresses autant à ce film ?

— Je ne sais pas si c'est le film ou Ariel qui m'intéresse.

— Je ne suis pas sûr qu'un mec qui a tourné dans plus d'une centaine de films mais que personne ne connaît soit digne d'intérêt.

— Tu es sérieux ?

— À propos de quoi ?

— Il a tourné dans cent films ?

— Cent dix-sept, exactement. En trente ans de carrière. Mais qui s'en souviendra ?

— Monsieur est rancunier.

— Quand on s'est battu comme je l'ai fait pour un fou pareil, il y a de quoi avoir les burnes en pétard quand il te claque entre les doigts.

— Cent dix-sept films… C'est quand même une carrière incroyable pour un acteur.

— Je t'arrête tout de suite, ce n'était pas un acteur, c'était un figurant.

— C'est la même chose.

— Ah non. Du tout. Du. Tout.

— Moi hier, sur le plateau, j'étais figurant et pourtant j'ai joué.

— Tu as eu l'impression de jouer.

— Non, j'ai joué.

— Non. Mets-toi bien ça dans le crâne : il y a les acteurs d'un côté et les figurants de l'autre. Comme dans la vie. Il y a les premiers rôles. Et ceux qui font tapisserie. Ça n'a rien à voir. Ariel, c'était de la tapisserie. Alors attention : de la tapisserie tissée main, je dis pas. Grande classe et grande qualité du produit. Mais ça reste un figurant. Un mec qui passe. Un mec qui fait un truc à la con dont tout le monde se fout. Un mec dont tu ne remarques la présence qu'une fois qu'il n'est plus là. Tu as juste cru le voir. Mais tu n'en es pas certain. Et c'est à ça qu'il sert. Te faire croire qu'il y avait quelque chose à voir alors qu'en soi il n'y avait que dalle. Rien d'important, du moins.

— Pardon de te le dire mais chaque fois qu'il est question d'Ariel, tes yeux brillent et s'écarquillent, c'est presque gênant. On a l'impression que tu…

— Ta gueule.

— Qu'est-ce que tu aimais chez Ariel ?

— Tu m'emmerdes.

— Tu as eu une histoire avec lui ?

Jonathan commença à se masser les tempes.

— Ce sale fils de partouzeur était une saloperie de beau mec. Il avait un corps de rêve. Des épaules superbement rondes et des pectoraux saillants juste comme il faut. Je les aurais volontiers caressés dans *Il était une fois en Amérique*. Des cuisses magnifiquement sculptées. On les aperçoit quand il s'entraîne dans *Rocky*. Des hanches droites et des fesses d'acier, rebondies, une paire de fesses à se damner, un cul, Sainte Chienne de Dieu, mais un de ces culs – cul admirablement mis en valeur quand il court dans *Mash*. Et pour le reste, des yeux bleus…

— Lac sombre…

— Un nez de gravure de mode, des lèvres charnues qui n'attendent que les tiennes. Enfin celles d'Edith.

— Sa femme ?

— Oui.

— Ce n'est pas Meredith ?

— Edith, je te dis, tu es bouché ? Une chevelure de prince, comment dire, arménien, ouais, un putain de prince arménien. Avec un charme pas humain et un sourire avare qui lui faisait plisser l'œil droit. Littéralement, tu tombais.

Jonathan avait le regard perdu dans un monde où je ne pouvais le rejoindre. Ses yeux s'embuaient.

— Il avait un visage insensé. Miraculeux. Un visage qui te mettait à terre et que tu n'osais presque pas embrasser de peur de l'abîmer, mais un visage que tu mourais d'envie d'embrasser, en fait, un visage que tu brûlais de… De bouffer, de lécher, un visage que tu voulais contre le tien, contre ta peau, la peau de ton cou, ici, juste dans le creux, un visage que tu voulais désespérément sentir parcourir tout ton corps pour qu'il te vénère, qu'il ne voie, n'aime et ne baise que toi.

Bronzer dans *Il était une fois en Amérique* de Sergio Leone, sauter à la corde dans *Rocky* de John G. Avildsen, courir sur un terrain de football américain dans *M*A*S*H* de Robert Altman.

— Qu’est-ce qu’il y a de si important à se dire ?

Nicole n’avait pas déclenché sa vidéo. J’étais face à un écran noir.

— Tu ne veux pas allumer ta caméra ?

— Pour quoi faire ? C’est très bien comme ça, on s’entend, c’est le principal.

— C’est plus chaleureux de se voir, non ?

— Quelle heure il est chez toi ?

— Onze heures.

— Du matin ? Mais tu es où en fait ?

— Je suis à Los Angeles.

— Ah bon ? Los Angeles ! Quelle chance !

— Je te l’ai dit, tu sais.

— Oui, oh ça va, tu me l’as dit, c’était il y a un an. Tu n’as pas donné de nouvelles depuis, que je sache ?

— C’est vrai.

— Quand j’ai reçu ton mail, j’ai pensé que tu t’étais fait pirater. « Nicole, peut-on se parler, c’est urgent. » Si tu ne m’avais pas relancée, je n’aurais pas répondu, je te le signale.

— Je ne te dérange pas ?

— Si, mon petit cœur. Je tourne demain, je vais me coucher tôt.

— Le tournage a commencé ?

— Mais oui, oui, oui : troisième semaine, déjà.

— Ça se passe bien avec Cotillard ?

Nicole était dans le sud de la France, elle tournait *Mal de pierres*.

— Je vais raccrocher, je te préviens.

— Est-ce que tu te souviens d'autres scènes de *Miss None* ?

— Oh là là… Non, écoute, non… Non, non. Pas maintenant… Oui ? Oui ? Oh là là… Oui, venez. Non, je suis fatiguée, tu sais.

Je l'entendais parler à d'autres personnes autour, elle devait être à l'hôtel, on lui livrait son dîner dans la chambre. Appeler Nicole, c'était toujours un spectacle. Il n'était pas rare qu'elle mette la communication sur pause et revienne dix minutes plus tard après vous avoir oublié. Elle chantait, aussi, s'activait simultanément, se taisait de longues secondes, et quand venait le moment d'en finir, elle coupait brusquement alors que vous étiez encore en train de lui raconter quelque chose.

— Tu ne m'as décrit que la première scène et j'aurais voulu en savoir davantage. Si tu pouvais ne serait-ce que me résumer le film. Je ne connais même pas l'histoire.

— Non, je ne vais pas te pitcher le film, c'est ça que tu attends, en fait, un pitch ?

— Non, mais…

— Ce n'est pas un film qu'on pitche. C'est un chef-d'œuvre et les chefs-d'œuvre, ça ne se raconte pas.

— Je sais mais comme tu es fatiguée, je…

— Rappelle dans une heure, je vais manger un morceau, essayer de clarifier mes souvenirs, et on voit si j'ai du courage.

— C'est adorable, je…

— Pourquoi maintenant ? Et pour quoi faire ?

— Ce n'est pas urgent, c'est juste que ces jours-ci…

— Des baisers.

Elle avait raccroché.

Une heure plus tard, elle n'était pas connectée. La soirée passa, je scrutai sans arrêt son nom dans la liste de mes contacts, attendant que le signal vert apparaisse – en vain.

Pour occuper le temps, j'essayai de reconsulter l'interview du *New York Times*, mais cette fois on ne pouvait lire que 5 % du contenu, l'entretien était entièrement noyé dans une brume qui ne permettait pas de le parcourir. Quant à Google Images, toujours rien. Ce n'était pas étonnant, Ariel, m'avait expliqué Jonathan, avait toujours refusé de poser pour les photographes. J'avais beau l'avoir brièvement aperçu quelques mois plus tôt dans *Gloria*, je ne parvenais pas à me le représenter.

— La seule manière pour toi d'entrevoir ce visage miraculeux, m'avait défié Jonathan, c'est de le traquer dans ses films.

Vers minuit, n'ayant reçu aucun signe de Nicole, je me couchai.

Mais le lendemain matin, surprise : elle m'avait envoyé un mail à 4 h 49.

> Nuit difficile.
> Te dire ce que je suis capable de rassembler du film, les flashs qui me reviennent.
> La première scène, tu l'as.
> Ensuite un générique, mais je ne sais plus s'il était finalisé ou non.
> L'homme du plan initial s'éveille seul dans un lit double.
> Draps blancs froissés, lumière froide, petit matin.
> Il somnole encore un moment.
> Lui, sifflant sous la douche, son dos.
> Il agite un flacon de gel douche, se lave.
> Déambulation dans l'appartement vide, on reconnaît la table aux bords arrondis. Il me semble qu'il mange un truc, debout. Il sème des miettes.
> Il ouvre les rideaux occultant la baie vitrée.
> Pleine lumière.
> Des enfants sur la plage. Il les observe.
> Il fouille dans un placard du salon, brise un verre, se coupe, ramasse les morceaux. Enfin trouve ce qu'il cherchait.
> Cut sur lui qui photographie les enfants.
> Toujours de dos, on ne voit jamais sa tête, tu te souviens ?
> Il photographie. Visage dissimulé par l'appareil.
> Irruption d'une enfant derrière lui.
> « What about me ? » elle dit (c'était drôle).
> Il la prend dans ses bras et la couvre de baisers. Un peu trop. Elle a trois ans.

Il remplit un biberon de lait, le secoue, le lui fait boire.
Après, si je n'oublie rien, innombrables scènes sur la plage.
Beaucoup de plans du visage de la petite fille, yeux lac clair, dents du bonheur, boucles blondes, grande beauté.
Lui, comme une ombre autour d'elle.
Il lui court après, il la photographie sous tous les angles, il lui donne son goûter, l'aide à se moucher, lui tend des pelles et des râteaux pour construire des châteaux de sable, la chatouille, fait mine de la jeter à l'eau, la brandit dans les airs, la fait tourner, voyager. Il la soutient quand elle escalade un rocher, écrit des mots sur le sable mouillé avec elle. Il écoute ses peurs, ses histoires, il la décharge des coquillages qu'elle a ramassés. Il zippe son manteau quand elle a froid, essuie son nez quand il coule, remet ses lunettes de soleil mal ajustées, se prête à hue dada quand elle veut chevaucher son dos. Il la suit où qu'elle aille.
Pas mal de plans de coupe. Des gens un peu surpris autour qui regardent ce spectacle comme si c'était étrange qu'un père s'occupe si bien de sa fille.
À la fin de la journée, il ramasse les jeux, nettoie les seaux puis tous deux rentrent. Ils croisent des promeneurs à qui la petite fait coucou.
Elle n'a pas de prénom mais elle appelle l'homme Daddy.
Et lui, c'est là qu'on comprend le titre, la nomme « Miss None ».
Sur le chemin du retour, il répète en boucle « Miss None », comme un refrain, il lui pose la question, « Miss None ? », et elle rit à chaque fois avant de s'exclamer « Miss None ! » comme pour répondre : « Oui, c'est moi, c'est bien

moi, cette petite Mademoiselle Personne.»
Impression très bizarre d'un jeu presque malsain, un père qui amoindrit sa fille après avoir tant pris soin d'elle.
Il la déshabille et lui fait prendre son bain. Avant le dîner, il joue encore un peu, maquille une poupée pour elle, se sert d'un torchon pour faire une marionnette. Il prépare le repas, découpe du jambon qu'il met dans un bol de purée, la nourrit. Choisit un livre, lui lit une histoire, fait défiler les images, tire les rideaux, éteint la lumière, enfin la couche. Routine d'une journée de vacances.
Ça semble ordinaire, mais à l'époque c'était nouveau de voir un homme s'acquitter de tout cela sans le subir. Il est manifeste que ce père sans visage aime le temps qu'il passe avec sa fille.
Tu as déjà un bon tiers du film, j'ai mis du temps à le recomposer dans l'ordre chronologique.
Des baisers
N.

L'établissement Vidiots se trouvait au croisement de la Third Street et de Pico Boulevard, non loin de la jetée de Santa Monica, à une trentaine de minutes du domicile que j'occupais, seul désormais. Cela faisait près de six mois que Madeline m'avait quitté, j'aimais notre meublé, j'avais décidé de le garder. Si Madeline voulait revenir, elle saurait où me trouver. Le loyer était exorbitant mais avec les cachets de figuration que je touchais et le Stella, je m'en sortais. J'avais même réussi à acheter d'occasion pour une somme très modique (qui aurait dû m'alerter) une Cadillac turquoise qui ne pouvait rouler qu'à 45 miles par heure maximum, ce qui correspond grosso modo à 80 kilomètres par heure, et ce, en faisant un bruit d'hélicoptère. Je m'en foutais. Au volant de ma Cadillac, j'avais vraiment l'impression de vivre dans un film, donc tout allait bien. Enfin, aussi bien que possible pour un célibataire en exil et dépressif.

Vidiots était tenu par deux femmes, Cathy et Patty. C'était Jonathan qui m'avait recommandé l'endroit. Les plateformes ne s'étaient pas encore vraiment développées, peu d'œuvres étaient disponibles en streaming, ou au cinéma, le vidéoclub était la meilleure solution pour mener à bien mon projet.

La veille, Jonathan avait passé un coup de fil à Cathy et Patty pour qu'elles m'aident dans ma démarche. Il leur avait envoyé la filmographie complète d'Ariel par mail.

Quand j'arrivai, elles avaient déjà préparé une pile de DVD. Certains des films, ainsi qu'elles me l'expliquèrent, n'étaient pas réédités, mais elles possédaient des VHS. Avais-je un magnétoscope ? Par chance, le meublé disposait des deux lecteurs, ce qui nous avait paru anachronique. Avec Madeline, nous avions remisé le magnétoscope au fond d'un placard, considérant qu'il prenait beaucoup trop de place. J'allais devoir le rebrancher, ce qui m'angoissait déjà. Quoi qu'il en soit, j'affirmai à Cathy ou Patty, je n'avais pas compris laquelle était qui, que c'était ok. Exceptionnellement, puisque j'étais recommandé par Jonathan, je pouvais emprunter dix films par semaine. Je calculai qu'il me faudrait près de trois mois pour venir à bout de la filmographie d'Ariel.

Je décidai de commencer par les Cassavetes. J'avais revu *Gloria* avec Madeline, il m'était impossible de réitérer. J'optai plutôt pour *Opening Night*.

— Alors, dommage, il est sorti et n'a pas encore été rendu. Mais dans ce premier lot, on vous a mis *Une femme sous influence*, *Husbands* et *Meurtre d'un bookmaker chinois*.

Je les remerciai, réglai et en profitai pour me créer un compte et une carte de fidélité. Puis j'attrapai le paquet de dix films qu'elles m'avaient destiné et je regagnai ma Cadillac.

Il me fallut plusieurs visionnages du même film pour m'assurer que c'était bien Ariel que je distinguais furtivement dans tel plan. Pour *Gloria*, je m'étais rappelé, au moment de voir la scène avec Madeline, qu'Ariel recevait une gifle ainsi qu'il le racontait dans son interview, je n'avais donc eu aucun doute malgré la réjouissante et constante castagne à laquelle s'adonnait Gena l'Amazone. Mais l'image d'Ariel était très vague encore dans mon esprit, je ne pouvais pas mettre ma main à couper que c'était lui, cet homme un rien dégingandé qui servait un bourbon à la même Gena Rowlands dans *Une femme sous influence*.

Je me repassai plusieurs fois la scène.

On discernait à peine son visage, je ne parvenais pas à percevoir des traits aussi marquants que ceux décrits par Jonathan. Ariel n'apparaissait que dix secondes à tout casser, c'était si éphémère que le cerveau n'avait presque pas le temps d'intégrer qu'un véritable être humain était en train de tendre un verre rempli de scotch à Mabel. Même en mettant sur pause, c'était presque impossible d'avoir une image stable de lui. Cela corroborait ce que Jonathan m'avait dit à propos des figurants.

Je m'y résolus et consignai sur un carnet le geste qu'Ariel exécutait.

Servir un scotch à Gena Rowlands dans *Une femme sous influence* de John Cassavetes.

J'allais consciencieusement réitérer pour chaque film, manière pour moi de garder une trace de ce qui, dans chaque chef-d'œuvre – la filmographie d'Ariel n'était pour ainsi dire jalonnée que de cela, c'en était effarant – constituait sa part la plus insignifiante.

Porter une valise dans *Le Crime de l'Orient-Express* de Sidney Lumet, un smoking dans *Chambre avec vue* de James Ivory.

Les premiers jours, j'allais lentement.

Pédaler dans *Une histoire vraie* de David Lynch.

J'étais tellement concentré que je me fatiguais vite. Je ne réussissais à voir qu'un seul film par jour avant de me rendre au Stella, et j'y passais plusieurs heures car il me semblait qu'Ariel était un nouvel homme à chaque fois.

Photographier Robert De Niro dans *Raging Bull* de Martin Scorsese, siffler Dustin Hoffman dans *Tootsie* de Sydney Pollack.

Ce n'était pas Charlie qu'il fallait chercher, avec son polo rayé rouge et blanc, c'était une silhouette toujours différemment vêtue, engagée dans des actions tellement anodines qu'elles étaient souvent invisibles, un être majoritairement passif, se contentant d'être là. Une présence minimale – fulgurante, aurait dit Nicole –, atone, aurais-je corrigé.

Être affalé sur un comptoir dans *Meurtre d'un bookmaker chinois* ou somnoler dans *Husbands* de John Cassavetes, lire le journal dans *Out of Africa* de Sydney Pollack, traverser la rue dans *Panique à Needle Park* de Jerry Schatzberg.

Outre son physique, qu'est-ce qui valait à Jonathan et Nicole cette fascination pour ce fantôme nonchalant, ce paresseux loser avec qui, malheureusement pour moi, je me trouvais de périlleuses accointances ?

Des hommes expressifs et musclés ; des hommes d'origines afro-américaine et métisse, de 45 à 75 ans ; des hommes entre 45 et 55 ans mesurant entre 1,73 mètre et 1,77 mètre, ronds, taille pantalon 60 et taille veste 62 ; des hommes de 18 à 80 ans d'origine turque ; des hommes de 20 à 25 ans, sachant dessiner afin d'incarner des étudiants issus des Beaux-Arts ; des motards de 30 à 50 ans, avec leur moto ; des hommes de 40 à 75 ans présentant des particularités physiques pouvant correspondre à des traumatismes de guerre, des gueules cassées, des personnes à qui il manquerait un bras ou une jambe, des hommes dont le visage serait mutilé ; des hommes de tous âges, musiciens de fanfare ou véritables employés des pompes funèbres ; des musiciens de flamenco, entre 20 et 50 ans, époque XIXe siècle ; des hommes athlétiques de tous profils, entre 18 et 35 ans, acceptant de se laisser pousser un peu les cheveux (coupes mulets et moustaches bienvenues).

Voilà à quoi ressemblaient les annonces transmises par Jonathan. Il était bien conscient que je ne correspondais qu'à très peu de profils, sans doute désirait-il se montrer rassurant en me faisant suivre pléthore d'offres, et me sortir d'un certain marasme affectif.

Il me connaissait peu mais avait tout de suite compris que je pouvais facilement me repaître d'une forme de mélancolie qui me dispensait d'agir, trop occupé que j'étais à me croire maudit et à m'apitoyer sur mon sort. J'avais un goût pour le martyre, surtout quand c'était moi qu'on sacrifiait. Puisque je ne me distinguais ni par ma puissance ni par mes exploits, je me réfugiais dans l'échec et le rejet comme si c'était ainsi que je parviendrais à me forger une identité remarquable. Peut-être me préférais-je mis au ban. Peut-être avais-je un problème avec le succès, une forme de honte à réussir qui m'empêchait d'en imposer, d'apparaître, d'accéder à un statut qui démentirait celui de perdant plus ou moins magnifique dans lequel toutes ces années je m'étais confortablement installé.

Je lisais ces descriptions et me demandais, s'il avait fallu m'incarner, ce qu'aurait mentionné l'annonce.

Un homme proche de la trentaine, ni musclé, ni beau, ni repoussant, ni grand, ni petit, ni gros, ni maigre. Un homme ni blond ni brun. Un homme aux yeux ni verts, ni bleus, ni noirs. Un homme à la peau ni claire ni mate. Un homme ordinaire. Un homme lambda. Un homme passe-partout. Un homme insignifiant. Un homme narcissique. Un homme inutile. Un homme plaintif. Un homme passif. Un homme qui s'abuse lui-même. Un homme qui n'en sait rien. Un homme qui s'obstine. Un homme quitté.

Un homme exilé. Un homme perdu. Un homme seul. Un homme qui fait chier tout le monde avec ses états d'âme. Un homme dont on se fout éperdument. Un homme qui parle australien quand il croit parler anglais. Un homme qui n'a rien compris. Un homme largué. Un homme à éradiquer. Un homme sans intérêt. Un homme sympa, quand même. Un homme poli. Très poli. Un homme souriant la plupart du temps. Un gendre idéal. Un homme sexy sans qu'il le veuille, ce qui est encore plus sexy. Un homme pas si con. Un homme agréable, au fond. Et puis un homme franchement drôle. Un homme irrésistible. Un homme indispensable, en fait. Un homme mémorable. Un grand homme. Un géant. Un génie. Un prince. Un roi. Un empereur. Un dieu.

Je ne suis pas quelqu'un de mégalomane, disent les mégalomanes, mais franchement – quand le « mais franchement », régulièrement assorti d'un « là », ce qui donne : « Je ne suis pas quelqu'un de mégalomane, mais franchement, là », quand ce « mais franchement, là » surgit, vous êtes à coup sûr en présence d'un très grand mégalomane qui pense, et c'est une jouissance (je veux dire, j'en jouis), que le cours de son existence n'a d'autre sens que de révéler aux autres combien sa puissance est souveraine, combien il est exceptionnel, combien tout tourne autour de lui, combien, en somme, il est voué à être un héros. C'est d'ailleurs le problème quand on est acteur, vous vous formez pour devenir un héros, ça laisse forcément des traces sur votre personnalité (à moins que c'en soit le révélateur – peu importe), mais attention, ne me faites pas dire ce que je n'ai pas dit : ne pas confondre acteur et mégalo, il y a des nuances que je n'ai pas le temps de vous expliquer là, tout de suite.

À quelle annonce Ariel avait-il accepté de répondre au début de sa carrière ? Il n'était pas immédiatement devenu une légende, il avait bien dû cachetonner avant d'imposer ses gestes et de choisir les cinéastes avec qui il désirait tourner.

Un homme pour faire du patin à glace dans *Love Story* d'Arthur Hiller, à roulettes dans *La Porte du paradis* de Michael Cimino, cela ressemblait à ce genre de descriptifs ? Un homme pour jouer de la guitare dans *Nashville* de Robert Altman ? Comment avait-il pu se dire que tout cela avait un intérêt ? Un homme pour dactylographier dans *Les Hommes du président* d'Alan J. Pakula, un homme pour danser le rock dans *American Graffiti* de George Lucas, un homme pour sourire dans *Délivrance* de John Boorman ? Comment avait-il pu estimer que cela avait un quelconque rapport avec le fait de jouer ? Un homme pour conduire une charrette dans *Jeremiah Johnson* de Sydney Pollack, pour passer l'aspirateur dans *Sailor et Lula* de David Lynch, pour esquiver la pluie *Sur la route de Madison* de Clint Eastwood ? Quel genre d'abnégation lui avait-il fallu pour persévérer ? Un homme pour manœuvrer un camion poubelle dans *La Balade sauvage* de Terrence Malick ?

Moi, je n'avais qu'une envie au terme de ces interminables journées passées à faire la silhouette, c'était de jeter l'éponge pour de bon. J'avais l'impression non de jouer mais d'attendre, non de vivre mais de m'évaporer. Jonathan avait raison, un figurant n'était pas un acteur, je m'en rendais bien compte. Répéter les mêmes gestes insignifiants, prétendre avoir des conversations passionnées qui étaient en réalité d'un ennui confondant avec des abrutis, des bipolaires ou des boulets, embrasser des hommes dont certains me répugnaient, des femmes dont certaines m'attiraient, s'acharner à passer inaperçu, se dissiper, partir en fumée – devenir littéralement transparent.

Quand Ariel s'était-il raconté que cette vie de gestes avait un sens ?

Un homme pour tourner en rond dans *Orange mécanique* de Stanley Kubrick.

Quand avait-il fini par juger que c'était mieux que rien ?

Un homme pour croiser les bras dans *Les Incorruptibles* de Brian De Palma.

Quand avait-il renoncé ?

Chaque mardi, j'allais chez Vidiots rendre mon paquet et en récupérer un autre. Cathy et Patty, que j'appelais Cathypatty (ou Pattycathy selon les jours) en un seul mot car je ne parvenais pas à séparer ces siamoises, avaient commencé à s'intéresser à ma démarche d'un peu plus près. Elles aussi, avec une semaine de décalage toutefois, se mirent à regarder les films que je leur rapportais, tentant d'y trouver ce figurant inconnu. Mais elles m'avouèrent rapidement qu'elles n'y arrivaient pas. Il fallait être sacrément détaché du film pour parvenir à scruter l'irruption d'Ariel. Elles étaient concentrées sur l'action principale et n'avaient pas envie de se détourner de ce qui était donné à voir au premier plan pour repérer d'hypothétiques saynètes oubliables. Elles voulaient bien concéder qu'un mystère entourait Ariel, elles étaient même friandes d'histoires aussi bien ficelées que celle-là, du Hollywood sur mesure, mais s'épuiser la vue, rembobiner, mettre sur pause, consigner de négligeables actions, c'était ni plus ni moins saccager les films et, par la même occasion, sa pratique de spectateur. Cathypatty rechignaient à ne faire du cinéma qu'un prétexte à expériences de nerd myope. Il est vrai que ma vue baissait.

Néanmoins, en me voyant arriver chaque semaine, elles s'enquéraient des gestes que j'avais identifiés. Alors, consultant mon précieux carnet, je leur détaillais la moisson de la semaine, énumérant les sessions qui m'avaient valu de voir Ariel diriger une fanfare dans *La Dernière Séance* de Peter Bogdanovich, nager dans *Les Dents de la mer* de Steven Spielberg, tenir un drap à la morgue dans *Chinatown* de Roman Polanski, ouvrir un livre au milieu d'une salle d'étude bondée dans *Le Parrain* de Francis Ford Coppola, refermer ce même livre au comptoir d'un café dans *Le Parrain 2* de Francis Ford Coppola, jeter ce même livre dans une poubelle dans *Le Parrain* de Francis Ford Coppola, mais aussi décharger des cageots de légumes dans *Frenzy* d'Alfred Hitchcock, marcher sur le trottoir dans *Mean Streets* de Martin Scorsese, peindre un panneau publicitaire dans *Paris, Texas* de Wim Wenders ou barrer le passage à Barbara Loden dans *Wanda* de la même Barbara Loden.

Peu à peu, je me rendis compte que je ne m'intéressais plus du tout aux acteurs qui occupaient les trois quarts de l'écran, les vedettes, les stars, les premiers rôles auxquels parfois les actions d'Ariel étaient destinées. C'était sans doute une déformation professionnelle. Désormais caméléon du pauvre comme Ariel l'avait été, je vomissais les stars. Je les reléguais, je les chassais de mon spectre. Je n'en avais plus rien à foutre de tous ces premiers rôles. Je les trouvais outrageusement conscients d'eux-mêmes, obscènes, la manière qu'ils avaient de s'offrir, la manière qu'avaient leurs corps d'appeler le regard, d'être là, denses et massifs, opaques et inertes, sans grâce et sans mystère, beaux mais que ça, beaux. Beaux à n'être que des égéries, gâchant les transparences, obstruant les profondeurs.

Pour trouver Ariel, je ne scrutais plus que les arrière-plans. Je traquais les silhouettes, les figurants, les invisibles, les indiscernables comme moi – les acteurs qui cachetonnent aux côtés de ceux qu'on a coutume de nommer *les vraies gens* parce qu'ils sont là, habitants de cette ville, habitués de ce café, promeneurs de ce parc, acteurs parce que vivants, parce que d'ici, parce que cadrés. Juste ça, cadrés. Le savaient-ils tous, d'ailleurs ? Savaient-ils qu'ils ne mourraient plus ?

Pour le voir, lui, j'observais ce peuple. Nous. Eux. La trame de fond.

Eux qui faisaient vrai, eux qui apparaissaient pour faire croire à ce qu'on voyait, faire croire que tout cela n'était qu'un bienheureux hasard, qu'il n'y avait pas quarante techniciens affairés alentour, pas de projecteurs, pas de câbles, pas d'Habilleurs-Maquilleurs-Coiffeurs, rien de tout cela. Eux comme une toile blanche, un support, une surface sur laquelle allaient s'incruster, jusqu'à les occulter, ceux qui faisaient la couverture des magazines, ceux qui faisaient vendre les magazines, ceux que l'on retrouvait noyés dans l'alcool et les amphétamines et que l'on enterrait avec une perruque parce que leurs cheveux n'étaient plus ce qu'ils étaient, ceux que l'on retrouvait écrabouillés contre un arbre, mêlés à la carlingue de leur Porsche 550 Spyder, ceux que l'on ramassait sur les trottoirs, chair éclatée comme une pastèque, maculant le bitume de leur peau qui faisait leur valeur, leur monnaie d'échange, leur capital, ceux que l'on découvrait flottant à plat ventre dans leur piscine, ceux qui finissaient sans plus savoir leur nom, nourris à l'eau gélifiée dans la chambre ventilée d'une clinique privée.

Oui, pour apercevoir Ariel, je regardais les autres, je ne regardais plus qu'eux. Eux qui ne disaient pas non à l'éternité, même en classe économique, eux qui avisaient tout cela de loin. Je détaillais la moindre traversée du champ par un badaud, un passant, une comète. Et quand venait le miracle, alors je sursautais, frissonnais, parce que ça y était, je l'avais repéré, il était là, il venait d'apparaître et de disparaître aussitôt – j'avais reconnu Ariel.

Un matin, je reçus un autre mail de Nicole.

> Je profite d'une insomnie.
> Tournage, tourbillon.
> Donc, après.
> Je revois un plan d'Ariel le lendemain, assis sur la plage, il regarde la petite fille qui joue au loin avec d'autres enfants. À sa demande, il l'a inscrite à un club de vacances, une école de plage. L'émotion dans sa nuque.
> Il est tendu vers elle.
> Et puis j'apparais à l'image pour la première fois.
> Robe vert d'eau, manches trois quarts, serrée à la taille par une lanière de cuir, belle coupe, j'adorais la porter, j'ai des allures de jeune fille. Je l'avais choisie parmi une dizaine proposée par la cheffe costumière.
> Succession de plans où je virevolte, d'un cadre à l'autre, je ne m'arrête jamais, je ne sais pas comment Ariel a monté ça, la séquence est très rythmée.
> On comprend que je reviens d'un voyage d'affaires.
> En négatif toujours, le corps opaque, élancé d'Ariel, ombre portée sur moi tellement vivante. (Je m'envie.)

J'aime cet homme, c'est très visible, c'est contagieux, même, pour le spectateur.
Je n'ai pas un regard pour la petite qui joue au loin.
Une scène où nous dansons un tango sur la plage, on titube, on trébuche, on rit, on s'embrasse.
Je vais me baigner, Ariel me contemple, allongé à plat ventre, les omoplates couvertes de sable, j'y ai tracé des sillons. Ses cheveux hirsutes. Il imite mon crawl maladroit, fait semblant de nager sur le sable, on rit encore, il se met sur le dos, cache son visage et bronze.
Je sors de la mer, je me couche sur une serviette, je tremble, ce doit être avril ou mai, on est hors saison, Pâques, me semble-t-il. Malgré le soleil, on devine que l'eau est gelée, que moi seule ai eu le courage de me baigner. Comme pour me faire mal, m'avait dit Ariel.
Revenir à moi dans l'effarement de me savoir redevenue cette créature conjugale, moi qui, semaine après semaine, tutoie les gratte-ciel et négocie, apprend-on au cours d'un petit dialogue, de juteux contrats d'armement.
Ariel éponge mes bras, je me rappelle le bruit rêche de la serviette sur ma peau perlée, elle était bleu roi, je ne dis rien, je souris. Il me renverse contre le sable, menotte mes mains en usant des siennes (il m'avait fait un peu mal), il m'embrasse encore.
Cris d'enfant.
Plus certaine de l'enchaînement, je vais réfléchir à la suite.
Je t'embrasse.
N.

Il avait été envoyé à 3 h 18, heure de Paris.

Jodie Foster – le nom ne vous dit peut-être rien et pourtant vous la connaissez. Vous la connaissez parce que vous avez vu *Taxi Driver* et *Le Silence des agneaux* –, Jodie Foster a donné son nom au pavillon aquatique du Saban Center for Health and Wellness après avoir en partie financé la construction d'une piscine au sein de la Motion Picture Country House and Hospital, établissement situé au 23388 Mulholland Drive à Los Angeles et réservé aux anciennes gloires ou demi-gloires de Hollywood, mais aussi à toute personne ayant travaillé dans l'industrie audiovisuelle et désirant rejoindre les membres de cette corporation pour y finir ses jours (je ne vois pas bien comment le dire autrement).

Après avoir garé ma Cadillac, je déambulai dans les allées ensoleillées de cet endroit aux allures de club de golf où je m'attendais à voir surgir, à tout moment, un acteur dont on aurait oublié le nom et qui jouait, mais si, vous savez bien, dans cette série télévisée ou ce film diffusé dans les lointaines années 90, mais si, rappelez-vous, tout le monde en parlait, vous voyez à qui je fais allusion ? Et de fait, ce genre de visages familiers, burinés par le temps, la disgrâce, l'oubli, surgissait à chaque coin d'allée. Telle petite vieille permanentée dont la version antérieure était habituée aux rôles de garces dans *Côte Ouest* et *Melrose Place*, ou bien le flic des *Dessous de Palm Beach*, obèse désormais et vraisemblablement atteint de la maladie de Parkinson à en juger par la fréquence métronomique au gré de laquelle dodelinait son quadruple menton. On est vraiment peu de chose, songeai-je. Eux compris.

De fantôme en fantôme, j'arrivai à l'accueil avec l'impression d'avoir traversé le Styx, d'avoir à la fois voyagé dans le temps et pris trente ans dans la face, et tout naturellement, je demandai à voir Andrès Garcìa.

Devant la mine froncée du réceptionniste qui me considéra telle une grenade dégoupillée dans le désert, j'assurai que j'avais rendez-vous avec lui, nous avions échangé plusieurs mails et pris date, il m'attendait. Après avoir compulsé une sorte de gros agenda avec des lignes, des colonnes et tout un tas de numéros de téléphone, le réceptionniste, qui avait certainement demandé en réunion d'équipe à se faire appeler hôte d'accueil, semblait se perdre sur l'écran de son ordinateur comme s'il n'y comprenait rien. Mais contrairement à lui, moi, je comprenais tout.

Je comprenais qu'il s'agissait d'un jeune acteur avide de percer ici, à Hollywood, ayant trouvé le petit boulot idéal pour se faire des contacts. Enfin, c'est ce qu'il croyait, n'ayant certainement pas mesuré que la population locale n'était plus tout à fait en phase avec son milieu, plus aussi bien introduite en tout cas – davantage connue des urologues, gériatres et rhumatologues –, et qu'il aurait eu, au fond, plus de chances, ce garçon, s'il s'était résigné, comme à peu près l'intégralité des aspirants acteurs et actrices, comme moi notamment, à être serveur. Je décelai cela dans son regard écarquillé qui sombrait sans possibilité de retour dans les dossiers de son moniteur vétuste (myriades de clics qui rendent fou) et j'aurais voulu lui dire que ce n'était jamais fini, que tout pouvait arriver, que rien n'arrivait jamais, mais je n'avais pas le temps de lui faire le topo.

Je gardai le silence et pris un air compatissant afin de l'amadouer. Au bout d'interminables minutes, il releva la tête et m'indiqua le numéro de l'appartement de M. Garcìa.

Pour rejoindre le cottage 773, il fallait d'abord longer un petit parc grillagé où s'étendaient çà et là des zones recouvertes de copeaux de bois. L'une d'elles consistait en un monticule sur lequel étaient plantées une dizaine de lettres capitales de bois peintes en blanc :

DOGGYWOOD

Reproduisant les mythiques lettres ornant le mont Lee, l'espace était réservé aux chiens des résidents. C'était donc là qu'ils s'ébrouaient – et chiaient, compris-je rapidement en humant le délicat fumet qui se dégageait de l'endroit. Jean-Claude aurait amoureusement pu faire ses pissous et plus si affinités autant qu'il le voulait sous les regards attendris de son maître.

Je pressai le pas sur des dalles blanches bordant d'impeccables pelouses, les cottages mitoyens se succédaient par groupes de deux. Il y avait parfois des villas isolées pour les résidents plus riches, elles semblaient d'ailleurs plus spacieuses – deux pièces au moins, quand les cottages étaient de simples studios ainsi que j'en jugeai à les dépasser les uns après les autres. Cet Ehpad était au fond identique à tous les établissements de ce type, n'en déplaise aux palmiers, citronniers et autres bougainvilliers agrémentant les jardins admirablement entretenus : il fichait le bourdon.

J'arrivai au 773. La porte était entrouverte, je toquai. J'entendis une voix grave m'encourager à entrer, ce que je fis. Je parvins dans une pièce d'une quinzaine de mètres carrés. À droite, il y avait un renfoncement pour le lit. La pièce se prolongeait plus loin avec un petit bureau et deux fauteuils. Une multitude d'appareils sophistiqués étaient branchés. C'était la grotte d'un senior geek.

Andrès était assis, il me faisait face et tournait le dos à une baie vitrée ouvrant sur une petite terrasse, donnant elle-même sur les immenses pelouses le long desquelles j'avais progressé pour arriver jusqu'ici. Il me fit comprendre qu'il ne pouvait pas se lever, il avait un plâtre, il s'était récemment fracturé le tibia. En temps normal, il était présentable, pas trop sénile, m'expliqua-t-il rapidement dans un rire tonitruant, mais là, pas de chance, il ressemblait vraiment à ce genre de petits vieux qu'on trouve dans ce genre de mouroirs.

— Alors comme ça, vous vous intéressez au film d'Ariel ?

— Absolument.

— Pourquoi ?

— Je voudrais comprendre pourquoi Ariel l'a détruit.

— On ne comprendra jamais.

— Je connais bien Nicole Garcia, c'est un peu grâce à elle si je suis ici.

— J'aurais adoré la rencontrer. Il paraît qu'elle était étourdissante dans le film. Quand elle est venue pour tourner puis quelques mois plus tard pour la projection qui a décidé du sort du film, j'étais absent. C'est bien dommage. D'autant qu'on est peut-être cousins !

— Vous n'avez pas assisté au tournage ?

— Non, à l'époque je terminais un album qui me tenait à cœur, j'étais enfermé en studio quinze heures par jour. Ça me fait bizarre de repenser à ces années-là, il y a tellement longtemps que je n'en ai pas parlé.

— Vous avez composé la musique du film, n'est-ce pas ?

— Tout à fait.

— Vous vous souvenez de la manière dont vous avez travaillé ?

— Ça oui, c'était assez inhabituel.

— C'est-à-dire ?

— Ariel a refusé de me montrer la moindre image du film. J'ai tout composé à l'aveugle.

— Vous n'avez rien vu de *Miss None* ?

— Rien. Pas un plan. Il m'avait déjà interdit de lire le scénario.

— Mais pourquoi ?

— Demandez à Ariel. Je n'en sais rien, moi. Peut-être qu'il avait honte et qu'il pensait déjà détruire le film.

— Pourquoi vous aurait-il demandé de composer la musique d'un film qu'il s'apprêtait à détruire ?

— Ariel avait parfois des comportements bizarres.

— Savez-vous s'il a eu le temps d'intégrer votre musique au montage ?

— Oh oui. Nicole est la seule à avoir vu le film achevé et mixé avec la B.O. Même Jonathan n'en a vu qu'une version de travail.

— Mais avec le générique.

— Pas étonnant, c'est la première chose qu'Ariel a finalisée.

— Pourquoi, d'après vous ?

— Je pense qu'il en avait besoin. Ça lui permettait de mieux comprendre comment il allait organiser les séquences.

— Qui a monté le film ?

— Ariel.

— C'est assez inhabituel, non ?

— Chez nous, vous entendez tout le temps parler du director's cut comme si le producteur décidait tout le temps de tout à la différence de la France où le réalisateur est souverain. C'est vrai et faux. La plupart des grands cinéastes hollywoodiens sont monteurs. Et producteurs, comme ça, ils sont assurés d'avoir le dernier mot.

— Vous savez qui je pourrais rencontrer pour obtenir d'autres informations sur le film ?

— La cheffe opératrice est morte il y a bien quinze ans.

À la Warner, personne ne vous parlera, ce film leur a fait perdre trop d'argent. Franchement, je ne vois pas. Il faudrait retrouver les techniciens mais ça me semble injouable. Elaine et Saul Bass sont morts tous les deux, je crois. Alors hormis Ariel et Nicole…

— Et la musique que vous aviez composée, il y a un moyen de l'écouter ?

— Je vous ai édité une copie.

Andrès se pencha sur le bureau. Il ouvrit l'un des tiroirs et me présenta un CD dissimulé sous une pochette bleu et violet. Je pris le temps de contempler cette rareté.

— C'est l'affiche du film ?

— Oui, c'est le projet qui avait la préférence d'Ariel.

— Il est allé jusqu'au projet d'affiche ?

— Comme le générique, je crois que c'était sa manière de comprendre ce qu'il faisait. Vous savez, je me souviens d'une conversation que j'avais eue avec lui à propos du générique, justement. Il me disait que c'était le plus important. On devait dès les premières minutes sentir que le film faisait du visage masculin un constant point de fuite. Et que lui-même passait sa carrière à effacer le sien. Vous savez pour les trois photographies, Jonathan vous a raconté ?

— Oui, bien sûr.

— Eh bien cette figure, biffée, raturée, je crois que c'était pour lui une manière de dire que les acteurs n'ont pas de visage. Dès qu'ils pensent en avoir un, c'est fini pour eux.

— Pourquoi y a-t-il écrit *A Man Off-Season* ?

— C'était le premier titre envisagé par Ariel. Il l'a changé au dernier moment.

Un homme hors saison, traduisis-je dans ma tête. Je n'arrivais pas à savoir si c'était mieux ou moins bien.

— Les titres, c'est toujours un cauchemar.

— Vous savez où est Ariel à présent ?

— Malheureusement non. Je ne sais même pas s'il est encore en vie.

— Quel âge aurait-il ?

— Attendez… Dans les soixante-dix, je dirais.

— C'est pas si vieux.

— Merci… Mort ou vivant, il s'est volatilisé.

J'eus un soupir de dépit.

— En revanche, sa femme est ici depuis le mois dernier.

— Je vous demande pardon ?

— Je n'ai pas encore eu l'occasion de lui rendre visite. À cause de mon tibia, je ne peux pas sortir. Passez la voir, elle devrait pouvoir vous renseigner.

— Je croyais qu'elle ne travaillait pas dans l'industrie du cinéma.

— Les conjoints ont des autorisations spéciales.

Je remerciai Andrès pour le CD et entrepris de m'éclipser. Au moment de lui serrer la main, il se figea.

— J'y pense, il y a aussi la petite. L'enfant qui jouait Miss None. Edith pourra peut-être vous aider à la retrouver. Elle doit avoir votre âge, aujourd'hui. Mais est-ce qu'elle se souviendra du tournage ?

Edith Winthrop avait subi un AVC qui l'avait laissée dans un état végétatif, appris-je auprès du réceptionniste. Elle était considérée comme *destitute*.

Je manifestai mon incompréhension quant au sens exact du mot – j'inférais « destituée », mais destituée de quoi ? De ses capacités cognitives ? De son autonomie ? Quel statut avait-elle précisément perdu ?

— Cela veut simplement dire que c'est la Fondation de l'établissement qui prend en charge les frais de son séjour, précisa le réceptionniste.

— Comment cela ?

— Mme Winthrop est sans ressources.

— Et son mari ? demandai-je, stupéfait.

— Mme Winthrop n'a plus aucun proche connu.

Je vacillai et me retins au comptoir. Il me semblait qu'un mot existait en français pour désigner cet état, cette *destitution*, mais il ne me revenait pas.

— Personne n'est encore venu la voir ?

Le réceptionniste s'agaça. Il n'en savait pas davantage sur les détails de la vie privée de Mme Winthrop. Il en avait déjà trop dit, n'étant pas habilité à communiquer des informations personnelles sur les résidents – et surtout pas à des étrangers. En revanche, oui, si j'étais recommandé par M. Garcìa, je pouvais y aller. À cette heure-ci, une infirmière devait être sur place pour les soins, elle m'ouvrirait. Villa 237.

Après avoir trouvé ladite villa, tremblant, j'avais sonné plusieurs fois sans obtenir de réponse. Je ne savais pas si je devais persévérer ou renoncer. Que pourrait bien m'apprendre une femme démunie et privée de parole? N'était-il pas déplacé d'aller la visiter?

Désemparé, songeant à sa solitude, je décidai tout de même de faire le tour pour entrer par la baie vitrée, côté jardin. Les habitations devaient être toutes plus ou moins conçues selon le même modèle, quel que soit leur standing. M'approchant de la vitre, je découvris la silhouette d'Edith allongée sur le matelas anti-escarres de son lit à barrières. Elle était d'une maigreur spectaculaire. Des perfusions irriguaient ses bras dont la peau semblait si fine qu'elle m'apparut multicolore. Rouge, vert, blanc, j'eus l'impression de voir en transparence tout ce qu'elle dissimulait, cette peau – les artères, les veines, les os.

Edith avait les yeux ouverts. D'un bleu étincelant, ils étaient profondément enfoncés dans ses orbites.

Elle regardait le plafond avec une intensité particulière. Des larmes coulaient, je sentais aussi les miennes monter devant le spectacle de cette femme en ruine. Ses longs cheveux gris répartis sur l'oreiller lui faisaient une couronne.

Je levai les yeux pour tenter d'apercevoir ce qu'elle fixait. On lui avait punaisé une petite photographie en noir et blanc aux bords crénelés. On y discernait deux êtres dans leur pleine jeunesse.

Un homme en smoking, d'allure princière, enlaçait une frêle jeune femme vêtue d'une robe blanche et dont la chevelure était retenue par un voile de dentelle.

Des notes de trombone s'épanouissaient telle une corolle, lents, patients, farouches. Des cordes venaient ensuite ouvrir un rideau, c'est l'image qui me venait, ricochant tout doucement aux oreilles pour nous faire entrer dans le monde d'Ariel. J'imaginais ses photos apparaître à l'écran dans cette mélodie minimale.

Le film commençait.

J'accolais aux scènes décrites par Nicole les musiques écoutées ce soir-là en buvant un Americano. C'était mon jour de repos, je n'irais pas au Stella, je m'étais installé sur le fauteuil orange du salon qui me rappelait trop les hanches de Madeline. Je m'étais préparé ce cocktail qui bizarrement était tout ce qu'il y avait de plus français pour moi quand le Mimosa, irrévocablement, resterait la plus américaine des boissons.

J'écoutais les morceaux, l'ivresse montait en moi, j'étais bien. Je plaçais telle piste pincée au violoncelle sur les scènes de plage où Ariel jouait avec sa fille, cette Miss None que je retrouverais peut-être un jour dans le labyrinthe de Los Angeles. Telle autre, somptueuse et lyrique, d'une beauté folle, nostalgique et élégante, accompagnait la scène des retrouvailles entre Ariel et Nicole. Le tango, la baignade, tout prenait vie en musique. Je me plaisais à mixer mentalement les images et les sons.

Jonathan, qui tenait le film pour un navet, avait évoqué une longue scène de sexe, Nicole ne m'en avait encore rien dit. C'était peut-être là que ça dégringolait. Les scènes de sexe étaient un piège, avait-on coutume de dire (les gens qui savaient avaient coutume de le dire), que ce soit dans un film ou dans un roman, les scènes de sexe, c'était *dangereux*. Je ne voyais pas exactement en quoi. Il n'y avait qu'à filmer deux personnes nues en train de s'étreindre ou bien écrire les mots correspondant aux choses qui se passaient dans ce genre de moments. Des mots que Jonathan aurait volontiers éructés dans leur version la plus trash. On pouvait dire dos, fesses, caresses, sexe, et faire des phrases avec, qu'est-ce qu'il y avait de si compliqué ? À mon avis, pensais-je tandis que le CD tournait docilement, les gens qui jugent problématique la représentation du sexe sont eux-mêmes des gens qui ne font pas l'amour. Des gens pour qui c'est devenu pire que tabou, rare. Des no life. Des gens comme moi, m'étranglai-je.

Depuis combien de temps n'as-tu pas fait l'amour ? Sainte Vierge l'Enculée. Depuis près de huit mois. Les semaines sans sexe, à ma grande surprise, passaient vite. Il y avait bien sûr quelques compensations solitaires pour le réconfort, mais je fus frappé de constater à quel point on pouvait au fond s'absenter de son corps. Oublier cette vocation qu'il avait à entrer en contact avec l'autre pour s'assurer une jouissance. On pouvait perdre de vue que l'autre était capable de vous donner du plaisir, autre chose que du tracas, de l'inquiétude ou de la gêne, comme j'en étais, semble-t-il, venu à le penser. Je n'avais pas trente ans et je vivais une vie d'abstinence où tout avait lieu sans les autres. Je ne sortais plus. J'avais cessé d'aller sur les plages et dans les fêtes. Je restais cloîtré à regarder des films quand je ne travaillais pas.

On pouvait aussi désapprendre que du plaisir, on était capable d'en donner. Mais en avais-je vraiment envie ? N'avais-je pas la flemme, au fond, de m'épuiser à rendre quelqu'un sinon heureux, du moins satisfait ? À lui prodiguer de la volupté ? Dans mon souvenir, c'était extraordinairement harassant et peut-être devenais-je, moi et toute ma génération (il fallait bien que je tente de me rassurer), adepte de l'auto-existence.

J'inventai le mot, déterminé à en populariser le sens, un jour j'écrirais un livre pour définir ce rapport tout à fait symptomatique de l'époque à la vie, je me voyais déjà en train de – stop, shut the fuck up, tu es seul parce que tu emmerdes tout le monde, voilà tout, keep calm, me disais-je, KEEP CALM, Sainte Merde du Trou Béni.

Les pistes filaient, je me demandais à quelles scènes certaines pouvaient bien correspondre. À partir des informations que je détenais, il m'était possible d'imaginer le développement de l'intrigue dont Nicole m'avait dit qu'elle racontait la vie d'Ariel.

J'avais été traversé par l'hypothèse d'un abus, je dois bien l'avouer. « Trop » de tendresse avait indiqué Nicole, lapidaire. Il me semblait toutefois peu plausible qu'Ariel, dans un geste d'une perversité rare, ait raconté sa nature prédatrice en l'exposant à toute une équipe qui aurait dit amen. C'était sordide. J'avais chassé cette supposition, constatant qu'elle était tenace et que, s'agissant d'amour entre un père et sa progéniture, toute représentation était vouée à l'équivocité.

Le dernier mail de Nicole s'achevait avec ce « cris d'enfant », parfait exemple de cliffhanger. Cela me paraissait tout sauf anodin : Nicole jouait à me faire deviner au compte-gouttes la teneur du film, elle avait refusé de m'en résumer la trame afin de me faire languir et de me mettre dans la position qu'auraient dû avoir les spectateurs si le film était sorti sur les écrans. J'en vins à me dire qu'après ce « cris d'enfant » le film basculait. En réalité, Miss None devait avoir un accident fatal. La suite de l'histoire verrait alors ce couple si amoureux se pulvériser sur le drame.

Ariel et Edith avaient ainsi perdu leur enfant. Là où j'en étais de mes connaissances, je pouvais me raconter que tout ce soin et cet amour du personnage masculin pour la petite fille n'étaient ni plus ni moins qu'une manière pour Ariel d'exorciser ce deuil. Le personnage éponyme de Miss None figurait cette petite demoiselle retournée au néant. Quand il l'appelait « Miss None », c'était pour se préparer au pire, étancher sa culpabilité de n'avoir pu la retenir dans la vie, d'où le malaise que l'on ressentait. Quant à Ariel, il serait pour toujours en décalage avec la vie – un homme hors saison.

Cette piste splendide où l'on sentait toute la tristesse d'une révélation, un voile qui se déchire, devait accompagner une scène particulièrement émouvante. Ariel avait-il tenté de mettre fin à ses jours, submergé par un indépassable chagrin ? Edith l'en avait-elle empêché ?

Peu à peu, une version du film s'inscrivit en moi, j'eus quasiment l'impression de l'avoir vue. Elle corroborait la décision spectaculaire d'Ariel de détruire son œuvre. Celle-ci ne l'avait ni aidé ni libéré, mais enfermé dans le ressassement de l'horreur.

Tout cela expliquait pourquoi Edith n'avait plus aucun proche. Ariel avait dû mourir quelques années plus tôt, laissant derrière lui la dernière représentante de la branche Winthrop qui avait été singulièrement éprouvée par l'existence. Edith était à présent orpheline de sa fille et de l'homme qu'elle avait aimé toute une vie, cet élégant prince qui l'enlaçait amoureusement le jour de leur mariage.

La B.O. était terminée. J'allais me lever quand tout à coup la musique reprit. Je vérifiai l'ordre des morceaux sur la pochette. Celui qui débutait n'était pas répertorié. C'était une piste cachée. Un authentique tube. Une chanson qui restait dans la tête et sur laquelle on avait l'irrépressible envie de danser. Elle devait porter le titre du film, *Miss None*. Elle avait dû être composée par Andrès pour le générique de fin. Pour que le spectateur parte avec cette ritournelle en tête, comme une récompense, et qu'il ne l'oublie jamais. C'était le souvenir de cette petite fille qui ne quitterait jamais les protagonistes, ce regard lac clair, ces boucles blondes, ce sourire irradiant. Le miracle d'une vie qui aurait un jour existé.

Sur un rythme d'enfer, trois notes de xylophone lançaient la voix reconnaissable d'Andrès qui chantait :

Miss None, Miss None
I see the sky into your eyes
Miss None, Miss None
Come on, let's play in the sand
Miss None, Miss None
Your laugh is my favorite song
Miss None, Miss None
You chase the clouds away from my mind

Peut-être était-ce d'ailleurs à cause de cette chanson qu'Ariel avait décidé de rebaptiser le film. Elle ne me quitta pas de toute la nuit, je me dandinai dans le lit pendant des heures et j'eus l'impression de la fredonner jusqu'au matin.

Un après-midi, quelque temps plus tard, j'eus un choc.

Je regardais *Guet-apens* de Sam Peckinpah (j'adorais ce nom, j'adorais le dire, Peckinpah). La nuit était tombée depuis longtemps (Peckinpah), quelques hurlements de coyotes s'élevaient dans l'air tiède, et je découvris Ariel en train de menotter Steve McQueen. Il faisait la même action que moi avec Pierre Niney dans le film de Paul Thomas Anderson.

J'eus besoin de revoir la séquence. Ariel y avait un geste extraordinairement crédible. La manière dont il allait chercher la paire de menottes à sa ceinture avant d'y glisser les mains de Steve McQueen relevait du pur génie. C'était rapide, maîtrisé, assuré sans pourtant rien ôter au geste de sa menace, de sa portée édifiante, c'était tellement bien et simplement exécuté que c'en devenait transparent. Oui, c'était ça. Transparent. On ne le voyait pas faire.

Je repensai alors aux rushes de ma scène que l'assistant de Paul Thomas Anderson m'avait gentiment montrés et je mesurai toute la distance qui me séparait d'Ariel. Mon geste à moi était brusque, incertain, il y régnait une forme de flou, de fébrilité. Il y avait très clairement un truc qui clochait, quelque chose de pas évident pour le regard, je m'étais même dit que c'était tout un bazar. J'avais voulu attribuer de l'importance à l'acte et c'était pile ce qu'il fallait proscrire. J'avais voulu réaliser un travail de commentaire pour, encore une fois, être vu en train de faire.

Il me sembla qu'Ariel avait évoqué ce point avec Janet Maslin dans son interview. Ses mots me revenaient à moitié mais j'étais à peu près sûr qu'il avait raconté une anecdote de début de carrière, il avait voulu bien faire et s'en était mordu les doigts parce qu'il avait été mauvais. Je comprenais, en le contemplant une énième fois mêler ses mains à celles de Steve McQueen au moment de les contraindre, l'art infiniment subtil et complexe que c'était de jouer.

Pattycathy estimaient qu'en perdant son temps à scruter Ariel dans les films, on passait fondamentalement à côté d'eux. J'étais prêt à soutenir qu'au contraire en traquant le moindre de ses gestes, on pouvait comprendre ce qu'avait cherché non seulement à faire le cinéaste, mais surtout ce que c'était qu'être acteur, ce que cela impliquait, ce que cela voulait dire et comment on pouvait y parvenir – chose qui m'intéressait plutôt puisque je venais tout de même d'y consacrer, avec un succès relatif, près de dix ans de ma vie.

J'entrepris alors de visionner les films suivants pas simplement pour consigner le geste effectué par Ariel. Pour l'analyser.

Il y avait cette scène où il choisit un vinyle dans *Taxi Driver* de Martin Scorsese, celle où il tire un rideau dans *Elephant Man* de David Lynch, ou celle, l'une des plus longues que j'avais vues jusqu'ici, où il attend au volant d'une Corvette dans *Sixième Sens* de M. Night Shyamalan. Mon admiration ne cessait de croître. Ariel y attendait comme jamais je n'avais vu aucun acteur attendre. Par expérience, tout comme marcher, je savais que c'était la chose la plus difficile. Il faut se laisser traverser par les choses. C'est proprement infaisable. Ariel, lui, y parvenait avec une force à couper le souffle.

Je me plongeai plusieurs fois dans ce plan où il boit au goulot dans *Little Big Man* d'Arthur Penn, dans celui de *Voyage au bout de l'enfer* de Michael Cimino où il rit, mais aussi dans celui de *Crocodile Dundee* de Peter Faiman où il joue au billard. Je ne me lassais pas de le revoir zipper une housse mortuaire dans *Marathon Man* de John Schlesinger, fuir dans *Apocalypse Now* de Francis Ford Coppola, ou rien que faire la queue dans *Annie Hall* de Woody Allen.

Il était possible, me disais-je alors, qu'Ariel ait sciemment cherché à provoquer le spectateur. Descendre d'une soucoupe volante dans *Rencontres du troisième type* de Steven Spielberg. Film après film, il avait peut-être voulu tracer le plus instructif des manuels d'acteur, espérant qu'il y aurait un jour quelqu'un d'assez fou, obstiné, ou seul – tous ces qualificatifs semblaient me convenir – pour compiler son œuvre entière et y déceler le manifeste. Monter dans un ascenseur dans *Pretty Woman* de Garry Marshall. Au fond, maintenant que j'en étais arrivé là, cela me paraissait limpide. Résoudre une équation sur un tableau noir dans *Virgin Suicides* de Sofia Coppola. Ariel avait précisément eu cette carrière-là pour enseigner aux apprentis acteurs comme moi ce que les cours et les livres ne sauraient nous apprendre. Déshabiller Tom Cruise dans *Eyes Wide Shut* de Stanley Kubrick. Il n'avait rien subi, il avait volontairement écrit sa filmographie ainsi qu'un écrivain compose ses romans, un peintre ses toiles, un musicien ses symphonies. Voyager sur le toit d'un train de marchandises dans *Les Moissons du ciel* de Terrence Malick. Il avait choisi les gestes lui-même afin de transmettre aux acteurs un répertoire suffisamment vaste, varié et représentatif. Danser le madison dans *La Fièvre du samedi soir* de John Badham. Les acteurs étaient toujours perçus comme ceux que l'on choisissait, jamais ceux qui choisissent. Avec Ariel, c'était enfin faux. Jouer de la contrebasse dans *Retour vers le futur* de Robert Zemeckis. Il avait tout choisi. Faire une bulle de chewing-gum dans *Retour vers le futur 2* de Robert Zemeckis. Tout décidé. Frapper sur une enclume dans *Retour vers le futur 3* de Robert Zemeckis. Comme un véritable artiste. Protester dans *Soleil vert* de Richard Fleischer. Tout cela était proprement stupéfiant. Nettoyer le trottoir dans *The Truman Show* de Peter Weir. Celui que j'avais d'abord pris pour un pauvre type sans talent, semer dans *Easy Rider* de Dennis Hopper, était en réalité une sorte de prophète, porter un enfant dans *L'Arme fatale* de Richard Donner, celui grâce à qui pour moi rien ne serait plus comme avant.

Ariel, de plus, avait agi de la manière la plus ludique qui soit : en concevant une sorte de jeu de piste génial destiné à montrer en actes les qualités requises pour être un grand acteur, au premier rang desquelles : la capacité à faire des choix. Non pas la disponibilité comme Nancy me l'avait crânement expliqué, mais la capacité à décider soi-même, souverainement, afin d'entreprendre ce que l'on avait décidé de risquer. Car sans choix, aucune disponibilité n'était possible. Quand j'avais passé cette audition, j'avais fait le choix de ne pas faire ce que l'on me demandait. J'avais ainsi affirmé l'acteur que j'étais. Si j'avais consenti à tout, croyant me montrer disponible, j'aurais probablement été anéanti par la volonté tyrannique de Nancy. Lui opposer qui j'étais constituait sans doute la meilleure manière d'apparaître à ses yeux. Je ne lui plaisais pas, c'était entendu. L'essentiel était d'abord et surtout qu'elle ne me plaisait pas non plus. En choisissant, j'étais devenu libre.

— Où en est ma cuisse de grenouille préférée ?

J'annonçai à Jonathan que mon carnet se remplissait à un bon rythme. J'avais déjà consigné des traces d'Ariel dans plus d'une soixantaine de films. Je lui expliquai que j'utilisais toujours la même tournure, un infinitif qui tentait de décrire le plus factuellement possible le geste accompli, infinitif auquel j'associais titre du film et nom du réalisateur, je dis bien réalisateur puisque quasiment tous étaient des hommes.

— C'est quand même fou, tentai-je de m'indigner.

Jonathan n'en avait rien à foutre. Pour le punir de son indifférence, je me mis à lui décrire en détail mon carnet en lui indiquant que c'était un adorable modèle à pages blanches, ce qui n'était pas si facile à dénicher, souple et de petite dimension. Et sur la couverture, Jonathan, rends-toi compte, il y a une tête de dindon sur un fond jaune fluo, tu adorerais, c'est effroyablement laid et, je ne sais pas pourquoi, je ne peux pas m'empêcher de trouver la tête du dindon d'une obscénité effarante.

— C'est parce que les dindons ont une tête en peau de couille.

Des images perturbantes s'entrechoquèrent dans mon esprit.

— Tu as sans doute déjà vu plus de films avec lui que moi.

Jonathan avait profité de mon silence anxieux pour reprendre la main.

— Tu ne les as pas tous vus ?

— Nom d'une poule en soutane, bien sûr que non. Tu crois sérieusement que je vois les films dans lesquels jouent les guignols que je représente ?

— Ben oui.

— Si je faisais ça, je pourrais plus travailler. Je passe mon temps à me dire que vous êtes tous plus nuls les uns que les autres, alors imagine si je vous voyais faire vos singeries maquillés comme des séminaristes nazis, je m'en remettrais pas.

— Tu as raison, ménage-nous.

— Vous ménager ? Par tous les scrotums apostoliques, tu te fiches de moi ? C'est moi qui devrais me ménager avec tout ce que je fais pour vous, et pour un salaire de pute afghane.

— Je te rappelle que tu te sers, y compris sur la paie de mes figurations.

— Manquerait plus que je te laisse engloutir tout seul le pactole que je t'ai agité sous la truffe.

— Pactole me paraît un poil exagéré.

— C'est tout ce que t'as à me dire ? T'as pas une bouffée de Ventoline à prendre ?

— C'est toi qui me téléphones.

— Merde, c'est vrai. Oui : j'ai une audition pour un navet avec Ryan Gosling. Tu sais faire des claquettes ?

— Non.

— On s'en branle. Tu y vas demain, 17 heures, je t'envoie l'endroit exact ce soir.

— Je commence mon service à 17 heures.

— Et ?

— Il faut que je me fasse remplacer.

— En quoi ça me concerne ?

— J'aime ta sollicitude, Jonathan.

— On dirait une réplique de porno.

— Si au moins tu me proposais des castings de ce genre.

— Cela dit, tu sais qu'Ariel a failli faire une apparition dans *Gorge profonde* ?

— Mais non ?

— Mais si. Ça le faisait marrer, j'ai fini par l'en dissuader.

— Pourquoi ?

— Je conseille à tout acteur qui aurait le désir de percer dans cette industrie de ne pas se mettre à sucer des queues à visage découvert dans un film interdit aux moins de dix-huit ans voué à devenir légendaire. Je ne sais pas si tu me suis.

— En partie. C'est peut-être le « sucer des queues » qui me surprend, en l'occurrence.

— Je prends mes désirs pour des réalités, c'est ce que tu vas me dire ?

— Éventuellement.

— Alors disons lécher des chattes si ça semble plus approprié à Monsieur-Je-Donne-Des-Leçons-À-Tout-Le-Monde-Sur-Ariel-Winthrop-Parce-Que-Je-Le-Connais-Mieux-Que-Quiconque-Et-Même-Sa-Saloperie-D'Agent-Pourtant-Dévoué-À-Lui-Comme-Une-Madone-En-String-De-Bure.

— Je suis en train de tomber amoureux de ta vulgarité.

— Attention, chéri, ça commence comme ça et après…

— Le plus surprenant, c'était surtout « le désir de percer ».

— Qu'est-ce que ça a de surprenant ?

— Au point où j'en suis de mon analyse, je pense être à peu près certain, pardon encore pour la leçon, qu'Ariel voulait tout sauf percer. Et n'y vois aucune allusion grivoise, par pitié.

— Et qu'est-ce qui te fait dire ça, je te prie ?

— Je pense que ça aurait nui à son projet.

— Détaille-moi les contours de son brillant projet, tu as l'air de l'avoir si bien cerné.

— Je pense qu'il ne voulait pas faire plus. Ce qui l'intéressait, c'était de choisir un geste dans chaque film et, en l'accomplissant, de donner une leçon sur l'art de l'acteur. Cent dix-sept films, cent dix-sept leçons de jeu.

— Qui t'a dit qu'il choisissait les gestes ?

— Il le dit dans une interview.

— Et tu as cru cette sainte mytho de Janet Maslin ?

— Je ne devrais pas ?

— Cette interview est bidon. Elle n'a jamais rencontré Ariel.

— Tu en es sûr ?

— S'il avait vraiment donné cette interview, la demande serait passée par moi. Je n'en ai rien su et pouf, un beau jour, ce papier sort. Je n'y crois pas une seconde. C'est un faux grossier.

— C'est ce que disent toutes les personnes accablées par une preuve en or massif.

— Je tiens l'or massif pour la chose la plus vulgaire au monde, avec les mocassins à glands, et sainte Clotilde sait pourtant combien j'aime les glands.

J'eus un haut-le-cœur.

— Mais tu as demandé à Ariel si l'interview était bidon ?

— Je n'avais déjà plus de contact avec lui quand elle a été publiée dans ce torchon.

— Le *New York Times* ?

— C'est possible.

— Janet Maslin est peut-être passée directement par Ariel.

— Tu crois ce que tu veux, je te dis juste qu'Ariel n'a simplement pas eu la carrière qu'il voulait.

— Tu penses qu'Ariel s'est épuisé toutes ces années dans tous ces films pour de simples apparitions ?

— Épuisé, c'est un peu fort.

— Je t'assure que c'est épuisant. Je pense même que la figuration est un art infiniment plus difficile et usant que l'art dramatique.

Jonathan éclata de rire. Il hurlait littéralement au téléphone et reniflait comme un porcelet. Me parvenaient du combiné des bruits douteux peu ragoûtants, toute une gamme de respirations raclées, de sifflements criards et de bruits de gorge inquiétants.

— Pourquoi tu ris ?

— Je n'avais pas entendu l'expression *art dramatique* depuis 1963. On dirait un de ces vieux légumes oubliés. Tu sais, les rutabagas, les topinambours, toutes ces merdes rassies et pleines de terre qu'on te ressert aujourd'hui comme si c'était du caviar.

— Je me fiche de ce que tu penses. Je sais que j'ai la vérité pour moi.

— Tu parles comme un téléfilm des années 90, chéri, je te mets en garde.

— Merci.

— Disons que la vérité est entre toi et moi.

— Tu parles comme un téléfilm des années 2000, trésor.

— Merci.

— De toute façon, j'ai du mal à y croire. Je pense que la situation était choisie, consentie, et qu'elle convenait à Ariel.

— Pourquoi Ariel aurait-il eu ce projet d'autobiopic si tout roulait comme il le souhaitait ?

— Un projet de quoi ?

— Doux Jésus en rut, d'au-to-bio-pic.

— Qu'est-ce que c'est ?

— Tu ne sais pas ce que c'est qu'un autobiopic ?

— Non.

— Minou, réfléchis deux secondes, ça ne fait pas de mal de temps en temps, je t'assure. Un autobiopic, c'est comme une autobiographie mais au cinéma, tu saisis ?

— *Miss None*, c'est un autobiopic ?

— Je me fissure le fion à te l'expliquer. C'est pour ça que la Warner avait mis le paquet. Ç'aurait été le premier de l'histoire du cinéma. Enfin je crois, je te dis ça mais j'en sais trop rien. Bref. Tu imagines, un film écrit, réalisé et joué par quelqu'un qui nous y raconte sa vie, c'était révolutionnaire. Pour l'époque, bien sûr. Aujourd'hui, tu vas sur Instagram et tu n'as plus que ça, des autobiopics. Moi en train d'acheter mes rutabagas. Moi en train de vivre ma meilleure vie avec mon copain latino dont d'ailleurs la…

— Jonathan.

— Moi en train de kiffer ma life à la plage. Moi en train de m'installer au cinéma. Moi cuisinant mes putains de rutabagas. Moi dans l'avion. Moi en vacances. Moi lundi matin. Moi jeudi soir. Moi m'indignant contre le non-consentement. Moi prenant quand même des photos de mes gosses à poil sur la plage et les postant pour le bon usage de ma communauté. Moi manifestant contre le racisme.

— Jonathan.

— Moi buvant un Martini. Moi saccageant un coucher de soleil. Moi votant démocrate. Moi avant de me coucher. Moi et mon irrésistible ironie. Moi et mes goûts tellement cool. Moi et mon influence.

— Jonathan. Je n'ai pas besoin que tu me légendes les photos de ton compte Instagram.

— Je sais parfaitement que tu es ce genre de petite salope au cul serré capable de se créer un compte anonyme pour aller épier mes photos, je ne suis pas la bonne conne que tu crois.

— Je suis absolument ce genre de cul serré, j'ai d'ailleurs stalké toutes tes photos, Jonathan, je ne vais pas te mentir. Mais je me suis créé un profil fantôme. Je suis invisible.

— Je te conseille de vérifier les paramètres de ton compte, merveille.

— Comment ça ?

— Ça m'intriguait ce compte bizarre qui regardait quasiment en temps réel toutes mes stories. Je suis allé voir. Ariel86.

1986, c'était mon année de naissance. C'était aussi l'année de tournage de *Miss None*, ce qui achevait de m'intriguer.

— Non mais franchement. Tu te fous de moi ? Tu es tellement demeuré que tu as mis ton nom de famille sur ton profil, c'est ça l'anonymat pour toi, espèce de décérébré ?

— Comment tu as eu accès à la description de mon profil ?

— Mais enfin c'est public. PU-BLIC. À moins que tu coches des cases que tu ne sais manifestement pas cocher. Ou que tu sois dyslexique. Je ne peux plus rien pour toi, ma caille, j'ai fait tout ce que je pouvais.

Je repensai à toutes ces personnes dont j'espionnais les comptes et dont je consultais les stories, m'affligeant d'avoir une vie de merde au regard de la leur, m'exaspérant de leur exhibitionnisme décomplexé, quoique l'enviant en secret. Ils allaient le savoir, moi qui pensais les gifler de mon indifférence. Moi qui pensais faire mes crapuleries à couvert. Ma connerie n'avait pas de limite. J'étais un trou noir[1].

— Ariel était du même genre que toi. Je veux être anonyme mais je vous fais coucou dans cent dix-sept putains de films. C'est pour ça que je te dis qu'un type aussi narcissique que lui avait forcément un autre projet que passer le sel ou se moucher à l'écran. Il s'est enfin écrit le rôle qu'il avait envie de jouer pour ne plus dépendre des caprices de cette industrie. Tous les acteurs font ça. À un moment de leur carrière, ils se mettent à écrire et réaliser des films dans lesquels ils jouent parce que, t'expliquent-ils, ils en ont marre de ne pas décrocher les rôles dont ils rêvent. Ariel a fait comme tous ces acteurs mégalos qui pensent qu'on peut s'improviser réalisateur. Il s'est écrit un rôle sur mesure. Le rôle de sa vie.

— Belle épitaphe.

— Tu lui diras.

— Jonathan, Ariel est mort.

— Voilà autre chose.

— Edith a eu un AVC, elle a été transférée dans le mouroir de stars où tu m'as envoyé.

— Je te serai reconnaissant de ne pas utiliser le mot mouroir, je paie chaque mois une cotisation exorbitante pour y disposer d'un bungalow Premium le jour où ma prostate sera définitivement H.S.

— Ta cotisation sert en partie à payer le séjour d'Edith.

1. Mais je n'étais pas aigri.

— Comment ça ?

— Elle n'a pas assez d'argent, semble-t-il, pour s'acquitter des frais. Et plus aucun proche. Ariel est mort, Jonathan. Elle est veuve.

— C'est impossible, mon chou.

— Et pourquoi ?

— Parce que après ta mort, ton contrat à la Motion Picture devient caduc.

— Et alors ?

— Alors, Edith n'aurait pas le droit d'y résider si Ariel était mort.

— Je ne comprends pas.

— Les contrats te protègent toi et ton conjoint mais uniquement de ton vivant. Le jour où tu meurs, ton conjoint survivant n'a plus aucun droit.

— C'est dégueulasse.

— C'est pour ça que les gens y vont relativement jeunes. Quand les deux membres du couple sont encore vivants. Une fois que tu y es, on ne peut pas t'expulser, même si le cotisant titulaire décanille. Tu es sauvé.

— Ça permet accessoirement de doubler les bénéfices.

— Viens t'y installer avec moi, mi amor.

— Donc si Edith réside là-bas, ça veut dire que le contrat d'Ariel est toujours valable, et du même coup qu'il est vivant.

— *Douchebag!* (J'achoppe sur la traduction.)

— Comment peut-il ne jamais venir la voir ni même régler les frais de son hospitalisation ? C'est monstrueux.

— Edith voulait divorcer. Ça n'allait plus du tout entre

eux. Ariel a toujours refusé parce qu'il savait que s'il divorçait, son contrat avec la Motion Picture ne permettrait plus à Edith d'y aller le jour où elle en aurait besoin.

— Mais alors où est-il ?

— JE. N'EN. SAIS. RIEN. Son Immaculée Conception du Trou Inviolé veut-elle que je le lui répète encore une fois ?

— Finir sa vie comme ça, c'est…

— Bon, je n'ai pas que ça à faire même si j'adorerais continuer à lécher ton cul de pasionaria.

— Attends, je voulais encore savoir si…

— Non, écoute, ce rapiat de Matt Damon essaie de me joindre depuis ce matin, je dois vraiment le prendre sinon il va faire foirer son injection d'acide hyaluronique à force de hurler sur mon secrétaire. So long, Ariel86.

Ariel me prenait tout mon temps.

Les recherches que j'avais lancées pour retrouver Miss None n'avançaient guère. D'une certaine manière, cela m'arrangeait. Je n'étais pas pressé de rencontrer la petite fille devenue adulte qui avait vu sa vie brutalement s'interrompre dans un film car elle m'aurait inévitablement raconté des scènes que je redoutais désormais de découvrir. Depuis que j'avais reconstitué l'intrigue, je craignais de recevoir un mail de Nicole détaillant les circonstances du drame et déroulant un cortège de plans pénibles et déchirants. Tant qu'elle ne m'écrivait pas, Miss None demeurait vivante. Elle jouait quelque part sur la plage et tout allait pour le mieux.

Je poursuivais donc ma découverte des gestes d'Ariel et, à mesure que mon inventaire se complétait, je m'amusais à rejouer ceux qu'il exécutait à l'écran. Ce qui n'était pas sans danger.

Devant mon miroir, dans mon étroite salle de bains presque insalubre, cette minuscule cabine de douche où l'eau hurlait comme des groupies – c'est moi que ces canalisations acclament, avais-je coutume de dire à Madeline pour la faire rire quand j'allais me laver –, il n'était pas rare que je m'entraîne à onduler comme il le faisait dans *Sister Act* d'Emile Ardolino ou à tituber comme lui dans *L'Exorciste* de William Friedkin. Régulièrement, je défilais dans l'appartement comme lui, mais en uniforme, dans *Barry Lyndon* de Stanley Kubrick. Comme lui, je pilotais un hélicoptère dans *Heat* de Michael Mann. Je regardais le ciel dans *E.T., l'extra-terrestre* de Steven Spielberg. Je briquais ma Cadillac en prétendant que c'était la Ferrari de *Rain Man* de Barry Levinson et j'applaudissais Mozart dans *Amadeus* de Milos Forman.

Plus problématique, alors que j'étais à mon poste, au comptoir du Stella, je me surprenais à l'imiter dans les films où il jouait à servir plutôt que de me fier à ma pratique. Je désapprenais mes propres gestes pour les calquer sur les siens. Je tentais de remplir un bac à glace selon sa méthode dans *Les Affranchis* de Martin Scorsese. Je m'efforçais d'essuyer les tables avec la même assurance que lui dans *Fargo* de Joel et Ethan Coen. Je secouais mes cocktails dans le même shaker en inox qu'il utilisait dans *Scarface* de Brian De Palma. Comme lui dans *Titanic* de James Cameron, et ainsi que je l'avais fait avec Madeline, je servais trop de champagne dans les coupes pour que la mousse déborde.

Ariel me hantait, au point que j'avais parfois l'impression de me confondre avec lui. De devenir lui.

Si je vivais dans une solitude qu'on aurait pu qualifier de pure – je ne dînais avec personne, je ne me promenais avec personne, je ne parlais plus qu'avec Jonathan et chaque fois nos conversations me laissaient groggy, je ne faisais plus, je l'ai dit, l'amour avec qui que ce soit, je ne riais plus que tout seul, devant un film ou traversé par telle ou telle pensée, tel souvenir, je ne pleurais dans les bras de personne, je ne préparais à manger que pour moi-même, je buvais mes cocktails seul et je m'endormais seul –, je côtoyais toutefois au Stella ou dans la rue, au volant de ma Cadillac, des étrangers, des passants, des anonymes que j'observais avec un regard altéré. Je ne me laissais plus traverser par le désir, la curiosité ou l'empathie. Je ne scannais plus les autres avec un regard d'homme ni même d'humain, non : je ne les envisageais plus que dans leurs gestes.

Comment se rongeaient-ils les ongles ? Quel angle formaient leur nuque et leur crâne en avisant la couleur du feu ? Comment tenaient-ils entre leurs mains le briquet qu'ils avaient rapproché de leur bouche pour atténuer le souffle du dehors ? Comment inclinaient-ils la tête en arrière au moment d'aspirer la première bouffée ? Comment se débarrassaient-ils du mégot, avec quel doigté, quelle pichenette du pouce et de l'index ? À quelle vitesse s'humidifiaient-ils les lèvres quand leur langue, apparaissant soudain, s'appliquait à soulager leurs muqueuses asséchées ? Où se dirigeaient leurs regards quand ils se grattaient la tête et quelle était la fréquence de leurs battements de cils ? Comment s'y prenaient-ils pour manger le pancake que déguste Ariel dans *Pulp Fiction* de Quentin Tarantino ?

La forme de leur bouche au moment d'un baiser ressemblait-elle à celle d'Ariel dans *Manhattan* de Woody Allen ? Cet homme avait-il le même regard méfiant qu'Ariel quand il conduit un fourgon dans *La Ligne verte* de Frank Darabont ? La sueur du visage de ce vieillard s'évaporait-elle sitôt qu'il l'éventait avec son chapeau comme Ariel agitant son béret dans *New York, New York* de Martin Scorsese ? Les omoplates de cette silhouette vibraient-elles comme celles d'Ariel quand il fait un jogging dans *American Beauty* de Sam Mendes ?

Je ne vivais plus qu'en zoomant. En découpant. En isolant. Le monde ne m'apparaissait plus qu'en une succession de gros plans montés les uns derrière les autres sans fondu, carton ni insert. J'enregistrais des milliers de clichés de l'infiniment petit, l'infiniment insignifiant, l'infiniment furtif. J'avais maintenant un rapport parcellaire et microscopique à toute chose. Ma perception obéissait à l'inventaire que je dressais en cut-up. Elle entendait reproduire une expérience du monde, celle-là même qu'Ariel avait eue et qu'il livrait à ma contemplation dans sa filmographie.

Aussi m'arrivait-il de me réjouir de subir telle ou telle mésaventure car elle me permettait à mon tour d'en passer par ce qu'Ariel avait traversé quand il lutte avec Brad Pitt dans *Fight Club* de David Fincher. J'espérais l'embrouille. J'allais au-devant du conflit pour déclencher une épreuve au cours de laquelle j'allais pouvoir m'essayer aux gestes d'Ariel.

Parfois, c'était facile. Pour un refus de priorité, je descendais de ma Cadillac et donnais le même coup de poing qu'Ariel envoie à Harrison Ford dans *Les Aventuriers de l'arche perdue* de Steven Spielberg. On me passait devant dans la file du supermarché ? Je lançais au resquilleur un coup de pied similaire à celui dont Ariel gratifie le même Harrison Ford dans *Indiana Jones et le temple maudit* du même Steven Spielberg. Un client que j'avais vu arriver au Stella avec une belle jeune femme venait au comptoir me commander deux Spritz ? Je lui donnais un coup de coude complice à la manière d'Ariel pactisant avec l'immuable Harrison Ford dans *Indiana Jones et la dernière croisade* du non moins immuable Steven Spielberg.

Je ne parvenais malheureusement pas à aller jusqu'au point où je pourrais éponger du sang avec la méticulosité dont Ariel fait preuve dans *L'Exorciste* de William Friedkin. Quant à me retrouver dans la situation où je devrais mettre les mains en l'air comme lui dans *Reservoir Dogs* de Quentin Tarantino, ou être étendu sur le brancard de *Blow Out* de Brian De Palma, cela ne me semblait guère prudent.

De même, je ne pouvais décemment pas mitrailler à l'aveuglette comme lui dans *Platoon* d'Oliver Stone. Et si j'avais voulu fouiller au corps un homme ressemblant à Brad Davis dans *Midnight Express* d'Alan Parker, ouvrir la porte d'une cellule ainsi qu'il le fait dans *Hudson Hawk* de Michael Lehmann ou rendre justice avec le zèle qu'il manifeste quand il capture Joe Pesci et Daniel Stern dans *Maman, j'ai raté l'avion !* de Chris Columbus, il aurait tout bonnement fallu que j'intègre le LAPD. J'y aurais appris à être au garde-à-vous aussi docilement que lui dans *Full Metal Jacket* de Stanley Kubrick.

Parfois, c'était difficilement réalisable faute de matériel à ma disposition. Brandir un drapeau comme lui dans *Rollerball* de Norman Jewison n'entrait pas dans mes habitudes, moi qui me savais moins patriote et n'avais surtout pas les moyens d'acquérir une si imposante banderole. Je n'avais pas non plus les capacités techniques requises pour cadrer aussi bien que lui dans *Network, main basse sur la télévision* de Sidney Lumet.

Heureusement, certains gestes n'en demandaient pas tant. Je pouvais aisément déclencher un métronome avec le doigté dont il fait preuve dans *Seven* de David Fincher, prier avec la même dévotion que lui dans *Le Cercle des poètes disparus* de Peter Weir, ou visiter un musée avec une patience qui l'honore dans *Hannah et ses sœurs* de Woody Allen. Au Hollywood Park Casino, je pouvais m'amuser à actionner un levier de machine à sous comme lui dans *Casino* de Martin Scorsese. Quand il faisait nuit noire, je pouvais me dire qu'avec ma lampe de poche je reproduisais les mouvements de poursuite qu'il accomplit pour éclairer Dustin Hoffman dans *Lenny* de Bob Fosse. Je pouvais tendre un micro à n'importe qui dans la rue en m'imaginant recueillir le témoignage de Tom Hanks dans *Philadelphia* de Jonathan Demme.

Je n'achoppais que sur quatre gestes. Je n'avais pas à ma disposition d'humain assez crédible et ressemblant à Johnny Depp dans *Edward aux mains d'argent* de Tim Burton pour renoncer à lui serrer la main, ni encore d'enfant pour le déposer à l'école comme dans *Kramer contre Kramer* de Robert Benton. N'étant pas fumeur, il m'était difficile d'éteindre une cigarette avec le geste affûté qu'Ariel a dans *Dirty dancing* d'Emile Ardolino. Enfin, il était hors de question, même dans ma salle de bains, que je me risque au salut nazi qu'il exécute dans *La Liste de Schindler* de l'éternel Steven Spielberg.

Étais-je en train de basculer ? Pourquoi la vie ne me disait plus rien, si ce n'était pour expérimenter une somme de gestes bien précis, cent dix-sept et pas un de plus ? Pourquoi le reste m'indifférait-il totalement ? Mes fonctions vitales ne me semblaient plus devoir se maintenir que dans le seul espoir de m'aider à accomplir et maîtriser ce par quoi Ariel me paraissait avoir édifié la plus grande œuvre d'art de l'histoire humaine.

J'en vins à me révolter contre son relatif anonymat. Je testais sa renommée auprès des clients du Stella dont la plupart, cela avait été mon cas, aspiraient à obtenir leur étoile sur Hollywood Boulevard. Je m'amusais à glisser son nom quand la conversation, enfin, s'engageait. Depuis que Madeline avait déserté, je ne faisais plus rire personne derrière le comptoir. On me fuyait, même. Il me fallait lutter pour qu'un échange advienne. Je m'étais satisfait de la situation pendant quelque temps, mais à présent, entrer en contact avec des inconnus était vital car c'était une manière pour moi d'être un passeur, de transmettre l'enseignement d'Ariel comme on se passe la rumeur d'un sacre. Tous ces acteurs en herbe allaient peut-être changer l'histoire du cinéma, je me devais de porter à leur connaissance les préceptes de l'art dramatique tel qu'Ariel l'avait mis en gestes dans ses films afin qu'à leur tour ils fassent perdurer sa légende. Sans moi, Ariel allait sombrer dans l'oubli.

Aussi, chaque soir au Stella, mettais-je un point d'honneur à décrire à telle jeune femme au nez courbe argenté, et si besoin en le mimant, la manière dont Ariel prend la main de Goldie Hawn dans *La mort vous va si bien* de Robert Zemeckis, l'air avec lequel il dévisage Jodie Foster dans *Le Silence des agneaux* de Jonathan Demme, ou le courage dont il fait preuve en portant Holy Hunter sur ses épaules au milieu des vagues dans *La Leçon de piano* de Jane Campion. Si le client était un homme, je l'entourais de mes bras pour lui révéler avec quelle douceur, quelle sollicitude, il soutient Jack Nicholson dans *Vol au-dessus d'un nid de coucou* de Milos Forman, ou je lui montrais comment il pleure à l'enterrement de Patrick Swayze dans *Ghost* de Jerry Zucker. Cela pouvait même aller jusqu'à faire de lui le pur-sang qu'Ariel chevauche dans *Apportez-moi la tête d'Alfredo Garcia* de Sam Peckinpah, avec l'énergie et la joie que la prononciation du nom de Peckinpah me prodiguait.

J'allais trop loin. Les clients commencèrent à se plaindre. Chaque soir, c'était de pire en pire, les réclamations abondaient par dizaines. La direction n'eut d'autre choix que de me convoquer.

Mon comportement était inapproprié, il s'apparentait à du harcèlement, avais-je perdu les pédales ? Je ne savais pas quoi répliquer, je mesurais que toute réponse m'exposerait à un séjour dans ce qu'on me présenterait pudiquement comme un centre de repos, en fait un hôpital psychiatrique destiné aux tarés de mon espèce. Je n'avais de toute façon aucun argument à opposer pour contester ma mise à pied qui fut immédiate et sans possibilité de recours.

J'avais agi trop frontalement. Il me faudrait maintenant opérer de façon clandestine. Repérer des cibles potentielles en établissant des critères précis et n'attaquer qu'en cas de concordance stricte avec lesdits critères. J'avais du mal à les établir nommément, alors je décidai de me fier à mon intuition. Ce qui n'avait pas marché au Stella, c'est que je n'étais pas libre de mes mouvements. Dans l'espace public, je pourrais davantage m'illustrer et donner ma pleine mesure.

Pour cibler au mieux les nouveaux fidèles du culte que je projetais de populariser, je me refis le film de mon arrivée à Los Angeles. Où étais-je allé, moi qui ne connaissais rien à cette ville avant d'y atterrir ? Je retraçai mon itinéraire sur une carte que je scotchai au mur du salon. J'inscrivis des étoiles aux endroits propices où je résolus dès le lendemain de me rendre.

Je commençai par le Lake Hollywood Park. C'était un passage obligé puisque c'était l'endroit où l'on pouvait prendre en photo les lettres capitales de bois peintes en blanc formant le mot :

HOLLYWOOD

Je m'y postai, tâchant de trouver l'endroit le plus fréquenté. Quand j'eus remarqué des visiteurs remplissant mes critères – un apprenti acteur se reconnaît à mille lieues à la ronde –, je m'approchai et expliquai que j'avais une mission urgente à leur confier, que je me devais de leur raconter l'histoire d'Ariel A. Winthrop, il ne fallait surtout pas avoir peur, je me proposais simplement de leur ouvrir les yeux sur la véritable nature de l'art dramatique.

J'évoquai le regard lac sombre d'Ariel pour lancer le récit et réservai à mon public deux gestes, déterminé à trouver cent dix-sept personnes qui, elles-mêmes, transmettraient ces deux gestes et ainsi de suite jusqu'à ce que le monde entier soit converti à l'ariélisme, ça sonnait bien – ou winthropisme, ça sonnait mieux et ça avait l'avantage d'opérer un intéressant jeu de mots avec *tropisme* et *win*, c'était un tropisme de gagnant, une revanche, je voyais déjà toute la campagne marketing qu'on pourrait déployer autour du concept.

Je finis donc, puisque les personnes ne m'avaient pas encore éconduit, par décrire sur un ton mystérieux premièrement le geste d'Ariel quand il découpe un rosbif dans *French Connection* de William Friedkin, deuxièmement la détermination avec laquelle il écrit dans *Danse avec les loups* de Kevin Costner.

Chassé au bout de quelques heures par le gardien du parc, je me plantai à l'entrée du Cinerama Dome. Des hordes d'aspirants acteurs y pénétraient à chaque séance. J'œuvrai de même en expliquant cette fois comment Ariel manie la lance à incendie dans *Dead Zone* de David Cronenberg, ou comment il passe la cireuse dans *Conversation secrète* de Francis Ford Coppola. Là encore, on m'expulsa.

Replié sur le parking du Griffith Observatory, j'eus à peine le temps d'aborder un couple, la femme notamment à qui je montrai, en m'emparant de son stick, comment Ariel remet du rouge à lèvres à Jeanne Moreau dans Le *Dernier Nabab* d'Elia Kazan.

Poursuivi jusque sur le Walk of Fame, pensant me fondre dans la foule, je fus arrêté par le LAPD tandis que j'essayais de mimer à une vieille dame, dont le chapeau avait des allures d'abat-jour, le geste qu'a Ariel quand il brise une lampe dans *Permanent Vacation* de Jim Jarmusch.

Menotté comme Pierre Niney et Steve McQueen, je n'osai pas demander aux agents qui m'avaient interpellé de me permettre d'accomplir les gestes qu'eux seuls étaient capables de me montrer. Je me contentai, à bout de forces, de leur exposer toute l'admiration que j'avais pour Ariel quand il ne fait qu'écouter Tom Hanks dans *Forrest Gump* de Robert Zemeckis, tentant de leur dire à quel point écouter, simplement écouter, sans rien faire d'autre que cela, écouter authentiquement, pleinement, absolument, écouter de tout son corps, de toute son âme, combien c'est la chose la plus difficile pour un acteur, est-ce qu'ils se rendaient compte de ce que cela pouvait induire, de ce que cela avait dû demander à Ariel pour parvenir à ce point de perfection de son art, est-ce qu'ils étaient capables de se le figurer ?

Avoir tiré à l'arc dans *Gladiator* de Ridley Scott.

L'avoir fait, et certainement de la façon la plus professionnelle qui soit, mais, rendez-vous compte, avoir été coupé au montage par ce gros lourdaud de Ridley Scott. C'était une blague. Comment un type aussi nul que Ridley Scott avait-il pu passer à côté du talent d'Ariel ? Dans une récente interview au *Hollywood Reporter*, il avait eu le culot de s'en vanter. Je le haïssais.

À cause de lui, Ariel avait tout arrêté, vexé sans doute d'avoir été coupé au montage pour la première fois de sa carrière, et par le plus mauvais de tous. D'ailleurs, c'était un exploit. Comment était-il parvenu, avant de devenir une légende, à résister au montage, à demeurer dans le film, à ne pas se faire couper, découper, dépecer ? C'était décidément le plus grand, me dis-je dans la petite cellule de dégrisement.

On m'avait cru saoul, moi qui étais ce jour-là d'une rare sobriété. J'attendais que Jonathan vienne me chercher. J'avais encore le loisir de vagabonder et c'est ainsi que je corrigeai ma première impression s'agissant de cette mésaventure avec Ridley Scott.

Après tout, c'était peut-être son ultime leçon, celle qu'il livrait en testament dans le dernier film de sa carrière où personne ne le verrait jamais, une sorte de radicalisation du geste supérieur qu'il s'était attaché à produire en en accomplissant une multitude d'autres de plus petite ambition, le geste de tous les gestes, le geste absolu : disparaître.

Ariel sortait de scène par l'humiliation suprême, l'expérience obligatoire de tout acteur. Peut-être avait-il attendu toute sa carrière que cela lui arrive. Il avait espéré en vain qu'enfin on le supprime du champ, mais jamais cela n'advenait, il s'acharnait alors, se demandant quand cela aurait lieu. Quand serait-il devenu assez virtuose dans son art, assez transparent, pour que le regard n'ait même plus besoin de se poser sur lui ?

Et un jour, dans un péplum criard, on avait décidé de se passer de lui. Alors ce fut le soulagement. Ariel comprit qu'il pouvait désormais disparaître pour de bon. Enfin se reposer.

Courir. Servir. Marcher. Manœuvrer. Traverser. Recevoir. Défiler. Ramasser. Applaudir. Nager. Photographier. Cadrer. Sauter. Mitrailler. Tourner. Conduire. Dactylographier. Peindre. Pédaler. Danser. Rire. Pleurer. Sourire. Diriger. Protester. Tituber. Ouvrir. Fermer. Tenir. Jeter. Décharger. Allumer. Éteindre. Barrer. Menotter. Porter. Choisir. Visiter. Chevaucher. Monter. Descendre. Résoudre. Déshabiller. Zipper. Voyager. Soutenir. Frapper. Embrasser. Semer. Nettoyer. Piloter. Dévisager. Briquer. Onduler. Somnoler. Agiter. Bronzer. Secouer. Essuyer. Manger. Boire. Brandir. Éponger. Remplir. Déposer. Donner. Mettre. Remettre. Attendre. Fouiller. Maquiller. Croiser. Déclencher. Prier. Actionner. Suivre. Tendre. Prendre. Renoncer. Lutter. Esquiver. Découper. Capturer. Manier. Briser. Tirer. Replacer. Regarder. Fuir. Passer. Lire. Écouter. Écrire. Faire. Jouer. Être. Ne pas être.

Mon arrestation occasionna le retrait d'office de ma Green Card. Je n'avais donc plus de travail, plus de visa, ni presque plus de quoi subvenir à mes besoins américains. Il était temps pour moi de rentrer en France.

Jonathan paya ma caution. Je fus littéralement enseveli sous les jurons à cette occasion. Je n'avais même pas daigné aller faire trois claquettes pour Ryan Gosling, c'était dommage, ça m'aurait permis de m'acquitter de ladite exorbitante caution. Je fis amende honorable et avouai à Jonathan que j'avais tout bêtement oublié de me présenter à ce traquenard, pardon, à cette formidable opportunité qu'il m'avait si chèrement obtenue.

Mon carnet m'indiquait que j'avais, pendant ces quelques mois, répertorié cent seize gestes. Il me manquait *Opening Night* de John Cassavetes.

Je voulais absolument revoir le film mais, toutes ces semaines, Cathypatty n'étaient jamais parvenues à remettre la main sur la VHS. L'édition DVD n'existait pas en raison d'une sombre histoire de droits, il n'y avait que cette VHS qu'une mystérieuse cliente s'obstinait à garder. Elles lui avaient passé plusieurs coups de fil, laissé des messages insistants pour qu'elle la retourne mais la fille ne rappelait pas.

J'aurais pu me retrancher dans le New Beverly Cinema, l'un des rares établissements à projeter des classiques, mais *Opening Night* n'était jamais à l'affiche. Chaque semaine, je scrutais le programme. En vain.

Avant mon départ, je retournai leur dire au revoir. Elles me confirmèrent n'avoir toujours pas remis la main sur la cassette. La cliente l'avait sans doute perdue et n'osait ni rappeler ni se présenter chez Vidiots.

On s'embrassa avec effusion, elles avaient rarement eu des clients aussi tenaces et fidèles. Je détenais le record du nombre de films empruntés en si peu de temps.

— Tu reviendras, m'avaient-elles lancé sans y croire tandis que je disparaissais de leur champ de vision.

Je donnai les clés de ma Cadillac à Jonathan pour le dédommager de la caution. C'était maigre mais c'était déjà ça, je m'excusai autant que je le pus.

— Arrête tes conneries, me dit-il en m'étreignant sur le parking de l'aéroport.

— C'est tout ?

— Quoi, c'est tout ?

— Pas de jarretelles de nonnes tricotées au foutre ? Pas de Saint-Père inséminé au schnaps ?

— L'élève a dépassé le maître, sanglota Jonathan.

Il pleurait toutes les larmes de son corps. Je fus moi-même gagné par l'émotion.

— On n'a pas le cœur à se dire des horreurs, c'est sûr, pas aujourd'hui, me lamentai-je.

— C'est pas ça, renifla bruyamment Jonathan en s'essuyant le nez sur mon épaule. Je repense à tout ce fric que je ne me ferai pas avec toi et ça me rend tellement malade. Tout ce temps, ces deux ans perdus à bavasser avec une saloperie de Français couperosé, et rien. Rien. Pas le plus misérable petit cachet d'acteur, je veux dire un vrai cachet. Nada. J'ai vraiment merdé avec toi. Je vieillis, tu sais.

— Je ne t'en veux pas, le rassurai-je.

— Mais moi tellement, si tu savais. Je te déteste du plus profond de moi, souffla-t-il en me serrant une dernière fois. Tout ça à cause de cette putasse de Madeline. Si son avortement ne l'avait pas complètement retournée, je lui dirais deux mots sur ce que je pense du nul que tu es.

— Je te demande pardon ?

— Chiotte.

— Son avortement ?

Je sentis un froid mordre mon ventre.

— Désolé mon vieux, elle m'avait fait jurer de ne pas te le dire. Elle est partie à North Bend pour le tournage de *Twin Peaks*. Elle nous fait un trip retour à la terre. Apparemment, elle va en profiter pour s'installer là-bas. Qui peut bien supporter de vivre dans la vallée de Snoqualmie, je te le demande. Tu m'étonnes qu'elle ait plu à Lynch.

Je n'écoutais plus.

— Tu as interdiction de répéter ce que je viens de te dire. Personne ne doit révéler qu'il va y avoir une saison trois. C'est sous embargo, tu entends ? Je suis très sérieux. Et ne fais pas cette tête, par pitié. Tu n'allais quand même pas élever un chiard ? Remercie Sainte Faucheuse de l'Aiguille à Tricoter que Madeline ait fait le nécessaire pour vous délivrer.

Jonathan me tapota l'épaule puis me congédia.

— Allez, hors de ma vue, petite pine d'archevêque asthmatique.

3.

« J'ai découvert que je vivais des jours empruntés. »

Paul Auster, *Le Livre des illusions*

Le 19 novembre 2013, une femme quitte son domicile de la région parisienne en compagnie de sa fille, Adélaïde, âgée de quinze mois. Adélaïde est en poussette, sa mère s'appelle Fabienne, elles ont, dira Fabienne, le vent dans le dos.

Fabienne se rend à la gare du Nord avec sa fille. Elle y achète un billet aller-retour pour Rang-du-Fliers (Pas-de-Calais). Ça lui coûte 69,10 euros.

Toutes les deux prennent le train de 11 h 46. Elles arrivent à 14 h 23 à Rang-du-Fliers. Elles montent dans le bus de 14 h 50 qui les emmène à Berck-sur-Mer.

Berck-sur-Mer, c'est une cité balnéaire sur les bords de la Manche. Fabienne ne connaît pas Berck-sur-Mer mais expliquera avoir été interpellée par le nom de cette ville, par sa sonorité désagréable, ses consonances gutturales, et parce qu'elle le trouvait triste.

À 15 h 05, la mère et la fille arrivent à Berck-sur-Mer. Des images de vidéosurveillance les montrent cheminant dans la ville aux alentours de 16 h 34. Elles avancent en direction de la mer.

Quelques minutes plus tard, Fabienne pousse la porte de

l'hôtel Le Littoral, 36 avenue Marianne-Toute-Seule. C'est le nom de l'avenue. Avenue Marianne-Toute-Seule.

Fabienne prend une chambre pour la nuit à son nom.

Fabienne Kabou.

Elle se douche.

À 21 h 06, elle et sa fille sortent de l'hôtel. C'est le mois de novembre, il va faire entre 0 et 5 degrés Celsius cette nuit-là.

À 21 h 40, Fabienne revient à l'hôtel, avenue Marianne-Toute-Seule, et c'est toute seule, justement, qu'elle est désormais.

Cette histoire, c'était Alice Diop qui me la racontait.

Le nom ne vous dit peut-être rien et pourtant vous la connaissez. Vous la connaissez parce que vous avez vu *La Mort de Danton*, ce documentaire qu'elle a réalisé sur un jeune homme qui veut devenir acteur. Et vous la connaissez parce que vous avez vu *Saint Omer*, le film inspiré de cette histoire qu'elle s'apprêtait alors à tourner, cette histoire qu'elle me relatait le 24 février 2017, au Fouquet's, restaurant un rien tape-à-l'œil dans lequel je n'avais aucune raison de mettre les pieds, à moins d'y être serveur – et serveur, en 2017, c'est encore et toujours ce que j'étais, comme l'intégralité des aspirants acteurs et actrices, on commence à connaître la chanson.

J'étais serveur au Fouquet's car, pour synthétiser, après les galères et les plans foireux, après les projets multipliés et les tympans percés, après ma sortie d'une école privée hors de prix, après les baby-sittings, les tickets bipés, après trois années d'échecs aux concours *nationaux*, après les non-répercussions de mon rôle d'Anglais qui ne m'avait valu, outre la précieuse amitié de Nicole Garcia, qu'une obsession pour un figurant américain dont personne ni ici ni ailleurs n'avait entendu parler, obsession purgée deux années durant à Los Angeles et dont je me remettais difficilement (ma santé mentale, disons, plus précaire que jamais), après la confiscation de ma Green Card, après tout cela, j'avais décidé de me réinstaller à Paris et de continuer à faire ce que je savais faire de mieux, serveur, espérant, j'en étais encore là, croiser un regard, quelqu'un qui compte, etc.

Et autant dire que ce 24 février 2017, soirée de remise des Césars à Paris au terme de laquelle l'intégralité de ce qui compte dans le cinéma français allait venir se rassurer quant à sa puissance – où ça ? je vous le donne en mille, au Fouquet's –, oui : autant dire que je n'avais pas intérêt à passer mon tour.

Le 20 novembre 2013, à 10 h 10, Fabienne reprend le bus à Berck-sur-Mer pour rejoindre Rang-du-Fliers. Elle est toujours seule. Plus de poussette.

À Rang-du-Fliers, elle prend un train qui la ramène à la gare du Nord d'où elle rejoint son domicile de la région parisienne.

Quelques heures plus tôt, ce même jour, aux alentours de 8 h 20, un pêcheur de crevettes s'est présenté au commissariat de Berck-sur-Mer pour signaler la découverte, sur la plage, d'un corps d'enfant.

La soirée débuta vers 1 heure du matin. J'étais dans les starting-blocks, servant cocktails et coupes de champagne, faisant mine de ne pas reconnaître Isabelle Huppert, Valérie Lemercier ou Gaspard Ulliel, faisant mine de n'être qu'à ma tâche, considérant à la dérobée Niels Schneider et Oulaya Amamra qui avaient reçu les Césars des meilleurs espoirs comme on lit un rapport du Giec.

À mesure qu'avançait l'heure, je compris qu'il ne se passerait rien. À peine risquais-je de me faire tripoter dans les toilettes par un acteur ou un réalisateur vieillissant estimant, à la vue de mon uniforme, que c'était tout ce que je lui inspirais. Mais même ceci n'eut pas lieu, et pourtant ce n'est pas faute d'avoir déjà eu lieu lors d'autres soirées de ce genre plus sordides qu'un roman de Bret Easton Ellis. Quoi qu'il en soit, ce soir-là, sur les coups de 4 heures du matin : rien.

Aussi me retranchai-je derrière le comptoir où survint, seule et d'une redoutable sobriété, Alice Diop.

Elle venait de recevoir le César du meilleur court-métrage pour *Vers la tendresse* – quarante minutes de témoignages d'hommes disant pour eux ce qu'est l'amour – et, après l'avoir posé sur le comptoir en m'envoyant un clin d'œil désabusé, elle m'adressa la parole, ce que peu de gens avaient fait jusqu'ici. De fil en aiguille, moi retenant les chevaux, elle saisit que j'étais acteur, compatit vraisemblablement, voulut peut-être me dire que ce n'était jamais fini, que tout pouvait arriver, que rien n'arrivait jamais. Pour lui épargner cela, c'est moi qui parlai et posai les questions. Qu'est-ce qu'elle allait faire maintenant qu'elle avait obtenu un César? Elle me raconta alors l'histoire d'Adélaïde et de Fabienne qui donnait son cadre à son prochain long-métrage, *Saint Omer*.

Une dizaine de jours après son retour chez elle, des policiers se présentent à son domicile, policiers à qui Fabienne dit : « Vous en avez mis du temps pour me trouver. »

S'ils en ont mis, du temps, c'est parce que Adélaïde, la petite fille de quinze mois retrouvée morte sur la plage par un pêcheur de crevettes, n'avait pas été déclarée à l'état civil. De son existence, il n'y avait donc aucune trace légale. Elle n'était, selon les termes de la loi, personne. Si son corps n'avait pas été renvoyé par la mer, personne, hormis ses parents, n'aurait pu remarquer sa disparition.

Alice Diop dépliait l'histoire d'une voix fiévreuse. J'ignore si c'est parce que le petit jour arrivait, parce que le Fouquet's s'était vidé et que je l'écoutais sans plus avoir conscience du temps qui passe, mais Alice Diop racontait comme elle filmait, et le film, je le voyais.

Condamnée le 24 juin 2016 à vingt ans de réclusion criminelle pour le meurtre de sa fille, Fabienne avait fait appel. Un nouveau procès devait se tenir dans l'année. Ayant assisté au premier, Alice Diop ne s'y rendrait pas.

Elle m'expliqua avoir été très marquée par cette femme qui, comme elle l'énonça simplement, avait « déposé » le corps de sa fille sur la plage après s'être renseignée sur les horaires des marées – la « déposant » pour que la mer montante emporte son corps, précisant avoir répondu à des voix qui lui enjoignaient de le faire, bravant aussi la lune, très lumineuse ce soir-là, projecteur braqué sur elle, éclairant son geste, l'exposant, elle qui désirait soustraire sa fille à un avenir noir, selon ses mots, une vie moins enviable que la mort qu'elle lui avait ainsi donnée après l'avoir allaitée une dernière fois, « déposée » sur le sable, bien emmitouflée dans une doudoune à capuche, puis quittée, courant sans se retourner, regagnant son hôtel et y passant la nuit, repartant le lendemain en suivant le même trajet qu'à l'aller mais, cette fois, sans sa fille.

Je sentis un froid mordre mon ventre.

Je glissai à Alice Diop qu'à l'entendre me dévoiler toute cette histoire, il me semblait que Marguerite Duras aurait pu en écrire le script.

Marguerite Duras, cette bonne vieille nympho de Maggie, ainsi que Jonathan l'avait qualifiée le jour de notre première rencontre – tout cela me semblait si loin –, Maggie se serait rendue sur place, à Berck-sur-Mer. Elle aurait marché sur la plage. Elle aurait cru reconnaître l'endroit exact où cela s'était passé, où Fabienne avait « déposé » Adélaïde. Elle aurait trouvé le geste sublime, forcément sublime, elle y aurait vu l'éternel de la condition féminine, ce point de bascule où les mères elles-mêmes suppriment leur fille pour leur épargner une vie de femme. Elle aurait parlé des couleurs de la mer, du vent, elle aurait parlé de la solitude, immense, incommensurable, de Fabienne. Elle aurait pris une chambre à l'hôtel Le Littoral, elle aurait demandé à avoir la même que celle de Fabienne, et là, entre ces quatre murs, elle aurait dit comprendre, voir la scène. Alors elle serait rentrée écrire rue Saint-Benoît, à Neauphle-le-Château ou bien aux Roches Noires. Elle en aurait peut-être même fait un film. Il y aurait eu une citation de Shakespeare en exergue, des lettres blanches sur un fond noir : « Déposez, déposez votre honorable fardeau ». De longs travellings de la plage de Berck-sur-Mer et des plans fixes d'elle, Marguerite, fumant et écrivant dans la chambre de l'hôtel Le Littoral. Il y aurait eu, courant sur ces images, un texte dit en voix off par Bulle Ogier et Marguerite elle-même. D'une certaine manière, le film aurait remplacé l'histoire, le livre l'aurait ensevelie. Marguerite aurait confisqué l'existence de Fabienne et d'Adélaïde parce que c'est ce que font les écrivains, confisquer, enlever – substituer les mots à la vie.

Je ne sais si l'évocation de Marguerite Duras y fut pour quelque chose, toujours est-il qu'Alice Diop me demanda mon numéro de portable, à quoi je ne répondis d'abord que d'un rire amer, pensant : elle me fait le coup – jugeant que toute cette soirée définissait le mot cliché (étant moi-même un cliché sur pattes), estimant toutefois qu'un avenir à moi peut-être s'offrait.

Et quelques semaines plus tard, je décrochai mon téléphone d'où s'exhala une voix suave et déterminée :

— J'ai quelque chose à te proposer.

Loin de m'offusquer de ce tutoiement, je m'en réjouis et bredouillai un orgueilleux « C'est-à-dire ? » amoché d'un point d'interrogation obèse, comme si je n'avais pas de temps à consacrer à cette proposition parachutée du cosmos et s'écrasant à mes pieds comme un bout de satellite (disons) soviétique, peu désirable (technologie vétuste), contenant pourtant les plans de la bombe H – depuis mon séjour californien, mon esprit était parfois en surchauffe.

Alice Diop allait-elle me proposer un rôle ou m'inviter à faire le catering de son tournage ? Le mystère restait entier. Elle répondit simplement qu'elle voulait me revoir.

Je lâchai mon accord sur une note trop paresseuse qui n'allait pas cesser, durant les quatre jours qui me séparaient de notre rendez-vous, de me hanter, considérant qu'à vouloir paraître détaché, j'avais loupé une marche. Et me voilà dégringolant à nouveau, luge inhabitée glissant hors des pistes un jour d'avalanche, prêt à me fracasser le crâne sur mon résidu d'amour-propre pourtant déjà tellement mis à mal par à peu près toutes mes expériences d'acteur – je continuais de dire acteur mais j'avais conscience qu'il s'agissait quasiment, me concernant, d'un emploi fictif.

Nous étions convenus de nous retrouver à l'hôtel Grand Amour. Ce n'est pas une plaisanterie ni un lieu que je fréquentais à l'époque. À l'époque, je fréquentais le Fouquet's, certes, mais jamais je n'aurais fait un sans-contact au Fouquet's pour un chocolat viennois valorisé à hauteur de 14 euros.

Il pleuvait des cordes ce jour-là et j'arrivai trempé. Je ne suis pas quelqu'un de paranoïaque. Franchement. Mais je suis forcé de constater que la pluie a la fâcheuse tendance de tomber (avec une fougue notable) dès que je dois sortir. Que la pluie, comme consciente du désagrément qu'elle pourrait me causer, entamant mon espérance de vie dans une colère toxique (accélération du rythme cardiaque, tension dans la nuque, froissement d'innombrables muscles), que la pluie, disais-je, sait qu'elle m'importune et hypothèque ma capacité à aimer la vie (qui pense jamais à se munir d'un parapluie, sérieusement ?), à accueillir le monde, croire en demain, aussi ne peut-elle que délibérément choisir de s'abattre sitôt que je franchis la porte de mon immeuble. Elle obéit à un plan concerté pour m'abîmer.

Je m'aperçus en parvenant sur le pas de l'établissement, charmant quoique trop explicitement bohème et dont le nom faisait surgir en moi le visage de Madeline, que je ne fréquentais en réalité plus aucun bar. Je chassai vite ce constat qui me rassura quant à la continuité de mon existence car, au fond, je vivais de la même (médiocre) manière que ce soit à Los Angeles ou à Paris – Alice Diop était en train d'arriver derrière moi, ce que ma vision périphérique, particulièrement affûtée, me permit de repérer.

Elle avait apporté un manuscrit relié sur lequel était inscrit *Saint Omer* suivi de son patronyme puis de ceux d'Amrita David et de Marie NDiaye.

Ce dernier nom ne vous dit peut-être rien et pourtant vous le connaissez. (Je ne me rends pas compte, est-ce lassant ?) Vous le connaissez parce que vous l'avez vu trôner en haut d'un prix Goncourt intitulé *Trois femmes puissantes*. Vous l'avez vu trôner au sommet d'un certain nombre de livres teinte beurre frais double liseré rouge, vous l'avez notamment vu trôner au faîte de *Royan*, texte écrit pour Nicole Garcia – ceci explique cela.

Entre mes mains, le manuscrit, entre mes lèvres de l'air (encore une fois, j'avais la bouche béante), entre Alice et moi, des mots, les siens, qui m'expliquaient le pourquoi de ce manuscrit et me priaient de rejoindre le casting en interprétant le rôle du (roulements de tambour) du (figurant, ça va bien cinq minutes) du (j'aspirais toujours, malgré mon admiration non entamée envers Ariel, à autre chose, ne serait-ce que pour avoir l'occasion d'appliquer les leçons qu'il m'avait transmises) du réceptionniste de l'hôtel Le Littoral – je ne pus m'empêcher de voir en un flash le visage débordé du réceptionniste de la Motion Picture Country House and Hospital, j'eus peur –, demande que je reçus, malgré mes inquiétudes, avec une impression soleil levant, ne me risquant pas à dire que j'allais lire avant d'accepter, acceptant dans l'instant, redoutant que cet empressement acte aux yeux d'Alice le dépeçage de mon résidu d'amour-propre, m'en fichant car voyant bel et bien s'offrir l'avenir, avenir qui, au moment de nous quitter dans l'allégresse et d'abandonner le Grand Amour, se fracassa sur ma vision périphérique : il pleuvait toujours. Et franchement, là.

J'avais évidemment revu Nicole à mon retour de Los Angeles. J'étais impatient de la retrouver afin qu'elle poursuive sa description de *Miss None* tandis que je lui détaillerais les résultats de mon enquête informelle sur Ariel et lui brandirait triomphalement le CD de son oncle d'Amérique.

Elle m'avait proposé de venir dîner chez elle, surprise au moment d'entendre au téléphone ma voix courte et claudicante à laquelle elle avait, elle, répondu de son immuable timbre soleil d'octobasse (pourquoi pas). J'avais instantanément souri en le sentant parcourir mes tempes, irradier ma mâchoire et vriller mon plexus – impression de revenir d'un long voyage et d'apercevoir, comme Ulysse qui ne devait plus trop y croire (à sa place, je me serais laissé couler), un bout de côte assoupi au loin dont je savais qu'il appartenait à ma terre natale. Cette voix m'arrimait à la France, j'étais bel et bien de retour.

Il y eut quelques secondes de trouble quand elle m'ouvrit la porte. Je présumai d'une part qu'elle était déçue (son souvenir l'avait peut-être abusée non seulement quant à la réalité de mon physique – « Tes cheveux ont poussé », avait-elle lâché, à demi convaincue en m'ébouriffant le haut du crâne –, mais à l'intérêt même qu'il pouvait y avoir à me regarder, elle devait dès lors se demander pourquoi mais pourquoi, Sainte Renée la Défonce, avait-elle un jour eu l'idée de me confier un rôle dans l'un de ses films), et d'autre part – merde, bouse chiasse, j'ai casé ce que je voulais associer à ce d'autre part dans le d'une part, bon, sorry.

Je forçai l'étreinte pour lever le blanc, elle se raidit – tant de proximité après tant de temps, c'était déroutant.

Je lui tendis immédiatement le CD, elle ne comprit pas tout de suite de quoi il s'agissait. Après avoir détaillé la pochette, elle chancela, se retint au mur de l'entrée, s'assit sur le fauteuil qui y était disposé, caressa le butin que je lui offrais, puis me considéra avec une expression de stupeur. On aurait dit qu'elle n'y croyait pas. C'était impossible. Je ne pouvais pas avoir fait cela.

Je me demandai soudain si ce que je percevais, au-delà d'une violente émotion, d'une incrédulité prévisible, n'était pas, au fond, de l'inquiétude. De l'angoisse, même. Étais-je allé trop loin ? M'étais-je approprié son histoire comme il arrive parfois qu'on le fasse quand on veut en être, quand on désire rejoindre le côté lumineux de la force, quand on se sent invisible et qu'enfin la perspective d'en avoir une, d'histoire, nous rassure et nous élève à nos propres yeux ? Étais-je l'un de ces êtres banals qui deviennent, dans les films et les romans, des monstres de perversité, de manipulation et d'emprise ?

J'eus un vertige et chancelai à mon tour. Qu'avais-je fait ? L'ampleur de ce que j'avais mobilisé pour parvenir à être capable de lui offrir cette musique du passé me dépassait. Tout me semblait improbable. Inouï. Disproportionné. Flippant, à vrai dire.

C'était un peu comme si, pour tuer le temps, vous aviez évoqué une anecdote de votre vie à un mec qui vous collait un peu et dont la présence vous était totalement insignifiante. Vous aviez déroulé, gagnée par l'alcool, ladite anecdote, l'ivresse montante avait conféré trop d'enthousiasme à vos propos. Dans l'écoute attentive et même captivée de l'inerte boulet qui adhérait à vos basques, vous aviez trouvé un élan. Cette écoute vous avait même convaincue de l'intérêt de votre historiette qu'aussitôt vous alliez oublier et, après avoir cru vous débarrasser pour de bon de cette boule de poix nauséabonde en la baladant avec deux mails qui vous avaient été inspirés par vos insomnies carabinées, la voilà qui vous revenait des oubliettes où vous vous félicitiez pourtant de l'avoir reléguée, de l'autre côté de l'Atlantique, elle redébaroulait sous vos semelles et s'y appliquait pour vous brûler de sa substance âcre, nauséabonde, anachronique. Il y avait de quoi flancher.

Je compris alors que j'étais fou. Je ne pouvais plus me cacher derrière la fatigue, l'insuccès, la malchance. J'étais fou. Littéralement fou. Tout concordait à présent. Tout ce que j'avais pris pour de bienheureux hasards, un étourdissant enchaînement de coïncidences, était en réalité le fruit de ma démence. J'avais tout fomenté. J'avais tout organisé pour en arriver là, cet instant précis où je prenais le pouvoir et me vengeais d'une scène qui avait flingué ma carrière et mes espoirs. Oui, c'était cela, je m'étais vengé sans m'en rendre compte. J'avais entrepris tout ce voyage pour qu'un jour, Nicole, elle qui m'avait pris au jeu de ma vanité, elle qui m'avait emprisonné dans mes propres *fields*, espérant me donner une leçon d'humilité, entrevoie ma puissance. De ces *fields*, j'étais revenu et j'allais tout brûler. Assécher la rivière. Raser le château. Reconstruire mon domaine.

Je n'étais en réalité qu'un dangereux personnage sous mes airs inoffensifs et un peu maladroits de gendre idéal. Je m'étais convaincu que Nicole et moi étions amis mais nous ne nous étions jamais vus seul à seul comme ce soir. Un appel skype et deux mails en deux ans, ce n'était pas ce qu'on pouvait appeler une amitié fusionnelle – je ne représentais strictement rien pour elle.

— Mais c'est extraordinaire ! Comment as-tu fait ? Il faut absolument que tu me racontes.

Elle s'était relevée et se dirigeait vers le salon. Je la suivis. Elle fit une remarque amusée sur la diaspora des Garcia, sortit le CD de son étui puis l'introduisit dans sa chaîne.

La musique emplit l'espace et je ne savais plus quoi penser de tout cela, de moi, d'elle, de nous, d'Ariel. J'étais fou, d'accord, quoique pas nécessairement aussi menaçant que je venais de me le formuler dans mon accès de panique.

— C'est vrai, j'avais oublié qu'il voulait appeler le film *A Man Off-Season*. C'est tellement mieux, *Miss None*. De toute façon, les titres…

— C'est toujours un cauchemar, complétai-je, comme

si me revenait la réplique d'une scène apprise depuis si longtemps qu'elle était inscrite dans ma chair.

Nous écoutions avec dévotion. L'émotion de Nicole était palpable. Elle soupirait puis gémissait quand elle semblait reconnaître telle piste, faisant dès lors ressurgir une scène qu'elle ne m'avait pas encore décrite. Quand le CD fut fini, je l'encourageai à patienter. Je voulais qu'elle entende la piste cachée. La piste fantôme. La piste secrète.

Debout près de la cheminée, appuyée contre le manteau de marbre, elle leva la tête au moment d'apprécier les trois notes de xylophone qui lançaient le morceau.

Alors elle eut un rire. Un long rire, étourdissant, éclatant, un rire généreux, somptueux, communicatif. On aurait dit qu'il venait du fond des temps. Elle riait et pleurait en même temps, se frottant les mains puis les entrechoquant. C'était la première fois depuis mon arrivée que je la revoyais faire ce geste que j'adorais et que j'avais oublié.

Je le refis discrètement, en aparté, pour m'en souvenir. Mon corps enregistra le mouvement, mais il fut parasité par d'autres élans car certains gestes d'Ariel ne me quittaient plus si bien que j'étais parfois parcouru de tics incontrôlables. Si Nicole m'avait vu, elle aurait contemplé une sorte de pantin mécanique, agité par des soubresauts incohérents, une suite anarchique, néanmoins chorégraphiée par ma mémoire, de mouvements en apparence dépourvus de sens.

— C'était la musique du dernier plan, souffla-t-elle quand le CD fut définitivement terminé. C'était mémorable et ce plan était si particulier.

J'avais presque visé juste en postulant que la chanson habillait le générique de fin.

Avant de passer à table, je lui montrai mon carnet et tous les gestes consignés. Elle s'amusa de m'imaginer les relever un par un et me promit que nous reverrions ensemble *Opening Night* à l'occasion.

— C'est bien de ne pas en avoir fini, avança-t-elle.

Elle ne lisait jamais toute l'œuvre d'un auteur aimé. Elle faisait de même avec les cinéastes. Elle voulait qu'il lui reste toujours un livre à lire ou un film à voir. Rien n'était plus déprimant, estimait-elle, que d'en avoir fini avec l'œuvre de quelqu'un qu'on admire. Il faut toujours laisser une place vide, comme sur les rayonnages d'une bibliothèque, et s'efforcer, malgré la tentation, de ne pas la combler trop vite.

— Pouvoir se dire qu'il reste encore quelque chose à découvrir compte davantage que l'émotion d'en avoir fini, tu ne trouves pas ? Moi, la fin ne m'intéresse guère. Laisse-toi du temps, me conseilla-t-elle, comme pour tempérer l'inquiétude que devait lui inspirer mon relevé maniaque. Quelques mois. Vraiment, laisse reposer tout ça.

Elle insistait tout en feuilletant généreusement mon carnet dont la couverture lui avait inspiré un coup d'œil circonspect.

Pendant le dîner, elle continua de m'interroger sur mon séjour américain. Je lui racontai tout, le Stella, le Vidiots, la cellule de dégrisement. Elle semblait s'en amuser. Ou alors elle camouflait très bien sa panique. Je lui parlai de

Jonathan, elle se souvenait vaguement de lui mais me confia qu'il lui avait laissé une impression mitigée.

— Mitigée, avait-elle répété en mimant de sa main une sorte de vaguelette peu engageante.

À bien y réfléchir, je devais lui faire le même genre d'impression.

Il était tard, nous étions repassés au salon pour boire un dernier verre, elle me fit comprendre qu'il était temps de m'éclipser.

— Tu te souviens d'autres scènes de *Miss None* que tu ne m'aurais pas encore racontées ? lui demandai-je in extremis.

Cela m'échappa presque. Depuis que j'avais compris, des mois auparavant, que le film allait raconter le pire – la perte d'un enfant –, je m'en étais détourné, reportant toute mon énergie sur les gestes d'Ariel, occultant son long-métrage. Aussi, parce que je ne voulais pas quitter Nicole, parce que je désirais prolonger cet instant en sa compagnie, parce que je m'apercevais de mon indicible attachement pour elle, avais-je dépassé mes craintes et sollicité son récit.

— Je me doutais bien que tu allais revenir à la charge.

— Tu peux m'écrire si tu préfères.

— Tu aurais dû me demander en début de soirée, on a bu. Attends, souffla-t-elle.

Elle s'immobilisa quelques secondes, visage enfoncé dans ses mains, je ne savais pas si elle faisait une microsieste, si elle passait discrètement un appel d'urgence à la police pour qu'on m'exfiltre de chez elle, moi le dangereux psychopathe, ou si elle draguait les fonds opaques de sa mémoire. Elle redressa subitement la tête.

— Nous sommes dans une voiture, une Cadillac ou une Buick, je ne me souviens plus exactement, en tout cas elle était rose pastel et décapotable.

— Et les cris de l'enfant ?

— Comment ça ?

— Tu m'as écrit qu'il y avait des cris d'enfant, ils interrompaient votre scène sur la plage.

— Non… Mais non.

— C'est ce que tu m'as écrit.

— Non mais juste une ambiance sonore, des cris d'enfants comme tu en entends sur la plage. Dis donc, tu t'es fait un scénario de film d'horreur, toi, lança-t-elle en refrénant un autre rire.

Toute l'histoire que j'avais échafaudée le soir de mon écoute de la B.O. à Los Angeles venait de s'effondrer sous le poids d'une coquille. J'en étais presque soulagé.

— Je suis parti assez loin, oui. Je me suis même dit que…

— Non, voilà, nous sur la plage, les gamins jouent partout, un brouhaha tout ce qu'il y a de plus commun. Puis cut, on roule sur le bord de mer, c'est moi qui conduis, il fait beau, la lumière est étincelante. On doit être le lendemain. Ariel pose la tête contre mon épaule.

Nicole la fixait, cette épaule, comme si elle allait, par la simple force de son regard, faire ressurgir le corps d'Ariel.

— Je cale à mon tour ma tête contre la sienne, c'est filmé depuis la banquette arrière. On roule. Ariel m'embrasse, je l'embrasse à mon tour, c'est un long baiser alors je perds la trajectoire, la voiture zigzague dangereusement, esquive une ornière, Ariel déclenche les warnings, je réajuste pour de bon, nous rions. Je porte une robe-pull d'un pourpre vif qui contraste très fort avec mes cheveux dorés. Je n'ai jamais été aussi bien filmée, aussi désirable… Dans le plan d'après, on fait une visite, on avait tourné ça dans une vieille école, style Nouvelle-Orléans, avec de grandes pelouses très vertes, des colonnades, elle avait dû être transformée en musée pour le tournage. On marche dans les salles, ce sont des sculptures, des tableaux exposés dans de grands salons vides et poussiéreux, Ariel fait semblant de peindre pour m'amuser… Puis il prend des photos et ça vire à la séance. Il me dirige, me fait poser devant des œuvres, me replace, cadre, renonce, ajuste, résout ses dilemmes d'éclairage, je m'irrite, il temporise, me prie d'être patiente, lutte contre mon ennui, attend l'expression juste, mon geste de lassitude, ce qui va m'échapper, il me dévisage, m'applaudit quand il estime avoir obtenu la photo… Dans le parc du musée, il mitraille toujours, brique son objectif, manie la focale, puis nous prend en train de nous étreindre. Il tient l'appareil en plongée sur nous pour capturer l'instant. Son visage est enfoui dans ma nuque… De là où on est, on voit un couple très âgé en train de prendre un café, à l'intérieur du musée, derrière de grandes vitres. Ils sont l'un en face de l'autre et ils ont un fou rire. Ça nous gagne. Nos silhouettes se reflètent, on se voit en eux par transparence… Cut, on roule toujours, et là Ariel me lance quelque chose comme :

— Arrête-toi quand tu verras un magasin.

Nicole jouait vraiment, c'était troublant.

— Moi, je ne réponds rien. Je roule. Je lance la radio, on entend une chanson… Attends… Si… Oh là là, ça me revient. On entend *Sugar Baby Love*.

— Qu'est-ce que c'est ? interrompis-je.

— Non, quand même. Les Rubettes.

— Je connais pas.

— Cultive-toi.

Donc, il y a la chanson, Ariel monte le son et imite le cri suraigu du chanteur, j'éclate de rire.

On n'arrêtait pas de rire dans ce film, en fait…

Bref.

Ariel frappe la carlingue en cadence, il fait le pitre, danse, pédale avec ses poings, ondule des épaules, il actionne les essuie-glaces, allume les phares, prend le volant et conduit – fait semblant de piloter, du moins, de manœuvrer, protestant quand je veux reprendre le contrôle. La tension monte.

Quand il me ferme les yeux, qu'il dépose un baiser sur mes paupières, m'obstruant la vue du pare-brise, on pressent l'accident.

Mais non.

À un moment, il me lance, presque en criant :

— Là, s'il te plaît, il y a une station-service.

Je me gare, Ariel descend de la voiture, je reste à l'intérieur, je ne bouge pas.

Un plan de mes mains sur le volant.

La silhouette d'Ariel qui s'éloigne.

Puis retour sur moi, de dos, c'est toujours filmé depuis la banquette arrière.

Elle est vide.

Ariel revient.

Il a acheté une bouteille de limonade et un paquet de bonbons multicolores – tu sais ces bonbons acidulés qu'on garde dans la bouche pendant des heures le temps qu'ils fondent. Les papiers luisent dans la lumière de fin d'après-midi.

Il m'embrasse. Puis saute dans la voiture en disant d'une voix qui sourit :

— Ça lui fera plaisir, elle les adore.

J'acquiesce lentement, en lui rendant le sourire d'un air mélancolique.

Je redémarre, troublée.

Nicole m'avait quasiment mis dehors, me promettant de m'en raconter davantage une prochaine fois, usant toujours aussi finement du suspense. On allait vite se revoir de toute façon, et elle n'oubliait pas *Opening Night*. Je n'avais pas d'autre choix que de la croire et de m'égarer encore dans mille conjectures à propos de *Miss None*.

En descendant les cinq étages à pied, un peu ivre, je divaguais.

Miss None ne racontait donc pas la perte d'un enfant. La petite fille était bien vivante. Mais pourquoi donnait-elle son nom au film ? Et pourquoi n'y avait-il aucun plan de Nicole avec elle ? Dans l'un de ses mails, elle avait spécifié n'avoir « pas un regard » pour elle.

Au troisième, la minuterie s'éteignit brusquement. Je glissai sur le tapis d'escalier, loupai une marche et en dégringolai une petite dizaine avant d'atterrir, sonné, sur le palier inférieur. Je me relevai aussitôt pour m'assurer que je n'avais rien de cassé. J'éprouvai une douleur lancinante dans le bas du dos, mon coccyx avait dû déguster. J'étais mobile pourtant, rien de grave me rassurai-je. Je tâtonnai le long du mur pour atteindre l'interrupteur et, au moment où la lumière revint, comme dans un flash, je compris tout.

Miss None était un film inouï, m'avait prévenu Nicole. Il devait forcément avoir une particularité scénaristique, outre le fait qu'Ariel y dérobait son visage. Comme l'indiquait son titre, la présence de la petite fille était la clé. Il n'était pas question de sa disparition dans le temps du film. Non. Mais il en était question quand même. Celle-ci avait simplement eu lieu *avant*. Quand débutait *Miss None*, tout s'était déjà joué. Ariel et Edith avaient bel et bien subi cette tragédie et le film nous racontait les dommages de ce calvaire sur l'un et l'autre.

Ainsi, l'enfant que l'on voyait à l'écran n'existait en réalité que dans la perception d'Ariel. Elle était un fantôme. Si Nicole n'avait « pas un regard » pour *Miss None*, c'est qu'elle ne la voyait tout simplement pas. Plus, du moins. Nous suivions le point de vue d'Ariel qui demeurait prisonnier du spectre de sa fille. Quant à Edith, que jouait Nicole, elle se réfugiait dans le travail, l'activité, elle voulait coûte que coûte continuer de vivre. C'était également pour ça que les gens sur la plage paraissaient surpris dans les plans de coupe. Ils n'étaient pas gênés de voir un père s'occuper de sa fille, mais inquiets du comportement de cet homme solitaire.

Ma nouvelle interprétation était aussi lumineuse que

cette majestueuse cage d'escalier. Je venais de percer le mystère du film.

Sorti de l'immeuble, euphorisé par ma découverte, je décidai de rentrer à pied. J'en aurais pour une bonne heure.

Je marchai dans Paris, un peu tiraillé par mon coccyx quoique trop excité pour m'en affliger. Je me maudis cependant d'avoir oublié mon casque. J'aurais pu me glisser à nouveau dans le film de ma vie, mon autobiopic, me dis-je en souriant et en pensant à Jonathan. Sans musique, j'étais orphelin. Cette marche nocturne était condamnée à n'être qu'une simple marche silencieuse.

Puisque je ne pouvais jouer ma vie, j'entrepris d'imaginer les scènes que je filmerais si je projetais un jour de faire comme Ariel et de réaliser mon *Miss None* à moi. Je tentai de choisir les décors, les angles, les acteurs que j'embaucherais pour jouer à mes côtés, les groupes de musique à qui emprunter des morceaux.

J'avais plusieurs titres en tête : *Un parfait inconnu* me semblait idéal si le film se bornait à raconter mon anonymat. On suivrait dans ce cas les manœuvres incessantes d'un jeune acteur en formation se prenant pour quelqu'un, croyant en son destin, s'enfonçant au fil du temps dans l'échec et le déni, conservant malgré tout une forme d'optimisme que ses proches assimileraient à un délire. C'était la version tragique de mon existence, mon *Inside Llewyn Davis* à moi.

Quand je l'avais découvert, ce film des frères Coen m'avait profondément ému. Je n'avais pas pu m'empêcher de me dire, à l'époque, que ma vie risquait d'en être un pâle remake. Sans me croire égaler la carrière d'Oscar Isaac, je me disais qu'il était toujours plus facile pour une star d'incarner le raté qu'elle n'était pas que pour un raté de tenter de devenir une star en jouant le raté qu'il était bel et bien. Aussi séduisante cette version de ma vie pouvait-elle être à l'écran, elle me fichait le cafard car il m'apparaissait qu'en quittant les décors de mon film, le soir, je retrouverais ma routine de loser. Je n'aurais aucune échappatoire, je ne pourrais pas m'évader de moi-même, je serais condamné à continuer de tourner le film mais sans caméra, sans projecteur, sans texte. Seul face au néant que j'étais. C'était l'option Palme d'or.

L'autre titre du même genre était *Un simple figurant*. J'en aimais le côté pléonastique. Je me reconnaissais dans ce qui aurait pu être mon épitaphe. Toute ma vie, je n'aurais été qu'un figurant, un personnage de second plan. J'aurais hanté les marges du cadre de ma propre existence, j'aurais été cantonné à sa périphérie. Rien de remarquable, rien de distinctif, rien de décisif. Je l'aimais car il était à la fois littéral et figuré. Cela valait en effet aussi bien pour l'échec de mes aspirations professionnelles que pour le fiasco de ma vie personnelle. Dans cet autobiopic, jamais je ne serais parvenu à occuper le premier rôle. C'était la brillante synthèse d'un destin censé faire comprendre au spectateur que la lumière du premier plan occulte tout, que ce qui importe a toujours lieu derrière, dans les coulisses, dans l'ombre et l'apparente insignifiance. Une morale de consolation.

Mais cette option était trop théorique à mes yeux. À évoquer ce titre, je sentais bien qu'aucune idée de scène mémorable ne me venait. Pour contrebalancer son aspect aride, un peu trop intellectuel, il aurait fallu que je sois joué par Ricky Gervais, qu'il accepte de dupliquer ce qu'il avait brillamment accompli dans la série anglaise *Extras* qui me faisait hurler d'un rire jaune noir glaise sang. Seulement, ce ne serait plus un autobiopic. C'était l'option Netflix.

Le titre qui s'imposa alors ce soir-là fut *Star*. C'était à la fois anodin et paradoxal, estimai-je. La star que jamais je ne serais. C'était surtout plus commercial, on pouvait viser le grand public et le succès. On pouvait viser le million d'entrées. C'était l'option prime time à la télé.

Une fois le titre trouvé, je m'employai à tramer le scénario. J'eus beaucoup de mal et renonçai assez vite pour ne croquer qu'une série de plans emblématiques. S'il m'était difficile de déterminer quand je ferais commencer le film, je savais en revanche à quoi ressemblerait la scène finale.

On m'y verrait âgé, nu et seul, assis sur une chaise au coin d'une table rectangulaire aux bords arrondis. Ce serait filmé d'assez loin, en plongée, comme si j'étais observé par une caméra de surveillance. On distinguerait mon vieux corps, mon dos noueux, mes os saillants, mes cheveux blancs. Je serais immobile, tête baissée, mains sur le bord de la chaise comme si je m'y retenais, respirant avec peine. On verrait ma cage thoracique lever tel un voilage sous l'effet d'une brise. Puis je me mettrais à ébaucher un mouvement avec les bras. Très lentement. Un autre. Ce serait infime, tremblant, allusif. Encore un. Je relèverais la tête, yeux fermés. On pourrait croire que je tente de me souvenir d'une danse, que tous mes muscles, tendus dans l'effort, cherchent désespérément à retrouver un ordre. Une séquence. Un enchaînement de gestes. Un secret connu de moi seul.

Parvenu aux abords de la place de la République, je croisai une voiture rouge sombre arrêtée à un feu, vitres ouvertes. C'était vert pour moi, je m'engageai. Vérifiant qu'elle ne démarrait pas et qu'aucun scooter ne se présentait non plus, je tournai la tête vers elle. L'allure du conducteur me sembla instantanément familière. Le pare-brise reflétait les lumières de la nuit, mais par transparence je pouvais tout de même discerner les traits de l'homme au volant.

Je m'immobilisai sur le trottoir opposé, troublé, et me retournai pour le regarder encore. Il me fixait, son visage comme entouré d'un halo de nuit. Un halo bleu. Un halo couleur de lac.

Un lac sombre.

Une lumière verte lézarda soudain la carlingue rutilante du véhicule, il démarra et disparut.

Ariel venait de traverser ma nuit.

Marguerite Duras avait fait tourner Ariel, c'était Dominique Sanda qui me l'avait révélé. J'y avais repensé en découvrant le synopsis de *Saint Omer* reproduit sur la page de garde du scénario. Le personnage principal était romancière et professeure-chercheuse spécialiste de l'œuvre de Duras. J'avais donc fait mouche en ayant l'intuition qu'une telle histoire convoquerait d'office son fantôme.

Je vagabondais et me demandais par quel miracle Maggie avait eu connaissance de l'existence d'Ariel. Si Jonathan m'avait encouragé à prendre les confessions de Dominique Sanda avec des pincettes, j'avais tout de même eu l'occasion, avant mon départ pour les États-Unis, de voir le film (atrocement chiant, m'avait déjà prévenu Dominique qui ne mentait pas toujours) et d'y repérer Ariel. Aussi pouvais-je attester que Duras l'avait bien engagé en 1978 pour qu'il figure dans son film.

Les circonstances de leur rencontre demeuraient pourtant énigmatiques. Ariel tournait depuis une petite dizaine d'années, il n'en était qu'au tiers de sa carrière qui allait s'étendre jusqu'à l'année 1999. Il avait certes passé quelque temps en France dans les années 60, mais je ne voyais pas comment les deux avaient pu entrer en contact.

Depuis ce que je surnommais, alimentant ainsi ma légende personnelle, ma période américaine, j'étais obsédé par tous les mystères. Dès que quelque chose semblait m'échapper, une explication tarder à s'imposer, j'entreprenais un protocole très précis – d'aucuns auraient dit une entreprise d'élucidation massive. Je dépouillais internet et les ressources à ma disposition pour obtenir toutes les réponses à mes questions. J'étais devenu une sorte de détective surentraîné.

Je découvris le fin mot de l'histoire au terme d'une enquête presque trop facile à mon goût. Je n'avais même pas eu le plaisir d'échafauder un faisceau de théories allant des plus farfelues aux plus ennuyeuses (souvent les plus probables).

Je m'étais rendu à l'Imec, l'Institut Mémoires de l'édition contemporaine. J'avais demandé à voir le fonds Duras (84 boîtes, 860 imprimés tout de même), compilé des articles, des carnets de travail, tout un tas de papiers, et, dans le dossier « Gestion de l'œuvre », j'étais tombé sur une lettre datant de l'été 1977, adressée à Jacques Tronel, le producteur du *Navire Night*, dans laquelle Duras expliquait avoir repéré au cinéma, dans un film que hélas elle ne nommait pas, un Américain « d'une stupéfiante insignifiance » pour apparaître dans « un plan que je fomente depuis bien longtemps du fond de mes nuits irradiantes et sans issue ».

C'était donc ça. Duras était allée au cinéma et avait vu Ariel. C'était déceptif s'agissant du récit, rassurant du point de vue de ma santé mentale. Si Marguerite Duras s'était enthousiasmée pour cet inconnu aperçu à la volée dans je ne sais quel long-métrage, si Maggie l'avait jugé intéressant, je considérais qu'il n'était peut-être pas anormal que j'aie été, à mon tour, hypnotisé. On pouvait m'objecter que le critère durassien n'était pas un critère suffisant pour se disculper de toute pathologie mentale, je m'en fichais pas mal, car, me disais-je, comme pour m'en persuader : je ne suis pas Marguerite Duras.

Non, je n'étais pas Marguerite Duras et je ne pouvais pas dire si je le regrettais. J'en avais pris mon parti assez tôt, à la fin de l'adolescence, lorsque, lisant *L'Homme atlantique*, je n'y avais pas compris la singularité d'un homme désaimé ou désaimant (je ne saurai jamais), trompé par ce « vous » qui m'avait d'abord fait croire qu'il y aurait plusieurs corps à l'écran – *L'Homme atlantique* est un texte cinéma, j'entends par là un texte qui n'est pas un scénario, qui n'est pas même un texte, plutôt le seuil du film qui le dévore – quand c'est d'un seul homme (écrit en hurlant, je trouve) qu'il s'agit en réalité. Ayant ainsi lu *L'Homme atlantique*, il m'était apparu que tout avait été écrit, et qu'écrire, à quoi bon le faire si c'était pour moins.

Mais ce n'est pas parce que je n'étais pas Marguerite Duras que je ne pouvais pas marcher sur une plage, croire reconnaître l'endroit exact où une mère avait « déposé » son bébé pour que la mer l'emporte et prendre une chambre à l'hôtel Le Littoral de Berck-sur-Mer qui se situait sur ce que les guides touristiques ont coutume de nommer la Côte d'Opale.

Pour incarner le réceptionniste de l'hôtel Le Littoral, je me mis en tête de refaire le voyage exact de Fabienne Kabou jusqu'au lieu de ce qu'elle appelait « mon assassinat ».

Disposant de deux jours de repos consécutifs, j'entrepris de suivre ses traces comme l'aurait fait Maggie qui aurait peut-être volontiers troqué l'écriture pour le jeu. Une autre enquête me tendait les bras, je m'en réjouissais. Et même s'il était prévu que le tournage de *Saint Omer* n'ait lieu, en raison des délais de production, que dans bien longtemps, je devais sécuriser ma place en prouvant à Alice Diop, la prochaine fois que nous nous verrions, que j'étais l'acteur le plus qualifié pour ce rôle. Impressionnée par mon implication, elle ne pourrait plus se passer de moi.

Il m'arrivait d'avoir des sueurs froides la nuit et de me demander si j'avais rêvé. Je rallumais frénétiquement la lumière, me ruais sur le script, soulagé, et le serrais contre mon cœur dans l'espoir de retrouver le sommeil. Cet échange au Grand Amour avait bien eu lieu.

Au moment de réserver mon séjour sur le site internet de l'hôtel Le Littoral**, je vis apparaître un damier de photographies mettant en scène les diverses chambres proposées par l'établissement, détaillant les équipements, les teintes des moquettes et des couvre-lits, les abat-jour et les tableaux, les rideaux et le mobilier. Chaque chambre déclinait une ambiance, un état d'esprit, une gamme de couleurs propre à susciter l'émergence d'une préférence chez le client (moi).

Je me demandais si Fabienne Kabou avait été prise d'une même perplexité, ne sachant au fond que choisir, si elle avait été en présence de cette galerie de photographies commerciales ou si elle n'avait pas fait de repérages, jugeant qu'il valait mieux se laisser guider par son ressenti sur place, chose que je décidai de faire, espérant, si je signalais le pourquoi de ma venue, que le réceptionniste m'indiquerait volontiers la chambre que Fabienne Kabou avait occupée la nuit du 19 novembre 2013.

Au fil de mon vagabondage numérique, une nausée me gagnait. J'avais beau me trouver obscène, ma quête de sensation était plus forte. Il me fallait de l'immersion, du frisson. Du réel.

Je me faisais l'effet d'un touriste envisageant de se rendre à Auschwitz équipé d'une perche à selfies ou de prendre le soleil sur Robben Island pour y traquer le fantôme de Nelson Mandela. Je me voyais pleinement conquis par l'effroi de mon époque, y creusant de plus profondes ornières afin d'y pourrir en fanfare. Pourtant, rien ne m'arrêtait, ni la nausée, ni la honte, ni la peur, ni la connivence, rien ne semblait devoir me dérouter – encore moins appeler de justification.

Avant de refermer la fenêtre du site de l'hôtel, je cliquai sur le lien d'une webcam captant en temps réel la plage de Berck-sur-Mer. L'image, panoramique ovoïde, laissait voir le front de mer, une digue, de grandes étendues de sable mouillé désignant la marée basse, un ciel immense cousu de nuages blancs, et quelques promeneurs progressant par bonds saccadés. Je contemplai cette marine, détaillai les corps humains dont l'apparition fugace se répétait (le flux vidéo paraissait tourner en boucle sur un laps de temps donné) et imaginai que cette caméra, si elle existait en novembre 2013, avait dû capter l'image d'une mère et sa fille ressassant leur séparation.

Dans le train qui me conduisait à Rang-du-Fliers, mon haut-le-cœur prit de l'ampleur en moi. Je ne renonçai pourtant pas, comme si dans cette entreprise je me fichais d'écraser sur mon passage la décence et la respectabilité. J'étais un monstre bien décidé à dévorer la réalité pour me substituer à elle.

De Berck-sur-Mer, je n'ai rien à dire. La plage est une plage, la mer a lavé les empreintes du crime, les pêcheurs de crevettes pêchent immuablement la crevette, la chambre d'hôtel a fait peau neuve dans des effluves de javel citronnée, il n'y a plus guère que nos regards et nos fables pour lester l'endroit d'une aura maléfique.

Wittgenstein, le philosophe sur lequel travaillait Fabienne Kabou pour un projet de thèse traitant du réel (véridique), a dit ce lieu commun bien pratique, qui fait toujours son petit effet au seuil d'à peu près tous les romans : « Ce dont on ne peut pas parler, il faut le taire. » À la différence d'à peu près tous les auteurs de romans, le crétin que je suis ne comprend pas du tout ce que signifie cette tautologie. Je peux uniquement hasarder que Steven Spielberg, dans *Rencontres du troisième type* où j'aperçus un soir Ariel descendre d'une soucoupe volante, la paraphrase pour tenter d'en expliquer le sens. Ronnie, la femme de Roy, après qu'il a vu des ovnis sans comprendre encore ce que cette vision s'apprête à déclencher en lui, l'implore : « Si tu ne sais pas ce que tu racontes, il ne faut pas en parler. »

De nuit, déambulant tout seul le long de l'avenue Marianne-Toute-Seule, après avoir visité les lieux dudit « drame », je ne parvenais pas à fixer mes pensées sur Fabienne ou Adélaïde. Chaque fois que je tentais de me les rendre présentes, elles fuyaient, je marchais dans le vent et tout se dérobait. Je devais m'en remettre uniquement aux faits.

Adélaïde a été inhumée le 6 décembre 2013. C'est ce que j'appris grâce à l'une des nombreuses émissions de radio qui lui étaient consacrées. J'étais comme aimanté par tous les contenus capables de recycler les mêmes informations, les mêmes anecdotes et les mêmes extrapolations, traquant l'élément nouveau, encouragé par ces voix friandes et théâtrales à m'enfoncer dans l'abject, à prêter mon corps à ce projet voyeuriste qui consistait à tracer une ligne étroitement parallèle au crime, à puiser sur le terrain une compréhension particulière, une empathie supérieure, le sceau d'une expérience dont je pourrais affirmer pour toujours l'avoir faite, brandissant ce trophée à quiconque m'interrogerait sur mon travail d'incarnation, comme si j'avais été tatoué par le vrai, par le réel – par la mort.

Je pensais à ces acteurs dont les performances spectaculaires tiennent aux supplices subis par leur corps le temps de la préparation d'un tournage. J'énumérais ceux qui m'avaient marqué, convoquant Robert De Niro, Christian Bale, Javier Bardem, Michael Fassbender, Matthew McConaughey, Tahar Rahim – que des hommes, encore une fois. Jonathan n'en aurait rien eu à foutre. Je constatais que maigrir ou grossir était la seule alternative, le maquillage n'entrant pour rien dans la performance, voulais-je me convaincre.

Je me demandais ce que l'on dirait de moi quand on me verrait à l'écran jouant un réceptionniste d'hôtel, quelles conditions extrêmes je pouvais bien reproduire pour « entrer dans le personnage », expression consacrée qu'il me semblait avoir plusieurs fois entendue s'agissant d'un chemin pavé d'Oscars, Baftas, Césars et autres Goyas. Il ne servait pourtant à rien que je m'enferme dans une cellule de quatre mètres carrés, que je mange un jour sur deux, que je prenne trente kilos de muscles, que je me rase la tête ou que je parte dans la jungle amazonienne. Je pouvais bien sûr hanter les lobbys de tous les palaces, piétiner devant les réceptions de toutes les auberges miteuses, je pouvais m'inscrire dans une école hôtelière et apprendre les gestes (cela, je savais le faire) mais aussi les usages, les formules et les procédures, je pouvais vivre avec un costume de groom et ne plus le quitter jusqu'au tournage, dormir avec, me doucher avec, mais je sentais que cela n'aurait aucun effet sur mon corps, que c'était un peu l'Actors Studio du pauvre, je paraîtrais simplement plus avisé en interview – je pensais encore qu'il y aurait des interviews. Mais ce qui allait rester, ce qui, de la personne que j'étais, allait se voir, en grand, en énorme, perdurer, tenir ou rabaisser le film, le regard que poseraient les gens sur moi, l'image de moi qu'ils emporteraient dans la rue, claquant derrière eux la porte coupe-feu du cinéma, titubant sans plus savoir où ils allaient avant de se reprendre, laissant flotter en eux le songe ou le dépit, toute émotion susceptible d'obstruer leur vision périphérique, l'idée que le film donnerait de moi ne devait jamais s'effacer. Il fallait que je sois inoubliable. Maintenant que j'étais le détenteur d'une méthode inconnue des autres acteurs, ces insupportables concurrents que j'aspirais (comme tous mes pairs) à éliminer du paysage alentour pour être le seul, l'unique, l'indépassable, maintenant qu'Ariel m'avait confié ses secrets et que je savais comment accomplir les gestes fondamentaux que tout rôle me réclamerait, j'étais prêt. Prêt à être, y compris dans un très second rôle, le plus grand acteur de l'histoire.

Ainsi, cette traque me parut être la seule préparation à la hauteur de l'enjeu. Je devais m'imprégner de cette marche vers la mort pour qu'ait lieu la métamorphose à l'écran. Je me fichais pas mal qu'on me traite de charognard, qu'on me réprouve, qu'on m'accuse de pornographie parce que je comprenais, ce soir-là, sur le lit de la chambre de l'hôtel Le Littoral, que c'était cela, jouer : tuer la morale et que ça se voit en gros plan. Comme Ariel, aller au-devant de l'innommable.

Il n'y a pas si longtemps en France, on nous refusait la sépulture ou alors on nous enterrait la nuit.

C'est de jour qu'Adélaïde a été inhumée, le 6 décembre

2013, mais dans une autre forme de nuit puisque « sous x », dans le carré des indigents du cimetière de Boulogne-sur-Mer, ville où avait été transporté son corps pour y subir une autopsie.

Indigent – c'était ce mot que j'avais cherché le jour où j'avais appris qu'Edith Winthrop était seule et sans ressources. *Destitute.*

Je connaissais « née sous x » mais jamais je n'avais entendu « morte sous x ».

L'enfant n'existait pour personne d'autre que sa mère et, si Fabienne ne lui avait pas donné d'existence légale à sa naissance, elle l'avait fait en lui donnant la mort. C'est morte qu'Adélaïde est pleinement devenue quelqu'un au regard de la loi, au regard de la société, au regard des autres.

Je m'interrogeais sur ce mot, indigent, repensant au visage d'Edith et me demandant si le terme convenait à un bébé de quinze mois. Dans le dictionnaire, la définition que je trouvai était celle-ci : « Qui manque des choses les plus nécessaires à la vie. »

De jour, déambulant tout seul le long de l'avenue Marianne-Toute-Seule, je songeais à cette Mademoiselle Aucune, cette Mademoiselle Personne, cette enfant de quinze mois à qui l'on avait arraché jusqu'au prénom pour le remplacer par une lettre, et, me répétant en boucle la définition du mot indigent, « qui manque des choses les plus nécessaires à la vie » – j'ai su plus tard qu'on ne dit plus « indigent » mais « personne dépourvue de ressources suffisantes » –, il me parut difficile de définir ces choses.

Revenu à l'hôtel Le Littoral, je me plongeai dans le script de *Saint Omer*. C'était ma première lecture. J'avais attendu d'être là, à Berck, pour le lire. Il me semblait que cette première fois aurait une force inégalable si je découvrais l'histoire dont j'allais incarner l'un des personnages sur les lieux mêmes où elle avait eu lieu.

Le scénario était précis, ample, implacable. Le film consisterait surtout en de nombreuses scènes de tribunal puisque c'était la transposition de l'histoire de Fabienne que l'on suivait à travers le procès de son double fictif.

Je compris vite que je n'aurais qu'un rôle mineur. Je ravalai ma déception. Ariel était là pour me rappeler qu'il valait mieux une brève apparition dans un très bon film qu'un premier rôle dans un navet.

Les pages défilaient, je ne me trouvais pas, commençais à paniquer.

Enfin, mon personnage surgit au détour d'un interrogatoire mené par la présidente de la cour d'assises. Deux courtes prises de parole qui pouvaient tout à fait être coupées au montage. Elles intervenaient au terme d'une séquence accélérée où plusieurs témoins mineurs donnaient leur version de ce à côté de quoi ils étaient passés.

Escomptais-je sincèrement remporter un Oscar pour une apparition en réceptionniste ? Je sentis combien toute mon entreprise, encore une fois, était disproportionnée. J'étais décidément incapable de vivre en adéquation avec la réalité.

Ce petit rôle, tentais-je de me rassurer, c'était, vu mon parcours et l'impasse américaine dont je m'étais sorti moyennement indemne, un miracle. Et j'avais du texte. Écrit. En français. Une vraie séquence. Non improvisée. Une déposition de dix-huit lignes, pour être précis. J'étais même censé pleurer. Enfin, « retenir un sanglot ». Je n'eus aucune difficulté à m'y exercer ce soir-là.

Je me consolais en m'accrochant à la perspective de ce tournage. D'ici quelques mois, si tout allait bien, peut-être un an ou deux, je retiendrais un sanglot comme aucun autre acteur auparavant n'avait su le faire. Pour de vrai.

— Il y a une scène d'amour, me raconta Nicole au téléphone, après mon retour de Berck-sur-Mer.

Elle allait enfin me décrire ce plan que Jonathan avait défloré en des termes peu élogieux.

— La scène est vraiment très longue, insista Nicole. Pendant d'interminables minutes, la caméra vacille autour du corps d'Ariel et du mien, elle nous espionne puis s'échappe. Elle nous laisse au plaisir sans s'imposer mais parfois, brusque écart des angles et des focales, elle est là de nouveau, tout près de nous, on croirait qu'elle adhère à nos peaux, nos infinis contours de chair qui s'adonnent aux caresses, en réclament, n'arrêtent pas d'en prodiguer jusqu'à ce que – parabole familière, n'est-ce pas ? – la saturation des délices empêche d'en prendre davantage sinon ça fait mal. Tu la sens, cette douleur toute proche de l'extase qui la rend trouble, opaque, cette petite douleur qui, pourtant violente, assiège et te calfeutre contre l'immobilité du corps de l'autre, qu'il cesse et repose et que la somnolence vous emporte tous les deux, tu la sens cette incision qui ravit ?

Mon incision, c'était Madeline. Comme je la sentais. Je fus pris d'une infinie tristesse.

— La scène est lente, obstinée, reprit Nicole, la scène est lestée d'amour, de rancœur, de fièvre et d'excès. Elle miroite dans le regard, cette scène, elle te cloue le cœur et le ventre. Elle s'impose et s'invente dans un tremblement, non, un débordement. Dieu qu'elle est lente, la scène, obstinée, vaste et anguleuse aussi, on n'en a jamais vu de telle. Elle invite, elle effare, elle te prend les hanches, elle te claque, elle te saisit, c'est bien simple, tu poudres, mais oui, tu poudres, littéralement, c'est de la poudre ce qu'elle fait de toi qui la regardes, tu poudres, bouche ouverte dans l'éblouissement. Alors tu cherches de la main la personne qui se trouve à tes côtés pour tout de suite, interminablement, faire de même.

L'image de Madeline ne me quittait pas, je prenais conscience à cet instant précis, déstabilisé par cette transe dans laquelle le souvenir du plan mettait Nicole, que j'étais pour toujours passé à côté des choses les plus nécessaires à la vie.

— Oui, faire de même, poursuivait Nicole, baiser dans les recoins d'une chambre, un lit, un sol de bord de mer, car cette scène, lente et lestée d'amour, elle a lieu sur la terrasse, face à la mer. La table rectangulaire aux bords arrondis bave derrière la baie vitrée, oui, la table bave d'envie. Les corps rebondissent sur la lumière que la mer fend… D'Ariel on goûte les flancs, le sexe et les fesses, la nuque et les omoplates, le dos et les avant-bras, mais bien sûr, pas le visage. Jamais le visage. Foutue loi de son film. Corps offert mais rien de son regard, rien de la salive ou des plis du front, quand de moi, m'avertit-elle, mutine presque, on ne rate rien, comme si d'ailleurs c'était le projet, le vrai projet du film, tout dévoiler de moi. Serons-nous surpris par la petite ? La question taraude évidemment le spectateur. Où donc est-elle ? Où est Miss None ? Où est celle qui, comme peut-être un autre naîtra de la baise, naquit d'une telle baise – parme, irradiante, étourdissante baise ?

Miss None n'est nulle part, avais-je envie de dire à Nicole pour lui épargner de me jouer ce suspense. Mais le plaisir était plus grand de l'écouter raconter que de faire valoir ce que j'avais deviné le soir de ma chute.

— Un grain. La pluie tombe sur nos corps et les hachure, la baise redouble. L'angoisse aussi. La petite fille se réveillera bientôt de sa sieste, demandera son goûter, des bonbons, elle voudra des histoires et des jeux, des poupées, des farces, voudra des promenades et d'autres bonbons encore, voudra que meurent ses parents dans sa volonté soleil levant pour qu'un jour à son tour, elle aussi irradiante, parme, baise étourdiment. La fin est proche, on est stupéfié par l'amour et la mer, c'est beaucoup trop, il faut en finir. Miss None va reparaître enfin, on le sent. Un travelling arrière, on passe à travers la baie vitrée, attention, elle doit être là, ce sera sa scène primitive. Tu n'es rien, Miss None, ont l'air de lui dire nos corps en extase, tu n'es personne, tu ne peux rien contre notre amour, tu dois t'effacer, quitter l'écran. Attention, le travelling ralentit, il ralentit, est-ce une ombre que l'on voit au sol ? Quel est ce dégradé de teintes sombres qui fait palpiter les paupières et les tempes ? Attention, le plan va se figer et dévoiler l'épaule, basse, replète, rougie par les draps, la sieste et l'effroi, scandale, le plan va gifler le littoral et nos joues mordillées, le plan va régner dans la surprise et la honte. Ça y est, le cadre s'est immobilisé et… et… et… rien. Au loin, flous, humides, nos corps continuent. Qui regarde ? Ah, le reflet dans un miroir, elle est là ? Non. Rien ni personne.

Eh non. Rien ni personne, je le savais déjà.

— C'est beau, hein ?

— C'est magnifique. Raconté comme ça en tout cas, je ne sais pas si l'image était aussi parlante.

— Elle l'était.

— Ç'a dû être particulier de tourner une scène pareille.

— Très technique, tu sais.

— L'amour, c'est technique, c'est vrai.

— Parfois.

— Donc, Miss None est bien morte, résumai-je.

— Pardon ?

— C'est pour ça qu'elle n'apparaît pas dans ce plan. C'est un film sur le deuil de cette enfant.

— Pourquoi tu dis ça ?

— Tout ce que tu m'as raconté va dans ce sens. On ne voit jamais que le fantôme de Miss None à travers les yeux d'Ariel. C'est pour ça qu'il ne montre jamais son visage. Il ne peut pas regarder cette mort en face. Quand il revient avec les bonbons qu'il a achetés pour elle, tu as un vertige. Il est dans le déni mais tu sais que tu ne peux pas le détromper sous peine de le tuer. Il se raccroche à ça pour survivre.

— C'est vraiment dommage que tu ne puisses plus découvrir le film.

— Et Edith ?

— Quoi Edith ?

— Tu l'as rencontrée ?

— Jamais, non.

— Elle n'était pas là pendant le tournage ?

— Non. Avec Ariel ils traversaient un moment… difficile.

— J'imagine… Il t'a parlé d'elle pour que tu travailles le rôle ?

— Il me voulait moi. Peut-être que je lui ressemblais, je n'en sais rien, nous n'avions pas ce genre de conversations. Je jouais le rôle qu'il m'avait écrit.

— Et l'actrice qui incarnait la petite fille, tu sais ce qu'elle est devenue ?

— Aucune idée. Je revois Ariel me montrant plusieurs photos de gamines. Il a choisi celle qui l'inspirait le plus, je suppose, et voilà. Il a dû aimer ses dents du bonheur, ses boucles, ses yeux lac clair.

— Tu penses à quelle couleur quand tu dis ça ?

— Allez, stop.

— S'il te plaît !

— Un genre de vert… je n'en sais rien. Opale.

— Pas bleu clair ?

— Non. Pas du tout.

— Et tu ne te rappelles pas son nom ?

— Écoute, c'était il y a trente ans. Je ne jouais aucune scène avec elle. Elle avait trois ans, il devait y avoir ses parents tout le temps sur le plateau. Je ne suis même pas sûre de l'avoir croisée. Comment veux-tu que je…

Elle n'acheva pas sa phrase et laissa quelques secondes de suspens. Nos respirations s'étreignaient par-delà le silence.

— Je t'embrasse.

Quelques heures après avoir raccroché, je me rendis au Fouquet's pour prendre mon service. À l'arrêt Bastille, tandis que mon regard vagabondait sur la rame d'en face, elle aussi à quai, j'aperçus une silhouette familière.

L'homme du feu.

L'homme qui avait traversé ma nuit le soir de mon dîner de retrouvailles avec Nicole.

Celui que j'avais pris pour Ariel.

Il était là, face à moi, collé à la vitre.

Il me fixait.

Cela dura quelques secondes, les deux alarmes se superposèrent pour annoncer le départ, les portes se refermèrent et chacun glissa dans le noir des tunnels, disparaissant à la vue de l'autre.

Au travail, j'eus toutes les difficultés du monde à me concentrer mais je finis par me persuader que j'avais rêvé. Ce n'était qu'une coïncidence, je devais être fatigué et troublé par mon voyage à Berck-sur-Mer. Je cherchais à me faire peur, voilà tout. Cette histoire avec Ariel avait assez duré.

Vers 3 heures du matin, tandis que je lançais une machine, accroupi derrière le comptoir parce que ce foutu lave-verre ne voulait pas démarrer, une voix féminine me commanda, en anglais, deux Mimosas.

Je me relevai précipitamment, espérant découvrir une sublime Américaine. C'était une Japonaise aux cheveux blancs et aux yeux d'ébène. Séduisante, ce n'était pas le problème, mais franchement, elle n'aurait pas pu commander un Spritz, comme tout le monde ?

J'avais les nerfs à vif. Les journées s'enchaînaient comme dans une bande dessinée, je bondissais de case en case avec l'espoir d'aborder au plus vite le tome suivant. Dans le métro, je n'osais plus regarder les gens. J'avais peur de recroiser l'homme dont la silhouette était à s'y méprendre celle d'Ariel – silhouette intemporelle, reconnaissable entre mille, d'éternel quadragénaire.

Le visage de cet inconnu m'avait troublé bien qu'il ne ressemblât pas exactement à celui d'Ariel – du moins à l'un des nombreux que celui-ci arborait film après film. Il m'avait en effet semblé qu'Ariel changeait de figure à chaque apparition, comme si l'on avait vissé sur le même corps une physionomie toujours différente. Par-delà les métamorphoses, il n'y avait que le lac sombre de son regard qui demeurait. Étale. Pénétrant. Si bien qu'en songeant à lui me venait, outre ce regard unique, une sorte de toile à la Picasso – une tête aux multiples visages rassemblant en une seule image tous ceux qu'Ariel avait eus.

Quand je paressais chez moi dans l'attente du service du soir, je ne faisais que ruminer, m'angoisser, déprimer. Je me forçais donc à sortir et voir du monde – il me restait tout de même quelques amis. Des connaissances, tout au moins. Une poignée de contacts dans mon répertoire.

Je rappelai ma partenaire de cette mémorable scène qui m'avait valu d'être sourd d'une oreille. Elle avait bifurqué, c'était ses mots – et elle était ravie. Heureuse comme jamais elle ne l'avait été. Elle s'était enfin trouvée, réalisant qu'elle s'était fourvoyée dans ce désir d'être actrice. Elle était immature à l'époque, m'expliquait-elle. Pas entrée dans l'âge adulte. Il faut être restée bloquée sur son caprice d'enfant pour vouloir faire ce métier à tout prix. Elle hasardait des paroles bien trop radicales pour être honnêtes. La vérité, c'était que cela n'avait pas marché, qu'elle avait gentiment végété jusqu'à ne plus le supporter et devoir se trouver un métier rémunérateur. Jusqu'à se résoudre au verdict qui nous terrifiait tous : j'ai échoué.

Elle avait repris ses études et se destinait à être art-thérapeute. Ainsi, elle pourrait concilier sa passion du jeu et sa « fibre sociale ». C'était le meilleur des compromis.

En devenant art-thérapeute, elle ne s'effondrerait plus sous la douche. Elle ne se demanderait plus pourquoi elle avait cédé aux avances de ce metteur en scène insistant, un imposteur comme il y en avait tant, lui qu'elle avait trouvé brillant, séduisant, presque, quand il parlait de Tchekhov avec des mots qu'il empruntait à d'autres, qui lui avait promis un long compagnonnage tant il la trouvait fascinante sur scène, qui l'avait laissée rentrer chez elle à pied après l'avoir violemment prise un soir de novembre. Elle ne regretterait plus sa paresse de lycéenne, sa vanité d'objet sexuel consenti mais non consentant, sa naïveté de pion corvéable à merci. Elle ne s'en voudrait plus de s'être découverte limitée, incapable d'assumer la somme de travail qu'exigeait une harassante vie d'actrice. Elle ne se détesterait plus de n'être pas cinégénique, de n'avoir pas ce truc qui fait que la lumière vous aime et vous suit. Désormais, elle se savait appartenir à l'ombre portée, rien de plus. Les pleins feux l'avaient amenuisée, c'était ainsi. Elle pourrait respirer à nouveau, retourner vivre dans le Lot d'où elle venait, trouver quelqu'un peut-être avec qui elle aurait des enfants qui la vengeraient et lui assureraient un triomphe par contumace.

Tout cela, elle ne le disait pas mais j'avais l'impression de pouvoir le lire dans sa pupille triste que ne parvenaient à camoufler ses incessants éclats de rire, cette manière de surjouer l'enthousiasme et le soulagement comme si elle sortait d'une période de captivité dans une geôle remplie de cafards, maltraitée, malnutrie, n'ayant pas vu la lumière du jour pendant plusieurs années. Cette image était, cela dit, on ne peut plus juste. C'était exactement ça, notre vie de never has been. Nous n'avions vraiment rien vu à Nevers. Nous n'y verrions jamais rien.

Ces verres bus d'une traite, ces rendez-vous pris, ces séances de cinéma endurées avec les fantômes de mon passé ne constituaient pas la manière la plus saine de se distraire.

Je me mis alors à fréquenter, avec une assiduité de retraité, les expositions d'art. J'allais tout voir. Je me perdais dans les plus grands musées, je piétinais face aux plus grands chefs-d'œuvre.

Un jour que j'étais au musée Picasso, je tombai en pâmoison devant l'autoportrait sur fond bleu que l'artiste avait réalisé en 1901. C'était exactement le regard d'Ariel. Je fus rassuré. L'analogie que j'avais faite entre l'homme du feu et du métro, les multiples visages d'Ariel et le style de Picasso, provenait simplement d'un lointain souvenir. Je me rappelais avoir vu cette toile, enfant. Je l'avais enfouie dans ma mémoire puis simplement plaquée sur certains hommes que je pouvais croiser ici ou là. Cette fameuse nuit, au feu, de même que dans cette rame de métro, j'avais cru reconnaître Ariel alors qu'il ne s'agissait que d'une ressemblance avec ces yeux peints par Picasso. Je subissais un syndrome bien connu : je voyais la vie à travers le filtre des tableaux, des films et des sculptures. Soulagé, je quittai le musée d'un pas allègre.

Plus tard dans la semaine, cependant, au Jeu de Paume qui consacrait une rétrospective à Saul Leiter, un photographe américain dont je n'avais jamais entendu parler, l'inquiétude m'envahit à nouveau.

Ariel était là, à l'arrière-plan, sur l'un des nombreux clichés en couleurs pris dans l'East Village, à New York. Il y avait plusieurs hommes affairés, indifférents à l'œil du photographe, mais lui, Ariel, se savait immortalisé. Il regardait l'objectif. Et le plus troublant, c'était qu'il était en train de me fixer, moi. Il ne me quittait pas du regard. Je désertai la salle.

Mais à mesure que je traversais le musée d'un pas précipité, tentant d'ignorer les autres expositions temporaires, je ne cessais de tomber sur d'autres photos de lui. Et chaque fois, il m'observait. C'était vers moi qu'il envoyait les ondes de ses yeux liquides. Il m'éclaboussait où que j'aille. Partout je me sentais sombrer dans son lac. J'avais beau me hâter pour lui échapper, sortir la tête de l'eau, contrer les rapides, il me suivait. Me pourchassait.

Dans le jardin des Tuileries, il était là. Près d'une fontaine, dissimulé derrière une allée, il était là. Dans le métro, m'avisant en train de valider son ticket ou dans la rame, assis sur un strapontin, il était là. Il me scrutait. Dans la rue près de chez moi, à la laverie où j'avais mes habitudes, il était là, pliant son linge. À la boulangerie, c'était lui qui me rendait la monnaie. Au café, c'était lui qui me souriait en prenant ma commande. Dans mon immeuble, c'était lui qui emménageait au même étage que moi. Par la fenêtre de ma chambre, c'était lui que je distinguais en vis-à-vis, me fixant depuis son salon. Son visage avait remplacé celui de mes proches sur les photos que j'avais disposées sur mon frigo. Il était ma mère, ma sœur, il était mon père et mon frère. Dans les magazines, il me souriait partout. À la télévision, il ne ratait pas une occasion de faire un regard caméra pour me dévisager. Je ne savais plus comment lui échapper. Il me harcelait jusque dans mon miroir.

Un jour, on sonnera chez moi. Je n'entendrai à travers le micro défectueux de mon interphone que des borborygmes noyés dans la friture. Je laisserai malgré tout monter la voix déformée qui semble vouloir m'atteindre. J'entrouvrirai la porte de mon appartement ainsi que je le fais souvent quand je sais que quelqu'un s'apprête à me visiter. Je discernerai les sons de l'ascenseur, les touches sur lesquelles on appuie pour rejoindre mon étage. Je percevrai le bruit rauque et métallique des portes qui se referment puis le roulement des poulies hissant la cabine. Quelqu'un sortira de l'ascenseur et s'engagera dans le couloir. Je dirai c'est ici.

Je verrai alors apparaître un homme d'un certain âge, au pas malhabile, il portera un casque de scooter qu'il n'aura pas ôté, et un pli qu'il aura glissé sous son bras.

Sans dire un mot, il me tendra une enveloppe kraft dissimulant un épais butin expédié depuis l'Uruguay. Mon nom et mon adresse y seront marqués au feutre noir. J'ouvrirai frénétiquement l'enveloppe, mon cœur galopera et je sortirai une liasse de feuilles jaunies par le temps.

Je feuilletterai machinalement l'ensemble, mais comme

le papier collera un peu, formant des paquets difficilement séparables, je tomberai tout de suite sur la dernière page. Elle sera vierge, à l'exception d'une inscription tapée à la machine en son centre que je lirai à voix haute avec un accent australien :

THE END

Quand je lèverai les yeux, l'homme se retournera vivement. Et avant qu'il ne disparaisse pour toujours, je me dirai que j'ai déjà vu ce dos quelque part, cette manière de tendre quelque chose, cette manière de porter, donner, tenir, attendre, écouter, faire. Cette manière d'être.

Ou bien : j'arpenterai les rues de Montevideo. Imaginons-les : dédale (j'adore ce mot qui me fait le même effet que Peckinpah), lacis (adoré aussi, mais un peu moins), sillons de chemins tortueux et pavés, petites maisons colorées, tuiles fantaisie, tout un ensemble de bâti (comme ont coutume de le nommer ceux qui, j'imagine, travaillent dans le domaine), petites boutiques (*tiendas*, c'est le mot, je vous signale) vendant des *empanadas* au *queso, pollo*, ce qu'on voudra (avançons parce que Montevideo, c'est grand, plus vaste en tout cas que ce réjouissant cliché).

J'avancerai donc, puisque le temps presse, dans les rues de la capitale de l'Uruguay. J'aurai certainement renoncé à être acteur comme tous mes partenaires, et j'envisagerai alors de faire le tour de l'Amérique du Sud à dos de lama, lui préférant vite le bus. Au détour d'un café installé sous des eucalyptus, des poivriers, tout arbre à consonance et feuillage exotiques, je verrai Dominique Sanda, confortablement installée, buvant (comme une reine, toujours) un maté, conversant passionnément avec un homme aux allures de prince – et cet homme, ce sera celui qu'elle a suivi, oui : ce sera Ariel.

Ou alors : une fois mon rôle de réceptionniste acquitté, mes dix-huit lignes dites (Dieu merci, pas de *fields behind the river*), une fois mon rôle tenu sans rien de mémorable, une fois le rebond – je hasarde le mot au cas où Madeline me lirait et souhaiterait dès lors traverser l'Atlantique pour venir me frapper puis m'embrasser, dans ce sens-là, cette fois –, le rebond circonscrit à cette expérience – aucun autre tournage ne lui succédant –, mon diplôme de coach ou de professeur de yoga en poche, j'entrerai dans une vie où l'aigreur se tarira enfin (lentement). Je n'irai plus au théâtre (trop douloureux) et très peu au cinéma (uniquement les blockbusters, comme pour dire Sainte Merde de Dieu l'enculé en soutane de foutre au cinéma d'art qui n'aura pas su m'utiliser à bon escient). Je mènerai une vie où le souvenir d'Ariel s'estompera. Je m'en désintéresserai même, repensant à cette époque comme à une obsession d'adolescent, étonné de ma vaine ténacité car rien ne se bouclera jamais pour moi, je n'éluciderai jamais rien.

Ariel mourra certainement dans un hôpital du Wisconsin d'une perforation duodénale causée par un ulcère sans que quiconque le sache, sans qu'Edith lui tienne la main puisqu'elle et lui, si j'ai bien compris, c'est de l'histoire ancienne.

Alors, en 2038, un jeune et photogénique journaliste en charge (mettons) des podcasts sur une grande radio nationale, devenu star après un accablant premier roman acclamé, en sortira un deuxième – une biographie d'Ariel Winthrop. Le livre à la couverture criarde sera emmitouflé d'un bandeau fuchsia (« Une enquête choc par l'auteur de ») assorti du nombre stupéfiant d'exemplaires vendus. Intitulé *Ariel* ou *Miss None* ou *Autobiopic*, il sera vendu dans le monde entier, le mystère sera résolu par cet imberbe enfoiré exhibant partout ses biceps bronzés sous un t-shirt blanc dont il aura opportunément ourlé les manches, et je ravalerai mes larmes en faisant le chien tête en bas.

Ou sinon : croisant par hasard Annie Pujol quittant le bureau de Régine Couteau, j'apprendrai qu'en plus d'être engagée comme pensionnaire à la Comédie-Française sur décision d'Éric Ruf, elle vient d'être choisie par Claire Simon pour jouer le premier rôle du remake français d'*Oroville* intitulé *Être deux*. Je ravirai le rôle à Pierre Niney, je serai nommé non pas pour le César du meilleur espoir mais directement pour celui du meilleur acteur (et pas dans un second rôle, je précise), César qu'évidemment je décrocherai, le dédiant à Nancy, à Brad, à Jean-Claude et à l'adjudant Théobald Maton désormais membre du LAPD, toutes ces personnes bienveillantes qui ont cru en moi, m'ont donné ma chance quand j'étais au plus bas, et sans qui je ne serais pas là ce soir devant vous.

Ou plutôt : un beau matin, je recevrai un coup de téléphone de Cathypatty m'annonçant triomphalement :

— Ça y est, la fille est venue nous rendre *Opening Night* ! Elle nous a dit qu'elle te connaissait. Tu veux savoir comment elle s'appelle ?

Alors mon rythme cardiaque s'accélérera et comme je l'aurai su depuis toujours, devançant l'articulation adverse, je soufflerai le nom révéré, le nom disparu à jamais, le nom lac opale, le nom de Madeline – et je comprendrai, du fond de ma nuit irradiante et sans issue, que Miss None, bien entendu, c'était elle.

Après quelques journées estivales passées au vert chez mes éventrables parents pour reprendre goût à la vie et tenter de retrouver mon reflet dans le miroir, opération menée tambour battant et avec un succès certain grâce au coup de massue bien réel que représente toujours pour moi le fait de séjourner en leur compagnie – mon père, voulant me mettre du baume au cœur, avait eu la riche idée de me commander sur internet l'un de ces fauteuils pliants de cinéma sur le dossier duquel on fait broder son nom ; il l'avait installé dans ma chambre pensant me faire plaisir, et je m'étais effondré en le découvrant, constatant que le siège ne quitterait jamais cette pièce, que je ne demeurerais moi-même qu'un goodies de pacotille que l'on croit distinguer en le personnalisant alors qu'on ne fait que standardiser sa banalité –, au bout de quelque temps donc, je me sentis nettement mieux. Guéri d'Ariel. J'étais allé au bout du chemin en sa compagnie, il ne me restait plus qu'à solder les comptes. Je rentrai à Paris.

Le soir même, je me rendis sur le site du *New York Times*, déterminé à souscrire un abonnement annuel pour lire la fin de l'interview d'Ariel. C'était l'ultime chose que nous nous devions pour que chacun reprenne sa vie sans dommage. On repenserait l'un à l'autre comme à un bon ami. On avait eu de beaux moments, c'est vrai, mais on ne pouvait pas continuer comme ça, à conjuguer nos échecs. Il fallait simplement trier les affaires et se partager les bibelots – une broutille.

Je me créai un compte sur le site du quotidien américain. Je fus tenté de renseigner Ariel86 dans le champ de mon état civil, mais je n'étais pas dupe, c'était un test. On me mettait à l'épreuve, je ne tomberais pas dans le panneau. Je remplis donc les champs correspondants avec mon prénom, mon nom et une adresse mail associée à mon identité. Mon identité stable, vérifiable, avérée. Mon identité réelle. Mon identité qui n'avait toujours été que celle-là, je le savais très bien. Mon identité incontestable que je pouvais très aisément et sans l'aide de quiconque ni d'aucun document officiel, ni du moindre coup de fil paniqué à ma mère, définir. Mon identité à moi. Mon identité. Mon… Mon… Ce truc, quoi.

Je me dépêchai de régler par carte les 60 euros demandés me permettant d'avoir notamment accès au contenu des archives.

Je relus en diagonale la partie que j'avais déjà consultée il y avait près de cinq ans, maintenant. Je chassai les pensées qui ne demandaient qu'à me faire digresser tandis que l'étendue de cette demi-décennie me faisait visualiser, au choix et en accéléré, un film de David Lynch ou de Jean

Girault. Je fis défiler l'article jusqu'à la phrase que j'avais laissée en suspens tout ce temps.

> Un acteur doit, par-dessus tout, aspirer à une chose au moment où il entre en scène ou au moment où il entend action, c'est ne surtout pas être vu.
>
> *Disparaître ?*
> Ne pas être vu.

C'était la fin. L'article se terminait là.

Je ne pus réprimer un rire. Un cri bestial, plutôt, qui mourut rapidement dans ma gorge lorsque je me rendis compte du prix que ces quelques lignes m'avaient coûté.

Incrédule, je vérifiai que rien d'autre n'apparaissait à l'écran. Dans mon souvenir, il me restait 20 ou 30 % à lire. Comme Ariel, je n'avais jamais été doué en maths, mais enfin tout de même, il y avait erreur sur les proportions.

En bas, à droite, j'aperçus un encadré semblant renfermer un inventaire. Je zoomai pour déchiffrer ce qui était inscrit dans une taille inférieure.

J'eus des palpitations.

Janet Maslin avait répertorié l'intégralité des gestes d'Ariel, procédant exactement comme je l'avais fait. Un infinitif, le titre du film, le nom du réalisateur.

Je laissai mon rire fauve, plaintif, effaré, mon rire carnivore et désespéré quitter ma gorge et se fracasser contre les murs de ma chambre. Mon corps était agité de soubresauts nerveux, j'avais l'écume aux lèvres, je riais comme on se jette d'un pont.

J'avais donc passé plusieurs mois de ma vie à faire ce qu'une autre déjà, et bien avant moi, avait méticuleusement accompli. Le projet auquel j'avais sacrifié des mois de ma jeunesse américaine – cette jeunesse qui, comme cette Amérique, ne reviendrait jamais –, l'idée que j'avais crue géniale et folle n'avait rien d'original. Elle était éculée. J'avais été plagiaire sans le savoir.

Pour seule consolation, je remarquai que Janet n'était parvenue à consigner que cent quinze gestes. Il lui manquait *Gladiator* mais le film n'était pas encore sorti quand elle avait interviewé Ariel, aussi n'avait-elle aucun moyen de savoir qu'Ariel n'y tirerait jamais à l'arc. Elle ne mentionnait pas non plus *Opening Night*. Ariel évoquait longuement la scène dans l'entretien, peut-être avait-elle jugé inutile d'y refaire allusion.

La lumière renvoyée par l'écran blessait mes yeux fatigués de grand malade. J'éteignis tout.

— Je suis repartie, sans dire au revoir à l'enfant, il n'y aura eu aucun plan de nous deux l'une avec l'autre.

Le lendemain matin, j'avais un message de Nicole sur mon répondeur.

— Ariel est nu, debout face à la mer, collé à la baie vitrée, il semble regarder l'horizon calme et dégagé, il goûte la solitude… On est assez loin de lui, il est dans la pénombre de l'intérieur tandis que dehors la lumière éclate après la pluie. On ne perçoit qu'imparfaitement sa nudité. Il est élancé, sa chair se confond avec les ombres. On croirait une peinture… Il porte son appareil photo en bandoulière. Ses doigts tapotent la vitre. Une percussion légère. Un geste machinal. On dirait qu'il dactylographie dans le vide. Ou qu'il envoie un signal à quelqu'un. Qu'il appelle… Au bout de longues secondes sans que rien, hormis l'avancée de quelques nuages en miroir de la mer qui moutonne ainsi que les mouvements de cage thoracique d'Ariel cherchant un plus large souffle, ne trouble le plan, la petite fille apparaît sur la terrasse. On ne sait pas d'où ni comment. Pourquoi une enfant de trois ans se promène-t-elle seule sur une terrasse sous le regard de son père sans qu'il ne bouge, n'aille la chercher, l'étreindre, l'emporter près de lui ?

— Miss None ? Ariel chuchote.

Aucune réponse.

— Miss None ? Il chuchote toujours, et toujours le silence pour réponse. Sa voix nous révèle qu'il pleure.

Il lâche son appareil qui se brise au sol. Ne réagit pas.

Un travelling avant, la caméra s'approche d'Ariel et le quitte. On passe de nouveau à travers la baie vitrée, brusque rumeur de la mer, le cadre se fige ainsi, dans cette contemplation béate du corps miraculeux de la petite fille.

L'enfant se couche au sol, elle écarte les bras et les agite comme si elle nageait sur le dos.

— Miss None ! répète-t-elle dans un rire, seule et regardant le ciel.

Alors le soleil la prend tout entière, blond, lac clair, chair blanche, tout cela épouse le soleil et s'y fond. La lumière change comme sous l'effet des giboulées, des orages, des ondées, tout ce qui brusque et sans appel donne à sentir le temps, celui qui passe – et l'enfant n'est plus là.

Je me repassai le message de Nicole, étourdi par sa voix. Il me semblait qu'elle était étreinte par l'émotion, ça montait vers la fin sans sommation, sa respiration la trahissait. Et je me noyais avec elle.

> J'ignore si cette adresse mail est toujours valide. Ni si vous résidez toujours à L.A.
> Je voulais simplement vous informer qu'Edith Winthrop est morte le mois dernier. Je n'ai pas pu me rendre à l'enterrement, seules quelques infirmières de la Motion Picture y ont assisté, une dizaine de personnes en tout. C'est bien triste mais c'est malheureusement souvent le cas à nos âges. On a de moins en moins d'amis à inviter pour partager ce genre de saloperies de réjouissances, excuse my french !

(Ça me semble intraduisible – je n'ai d'ailleurs jamais compris cette expression qui associe vulgarité et langue française.)

> Toujours est-il qu'un homme s'est présenté aux funérailles. Il était apparemment déjà auprès d'Edith le jour où elle s'est éteinte. D'après la description qu'on m'en a faite, je crois pouvoir raisonnablement affirmer qu'il s'agit d'Ariel. On n'a pas su m'en dire plus, il a de toute façon disparu immédiatement après la cérémonie.

La Fondation de l'établissement a entrepris de vider la chambre d'Edith afin de la relouer au plus vite. Comme personne n'a réclamé ses affaires, les résidents ont été sollicités pour récupérer, si nous le souhaitions, les quelques effets en état de cession. Vous me voyez venir.
Il n'y avait pas grand-chose dans ses placards : des vêtements, un ou deux bijoux, quelques livres et une photo de mariage bien abîmée. Je l'ai sauvée de la poubelle, elle me sert de marque-page.
Au fond d'un carton, toutefois, j'ai trouvé deux petites cassettes de magnétophone. Elles étaient rangées dans une enveloppe kraft datée du 17 février 1999 et adressée au domicile d'Ariel et Edith. Chacune était marquée d'une étiquette reproduisant la mention *Ariel A. Winthrop* numérotée de 1 à 2.
Il s'agit de l'enregistrement de l'entretien que Janet R. Maslin a réalisé avec Ariel en 1999 pour le *New York Times*. Chaque bande dure soixante minutes. D'après mes recherches, elles ont été postées le lendemain de la publication de l'interview – peut-être avez-vous déjà eu l'occasion de la consulter ? Elle est en ligne sur le site du quotidien, dans la rubrique « archives ». Je suis abonné, je pourrai vous l'envoyer à l'occasion.
J'ai d'abord pensé réexpédier ces cassettes à la journaliste avant de me raviser car il y avait dans l'enveloppe un petit mot que je reproduis ici :
« Voici les bandes. Il n'en existe aucune copie. C'est mieux ainsi. Pour vous et pour Edith. Cordialement, Janet R. Maslin. »
Je les ai numérisées, vous pouvez prendre connaissance du fichier en cliquant sur le lien joint. Attention, il n'est

actif que pour une seule écoute. Vous ne pourrez rien télécharger.
Je vous informe aussi que j'ai décidé de détruire ces bandes ainsi que le fichier numérique source. Après votre écoute, il n'en restera plus aucune trace. Nulle part.
Je pense que c'est ce que voudrait Ariel.
À bientôt peut-être,
Andrès Garcìa

Je pris une grande respiration. Ce message, surgi d'une lointaine nuit américaine, ravivait mes plaies. J'étais de nouveau sans emploi. Mon seul projet consistait à « retenir un sanglot » au cours d'un hypothétique tournage dont j'ignorais à quel horizon il aurait lieu. J'avais un peu plus de trente ans, je n'étais rien ni personne et je frôlais la démence.

Que devais-je faire ? Cliquer sur ce lien au risque de replonger ? Supprimer ce mail et m'épargner son arborescence ?

À mesure que les questions levaient dans mon esprit contrarié, elles balayaient, par leur nombre et leur pugnacité, toute possibilité d'échapper à ce que j'étais, au fond de moi, certain d'accomplir, et ce depuis la seconde même où j'avais découvert dans ma boîte de réception majoritairement irriguée d'indésirables le courrier d'Andrès. Il était évident que je n'allais pas en rester là.

Je m'aperçus soudain avec émotion que je m'apprêtais à découvrir la voix d'Ariel. Ce serait ma seule et unique chance. Pourtant, loin de m'encourager, cette perspective me glaça. L'idée d'être interrompu, de subir un problème de connexion ou de faire une erreur de manipulation me paralysa. Pour parer à tout mauvais coup du sort – ou toute maladresse –, il était tentant de désobéir et de déclencher le magnétophone de mon portable afin de sauver ce que j'allais entendre au moment où je cliquerais sur le lien.

Je ne parvins pas à m'y résoudre. Cela me paraissait indigne du lien que j'avais créé avec Ariel. J'étais empreint d'une superstition vague mais tenace et j'imaginais qu'en profanant son intimité un malheur me terrasserait. Pour que me soit révélé le mystère d'Ariel, son secret profond, celui qui avait présidé à la décision de détruire *Miss None*, celui qui donnerait sens aux descriptions méticuleuses de Nicole, je devais la jouer réglo.

Je vérifiai les branchements de ma box, passai quelques instants à surfer pour m'assurer de la fluidité du débit. J'éteignis mon téléphone pour m'exempter des tentations, des interférences et des dérangements. Je m'installai sur mon lit, branchai mon ordinateur afin d'éviter toute défaillance de la batterie, tassai plusieurs coussins sous mon dos et me munis de mon carnet à tête de dindon ainsi que d'un stylo – j'estimais avoir tout de même le droit de prendre des notes. Je l'ouvris, dépassai l'inventaire des gestes d'Ariel avec un pincement au cœur et un soupir aigre, me postai finalement sur une page blanche, prêt à la noircir de mes découvertes. Prêt, me corrigeai-je, à m'approprier celles de Janet Maslin après l'avoir à mon insu plagiée. J'étais paré.

Je cliquai sur le lien, une fenêtre s'ouvrit. C'était une page noire, tatouée en son centre d'un triangle de lecture que j'activai. Je testai immédiatement la commande : elle ne répondait plus, on ne pouvait mettre sur pause, le flux cavalait désormais – les premiers sons d'un verre s'emplissant d'eau pétillante et d'un discret raclement de gorge déferlaient dans ma chambre, signant leur mort sitôt qu'ils cédaient la place aux suivants. La voix de Janet s'éleva, s'entrelaçant bientôt à celle d'Ariel – une voix qui se révéla laborieuse, constamment essoufflée, voix funambule abrasif.

J'écoutais les questions bien connues de Janet, et les réponses familières d'Ariel, il y avait des écarts, quelques anecdotes ici ou là, des prises de parole nettement plus longues de la part de Janet, des interférences – un aboiement, une sirène de police, des interactions indéterminées – et des silences, ces silences gênés qui criblaient la conversation. J'écoutais vivre et mourir ces deux voix, bientôt lassé par ma prise de notes. Je me laissais gagner par la mélancolie de cette résurrection passagère.

Après quelques réponses, Ariel s'était éclipsé un long moment. L'entretien avait repris. Plus d'une heure s'était écoulée, on identifiait le changement de cassette par une disjonction sonore abrupte après que Janet avait demandé à Ariel quelques secondes, le temps pour elle de réarmer son magnétophone. L'enregistrement reprenait, des propos anodins étaient échangés, finalement survenait la leçon fatidique :

— Un acteur doit, par-dessus tout, aspirer à une chose au moment où il entre en scène ou au moment où il entend action, c'est ne surtout pas être vu.

— Disparaître ?

— Ne pas être vu.

Janet avait tardé à relancer :

— Et pourquoi aujourd'hui vous ne voulez plus jouer ?

— Parce que je n'en ai plus la force.

Janet riait furtivement, alors Ariel, piqué au vif, l'interrompait :

— Pourquoi vous riez ?

— Pardon, mais il est difficile de mesurer ce que cela vous demande, de jouer, l'effort que cela représente s'agissant des gestes que vous avez décrits.

— Si vous le dites.

— Est-ce qu'il y a une raison à cet épuisement ?

— Oui, il y a une raison très précise.

Je n'avais pas de chronomètre sous la main, mais il me semblait que le silence était interminable. On distinguait le souffle de chacun, comme s'ils étaient tous deux assis dans les cordes, se jaugeant après un round disputé, déterminés à ne pas plier, ne rien lâcher, laisser l'adversaire s'affaiblir en brisant la gêne, l'attente – le vide. À ma grande surprise, ce fut Ariel qui capitula.

— C'est un désir d'enfant.

On l'entendait se lever, faire quelques pas sur un sol craquant comme un vieux parquet de chêne. Vu l'ambiance, Janet et Ariel se trouvaient dans le petit salon d'un hôtel. Ariel paraissait s'être approché d'une fenêtre qu'il avait ouverte.

Le dehors s'incarnait soudain, c'était février mais en Californie il faisait doux, je pouvais presque visualiser le type de lumière que devaient renvoyer les frondaisons des palmiers, des citronniers et des bougainvilliers. Me revinrent des sensations désapprises par un trop long séjour dans l'oubli, ma peau tressaillait, ma nuque s'amollissait, je respirais le violent parfum d'une époque engloutie.

Près de la fenêtre, Ariel s'offrait une cigarette. Je discernai le frottement d'une allumette extraite d'une petite boîte en carton, la gifle rugueuse appliquée au rebord de l'étui, la naissance de la flamme, vacillante, l'embrasement de l'embout – enfin, l'inspiration, la déprise et le soulagement douloureux d'Ariel au moment d'avaler la brûlure.

Chateau Marmont. Janet et Ariel étaient au Chateau Marmont. De cette même petite boîte d'allumettes, une similaire du moins, Nicole avait extrait, quelques années auparavant, celle qui permettrait de réduire à néant l'œuvre d'une vie. En utilisant l'une d'elles, ce jour de l'entretien, Ariel ne pouvait pas ne pas avoir pensé à la copie zéro de son unique œuvre avalée par le feu.

Je compris alors en le percevant que c'était ce simple son d'allumette qui avait eu raison de lui et l'avait propulsé, sans qu'il le veuille, dans les profondeurs d'une confession contraire à sa nature.

Les premières bouffées de tabac avaient diffusé leurs bienfaits, Ariel devait tenir entre le bout de son pouce et de son index le frêle bâtonnet de bois consumé. Toujours adossé contre la fenêtre à en juger par sa voix lointaine, à présent nerveuse, effilée, sans plus rien de l'essoufflement, il dérivait sans retour.

— Pendant toutes les années où j'ai joué, j'ai vécu avec la même femme, Edith, et pendant toutes ces années, nous avons essayé de concevoir un enfant. Manifestement, nous avons échoué. Chacun a fait les tests qui s'imposent à vous quand ça arrive, et ces tests sont de plus en plus sophistiqués – c'est très intime ce que je raconte, je n'en ai jamais parlé à personne, allez savoir pourquoi je le raconte ici et maintenant, à vous qui ne comprenez pas qu'un homme aussi puisse s'épuiser à cela, tenter de donner la vie. Edith et moi sommes, c'est ce que disent les médecins, parfaitement aptes à concevoir. Et pourtant, pendant dix-sept années, nous avons essayé. En vain… Je vais être très précis, il faut se représenter ce que c'est : chaque cycle, vous essayez, vous essayez d'abord vaillamment, avec beaucoup d'excitation, vous vous aimez avec beaucoup d'entrain, de joie, vous vous sentez puissants ensemble parce que vous savez que vous avez le pouvoir de donner la vie. Parce que c'est une joyeuse perspective de s'imaginer devenir père. Pour moi, ça l'était. Chaque nouveau cycle et le couperet tombe. Les premiers mois, vous relativisez, vous vous dites que vous avez le temps, que ça prend du temps, qu'il faut se détendre parce que justement vous commencez à vous tendre au lit. C'est étrange, d'ailleurs, plus vous vous tendez, plus ce qui doit être tendu, passez-moi l'expression, se détend alors qu'il faudrait simplement qu'il se passe l'inverse. Vous commencez à redouter les fois où vous allez vous aimer, vous commencez à douter de vous-même, vous vous demandez pourquoi vous vous aimez, à quoi bon si ce n'est plus que pour donner des fruits, vous pensez à toutes les fois où vous vous êtes aimés sans vous poser la question alors que maintenant, elle est en vous. Est-ce que ça va marcher cette fois-ci ? Elle rôde, elle vous taraude, elle est là, sans cesse, cette question, elle vous fixe, cycle après cycle, couperet après couperet, calcul après calcul, parce que vous, oui, un homme, et un homme qui était nul en maths, vous êtes devenu un expert en calculs de cycles, et en projections de dates fatidiques, vous vous conditionnez avec votre calculatrice et votre petit calendrier dissimulé dans un étui de cuir où sont aussi rangées vos cigarettes. Et chaque fois que vous sortez une clope, vous pensez à ça, ces jours, ces cases, le décompte, et vous finissez, au fil des mois, dégoûté. Dégoûté par ce qu'il faut accomplir pour enfanter, et vous vous détestez. L'angoisse est en vous, vous vous aimez moins alors qu'il faudrait s'aimer plus, vous ne savez pas comment votre couple pourra un jour s'extraire de ça. Vous vous dites que c'est fini, jamais vous n'en sortirez, vous allez vous haïr l'un l'autre, cet être infertile qu'est l'autre, sans comprendre ce qui cloche puisqu'on vous dit que tout est normal. Vous renoncez à déclencher de plus grandes manœuvres, à hanter les hôpitaux, les laboratoires d'analyses, les cabinets d'obstétricien. Vous n'envisagez plus d'adopter car la fatigue est trop grande. Et vous dépérissez, vous vous étiolez, vous ne percevez plus dans le regard de votre femme que du reproche. Elle vous fusille, elle vous met à mort. Elle ne lit plus dans le vôtre que de l'inquiétude. Vous n'arrivez littéralement plus à l'aimer. Vous dérapez. Vous vous endormez sans même vous dire bonne nuit, loin l'un de l'autre, résignés l'un et l'autre, et vous finissez par vous dire que ce désir d'enfant qui ne vous quitte pas est une malédiction. Chaque fois que vous marchez dans la rue et que vous voyez un jeune enfant, un bébé, une femme enceinte, vous sentez un coup dans le ventre. Vous passez machinalement la main sur le vôtre et vous détournez le regard ou alors vous baissez les yeux. Vous ravalez l'envie de vous jeter sous une voiture. Vous espérez demain, le prochain cycle, on ne sait jamais, un jour peut-être. Vous entendez un rire d'enfant et vous replongez. Vous ne voyez plus vos amis parce que eux les accumulent, les gosses, à croire qu'ils s'y mettent à plusieurs pour en faire autant, un premier, un deuxième, des jumeaux, ça n'arrête plus. Autour de vous les gens se reproduisent comme des rats. Vous ne les entendez plus parler que de ça, les grossesses, les accouchements, les premiers mois, les nuits difficiles. Vous qui êtes censés dormir sans être réveillés par des pleurs, vous ne parlez pas de vos pleurs à vous ni de ceux de votre femme. Vous qui êtes censés ne pas comprendre leur fatigue. Ils essaient d'être délicats mais ils n'y parviennent pas, et vous n'avez pas le droit de leur en vouloir alors que vous voudriez leur en vouloir. Ils finissent par ne plus jamais vous demander comment vous allez parce qu'ils savent que vous allez de plus en plus mal, année après année. Ils n'attendent plus rien. Ils se sont fait une raison. Ils ont clos le sujet pour vous alors que vous, vous continuez à vivre l'enfer chaque mois, chaque couperet, chaque putain de cycle. Vous finissez par ne plus les voir. Vous ne les invitez plus à dîner à cause des baby-sitters et ce que ça leur coûte. Vous ne partez plus en vacances avec eux parce qu'ils se disent que c'est trop douloureux pour vous tous ces enfants partout qui courent au bord des piscines ou sur la plage, et qui crient. Et vous leur en voulez de ne pas trouver une autre solution parce que bien sûr que c'est douloureux, bien sûr que c'est insupportable de voir leurs enfants, de les entendre surtout, partout autour de vous, mais c'est encore plus douloureux de vous retrouver seul avec votre femme qui se retrouve seule avec vous. Et personne n'entrevoit de solution. C'est une prison. Ils voudraient bien faire alors ils ne font plus rien. Et vous non plus ne faites plus rien. Vous n'arrivez plus à vous concentrer sur autre chose que sur la manière dont votre vie vous glisse entre les doigts, la manière dont votre couple est en train de se pulvériser, les rêves que vous aviez, les images qui prenaient place dans votre tête. Vous ne parvenez plus à vous distraire ou alors il faut s'abrutir dans l'alcool et mille fois vous demandez à votre femme de vous quitter, qu'elle fasse ces enfants avec d'autres hommes. Et elle vous dit la même chose. Mais c'est impossible parce que malgré l'enfer que vous vivez, vous n'imaginez pas une journée sans elle. Ou alors si vous l'imaginez accouchant d'un enfant dont vous n'êtes pas le père, vous avez envie de mourir là, tout de suite. Vous ne pouvez plus vivre ensemble mais vous ne pouvez pas vous séparer. Vous ne trouvez pas comment passer à autre chose, comment faire de vous autre chose que ces deux êtres face à leur fin. Ces deux êtres face au néant. Vous vous dites qu'un jour vos rhumatismes détourneront votre attention. Vous attendez patiemment que tout en vous se disloque. Et jour après jour, tout en vous se disloque. Et votre agent vous appelle. Il continue de vous appeler pour vous proposer, tiens, de lire « le nouveau scénario de David Lynch qui rêve de retravailler avec toi et adore tellement ce que tu fais ». Et vous écoutez le message de Jonathan Winkapeg sur votre répondeur mais vous ne rappelez pas. Vous ne le rappelez plus parce que l'idée d'être flingué dans *Mulholland Drive* vous épuise.

Ne pas être flingué dans *Mulholland Drive* de David Lynch.

Dans l'article du *New York Times*, Janet Maslin n'avait pas retranscrit la dernière partie de l'entretien. Une fois épanché le cœur d'Ariel, elle l'avait sobrement remercié avant de couper l'enregistrement qui, en tout, avait duré une heure vingt-huit.

J'imaginais les heures qui avaient suivi. Ariel avait dû être littéralement hanté par son faux pas. Ce dévoilement indu. Cette fenêtre ouverte sur son intimité.

Je le vois tentant de joindre Janet en vain, comptant les heures d'avion qui la ramènent à New York, la supposant ivre de sa prise, vainqueure par K.-O. d'un fantôme, poussant triomphalement les portes de la salle de rédaction, sourire en bannière, fière d'avoir arraché *une histoire*. Non pas un scoop – Ariel n'était certainement pas dupe du star-system auquel il refusait d'appartenir – mais un de ces récits qui fondent la stature et la réputation d'un journaliste d'investigation exhumant du néant les personnages inoubliables d'une vie aux allures de roman. Je me le figure étranglé par la culpabilité, noyant le dégoût que sa propre personne lui inspire dans l'alcool, enchaînant les

Americanos jusqu'à perdre conscience et se détester davantage au réveil, assommé de tristesse et de dépit.

Et puis Janet rappelle, elle ne mentionnera évidemment pas cette dernière partie de l'interview. Elle a une éthique. Pour preuve de sa bonne foi, elle lui retournera même la bande de l'enregistrement, s'engageant à ne pas la dupliquer. Cette histoire ne la regarde pas. Elle ne regarde personne d'autre que lui et sa femme. Ariel peut souffler. S'il croise Edith au cours d'une semaine où, comme d'habitude désormais, l'un et l'autre cohabitent dans l'indifférence et la douleur, s'ignorent pour survivre, s'il advient que son corps frôle le sien au moment, mettons, de saisir un tube de dentifrice ou de traverser le couloir qui mène à leur chambre, il pourra la regarder dans les yeux sans craindre de s'émietter, ployer, s'effondrer sous le poids de la honte et du tort.

Tandis que je divaguais sur mon lit, encore étourdi par l'écoute, me perdant dans mille postulats, il m'apparut que l'entretien de Janet Maslin comportait une lacune fondamentale. À aucun moment il n'était question de *Miss None*. Nulle mention du film dans leurs échanges, comme si la journaliste avait ignoré jusqu'à l'existence de l'œuvre. Faute d'en avoir entendu parler, a fortiori de l'avoir vu, il lui manquait une pièce décisive pour recomposer le puzzle. Sans *Miss None*, les propos d'Ariel n'avaient qu'un intérêt limité à l'émotivité d'une situation commune. Voilà pourquoi elle n'en avait rien fait. Cela n'avait aucun sens. Si elle avait pu reconstituer le film comme il m'avait été donné de le faire grâce aux récits de Nicole, elle aurait compris que dans *Miss None* l'enfant yeux lac clair, dents du bonheur, l'enfant boucles blondes n'était pas l'enfant perdue mais l'enfant jamais advenue. Miss None était un fantôme. Ariel avait filmé l'impossible de son désir. Il ne pouvait, au moment de découvrir la copie zéro, que parachever le geste. Anéantir cette Mademoiselle Néant – sa chimère – pour continuer à vivre.

Le 15 septembre 2017, Fabienne Kabou est condamnée, en appel, à quinze ans de réclusion criminelle, peine assortie d'un suivi socio-judiciaire de huit ans et d'une injonction de soins pour le meurtre de sa fille Adélaïde.

Je découvre le verdict tard dans la nuit sur une chaîne d'information en continu, après avoir visionné les épisodes 1 et 2 de la saison 3 de *Twin Peaks* où Madeline tient un petit rôle.

Je l'aime, tel est mon seul verdict.

Me revient la plaidoirie finale de *Saint Omer*. L'avocate de la défense y évoque les cellules chimériques. Pendant une grossesse, rappelle-t-elle, les cellules de la mère voyagent vers le fœtus, et inversement : celles du fœtus gagnent la mère. Un échange a lieu. Que la grossesse aille à son terme ou non, elles subsistent pour toujours. À propos de sa cliente, tentant d'expliquer son geste envers sa fille, elle a également cette phrase : « Dans sa folie, elle croyait la protéger. »

Il fait presque jour quand je m'endors.

Rire d'être coupé au montage dans *Gladiator* de Ridley Scott. Sangloter de l'être dans *Saint Omer* d'Alice Diop. Fermer les yeux d'Edith nourrie depuis trop longtemps à l'eau gélifiée dans une chambre de la Motion Picture Country House and Hospital. Ne pas être nommé aux Oscars, Césars, Baftas et autres Goyas. Rouler sur Mulholland Drive derrière un corbillard. Ne jamais devenir art-thérapeute. Ne jamais maîtriser le chien tête en bas. Repenser à Nicole en allant boire un Americano dans un dinner sordide de Pasadena ou dans le bar d'un hôtel moyen des Champs-Élysées. Repenser à Madeline en allant boire un Mimosa au Stella. Se refaire le film. N'être père nulle part, aucune réalité, aucun film.

Manquer des choses les plus nécessaires à la vie.

Sentir l'alcool couler dans sa gorge et noyer ses yeux lac sombre ou cuivre oxydé. Passer à autre chose. Payer son Americano ou son Mimosa sans faire l'appoint. Remonter dans sa Cadillac ou sa Buick rouge sombre, rose pastel ou turquoise. Démarrer après avoir regardé dans le rétroviseur les sièges vides et inertes de l'habitacle. Prendre un bonbon et jeter le papier sur la place du mort.

Être une copie zéro.

4.

« Allez vous réfugier dans le vrai. »

Alfred Hitchcock

Mon téléphone sonna et me sortit de mes rêves.

— Et si on dînait ?

Le soir venu, installé sur le canapé du spacieux salon de Nicole, je cédai à l'invitation du nombre toujours faramineux de coussins de velours et m'avachis enfin – dix ans après notre première rencontre.

J'avais apporté Campari et Martini pour préparer des Americanos. Nous les sirotions en devisant joyeusement tandis que l'été finissait.

Je demandai à Nicole de me décrire le dernier plan de *Miss None*. Il était doté, m'avait-elle dit, d'une particularité.

— C'est le même que le premier.

— Comment ça, le même ?

— Oui, c'est une boucle. Tu commences le film en voyant ce qui sera le dernier plan. Tout le film est un flashback pour comprendre comment on en arrive à ce plan final. Enfin initial. Enfin tu as compris.

— Donc le film se termine sur l'homme nu effondré sur un coin de table ?

— Oui, sur les décombres de l'homme. La même chose.

— La même chose à ceci près qu'on sait maintenant que Miss None est l'enfant qu'Ariel et Edith n'auront jamais.

Nicole se figea.

— Qu'est-ce que tu veux dire ?

Je fis allusion à l'interview du *New York Times* et au courriel d'Andrès, lui décrivant la poignante confession d'Ariel.

— Tu étais au courant ? lui demandai-je.

Il y eut trois secondes de silence qui me firent l'effet d'une rayure sur une bande sonore.

— Bien sûr. Tu te doutes bien qu'Ariel m'avait expliqué pourquoi il faisait le film.

— Pourquoi tu ne m'as rien dit ?

— Je t'avais prévenu. *Miss None* n'est pas résumable. Il faut le traverser entièrement pour le comprendre. Il faut le vivre. Ce n'est qu'au dernier plan que tout prend sens.

— Je me demande encore quelque chose. Comment suis-je censé comprendre cette histoire d'enfant chimère ?

— Si Ariel et moi étions en deuil de notre fille, tu crois qu'on rirait autant ? Qu'on serait aussi vivants ? Aussi amoureux ?

— Évidemment, tu as raison.

Nicole parut soulagée, surprise presque de m'avoir si rapidement convaincu.

— Mais dans ce cas, pourquoi tu ne dis rien quand il revient avec des bonbons pour la petite ?

— Parce que je l'aime.

— Alors tu entres dans son délire ?

— C'est une bonne définition de l'amour.

— Quoi ?

— Quand on aime l'autre, on entre dans son délire. Et lui dans le nôtre.

— Ça s'appelle la folie.

— Ça s'appelle la fiction.

— C'est la même chose, non ?

Cueillie, laissant échapper un léger rire, elle posa une main sur mon genou et y exerça une légère pression.

— Attends, ce n'est pas fini. Tu as donc le plan de l'homme affalé avec cette lumière blanche…

— Qui blesse les yeux fatigués des malades…

— La mouche virevolte, on zoome sur elle qui se cogne contre la baie vitrée, désespérément, elle veut sortir. Elle tombe au sol, étourdie. Elle a des mouvements saccadés, mécaniques, une somme de réflexes dépourvus de logique, une agonie. Les notes de la chanson s'élèvent. Cut. Et là, tu revois, en fragments bien plus courts, toutes les scènes de la plage, mais sans l'enfant. Ariel agit dans le vide. Tout ce qu'il a accompli, les innombrables gestes qu'il a eus pour elle, on les revoit, sauf qu'ils ne sont plus adressés à personne. Tout ça n'est plus qu'une vaine pantomime. Ariel est seul et il a l'air d'un pantin désarticulé.

— D'une mouche à l'agonie.

— Magistral, non ?

— Tu commences à tourner quand ?

Sa main trembla furtivement, la pression sur mon genou se fit plus nerveuse, elle me jeta un regard opaque, puis me demanda de nous préparer deux autres Americanos. Je m'exécutai.

En revenant de la cuisine avec nos deux verres, je la relançai :

— Et le générique de fin ?

Nicole but lentement une grande gorgée.

— Il était constitué de toutes les photos que le personnage d'Ariel avait prises durant le film.

— Le pendant du générique inaugural.

— Oui. Tout à fait.

— Il y a toujours quelque chose qui m'échappe.

— Quoi donc ?

— Pourquoi détruire ce film dans lequel Ariel était enfin père.

— Parce que c'était insupportable de ne l'être que dans un film.

— Peut-être aussi que ça aurait blessé Edith.

— Ou sauvé leur couple.

Il me sembla que les yeux de Nicole s'embuèrent. Ils brillaient davantage et prenaient une couleur aquatique. Une marée montante qui remue de grands fonds.

— Allez, on va dîner.

Elle se leva rapidement.

— Attends. J'ai apporté quelque chose.

Je me levai à mon tour, me dirigeai vers l'entrée où j'avais posé mon sac, en sortis ce dont j'avais besoin, puis rejoignis Nicole qui m'attendait dans l'embrasure d'une porte.

— Encore ton affreux carnet, me lança-t-elle amusée.

— Et le DVD d'*Opening Night*.

— Oh… souffla-t-elle, se retenant au chambranle.

— On pourrait le regarder maintenant ? On verrait enfin Ariel replacer la mèche de Gena Rowlands.

— Je l'ai déjà vu, moi.

— Ensemble, insistai-je.

— Tu sais, le film a peut-être été remonté et le plan coupé…

— Tu disais que c'était un plan iconique.

— Ce n'est pas rare pour un cinéaste de remonter son film des années après la sortie. Je sais de quoi je parle.

— Oui, mais dans l'interview, souviens-toi, Ariel dit que Cassavetes n'a jamais voulu couper le plan.

— L'interview, oui… c'est pour ça que tu as pris ton carnet ? Tu veux être certain de noter le geste d'Ariel au moment où tu le verras ?

— Non, je voulais te montrer quelque chose. Mais ça peut attendre.

— Bon… Tu n'as pas faim ?

— Pas tellement, non.

En redécouvrant le film, j'éprouvai une violente émotion. Je croyais assister à un exposé sur l'art de l'acteur – la difficulté de ce métier, de cette vie. Mais ce n'était pas le véritable sujet.

Vous étiez en répétition, en promotion, en représentation. Vous ne cessiez d'être entourée, applaudie, aimée, haïe, giflée, huée ou vénérée.

Vous étiez une star.

Mais rien de tout cela n'existait autant que la solitude.

Arriva la séquence d'Ariel. Gena Rowlands, ivre morte, se préparait à monter sur scène malgré son état de déréliction. Elle avait bu son café, on l'avait costumée, coiffée, maquillée. Elle s'effondrait pour la dernière fois avant d'entrer dans la lumière. C'était maintenant. Ariel était censé apparaître.

Je sentis mon cœur s'emballer, aussi attrapai-je la télécommande et mis sur pause.

— Qu'est-ce que tu fais ?

Nicole avait brusquement plaqué sa main sur mon genou.

— Regarde, fis-je en lui présentant mon carnet.

— Eh bien ?

— Les verbes.

— Quoi ?

J'avais souligné tous les infinitifs.

— Ce sont les mêmes.

— Les mêmes ?

— Les mêmes que ceux que tu as utilisés pour me décrire les plans de *Miss None*.

Elle tourna la tête vers moi. Je croisai ses yeux. Ils avaient maintenant pris une teinte lac sombre.

— Ariel s'est arrangé pour que les cent dix-sept gestes accomplis dans sa carrière se retrouvent dans *Miss None*. Tu peux vérifier, chaque action que tu m'as décrite provient de l'un des films dans lesquels il a joué. Il court, sert, manœuvre, zippe, sème, brandit, dactylographie, capture comme il a couru, servi, manœuvré, zippé…

— J'ai compris.

Elle tournait les pages en caressant le papier.

— *Miss None* date de 1986. Tu m'as dit qu'il avait tourné jusqu'en 1999. Il ne peut pas avoir prévu les gestes qu'il n'a pas encore accomplis. C'est impossible.

— C'est pourtant ce qu'il a fait.

Elle se frotta frénétiquement les paumes et les entrechoqua en un claquement familier.

— C'est du délire.

Je laissai un silence.

— De l'amour.

Elle me reprit :

— De la fiction.

Je tendis le bras et lui replaçai délicatement une mèche de cheveux.

— C'est la même chose, non ?

Alors elle me sourit avec malice puis se saisit de la télécommande pour relancer le film.

— Tu es prêt ?

J'acquiesçai.

— Alors, écris.

Merci à Jeanne Guyon et Yves Pagès.

À Manon Krüttli et Jonas Bühler.

À Dorothée Thébert, Céline Nidegger, Andrès Garcìa, Aline Papin, Nora Steinig, Lucie Zelger, Katrine Zingg, Severine Besson, Guiti Tabrizian et Masha Kondakova.

À Claire Simon et Manon Garcia.

À Serge Roué, Fabienne Débarre et John Patrick Hartnett.

À Éloïse Guénéguès, Sophie Dugast et Florence Faivre.

À Jean-Luc Vincent, Nina Meurisse, Romain Cottard, Benjamin Tholozan et Lorraine de Sagazan.

Aux acteurs, aux actrices.

La citation de *Karoo* de Steve Tesich est extraite de la traduction d'Anne Wicke, publiée par Monsieur Toussaint Louverture.

Les citations p. 21, 24, 25 et 26 sont extraites du scénario des *Bureaux de Dieu*, écrit par Claire Simon, Natalia Rodriguez et Nadège Trebal.

La citation de *Martin Eden* de Jack London est extraite de la traduction de Philippe Jaworski, publiée par les Éditions Gallimard dans la collection « Folio classique ».

La citation du *Livre des illusions* de Paul Auster est extraite de la traduction de Christine Le Bœuf, publiée par les Éditions Actes Sud.

La citation d'Alfred Hitchcock est extraite de l'ouvrage *Hitchcock/Truffaut* de François Truffaut, publié par les éditions Gallimard.

Composition : Entrelignes (64)
Achevé d'imprimer
par CPI Firmin-Didot
à Mesnil-sur-l'Estrée, en février 2023
Dépôt légal : février 2023
Numéro d'imprimeur : 173993

ISBN : 978-2-07-301929-5/Imprimé en France

560387

FOREWORD

Poetry Rivals 2009 was one of the biggest and most prestigious poetry competitions ever held by Forward Press, and a talent contest like no other.

Poets of all ages and from all corners of the globe were invited to write a poem that stood out from the rest - a poem that showed true creative talent.

This vast collection, chosen by the Forward Press editors, is the result. I'm sure you'll agree that the diversity and richness of the poetry included is unique - and a reflection of the inspiration to be found in modern day poetry.

As well as providing an exciting opportunity for poets to showcase their creativity, Poetry Rivals has given today's poetry a public platform to be showcased and rewarded, as it deserves.

CONTENTS

THE POEMS

IN THE SHADE OF THE GREEN WOOD

In the shade of the green wood
The holly does grow,
While in soft rays of sunlight
The wild roses glow,
And I smell their sweet perfume
That gently floats by,
Past the trees strong and mighty
Which reach to the sky,
The pathway of gold autumn
Leaves still remain,
As I walk through the green wood again.

In the shade of the green wood
This bright sunny morn,
That's so cool in the shadows
A new day is born,
All the birds in the treetops
Are singing for me,
Sweet songs of the summertime
Which fill me with glee,
And I know from its beauty
I never shall part,
For the green wood does live in my heart.

In the shade of the green wood
A soft, gentle breeze,
Now caresses the branches
And whispers through trees,
Its sound reassuring
That carries me to
All the scenes that exist
In each marvellous view,
For it's here that my spirit
Shall now always stay,
And the green wood is guiding my way.

Andrew Blakemore

WHEN WE DANCE

Nobody shall love you the way I do,
No one will ever come close
To the depth of my desire
The burning of my fire.

The want that explodes within
And tears away the heart,
Already broken by time.
The need for you, to be mine,

To be mine and I yours,
Love opening tightly shut doors,
With a push from unspoken words,
Sunbeams from within the dark, and

When we dance and the angels weep,
When we embrace serpents at our feet
Our souls will give birth to living passion
Never to grow old, positive in fashion.

The sight of you, reflected in my eyes,
Burning into a heart, just holding on.
My soul the witness to deep-felt sighs
Ghostly shadows entwined with cries.

Your beauty eternal, without end
Without master, God or reason,
A tear, watery elixir, to drown sorrow,
Pain to joy, rebirth of tomorrow.

And when we dance, the angels will weep
Serpents and demons destroyed at our feet,
Trapped at the behest of truth and desire,
Heaven to Hell, I live within the fire.

Lady, you are my morning and night
My daily journey from darkness to light.
Pull down the Heavens, the cities and the trees
Without you my love, there is nothing to please.

And when my life's embers burn to naught
My ashes will not be found or even sought.
But when the wind whispers your name,
A warm sandstorm of love, shall remain.

And when we dance,
The angels will no longer weep
For when we dance,
The angels shall sleep.

Mark Boardman

DEMENTIA

That look in your eyes has gone now
A look so precious to me.
That look that told me you loved me
Now you use your eyes only to see
Dementia took you from me.

Sharp mind gave way to confusion
All knowledge was lost from before
His dreams and hopes and all memories
Lost on a far distant shore
Dementia means learning no more.

For many long years we've been married
But in separate beds we now lie
I think of our lost times together
And cry for the days gone by.

I wish we could be back together
If only just for a while
I miss your loving touch dear
I miss your loving smile.

Now I'm his mother, sister, carer,
My life as his wife has gone by
But though we are no longer lovers
I'll love him till I die.
Dementia makes living, a lie . . .

Joan Thomas

A PENGUIN'S EYE VIEW

November has come and at this time of the year
Ecotourists repeatedly start to appear.
We were once apprehensive but now we don't fuss -
Though there's hundreds of you, there are thousands of us.

We all find you endearing. Your penguinoid ways
Which are most fascinating, enthral us for days.
You walk just like us and there are times when you speak
We could almost imagine each human unique.

That you're all penguin friendly there can be no doubt,
But what you come here for we cannot figure out.
You do not build your nests here or breed and raise chicks
And your flippers adapt to perform many tricks.

Cos small groups come ashore in a Zodiac boat,
We infer that the chance you can swim is remote.
And, pray, what does your species have wrong with its sight
That you need tubes called 'bins' to help see things aright?

Mysterious boxes with their shutters that click
Are beyond comprehension. We're not always quick
To work out in the field just what all the things do.
We have only seen one human being - in a zoo!

Now I'll tell you a secret. How else could you know
What occurs here when all the ships' passengers go?
There's frenzied excitement and a buzz in the air
As each penguin most eagerly starts to prepare.

At the end of the season, before we leave land,
There's the Antarctic Ball - an occasion so grand,
When we penguins dress up in our smart human suits
And we wear our red parkas and big rubber boots.

We sing and we dance and upon krill we do feast
Then leap into the sea, having promised at least
That we'll meet up again at the same place next year.
You would all be most welcome to join us out here.

Barbara Whitehead

HERE - LIFE

When life has ceased to let your gaps
Fill up with aspirations
When you are here and dreams are there
To stare as fascinations
It has become your endless space
That doubt has left you yearning
When all it is looks clear as light
And has some time been burning.

Whenever you can feel the doubt
And stall at what's forgotten
Look out and see it's not a time
To sigh or throw your lot in
While many people bottle up
And many wane in pity
You can be sure there is a price
To all that's smart or witty.

This is a symbol or a thought
From someone who has noted
That simple habits, easy dreams
Are real, not sugar-coated
So let your mind go on its way
And tell your heart to wander
Along its sparkling quest for life
Allow it time to ponder.

There are a million faceless birds
Who fly in flocks of purpose
All striving for the unknown place
Where predators won't surface
You feel the ground and glimpse the sky
Anticipation grips you
How can agendas line your path
And bind with ties that lips do?

You are a splendid vat of hope
Without your joy, we're frightened
Call out your song and let them go
Be resolute and lightened.

Cherry Pyke

MY VALENTINE

My valentine beyond compare
Two hearts beat entwined to share
The very air and life we breathe
Finding haven in this worldly seethe

You fill my dreams and waking hours
Your summer sun and dancing flowers
Your beauty sets my heart a-race
To feel the warmth of your embrace

When moonbeams dance the Milky Way
With starry sky in lighted play
Your face on pillow, Heaven's bliss
Awaiting for my tender kiss

And yet with all life's whims and woes
Our love stands firm when ill wind blows
Cherished, fortunate to bond so well
Abundant love held in its spell

Till all our days on Earth are spent
We'll live our lives in love content
When time arrives to meet our maker
May we stay together, not forsake her.

Len Peach

UNTITLED

Feel it, as it crawls beneath your skin.
It starts, a spark igniting from within.
Can't put my finger on it, as it takes me by the hand.
I question all my future.
But then I understand.

Tell me what is wrong with this picture.
Special things in life are meant to last.
Deliver my answer with swiftness.
Hands on the clock tick fast.

Ben Blundell

DESPAIR

Am I not me? I try to cry out,
As my mind and my body are racing about.
I look and work just the same as before
But deep down inside me I am no more.

When a thought hits my mind, I cringe tight with fear,
Don't let me go mad, please, not here.
I'm frightened, exhausted of what I don't know,
I hold onto myself, I dare not let go.

I'm terrified of not knowing what I may do,
Because my brain doesn't connect like the rest of you.
I feel vacant and lost in a world I can't grow,
I plod like a robot, heavy and slow.

Vacant eyes stare out from my very being,
They focus on images, but not really seeing.
My head is so heavy, I don't understand why,
Tears run out silently as I start to cry.

With trembling hands and body to match,
A few hour's sleep I try to snatch.
After an hour I wake with a start,
My hands clenched together, I can't prise them apart.

My breathing is laboured, I just want to run out,
The panic enfolds me, I want to scream and to shout,
But no sound I make as I silently wait
For the tortures to fall back and start to abate.

My pills help a little, without them I'm lost,
I keep them beside me, around at all cost,
But they cannot stop thoughts beginning to pound
Or stand you up straight when you collapse on the ground.

I must find some rest, even if death holds the key,
It's the only answer for people like me,
As to live as I do is a living death of its own,
So weep not for me as I travel alone.

Joan Ashby

PAVEMENT PIES (THE UURRGGHHH POEM)

Never eat a pork pie that's lying in the street,
All the pies on pavements are filled with dodgy meat.
Are they off because they've sat there forever and a day?
Or were they always slightly suspect,
That's why they're tossed away?
They look harmless and seductive, but sadly baked detritus
Makes your bowels too productive via gastroenteritis.
They're unpredictable and lethal, the worst kind of pastry treat,
So never eat a port pie that's lying in the street.

And never drink from bottles you find on roadside verges,
They've usually been filled by the trucker's sudden urges.
It's not discarded Fanta, Lilt, or even Tizer.
Trust me, I have tried it, I've been there, grown wiser.
It isn't Apple Tango that's gone a little faulty
And it isn't 7-Up, it's far too warm and salty.
So unless you want the product of desperate bladder purges,
Then never drink from bottles you find on roadside verges.

Never trust the tissues you find inside a litterbin,
They're invariably useless, they're far too damp and thin.
They look unused at first, but upon a full inspection,
They're filled with yellow slime and bacterial infection.
They don't absorb the leaks coming from your nostril channels,
They spread them around your face, like soggy mucus flannels.
Avoiding common colds becomes a fight you'll never win,
If you choose to blow your nose with tissues from the bin

And never try on Y-fronts you find lying in the gutter,
They were probably discarded by an unhygienic nutter.
You never see them stopping to remove their underwear,
But there must be secret strippers - their pants are everywhere!
Just ignore the briefs in ditches, I've not found a clean pair yet
And however long they've been there, the stains are always wet.
Worse still, when you're changing, strangers tut and mutter,
'What sort of filthy moron picks up Y-fronts from the gutter?'

So what's the purpose of this poem or the moral of this verse?
Going hungry is a nuisance but stomach cramps are worse.
If you use a dirty tissue, a cold is all that you'll achieve,
So let your nose run freely or wipe it on your sleeve.
Of course, you can ignore my guidance and make your own decision,
Pick up what you like, you don't need my permission.
But my ditty does have one verse that you never should ignore,
If it's been on someone's privates, leave it on the floor!

Gavin Capstick

LONE STRANGER BLUES

My house was in ruins, my family fled;
but, 'How can you prove it?' is all that they said.

I carry the burns and I carry the scars;
but I'm caged like an animal, held behind bars.

My life was in danger, my one chance, to flee;
but nobody cares, I'm a mere refugee.

I knock on a door, but there's nobody there;
there's no one to welcome, no one to care.

Once I was salaried, fully employed;
now I'm a shadow traversing a void.

They won't let me work. I've a first-rate degree
but that doesn't count, I'm a mere refugee.

The skies are all grey and the looks are all black;
their half-muttered curses burn holes in my back.

But need has no border and need has no bar;
its face never changes, wherever you are.

We are all of us strangers under the sun;
our brief hours are ended when hardly begun.

Look hard in the mirror, and maybe you'll see
the face of a stranger, a 'mere refugee'.

Fay Marshall

THE SCHOOL RUN

'Hurry up Jane, it's a quarter to eight.
Come on John, you're going to be late.
You can't find your socks? Please look for them John.
What? You forgot, - you've still got them on!'
I groan in despair. My migraine begins.
The milk boils over, to add to my sins.
At last here they come, with a bang and a clatter,
Shouting and squabbling, with far too much chatter.
'Your cornflakes are soggy? - Oh Jane, please don't pout.
So the toast is burnt John, well then throw it out.
Jane, here is your maths book, it's losing its cover,
Where is your gym kit? It's PE with Miss Glover.
John, leave that alone! You'll get jam in your hair.
Now go and wash! Don't be too long up there.
Have you both cleaned your teeth and picked up your lunch?'
How did I guess that you hadn't? Call it a hunch.
'Where are my car keys? They're not by my hat.
How did they get there, - under the mat?
Now get your things and let us be off.
What do you mean - you are getting a cough?
Now don't you start that. Yes, I know you hate history.
Why you try to fool me, is always a mystery.
Here is a cough sweet - so give it a chew,
I don't want to hear any more out of you!
Get in the back. Seat belts on please.
Are we all ready? Was that a sneeze?
You've forgotten your hanky? Hurry up Jane.
Sometimes you can be a real tiresome pain.
Right. Are we ready to go?' At last! On our way.
'What do you mean, - *stop?* What's that you say?
Oh my goodness, - *the baby!* He's still in his cot.
With all of your fussing, - I nearly forgot.
Stay there! Don't move! I'll be back in a tick.
I'm coming my darling. Let me out quick!
Now we really are late, so please no more fuss,
Any more complaints and you can go on the bus.
What do you mean, you'd rather, it might be fun?
Ungrateful wretches, after all I have done.
Give Jack back his dummy! John, please do as I say.
I know you look funny, this is not time to play.
Yes, there are lots of cars, and lorries too.

Is that a Rolls? I don't know dear, do you?
Is a traffic jam sticky? I really don't know.
Don't pick your nose Jane, give it a blow.
Oh not a diversion! Let's dodge all the rest.
So it's a one-way street. Your mother knows best!
Good morning officer, I just lost my way,
I won't do it again. Have a nice day!
No, I won't go to prison Jane, so please do not fuss.
Yes, I know it's behind me. Yes, I did see that bus.
There's Mrs Woodjoy, quick, give her a wave.'
She has six little darlings. I do think she's brave.
My three are enough for any sane mother.
It makes me go cold to think of another.
'What, Jack has been sick? Here is a tissue.
Jane, wipe him clean, please don't make an issue.
John! Stop that whistling, it's driving me mad.
Don't be so cheeky, or I'll tell your dad.'
We're here! Oh thank goodness, there is the school.
I'll just park the car, over there by the pool.
'Now have you both got all your bobs and your bits?
Your satchels, your lunches, your bats and your kits?
Off you both go, be good and work hard.
I'll see you at four, here, in the yard!'
Thank goodness for that, now let us get back.
I could kill for a cuppa! 'Oh be quiet Jack!'
Don't you find it unnerving when the house is so quiet?
Nothing is stirring, - no music, - no riot.
I've cleaned, washed and ironed - and walked the dogs,
Put oil in the car and brought in some logs.
'Oh help! Come on Jack we shouldn't be here,'
The traffic's so bad, we'll be late I fear.
'Hello my poppets, did you have a good day?
Tell me about it as we go on our way.
John, please don't tease the baby. Jane, where is your coat?
You left it behind? And your class teacher's note?
We will never get home - quick, run back for them dear,
At least when you've got them, the traffic should be clear.
What is it now? Can't you wait for a while?
You should have gone sooner, - it's only a mile.
How much? Two hundred pounds for a trip?
Where are you going? - the moon, - for a flip?
All right, all right, I'll think about it Jane.
I'll let you know Monday, - now is that plain?
We're home at last children, jump out of the car.

You can go out to play, but please don't go far.
Tea won't be long, I'll get Jack bathed and fed,
Give him a cuddle, then put him to bed.'
The weekend starts here, I feel a bit flat.
No school for two days, thank heavens for that!

Oh dear, now it's Monday, - 'Hurry up Jane!
John, get a move on!' - The School Run again.

Diana H Adams

A QUESTION OF CONSCIENCE

All around this land of ours, men have an aspiration.
Some will join the forces, in service of our nation.
Some reluctantly volunteer, to take the Sovereign's shilling.
Some need to be conscripted, because, they are not willing.
To lay down lives for a good cause, some of them are vain.
To serve someone completely. May involve a lot of pain.

Our Lord became a servant, though He is the master too.
Perhaps to serve the master, could we depend on you?
To give your life completely, in service of the few.
Some, who served as labourers, have served the Lord for years.
They paid the price of sacrifice. That ended up in tears.
The lives they lived were; happy, holy, brave and pure.
Did they accomplish anything? We're not absolutely sure!

Some heroes of the nation, were called to a vocation.
Like nurses, doctors, clergymen, and firemen in their station.
God is looking for replacements, someone to toe the line.
Perhaps just like a Bevin Boy, who laboured down a mine.
He did not want to fight the foe. His conscience was not clear.
So he became a stretcher bearer, as a volunteer.
He would give his life, to save one soul, at the height of battle.
His nerves, not made of cold steel, his teeth would often rattle.

Because the odds were ten to one, that he would not survive.
There was joy within the family when he returned alive.

Snikpohd

IN COMPANY WITH LAUGHTER

Adult male laughter
Is something I'm always after
Spending time in such company
Quoting lines from Mark Anthony.

There's always a welcome guest,
Indulging in laughter with the rest
I notice a tall, gaunt man,
Half-dressed, looking glum.

A welcome during such meetings,
With kisses and greeting,
'Very well,' he said, 'some other time'
Yet, still it feels sublime.

With loud and merry discourse
At such meetings, arguing of course,
A pretty full meeting was on that day
Debating society's decay.

Francis Xaxier Farrugia

THE DREAM SELLER

There is a man stands on the corner of our street,
His hair is dirty black
He'll sell you a dream for six pence,
To go to the moon and back,
His dreams are made of pleasant things
Like birthday parties, bicycles and copper rings,
What joy to each girl and boy he brings,
And oh just for a six pence
He'll enrol you in a dream
With your name engraved upon it
With the letters made up of ice cream,
He never wears a bonnet
The man whose hair is dirty black
And if he sold you nightmares
You'll take your six pence back.

Alan Pow

THE DINNER INVITATION

It seemed like such a great idea
Inviting friends to dinner here.
Quite suddenly the day looms near -
With apprehension - almost fear -
I wade through every cookery book
For recipes I cannot cook,
To find a dish all will adore
That guests have never had before.

When twenty books are on the ground
My husband sighs, he hopes I've found
At least one satisfactory dish
And tentatively mentions 'fish'?
It could be trout or hake or bream,
In champagne sauce would be a dream;
Or salmon fresh is rather cute
When sauced and jacketed en croute.

A dish of moules to start maybe
Still sweetly tasting of the sea;
Provencale or mariniere
Presented with cordonic flair!
So indecisive do I feel
He sensitively suggests veal.
When I declare the scallopine
This week seems singularly weeny
He says he doesn't give a damn -
And how about roast leg of lamb?

And warming to his new idea
Suggests it could be cooked in beer.
Or apricot with honey glaze.
Red wine and garlic would amaze.
Would cider sauce be very fizzy?
My spirits sink; my head is dizzy.

He cries, 'I know it sounds quite lame
But had you thought of cooking game?
Jugged hare or pheasant would be fine
Accompanied by 'cheeky' wine.
One dish he'd never known to fail
All stuffed and trussed, was figgy quail.'

I'm simply fed up to the teeth -
He's now embarked on joys of beef.
Boeuf Stroganoff or Wellington.
Or flamed in wine and rarely done.
He seems to think I wave a wand
To conjure up chateaubriand.
Beef olives, boeuf en daube, Diane
Flambéed well in copper pan.
Then ending with triumphant flurry
If desperate - there's always curry!

Dejected by my books I stand
With shopping list unwrit in hand.
Fretful of the rash idea:
Inviting friends to dinner here.

Pauline Hight

GIVING MY LIFE

Everyone takes a part of me
They drain me dry, how can this be?
I've always been strong, people rely on that,
All troubles they know I can combat.

My shoulders broad to take the strain
Hoping my help will never wane.
Everyone thinks I'm a woman of super strength
To ease anyone's pain I'll go to any length.

With a smiling face and a healing hand
I'll challenge all illnesses and take a stand
Facing all your troubles and pain full on
Never giving up till all have gone.

Think positive, be strong all problems seem less,
Smile at everyone, that takes away stress.
Look around the world there's trouble and strife,
In your world everything is alright.

I'll take on board your troubles and strife,
Mulling things over so they come out right.
When people are with me, they tend to say
All their problems seem a million miles away.

Joan Marrion

THE TITANIC

This is the story of the Titanic ship
That once set sail for a memorable trip
It was the most magnificent, adorable sight
From which the rich and famous would alight.

A dream of happiness and memory was the goal
Never to imagine the disaster that would unfold
As the ship sailed the deep blue sea
No threat ahead, no danger you see.

Two young hearts fell in love
Like peas in a pod and two cuddly dove
Whose names were Jack and Rose
With each other in mind, waiting to propose.

Dancing, gambling, music, partying, having fun
Those with extra money looking for wives for their son
This is something the poor could never achieve
Not in a million years of hard work I believe.

Just then an iceberg of enormous size
Ripped through its side too late to realise
Down, down it began to sink
Panic, panic, no one could think.

O Lord, this was not wise
As their lives flashed before their eyes
'Save me, save me,' came their cries
As the once merry-makers wished they had wings that would fly.

With love so strong and true
Even tragedy, couldn't withdrew
One being safe in a lifeboat
Returned to the sinking ship to keep the other afloat.

Looking for safety all around
None to be seen, none to be found,
Only the help of almighty God to save
Those in distress, those not yet gone to their grave.

Only true love would be so dear
To prevent Jack and Rose from living in despair
Risking their lives for each other
Would allow Rose to be his wife and children's mother.

Few lived to tell the tale
Of this true story that never ceases to fail
Its memory recaptured in movie and song
For us to rekindle and ponder along.

So this is the story of the great Titanic mystery
With all its wealth and element of history
It will be around for many years to come
And remains a nightmare for not all but some.

Daneille Murdock (13)

HOW LIFE GOES . . . WITH HURRICANE ROSE

Their relationship these days is go, go, go,
Puffed up, frantic and rather loud
When you see this handsome couple arrive
Best escape, from the heat of the crowd.

They rush with excitement to fulfil every task,
They rally with no time to waste,
'Please calm down, you naïve little creatures,
Allow your spirit an element of space.'

Find a balance between your passion and pain,
Or be totally intimidated by gloom,
If you muster up a great gush of wind,
Then life . . . will walk out of the room.

One day you will explode and fall in a heap,
Wondering what is this dream all about?
Relax and focus you beautiful pair,
There really is no need to shout.

Listen . . . make time for the voice . . .
It dwells in the back of your mind
Recognise and conquer your demons,
Be lifted by light or be blind.

'Fancy a cup of tea?'
'Oh . . . go on then.'

Katrina Graham

MAGIC SPACE

Yellow irises, a bog below, dark.
An orchid hiding, a magic find.
Shades of green, landscape stark,
And yet, somewhere to ease the mind.
A special hollow of moss-to-be,
Trees encircling, enfolding, light in beams.
Something beyond words takes over me,
Birds in a tree, different today, it seems.
A deer a heartbeat away, breath held there.
Magical moments in time to see it.
Strong and fleeting, feeling everywhere.
Time to talk and be myself and sit,
On spongy green moss and feel so free,
A vibration so real, beyond words, strong.
An understanding of myself - to be me.
A pretty, magical place, to really feel I belong.

Jane Lock

THE PARTY'S OVER

The party's over, the guests have gone,
The chattering's ceased, and I'm alone,
Standing in the doorway; just me, and an empty room,
Watching the last swirl of smoke clouding this hollow tomb,
Still smelling perfumed bodies; still hearing glasses clink,
But the room's devoid of people - no noise, no food, no drink.

There, alone in the ashtray, I see her cigarette,
I look at the scarlet lipstick, and think how our eyes met,
That smouldering look of passion; the question in her eyes,
The swirling smoke exploding from lips, to reach the skies.

But now the party's over, that moment too, has gone,
I look again at the cigarette - it smoulders, on and on.

Janet Llewellyn

MISSING CHILD

Your big brown eyes stare up at me
As you lie in your cot, so peacefully.
Why do you only cry at night?
I don't really mind - it seems just right
To rock you - sing a lullaby
Until you sleep - when dawn is nigh.

But now you're off to nursery school.
I shed a tear but you are cool.
Some other woman takes your hand
And leads you to that wonderland
Of books and gaily-coloured toys
And lots of other girls and boys.

You're five years old so now you trot
To infant school but I must not
Show my fears or hold you tight:
To look upset would not be right.
So I just smile and wave goodbye.
Walk slowly home and heave a sigh.

High school now - exams and study.
Netball, hockey - clothes all muddy.
Music, drama and GCEs.
Surfing the net - catching the breeze.
Secrets and laughter - friends galore.
Then off to uni to study law.

Where are you now, child of my heart?
This morning when we had to part
I knew I'd lost the child I'd known
With her computer and mobile phone,
I turn, see flowers through my tears,
And a note saying: *'Thanks Mum for such happy years'.*

Frances Heckler

HOPE

It's not about giving up,
Telling yourself you're all out of luck,
Stopping at your first rock in the road,
Procrastination of stories old.
It's not about being down,
Pushing your head further into the ground,
Not seeing what there is to see,
Only seeing this world, with so much negativity.
It's not about always being right,
Even though you never ever think twice,
You know it's out there, it's yours to take,
God knows that we all make mistakes.
It's all about standing up,
Taking that chance and creating your own luck,
Let no rock in the road slow you down,
Don't procrastinate or wear a frown,
Smile and let yourself be free,
See all that there is to see.
Don't beat up or knock yourself down,
Stand tall and always be proud,
Be who you want to be,
Don't let circumstance chastise your beliefs.
Always have love in your heart,
On every journey that you begin or start,
Then dance the dance and accept your fate,
Don't believe that it is ever too late,
Be happy and be who you want to be,
Smile, feel love and let yourself be free.

Simon Mark Howl

THE BULGING WARDROBE

I went in a nightdress,
It was long and white,
With night-cap and slippers,
The cook had a fright.

She thought I was the ghost
Of Llanover Hall,
The Cardiff Arts Centre,
That's open to all.

I've been as Miss Hubbard,
Out as Postman Pat,
I'm sometimes sleek and smart
And I often wear a hat.

I dressed up as Mrs Gamp,
Out of Dickens, with brolly,
And a Mrs Mop with dusters,
Always happy and jolly.

I have bought a new outfit,
But didn't try it on,
It makes me look one hundred,
Instead of twenty-one.

I shall have to go looking dowdy
And bite on the bullet,
A bit of an old boiler,
Instead of a young pullet.

My years of buying clothes,
Have come to fruition,
As I sit for a portrait class,
While artists have tuition.

Rachel E Joyce

SOLDIERS

Two bodies stiffen -
Ashes again,
A second lieutenant
And one of his men

If you asked of them both
For what they had died,
The first would consider
Before he replied

He'd think over the question
And when he had done,
Say, 'The answer to that
Is a difficult one.'

Without hesitation,
If he only could speak,
The second would mutter
'A few quid a week!'

Elisabeth Ware

FEBRUARY

This ruby vixen is Cupid's muse
Sending darts to those unaware
Of love and project of his ruse
To capture those within a snare

So joyous and pain-free the first dart
Of the skilled archer when he aims
At the most protected, coveted heart
Until he marks what soul he claims

For love so true and in devotion
The victim unaware and then endeared
For precise is the formulaic potion.
A spell such as this is loved and feared.

Diana Kwiatkowski Rubin

AND THE BAND PLAYED ON

There's a do on tonight at the Bandstand - hooray,
Bexhill Brass are coming to play,
But it's cloudy and cold - the rain's pouring down,
As we eye the leaden skies with a frown,
Will the band play on?

A faithful few are huddled there,
With sticks and Zimmers and the odd wheelchair.
We're jostling for space in the covered bit,
Getting pushed round by a bossy old git,
Before the band played on.

And now here they come, boys and girls in blue,
Horns and trumpets to play for you,
With curly bits and also a drum,
And I know there was a euphonium!
When the band played on.

They did a good show, to cheer us up,
But we longed for a wee, and a coffee cup,
Had quite a shock only to discover,
£1.70 for one and 20p for the other!
Whilst the band played on.

They played with gusto, they played with zest,
Bexhill Brass were doing their best,
Then came the rousing 1812 overture,
Just as the oldies began to snore,
Whilst the band played on.

All good things must come to an end,
As stars and rockets began to ascend,
Wrinklies stagger back to hotels and cocoa,
It's dancing tomorrow with the quick, quick, slow,
Whilst the band plays on . . .

Brian Fisher

A WALK IN THE SUN

'Walk with me,' said the man.
'Walk with me and let me share your load.'

'Gladly kind Sir, for my load is heavy, not my burden light.
My heart is filled with sadness for I have come a long way this day.
From the rising of the sun, my eyes have not seen another soul.'

'Where are you from dear maiden, for your clothes do not seem from this part of the world?'

'I live in the mountains beyond the Great Plains, where the sun shines all day and only in the fall doth it rain.'

'Maybe I can be of service and guide you where you wish to be.'

A smile touched the maiden's face and her voice filled with emotion as she expressed her thanks.

'Tis a long way that I wish to go, beyond the mountains to the large lido unto the sea.'

The journey took them many months through sun and rain, wind and snow. The Gods of the Great Plains guided them on their way.
At last they came to the shores of a mighty lake.
Green grass and wooded hills surrounded this magical setting.

A boat came as if drawn by a mystical call.
A tall, handsome man beckoned for them to go aboard,
And then they were away, far away from the land.
An island appeared in the distance, an island of such beauty,
With a castle of unimaginable splendour.
Oceans of colours, trees, flowers set to make the heart miss a beat!

Stepping ashore amidst this beauteous effusion,
They were met by an auburn-haired lady who gave them a very warm welcome.

They stepped into a palatial courtyard, the maiden listening in wonderment as they talked.
Meandering through a large hall, they entered a room with beautiful pictures adorning the walls.
For what seemed time eternal, they wound their way until they entered a vast room lit as bright as the day.
They stopped in amazement. Such beautiful surroundings for the eye to behold . . .
Breathtaking, heart-stopping, each moment to unfold.

And there in a large chair, a lady serene attended on either side as befitting a queen.
Hair blue-white like the rays of the sun, a smile soft and warm to enfold everyone.

Then, arms open wide the maiden did cry, 'Mum, Mum, Mother of mine, I have been searching the Earth for you to find!'

Blessed be the day in the world of happy endings.

Clarence Gascoigne

WIDOWHOOD

The loneliness of widowhood is a void beyond compare
No sharing, warmth, companionship, total loss, no one is there,
Together for so many years, through myriad joys and strife,
You always had each other, along the paths of life.
Just one of you, not two now, you carry on alone
Life's decisions seem more onerous, now you are on your own
You turn to make a comment, to share a memory, a thought
When suddenly you realise, your conversation comes to nought
The abyss stretches endlessly, as you do your daily tasks
You work on automation, as on times in grief you seem to bask
A thousand memories haunt you, then a familiar tune or place
They seem to catch you unaware, how you long for that dear face.
There are some issues unresolved, some things been left unsaid
Your mind whirls round in circles, as you lie awake in bed
Pass incidents transitory, clouded in the mist of time
Yet others are so lucid, you can imagine his hand in mine,
Time is a healer we are told, just now that seems untrue
I pray for strength to carry on, pick up some threads
Of life and hope to start anew.

Marjorie Leyshon

MY FRIEND

I walked down the path into the street
It seemed a funny place to meet
I looked at him as he stood alone
I could tell that he had no home.

He had no friends, no one to care
That was why he was standing there.
I held out my hand and he came to me
I walked back up the path to get my key.

I opened the door and went inside
'Come on in, don't try to hide'
What I have done, I don't understand
Just because I held out my hand.

When I come home he is asleep on my bed
And now, I have nowhere to lay my head.
Something is wrong I can see,
What is he trying to do to me?

Now he is here I think he will stay,
He only goes out twice a day.
He walks in the garden to wander and roam
He looks so pleased with his new home.

When I come home he is there by the gate
And tells me off if I am late.
Now he is the baby of the house,
Eating, sleeping and sometimes catching a mouse.

Now he is happy and big as can be,
Sometimes he comes to sleep with me.
He is no longer lost and alone, he's my old mate,
Fluffy, the cat, who I found by the gate.

Johnny Coe

TALACRE

Happy days on Talacre beach,
Arcade machines kept out of reach.
Children playing on the sand,
Such pleasure, and the weather, oh so grand.

Painted caravans set out in rows,
Cows in the fields making lots of lows.
Scenes of greenery to catch the eye,
The fresh smell of grass brings on a sigh.

The water is covered with children splashing,
Suddenly a shower comes and everyone is dashing.
Back to the caravan and out come the cards,
Off to the chippy, then indoor darts.

The night has come and out we go,
First stop the clubhouse, yes, it's bingo.
Dad goes up to the karaoke machine,
Mum looks embarrassed, hoping she's not seen.

Soon we'll say goodbye to gorgeous Wales,
Back home we will have lots of wonderful tales.
The memories we have, are here to stay,
Sadly it's back to work the very next day.

The children pester, they want to go again,
'Next year,' Dad says, Mum thinks of the rain.
Yet year after year, we take to the road,
To lovely Talacre, we call our second abode!

Kathy Pengelly

QUEEN VIC AT STOKES BAY

On my way home
From the supermarket,
Buy one, get one free
Bargain-hunt it,
I sometimes go
Out of my way,
A little detour,
As they say,
Along Stokes Bay,
To savour
The panoramic views
And think about . . .
Queen Victoria.

Maybe I'll walk
Along the promenade,
Play those games,
Indulge in a charade,
Nodding my head,
'What was that you said?'
'We are so amused.
But have a care,
Don't you dare
Misquote me.'
What a scam
Pretending I'm . . .
Queen Victoria.

When no one can see
I'll throw off my shoes,
Such a tight squeeze,
Leave the royal blues
Behind me.
Feel the pebbles
Under my feet -
What a treat.
A toe in the sea -
It's great to be me.
I'm sure you'd all
Love to be . . .
Queen Victoria.

'What's that you said?
Seawater on the hem
Of my dress?'
(What a gem
To highlight
The royal blemish)
'I've come to come in?'
Just a few seconds more
With the wind in my hair
And a clear view
Of the distant horizon.
I must remember I'm . . .
Queen Victoria.

My dear,
Such a delight,
We stopped off
For the night
In Stokes Bay
On our way
To the Isle of Wight.
Just for a while
I abandoned all care
Of state affairs
And wondered if
I really wanted to be . . .
Queen Victoria.

Sandy Davies

DE PROFUNDIS OR ENOUGH IS ENOUGH ALREADY

I do not like thee, Doctor Sim -
The reason?
It's not just a whim!

You make me feel
I'm what I'm not;

And have no right
To call the shot.

You look for what
Does not exist;

What's past is ended;
Want a list?

A foot made straight.

One's fingers crossed,
One waits to heal.

No other being
Knows what I feel.

Pain there has been,
But not for long;

The costly intervention,
More than a song,

Has proved so good.

Now waits me
For a knee

Renewed to be;

If like the left,
'Twill heal right well;

Praise be to doctors,
Nurses, surgeons, all;

For skill, compassion,
Sympathy and care.

They change a life,
And more,

They comfort
And well-being

Do restore;

Some foolishness
Along the way,

A frankish clinic
On distant shore,

So many faults

One almost wept
In disbelief;

That someone of a certain age
Be aged by extra eight more years.

A pity too
They spoke no English,

(Except for very few).

Perceived disaster?
Could have been -

A wise reprieve?

We'll see!

You are old, Father Poet,
The young man cried,

And the truth of this
Cannot be denied;

I agree, the poet replied;

What you have said
Is quite inspired;

What can I do
To rectify

What has clearly
Made you mortify

My whole existence?

Yet I survive,
Am still alive;

Death will arrive
No matter
How we strive.

I do not like thee, Doctor Sim;

The reason is -

You're far too prim
And proper:

In your diagnosis,
There is, I fear,
No comfortable prognosis.

Geraint Jenkins

A HAPPY HOME

'A happy home, have we known here,'
Said Mother, 'mew, mew, mew!
But Tom, you must be leaving us,
Our mistress needs space now.
Just watch me, as I show to you
A few of my old tricks,
Then charm that lady over there,'
She looked at number six.

Tom went and lingered at that door,
With patience did persist,
The lady later did appear,
His purr could not resist.
Then did the milk begin to flow
Down to a little pot,
So, thirsty Tom lapped it all up
And wasted not a spot.

A performance of perfection
Would have caused mother's pride,
On hind legs, his front paws raising,
With head turned to one side.
The lady thought him endearing,
Had not seen one so sweet,
Her family then increasing,
To make her joy complete.

The lady found a gorgeous pet,
So, answered was her wish.
Tom just purred in a happy home,
With fish - glorious fish!

Donald J Price

FAITHFUL FRIENDS

Our hearts were broken one sad day
When George the cavalier passed away;
He'd been our friend for ten long years,
When our George died we both shed tears.
The vicar came to talk us through our grief,
His kindly words of comfort brought relief.
We thought it nigh impossible to find another friend
But way up at East Runton our search came to an end.
Four little golden bundles lay huddled in a pen
The problem was which one to choose,
The Lord was with us then!
A black-faced puppy left the pen, whatever all the fuss,
We named him Dougal there and then, for he had chosen us!
Lhasa Apso was the breed, the first we've had as yet,
Friends to monks in monasteries, all way from Tibet!
We felt that God was with us at this time in our life
As He is with us all the time through sorrow and through strife.
God read our situation; He met our deepest need;
He guided us to Dougal, a miracle indeed.
I often marvel every day, especially of late,
How can a dog so very small, fill a void so very great?

William J Bartram

LOVE IS ALL

Love is the dolphin as it swims in the sea,
Love is the light as it shines on you and me,
Love is the tide as it rushes to and fro,
Love is the baby with a beautiful bow,
Love is all that there ever could be . . .
Love, love like a beautiful tree,
Is there to enfold thee
Always and forever -
Love will be.

Val Backs

OUR LOVE

(Dedicated to my Bruce who died in January 2006)

'I promise to love you now and forever
This ring is the circle that binds us together'

This is the inscription on our new rings of gold
And this is our love story I think should be told

When we first fell in love I was only fifteen
He wore a smart leather coat and rode a shiny machine

We rode out on rallies in the rain and the sun
We won lots of trophies and had lots of fun

It was April '55 that we got wed
We bought a house, table and chairs and a bed

We couldn't afford more furniture or even a shed
So we kept the bikes in the front room instead

The children came along in due course
Then the bikes had to go cos they wanted a horse

We kept lots of horses over the next thirty years
We had lots of laughs and shed a few tears

When the kids all moved out the last horses were sold
So let's have a new bike, we're not too old

We bought this gorgeous 'Race Replica' - almost new
Had matching helmets and leathers in white, red and blue

So forty years on we're riding again
But only in the sun and never the rain

This year we've been wed for fifty years
The family came round and we had a few beers

We've sold the bike now but we miss the speed
A nice open sports car is what we need

So we're searching the ads for something we like
But will it ever be as good as the bike?

So this is our first fifty-three years together
And we've promised to love now and forever.

Audrey Amphlett

CHASING BUTTERFLIES

On a very merry day
In the merry month of May
One fine spring afternoon
While the sun shone in the sky
I went chasing butterflies
As the wild birds sung, a merry tune

I crossed golden fields of wheat
On my very own two feet
Chasing after those many butterflies
They flew up, and then flew down
Some were coloured golden brown
Others as white as clouds up in the sky

I travelled fields of daffodils
Over streams and over hills
And I met great strangers on the way
Some were young and some were old
And quite a handsome tale they told
So I stopped to hear what they had to say

Their words were true and fine
And they sure did pass the time
Which was further on than I thought
So I said to them, 'Goodbye
I am chasing butterflies
And there are so many to be caught.'

I ventured, fields of buttercups and daisies
And dandelions so lazy
I saw foxgloves and bluebells as well
Climbed over old stone walls
And gates, both big and small
Sometimes I even stumbled and fell

Yet still, how I did run
Chasing butterflies was fun
Though they took me through Whin, bushes yellow
And I ran without a break
By a forest and a lake
With a feeling which was strangely quite mellow

And as I travelled on
While singing some old familiar song
Those butterflies were always up ahead
Then when the sun went down
It was time to turn around
And go back home into my tired bed

But I still recall that day
In the merry month of May
When the sun is high in the sky
And when I hear the wild birds sing
In the blossoming spring,
I think I'll go and catch some butterflies.

Patrick Gormley

SUNSHINE

Check in at Stansted, date 16th May,
Family off on their holiday.
Eleanor enjoyed taking from conveyor belt,
Everybody's case, tired she obviously felt.
Temperature change in Palma was very hot,
Collected two cars before we forgot.
Destination Villa C'an Miguel,
Accommodation pretty swell.
Plenty of space for everyone,
Poolside games so much fun.
Supermarket not to be missed,
Buying such a mega list.
Voices echoed an exciting cry,
Found this toy shop, what will they buy?
Scorching sun, lovely beach,
Returning journey, pool must reach.
Collecting views people said,
Cracking time by the med.

Sue Jordan

THE WINE TASTING

I took the glass tentatively, its foot in my hand,
Carefully avoiding, holding the wand
Shaped stem, but steadied the whole,
By holding the rim and not the bowl,
Of the crystal claret glass given the role.
Observing the wine for the first time,
For a ten second count to determine,
The visual properties of colour, clarity and depth,
Feeling the quality, hiding the breadth
Of my ignorance;
A rich ruby-red, tantalisingly deep, yet clear,
Which I'm assured is 'good for the year'.
Proclaiming it safely 'un jolie robe',
Its intrinsic qualities further to probe,
By swirling it gently, to give it more air,
In the footheld glass with an accomplished flair;
Sniffing sharply and shortly, two or three times,
Eyes closed to intensify the message to the mind,
And finally in concentration, taking a good-sized sip,
Mouth-held and chewed, before the unaccustomed spit,
Allowing the wine-soaked palate to savour the taste,
For greater appreciation. It isn't a waste.
'Promising, interesting,' inoffensive to say,
For those like myself, feeling their way,
Not knowing who has passed the test,
Was it the wine or was it the guest?

Jennifer Rossington

POETICAL MAN

Slave to the written word,
captured aloud in my head:
I've got a pen in my hand,
to put this poem to bed.

Think. Think. Think.
All that I've wanted to say;
typed on a screen and converted to ink,
filling a page this way.

I'm a poetical man.
I like a poem to rhyme:
I've got a song in my head,
and words that need to be put to bed;
it's just a habit of mine.

I've got a pen in my hand;
a poem or song in my heart:
meter and rhythm supplied by the band,
that lurks within a cerebral land,
and words that I have to impart.

Pause. Pause. Pause.
Is this a waste of time?
Who is here to give the applause?
If publishers cower behind closed doors,
no one will hear this rhyme . . .

Simon V Marshall

MR TRUTH

A darker place you would never find,
Than in my body or in my mind,
Then one day Mr Hope came along,
And helped me to remember a song,
That made me smile just for a while,
Before Mr Darkness had happened along.

The two men set each end of my table,
When all at once Mr Hope was able,
To cleanse the spot Mr Darkness had left,
With a ray of light he found on my shelf.

Life depicts the right from wrong,
And who on earth will sing the songs,
That made us smile just for a while,
Before the darkness happened along?

And should we listen to life's lament or,
To the songs that were meant,
To make us smile just for a while,
I believe with all my heart,
That this place is just the start,
Of the time for Mr Truth.

Sian Davies-Laidlaw

GROWING UP

Now my fledglings have left the nest
Why must they fly from precious years?
Those newborn eyes that softly slept
Are open wider now to stronger tears
Young buds bursting to grow
Proud, mature and strong
Is motherhood a shell when they go?
Does this aching heart to them still belong?

Olivia Hicks

IN HARMONY

I sit and wait for the telephone to ring,
Just to hear your voice once again,
My voice is harsh,
I can hardly speak,
Oh let's get together,
Cheek by cheek.
Why waste time,
When love is in the air?
I want to feel good,
And not have a care.
To lay in the grass with you by my side,
Making daisy chain bracelets,
Just having fun,
This is where it all begun.
To hold you close,
Tenderly stroking your face,
Tingling sensations all over the place.
Being close to you
Is being out of this world,
Lips searching and finding the right place
Complete love forever,
You are my hero,
My knight in shining armour.
I would go to the end of the rainbow,
To find you a pot of gold,
Nothing is more exciting,
When I have you to hold.
To walk side by side,
Watching the birds fly from tree to tree,
To walk in the heather,
Chasing the clouds.
With your arms tightly round me,
I feel safe and sound,
I cannot live without you,
You have taught me everything I know,
Yes! You are my love,
Forever we will be,
To live together,
In harmony.

Shirley Cowper

FOOTBALL (WORDS TO MATCH OF THE DAY)

Come on, let's play the game of football,
A happy, cheerful game.
Come on, let's play the game of football,
And win the cup again.
Come on, let's play the game of football,
The crowds do cheer and shout,
Tra lah lah lah lah lah lah lah lah
That's what it's all about.

Come on, let's play the game of football,
Let us make a start,
Come on, let's play the game of football,
Who will lead us out?
Come on, let's play the game of football,
The manager says 'Go'
Tra lah lah lah lah lah lah lah lah
Come on boys, let's go.

Freda Lily Lawrence

LOVE MAYBE?

Love comes,
Love goes,
But where it goes to
Nobody knows.
It flies away
On the swiftest cloud,
Leaves us bereft,
Eyes red, head bowed.
Love comes, love goes,
But love comes back
On rainbow wings.
We are uplifted,
How our heart sings.
Maybe this time love will stay,
This could be our lucky day.

Maybe!

Ivy Allpress

A BUBBLE

I am a fresh-blown bubble,
Just born with lots of care.
I'm undecided if I'll burst
Or fly into the air.

I'm yellow, blue, some red and green,
Six inches is my size.
I hover round the patio
But the sky is still my prize.

I've almost hit a garden chair,
I've just skimmed past a fence.
I've cleared some hedges and a shed,
I wobble as I dance.

So now I'm soaring, oh! So high,
I never will come down.
I've cleared the eaves of houses
And I'm heading into town!

Goodbye young child way down below,
The world now lies in store.
But a cheeky bird just pecked at me
And now I am no more!

Joe Hughes

START SMILING

I'm pushing the demons away
Smiling through another day
I've got someone by my side
Who saves me from the raging tide
He's the one that keeps me strong
Gently corrects me when I'm wrong
He wipes away my tears
Protects me from all my fears
There's no battle I now can't win
Not sure what I'd do without him.

Meg Pearson

I STOOD AND LOOKED ACROSS THE SEA

I stood and looked across the sea
To the place where it's kissed by the sky
I could not see the sail of a boat
Nor hear a boatswain's cry.

I looked behind at the shuttered house
At the empty table bare
At the flowers strewn across the floor
And realised no one was there.

I looked across the sea again
And scanned the horizon hard,
I moved closer to the harbour wall
But found my way was barred.

The sun was hot it baked the ground
The air felt close and warm,
I turned my head I heard a sound
The sound of a distant horn.

I moved towards the shuttered house
And pushed at the wooden door
A bird flew out and squawked its song
That made me fall to the floor.

I looked towards the distant hills
At a movement far away
The sound of the horn was louder now
Which meant I could not stay.

I rose and entered the silent house
My heart beat hard and fast
And there, curled up in the corner
A body whose face was masked.

I stretched my hand out to the head
As the sweat ran down my brow
I bent and pulled at the blood-stained mask
And recoiled at what I saw now

Out of sight beyond the mist
Their muscles stained and tore
As the whip struck their bleeding flesh
The captain called for more.

I ran out again to escape the sight
The horn was louder still.
The thunder of the marching feet
Bringing death closer gave me a chill.

I stood and looked across the sea
To the place where it's kissed by the sky
Now I could see the sail of the boat
But they could not hear me cry.

No they could not hear me cry
Nor would they see me die.

Marion Gibbons

VE REMEMBRANCE DAY

*(In remembrance for all the unsung heroes World War II -
the last reunion - Normandy Landings (France 2009))*

In those long, dark, dreary days of war
When our country fought against an evil force
On battlefields, our brave heroes trod the soil
Pushing forward, towards the enemy lines they toiled
In battle many a friend was lost
The sorrow, the pain, the heavy burden cost
Men on land, and sea, and in the air
Bravery so great, those men fought, to dare
With courage, so gallantly,
For our nation to be free
We should never forget the ones
That never made it through
Who gave their lives, for me and for you
And those who came back, to savour victory
To tread on soil of England, for all to be free
From dictatorship and tyranny
So honour all the brave on VE Day
In our hearts, let us pray
For those with God, whom now sleep
Eternal gratitude, to all who brought us peace.

Patricia Johnson

EVERY DOG HAS HIS (BAD) DAY . . .

I was sniffing around the forsythia,
and watching for pussy-next-door,
When this hairy thing popped out beside me,
and landed in front of my paw.
Well, I thought, they'd been down to the pet shop,
and bought me a lovely new toy,
(They do it to show that they love me, especially if I'm a good boy).
So I gave it a tap on the bottom and sat there to watch it perform;
As it shot twenty feet down the pathway,
I excitedly dug up the lawn . . .
The hair on its back was all bristling as it disappeared
under the hedge.
In a mad dash across boss' garden, I ruined the best of his veg.
My imagination ran riot! Curiosity held me agog!
I was sure they'd at last found the answer to satisfy
every bored dog.
Unpredictable, playful, elusive, sunny days seemed to stretch far ahead . . .
In a fluffy of anticipation, I rolled on their prize flowerbed.
Scented rose petals scattered in panic as my wagging tail went quite amok,
And unused to such violent treatment, the bedding plants went into shock!
But I was deliriously happy! How clever these humans can be!
Inventing a toy with potential, entirely to please little me.
So, whining and yelping with pleasure, my nose found
the place where it hid,
And I tore a large gap in the foliage, preventing its
last escape bid . . .
But now comes the bit most amazing, and the
part I can't quite comprehend.
In disgrace I've been sent to my basket, for it
seems I'm no longer his friend.
But I've gathered from all the commotion,
that this 'thing' wasn't meant for my fun,
As our neighbours keep pets for a hobby, and . . .
their guinea pig mislaid his run . . . !

Rosemary Ann Shaw

LIFESPAN

Nobody rates old men
Lost in recollection of their past;
Grizzled chops and sagging flesh,
Unkempt as if they had not washed
In decades of neglect.

Were they born like you and me
Dewy in their birthday suits?
Cosseted by mum and dad,
Uncles, aunts and family friends;
The focus of adoring eyes
And helpless in their infancy.

Helpless now at eighty-three,
They soil their pants and spill the soup;
Their trembling fingers fail to grasp
A knife and fork;
They totter weirdly when they walk
And babble nonsense in their sleep.

In young men's eyes
They're mouldering stumps;
Were never young or ever loved;
Sour residue from humdrum days
Wasting away, and wasting space.

But like long-buried swords and shards,
They have their histories.
Some fought in deserts, some at sea
Some in the void below the stars,
Tiptoeing tightrope lives
When life was touch and go.

They knew forbidden fruits and ecstasies
And suffered stabs of conscience for their pains;
They plunged in foetid pools of prurience
And revelled in the whirlpools of excess.

They're rubbished now and spent,
Imprisoned in a sterile cell alone.
The world has passed them by,
Leaving them to fester on their own.

Ray Racy

REMEMBERING . . .

Lonely, as I walk the paths
Where you used to tread.
Sometimes I think I hear your voice
Although I know you're dead.

Lonely, as I take our dogs
Their daily woodland walk.
Memories come flooding back
Of how we used to talk.

I know you told me 'Don't look back' -
That's harder than it seems.
I try to lead a busy life,
But still I have my dreams.

I realise there was no way
You could have lingered on.
I hope that, on a far-off day,
I'll follow where you've gone.

Dawn Rickatson

THE OLD ASH TREE

How old it is, no one would know.
Isolated in a quiet street,
From a forest of long ago,
Alone in a sea of concrete.

So tall, it dwarfs all else around,
Its trunk is ivy covered,
In the autumn, winged seeds abound,
Wafting, then by rough winds scattered.

Above the roof tops towering,
This mighty tree stands supreme,
Long may it stay, be enduring,
Before it turns into a dream.

Lilian Owen

A STROLL ALONG THE RIVER

As I sat along the river just the other day,
Staring at the boats and yachts and a life that still could be.
An old man stood facing me, appeared from I don't know where,
From no direction did he come, was he ever really there?
He spoke of a reunion, young soldiers who he fought with fifty years ago or more,
But he pictured them as seventeen years old,
And remembered all the horrific sights they saw,
I watched him battle with himself,
To act like he forgot,
How him and his young soldier friends forced to watch the nurses who were shot.
A sad old face, painful memories in his eyes
Bewildered at a system who'd filled him full of lies.
Our eyes stared quite intently,
Before he shuffled on his way,
I wanted to run after him with something comforting to say.
To tell him that we'd learnt,
It wouldn't happen anymore,
Where prejudice is a thing of the past,
Like greed and power and war.
Another time, another life, another world maybe,
I often think of that old man,
And his ghosts he shared with me . . .

Jan Anderson

THE HOPEFUL MELODY

Words fall out with great sound, but no meaning.
Masked with the ruse of intention, but only the sounds are heard.
The trumpet played as if once with meaning.
But the record now old, is just played in habit.
The tables are turned, and the attention is drawn.
The meaning of life is lost on a subtle note.
Unheard by the well-meant, muffled by the sounds of their voice.
Life continues to go on.
One day the music will again play,
And with honest intent, not fall on deaf ears.

Marion Ong

A FIT OF GIGGLES!

A fit of the giggles
I couldn't speak
Locked in gigglin' as I
So locked in . . .
It made me fair cry!

They say for the soul . . .
For the soul this is good
I would walk on water; this day
That I surely would!
But I'm saving myself

To save myself
For a better time
Walking on water
Feels quite fine!

We can do anything
Anything at all!
Meditate on it
You know it is your call

No need for a moral
Meditate on these lines
It will come to you
In these trying times!

Simone Summerscales

THE RIPPLING STREAM

The rippling stream bursts into song,
As it goes merrily along.
Washing the stones as smooth as gold,
Together they dance, friends of old.
Silvery fish shine in the sun,
Darting about then they are gone.
The kingfisher swoops, darts and dives,
The river sustains many lives.
The fox drinks, as along he creeps,
The stream goes on, it never sleeps.

Joan Williams

WRITING POETRY

As years have gone by
I find now that I
Can write a verse, at
The drop of a hat.

Well fancy that, at
The drop of a hat.
Who would have thought it?
Nobody taught it!

I must just love verse,
It won't fill my purse,
But the rhythm plays
In my head always -

Compelling me to
Send verses to you -
It's really a laugh,
Quite driving me daft!

Couplets suffice here,
Simple and yet clear.
But rhyming's a must,
Blank verse I distrust.

Poetic maybe,
But I cannot see
The point, it's just prose,
A non-scented rose.

But each to his own,
Such skills we must hone,
The thrill of writing -
Then the publishing!

Janet Bowen

TELEPATHY

My thoughts have slipped my world asunder,
I cannot help it, I'm sinking under.
The speed of a heart, the thoughts of a mind,
I'm falling so fast it's starting to unwind.

It started with hair and moved to this,
All I can think of is that night of the kiss.
The darkness, the journey, all in its worth,
What pleasures and interests this feeling can birth.

I think of the next, I think of the now,
I'm losing myself and cannot see how.
I was able to hold against it for so long,
Feeling so right and yet ne'er so wrong.

Admitting he writes about me in his way,
Am I a thought that he gained today?
Into his book, never to be read,
Beyond his eyes these feelings are said.

Scribbled down and turn page to the past,
I'm written and added, will this thing last?
Take all of a person and write it down,
Into a page, a smile, a frown.

I'm turned immortal, preserved in a page,
And yet in this moment I still age.
So I'll do the same and write of him,
But I know now this is no passing whim.

He intrigues me and motivates my very core,
I smile and laugh, in his presence I soar.
Show my best in ways to see,
In the hope that he'll let me be.

Let me live my life with or without,
Him and his diary is what it's about.
I tempt myself with just one read,
In a word, a paragraph, a single seed.

But I wouldn't do it, I never would,
Because leave it alone, his diary, I should.
To read his mind in such a way,
Would spoil the moments beyond today.

If telepathy-blessed I could read his thought,
That if it were me he liked, it's him I've caught.
But that would just spoil the fun,
Of liking, of loving, of finding the one.

Paul Neal

MY GARDEN

My garden's where I love to be,
Morning, noon or night
No matter what the weather,
It fills me with delight.
Every day there's something new,
To smell, to see, to touch.
From tiny seed to flower head,
I love it all so much.

The humming of the busy bee,
As pollen it collects,
Water in the garden pond,
Upon which the sun reflects.
The singing of the many birds,
Who feed upon my lawn,
Tiny creatures that come alive at night,
And disappear at dawn.

The butterflies who flit about,
With colours oh! So bright.
Frogs and toads who leap around,
And croak with all their might.
I do not need to have great wealth,
Or the largest house in the street.
As long as I have this garden,
My life is made complete.

Marion Brown

HARROW HILL

Wooden bench behind the church;
A view of London
And a sun-dial;
All the while plagued by wasps
Which pock-mark
The healthy skin of autumn,
And won't leave me alone
Until darkest, starkest winter
Has chilled my bones,
And the wood on the fire,
Not that behind the spire,
Is that to which I aspire.

In fleeting, unwasped moments,
Nonetheless,
I guess at what Heaven is like.
The healing Saturday morning silence;
The frail wagtail
Hopping in and out of my brain;
And the tired, fallen leaves,
Accepted as flawless
Wherever they have lain,
And even though I've flattened them
Again and again
In hopping to my perch
Behind the church.

Even the graffiti cannot scar,
However much it may mar
Sun-dial and bench
Milestone and gravestone -
Places, at least, chosen without prejudice -
There to remain an unreported crime
Until the verger half-erases it in twelve years' time.
But men will be men
And the red pen will rise,
Sometimes to love, more often to despise.

No, it cannot scar.
Broken people matter,
However much they splatter
Our false Heavens
With reminders of
Bloody earth.

No, no, it cannot scar.
And yet, somehow,
I'd like to go now.

Down the hill again.
I'm sliding on mud
And the silence has gone for good.
Boys whose accents are their future funding
Trundling along in boaters,
Floaters
While all around them sink.
I don't think
I'm such a nice guy any more.

And then I reach the foot of the hill
And people and thoughts crowd in at will.
Black and white, they own my day,
And the sun goes in,
And it's cold and grey,
And the wasps, like me,
Have lost their way;
We retain our sting
But we're dying anyway.

And I'd thought myself
A saint among men
Because I write my graffiti
With a different-coloured pen

But Harrow Hill has left me
And I'm down to earth again,
With the leaves, which now are wetted
By the fetid autumn rain.

Keith Edghill

CHRISTMAS EVERY DAY . . .

A balcony, the sun's glare shaded with a gay, striped blind.
Three empty wheelchairs waiting to be filled.
A caged canary basking in the warmth.
Sunlight glinting as glass doors push wide.

Then slowly, with a wheezing, shuffling step,
An old man, white-whiskered fringe
Framing scrubbed pink face, rheumy sightless eyes,
Supported gently by a smiling, pretty girl.
Loving care-attendant in an old folks' home.

'There you go Syd!' He's lowered safely to his chair.
A gaily-patterned blanket is wrapped around cold knees.
Two more old men are settled, comrades in a home.
The canary, roused, sings within the confines of his cage.

3.00pm. Tea trolley, rattling just beyond the door.
'Here you are, love!' A cheery call as tea cups clatter.
'Have a biccy!' 'Thanks' A shaking hand,
Arthritic, trembling, reaches out.

That kindly care assistant can never know
How those old men, detritus of life,
In their youth cared on a wider scale than she.

When that same swollen-fingered, frail-seeming hand,
Defused a long-forgotten count of UXB's.
Or how a blind and helpless Syd, listening now to caged canaries,
Guided many a daring mission, in the no-man's-land of war

And Bill, and Nobby, and all the unsung heroes
Of yesterday's parades, can sum it up, like Syd,
As he gives a senile chuckle when he takes his cup of tea,
'Pretty girls, choccy biccies,
It's like Christmas every day, being here!'

Marjorie Chapman

HURRICANES

Hurricane, hurricane, hurricane
You come between me here
And my daughter there.

Thousands of miles and I feel your blast
Hear your power
Having experienced it just once.

All this devastation you bring between us.
I feel safe with just a north-easterly
Reaching sixty or seventy miles at most here
There on tenterhooks, sometimes hiding in the bath
Or under the house.
Just time to crawl under with the cats
And the odd snake which bides there.
Hurricane, hurricane, how I wish you would soften your face
You have just killed and made homeless a few more souls
Out there - in America.

Pamela Gibson

THE COMMON HOUSE FLY

I saw you little fly,
as you went winging by.
Where oh! where are all the others?
Where are your sisters and brothers?
Years ago you were here én masse,
now I seldom see you pass.
Pardon me for being so rude,
I never liked you contaminating food,
or busy around the windowpane,
nor stuck to the flypaper on the frame.
Has climate change caused your demise?
Or is refrigeration to blame for no flies?
Your absence makes me feel so glad,
the end of your species makes me sad.

Winsome Mary Payter

188 RUSPIDGE ROAD, SOUDLEY, FOREST OF DEAN, GLOS

She lived there tens of years ago,
When she was a growing child, now the house
Has fallen down, the garden overgrown and wild.
The address has an urban ring,
Reality held no such thing, with entrances
From either side, by gully, or by grassy ride,
Down from the twisting, tree-edged road.

The garden had a water well,
A shaft of slate straight into Hell!
And where the house cast down its shade,
Ground elder foiled the garden spade.
Often on a sunny day adders zigzagged
On their way, towards the wide brook's muddy brink.

But visitors would only see the cherry
And the apple tree and peonies on the path
That led towards the honey-suckled shed,
It was the coal and winter store,
Cool and dark, without a door.

The sun has sunk below the trees,
Coldness creeps in on the breeze.
The shed is now a gaping hole
That spreads disquiet through the soul.

Time to light the oil lamp,
Prime the fire against the damp.
Close the shutters, keep away
Monsters that come not by day,
Demons from the slate-lined deep
That terrorise the daughter's sleep.

Betty Duberley

THE INVISIBLE VEIN

Immaterial, intangible, a most powerful thing,
Love pervades us all, the highs and lows that it brings.

It's danger; it's beauty, enervating the most robust,
A mystical, magical entity, its greatest ally is trust,

With trust it blossoms and numbs and protects,
Love in full bloom crushes boundaries, no regrets,

Nothing seems mightier than a love in full swing,
Warmth, delight . . . innumerable, wonderful things,

The power of love lies in the weakness it bestows,
Those in its clasp don't care, can't direct where they go,

An enigmatic, unpredictable, amazing matter,
He who falls from its heights could be no flatter,

The loss of love knows no bounds,
That wonderful manifestation turns . . . in that cloud, one drowns,

The bleakest place is a lonesome love-lost pit,
That 'something' missing, that inexpressible hit,

Realisation of indescribable, unfathomable feelings,
The loss of their comfort, leaves the lovelost reeling,

Bitterness inevitable at such a blow,
Yet on the fire of anger, time begins to snow,

In appreciating the enigma and power of love,
Its possibilities and capacities above,

Accept it, embrace it, no one can ever control,
The power in life that makes the world roll.

Rosie Donaldson

MY OAK TREE - MY FEELINGS ON 14.11.2008

You have been a source of love to me for a month now
And decided you no longer want a physical, intimate relationship
Just want to be friends and work together in my company.
With your age in mind and all the life experience you have,
You still manage to be so naïve and ignorant of women's emotional system
- referring to women like me of course.
Not the kind of women who take a highly paid job
Including willingness to provide sexual relief for a married boss.
I am not a piece of technological equipment
You can adjust and program to suit your needs
But a warm-hearted, loving creature, full of natural impulses and desires
full of energy, love, sex, jealousy and the need to be the only one for you.
Fully capable of listening to whom you are, what you have done
And where you might be going for a while.
Fully capable of taking my own decisions whether I would want to be part of your life with your prospects and possible imprisonment.
Fully capable of feeling if I could live with this situation so you are hurting my feelings when you word the spilt up as
'This would be better for you - you deserve a better bloke than me,' when the real reason is that you have gone back to Mary - the woman you told me was your ex-girlfriend and a little further down the line had split up with again all of a sudden - so now you were a bit blue sometime in September,
alternatively, it is someone else you direct your feelings towards,
I am not clairvoyant and I do not check up on you
But my instincts and intuitions rarely fail me.
In my case - dear oak tree -
You have cut the branch of the willow tree you were sitting on.
There is no possibility of us working together in my company if I have to suppress my desires and love for you.
This is how I understand.
I love you but I also love me a lot.
The willow tree.

Sussi Lassen

CRYING FEELS SO GOOD

Sad songs are my favourite
Sad loves songs I love even more
Because I like to feel sorry for myself
I like to hear them as I cry
Lick the tears before they drop to my chin
It's like a little game
Use my shirt instead of tissue to blow my snotty nose
While I cry on an on
Loving the sounds I'm making
Getting out of breathing thinking 'bout him
I stop
Asking myself who he is
I'm crying for someone I don't know
Yet
My eyes are wide open
But really puffy
I take my glasses off
And wipe my snot and tears with my hands
Bang my hands on my thighs as I try to hurt myself
Try to get my mind out of hurting
By making me hurt physically
Saying over and over I won't cry no more
But I know I will
Because I like it
I like the way my cheeks go red
Like I've got blush on
I like how my nose looks all cute like I've got a cold
And my eyes all puffy like I just woke up early in the morning
'Cause I got a call from you
I love the crying 'cause that's when I get the best sleep
I get straight to it
Dreaming about the thing I'm crying for
And it feels so good
I wake up the next morning feeling good about myself
Then I cry again
Not because I love it
But because I love you.

Beverley Kuffour

OUTSTRETCHED ARMS

Love crept through the window
Onto the pillow of my dreams,
A love that showed me
With outstretched arms it seems.

Voices and faces quite clear
Some of present and past,
Some that brought me fear
Making my heart thump fast.

But then in the glowing light
I saw a face that made me smile,
It was a friend I knew quite well
And that face made me happy for a while.

Places and people flashed through my dream
Where love didn't seem to exist at all,
That brought great sadness to me
I wondered why they had come to call.

Were they looking for forgiveness?
My subconscious fought this theme,
Why after all this time did they feel guilty?
Guilty of not giving me love it would seem.

There was no cuddle, there was no hug
In my dream the tears flowed quite free,
My dream of being loved was fading fast
This little child had his arms outstretched to me.

I picked him up and held him so tight
I kissed him and told him this was love,
And never to be afraid again in his life
Because he was loved by the Lord God above.

Anthony Hall

BLOOD ON THE PAGE

Blood-stained pages in a book
On the table lies a dagger
A page is ripped and bleeding
No one can stand and watch
As the bloody writer gasps
His last breath
He says he can't write anymore
His pen is out of ink
His body is out of blood

And the writer is dead
Or that's what they said
He was finished, all washed up
No one liked the book
So no one gave it a second look
Passed judgement at first glance
And on his grave they danced
Digging in the knife
Twisting, to wrench it free

And who is really dead
The writer of his book
Each page torn from the heart
Only those on the last page will know
Who brandishes the sword
And deals the final blow?
No new utterances to be read
So the words on the page
Are only recollected in our head

The critics kill both today
With rapier tongues
In a sharpened voracious blight
But does anyone really care?
In the post modernist glare
Publish and be damned
Must we accept that's the writer's life?

David McDonald

TURN OF THE TIDE

Layers of white lace
Cling to the grey-green swell,
    - White sea horses,
    Manes splayed wild, -
As the heaving ocean
Soars to a rolling boil.

Breakers crash against Man's defences,
Flinging a white-hot fury of froth
High in the air
Hissing and drenching on land
As it falls to oblivion
Instantly,
Only to crash and hiss
            crash and hiss again
                        and again.

Frail white sails
Flail, helpless, like fragile feathers
Tossed and buffeted
As they tack the shore-line,
Their pilots raw-alert, every sinew and nerve
Taut with the thrill
As they pit their wits against
Wind,
        and storm
            and sea.

Seagulls wheel
And fly backwards.
Kids on the jetty
Lean in to the wind
And laugh at the power that holds them,
Their laughter lost
In the howling roar
Of the Eye of the Storm . . .

Clouds
Shroud out the headland,
Cloud wrapped around cloud
Around cloud
Of dampness that seeps
Through to the skin,
                the bone,
                        and into your very soul.

And the tide recedes.

The wind blows home.

Ships on the horizon
Vanish like phantoms
Into the grey-damp mists
Of nothingness . . .

Layers of lace cling to the crest
Of the never-still shore-line
Fringing the edge of the deep.

Margaret Jude

DULVERTON SUNSET

By distant fields at early evening light
We two as one in meditative thought,
Together viewed ephemeral delight;
Witnessed, as sun, with final passion wrought
Its molten epitaph across the sky.
A wonderment of colourful display
In form and content pleasing to the eye
A grand finale to this summer's day.
But now, as dusk her murky shadow blows
Across each hillock dale and leafy glade.
Anointing with sleep, each flower that grows
And swathing our path with lengthening shade;
In unison we urge our weary feet
Homeward to that dear mill beside the leat.

Audrey J Coldrick

SHOUT

If you feel you have nowhere to turn,
And you're hurting deep inside.
Find the strength within you,
Be brave and confide.
Talk to someone you can trust,
And try not to feel bad,
Because you're important.
You've done no wrong,
And shouldn't feel sad.
Once you've found a person that listens,
The relief for you is immense.
Just talking and being listened too,
Really does make sense.
So don't bottle anything up,
Find the courage and speak out.
Tell yourself, 'I am important'.
Don't whisper, shout.
You will be listened to,
And help is there for you.
Please don't suffer alone.
Unleash your fears and start anew.

Anne Leeson

OLIVES

He brought me a selection of olives
Spanish green olives
Spanish black olives

Pitted
He knows I don't like the ones with the stone
Tangy, juicy, soft
Perfect with feta cheese
Oil drips as I take one
And put it in my mouth.

Nikola Carter

LAND IN A BOTTLE

Streets are now the beaches
Regardless of one's class
Warfare plagues the playground up
A half-mast Union Jack

Bombs have dropped
Time never stopped
Imagination somewhere lost

Homes are now the trenches
A platform to digress
Daily lives in real time
Broadcast on TV sets

Bombs have dropped
Time never stopped
Imagination somewhere lost
Upon the glory fields, glory fields of home.

Daniel James Suttill

A GRANDCHILD'S QUESTIONS

'Is this holiday sand
in my hand?'
With sincerity Suzie asks.
'Will it be here
when I come back next year
so I can play
like I have done today?'
The sand is so vast
And the sea flows so fast
She thinks it may take her away.
Imagination alive
For our little
Suzie
Is only just
Five!

Kathleen Harper

COFFEE TIME

On a damp December morning
In the coffee bar above Waterstones:
A man with grey, curly hair
Vainly tried to dry out
His open-toed sandals
With Costa's serviettes tucked between
His socks and the suede lining.

An older couple with tiny baby
Discussed the fatigue felt
From infant sleeping habits,
Then struggled with their pushchair
Down the steep stairs.

Two invisible men were absorbed
In the soccer pages
Of their broadsheets
Trousers showing
From the knees down.

Three students dissected
Their seminar workload
Across a table crowded
With lever-arch files, biscotti
And chocolate-froth-rimmed beakers.

A pair of wise women held an
Enlightened conversation
On the glory of the Greens
Over the largest
Cappuccino in the house.

Taking time out
For a coffee break.

Melanie Edgell

TO CONRAD'S HORROR

The ocean is so blue as to be meaningful.
It's only in the dead of night, right
At the end of the pier
Where dreams can be analysed
And swept aside
Into the dark, cold grave
From which they first came.

So go.

Go get your thrills and your spills
In the Hollywood Hills.
Even if it kills
A legend could be born,
Before being torn
Asunder, back
To the silent era,
The Golden Age
Of film and theatre
In which tragedy trudged
Hand in hand with comedy,
Clean across the city,
So long as Broadway remained
Receptive to the latest
Cocksure advances.

The past is so deceptive,
The horror? So romantic.

Stephen Rudd

UNITED (WRITTEN FOR MY WEDDING DAY)

United together, here we stand
Walking together hand in hand
Two hearts that beat as one
This love is stronger than the sun

A special day of your life
Coming together as husband and wife
Helping each other through good and bad
Although sometimes you might feel sad

An unknown adventure is about to begin
Blossomed from your love within
Take the time to show you care
So your partner knows you're always there

The seed's been planted, deep inside
Never lose sight or try to hide
Show your love every day
Reminisce of this special day

The love you hold feels so strong
Living with you till the day you're one
This person forever in your soul
Finally making your heart feel whole.

Vicky Bowles

TINKERBELL

Funny, mischievous, a bundle of fun
Beautiful eyes and always loveable
When we first saw her we knew she was the one
An intelligent pussy cat that was so adorable
You are always with us, every day
Our garden flowers brighter because of you
A candle is our pathway
To sit beside you and sharing a part of you in every way
As the sun sets we smile and remember
The beautiful Tinkerbell who is so dear to us, we watched you grow
Making us laugh and sometimes cry, a puss so tender
Your secret resting place is only for Snowy and us to know.

Marina Reeves

CROSSING YOUR FINGERS

If there's a sudden change in the weather,
Should something bad happen to your neighbour,
When strange things occur for no good reason,
We often see it as an ill omen,
A sense of guilt within our own conscience?
Or is it all just plain superstition?

Is there a way to change our destiny?
What about geomancy, astrology?
Human beings are by nature spiritual,
Fascinated by all things mystical,
Sometimes it's hard to face reality,
Yet so easy to accept fantasy.

Touching wood for luck, crossing your fingers,
Wearing gemstones that have special powers,
Not sweeping the floor on that special day,
For fear of sweeping all your luck away,
Planning big events on auspicious dates,
Counting our blessings to enhance our fate.

Superstition may enrich our culture,
But it should not turn us into monsters,
Why for instance are some people despised?
Discriminated against, marginalised?
Why are certain animals stigmatised?
Must they be singled out and demonised?

So next time you run into a problem,
Don't go around blaming the bad omens,
The answer is not in Heaven or Hell,
If you want the answer, just ask yourself,
We are the ones who will decide our fate,
Don't crumple the paper when you turn this page.

Ken Lou

IN MOMENTS OF DESPAIR

Lie yourself still mine very own Florence,
Nightingales sing your praise.
Lie yourself still mine very own Florence,
And shut your eyes to that worldly gaze.

Open your ears my very own Florence!
Listen to the breaths of spiritual goodwill!

They whisper soft for you my Florence,
For bravery over fear. It's a sin,
Not a sin to feel fear itself, inside.
But only sinful if mortals give in.

They believe in you my pretty Florence
Those breaths of spiritual goodwill are mine.

Rachel Craig

SONNET V

Slowly, without a single sound,
I turn and hide me to the ground.
I give you freedom, give you light
And bind me to eternal night.
I give you love to take away,
I send you to her arms to stay;
I loose the chains that once you tied
And show a face where tears have dried.
I'll no more hold you close to me,
Because I love, I'll set you free;
Because I love you, I can leave
And never let you see I grieve.
Slowly, when you come to me,
I'll turn away, I'll set you free.

Fiona Fraser-Thomson

THE PARK IS MINE

They're all invisible, but they're there to be seen,
Their feet are silent on paths covered with screen,
You can hear if you care to but most refrain,
I'll share it with others who want the same.

The sounds they are deafening if you take time to listen,
The sights they are blinding, close your eyes, you won't miss them,
The aroma so different, let your senses disperse,
But you're only a visitor, the park was here first.

The trees are the shields, the forest, the platoon,
The lake, the refreshments, the war's coming soon.
It's fast approaching, all the fauna can sense,
Now summer's upon us let the battle commence.

The skylark sings more through panic than joy.
'Protect me oh forest, here comes a small boy,'
The marching continues in a disorganised way,
But the shields stand firm to fight another day.

The flora they hope that they're safe this year,
The foxes have hidden in the platoon through fear,
Dusk is fast falling, all will be fine,
The tanks have retreated, now the park is mine.

Melville Campbell

UNTITLED

True love is something special
To cherish and hold dear
To miss someone when you're apart - appreciate when near,
To listen when there's worries
And help and understand,
To work to build a good life
Together hand in hand
So when this true love comes along
Your blessings you must count
This kind of love just can't be bought
Whatever the amount!

Jan Wickens

I'VE DONE SOMETHING SILLY . . .

I've done something silly,
I really shouldn't laugh,
I should have had a shower,
And never had a bath.

You see I wanted bubbles,
To cover top to toe,
And when you have a shower,
Bubbles disappear and go.

I filled the bath with water,
Mixed in shower gel,
And just to make it bubblier,
I poured shampoo as well.

The bubbles started rising,
Then overflowed the edge,
To see just what was happening,
I sat upon a ledge.

I thought it needed something more,
The bubbles weren't quite right,
So I threw in all the bars of soap,
But the bubbles just turned white.

I had to have more bubbles,
So I took the curtain pole,
And stirred a bit of everything,
Into the toilet bowl.

I turned off all the water,
The smell was sweet and lush,
I waded through the bubbles,
Then gave the loo a flush.

The toilet glugged and gurgled,
Glugged and glurged even more,
Then a hundred millions bubbles,
Exploded on the floor.

Bubbles whooshed out on the landing,
Cascading every stair,
One by one the rooms all filled,
With bubbles everywhere.

I opened all the windows,
To let the bubbles go,
Into the wintry cold outside,
My bubbles melted in the snow.

I've done something silly,
I really shouldn't laugh,
I should have had a shower,
And never had a bath.

Leigh Maynard

THE PICTURE PAINTS A PERFECT SCENE

The red, red hair of the ocean forest
Floating equally
The sky-blue eyes are deep with anxiety
A whisper of sound is heard
A thousand miles away.

Ink bursting from a tip, a sailing ship
We're running out, we're running by
We both just want to touch the sky

A distracting noise in a traffic jam
Likes wander through the crowded scene
The scarves hang loosely around
The white, white noise of insanity

Ink bursting from a tip, a sailing ship
We're running out, we're running by
We both just want to touch the sky

The time ticks 14 minutes
The groan of lead scraping wood in its finest hour
The picture paints a perfect scene
The walls I think are closing in
It's time to go.

David Adamson

THE FAERIE UNDER THE MOONLIGHT TREE

When out walking one summer's night,
I caught a glimpse of a beautiful sight,
It glimmered in the cold moonlight
And then floated off to higher heights.

The sight I saw that captivated,
Was pure and true and left me elated,
And could make love shine through the deepest hatred
On this magical summer's night.

As the bubble appeared before my eyes
And before it disappeared into the sky,
I managed to see what lived inside -
A faerie under a moonlight tree.

The small features of the creature's face,
And the tree in the moonlight twinkled with grace,
And the grass that grew there looked perfectly in place
A faerie under a moonlight tree.

The wings that warmly stroked the floor,
Kept so much beauty I stared in awe,
I'd climb inside this world if it had a door,
And sit under the moonlight tree.

Then before I could take another minute,
To gaze at this peaceful place and sink right into it,
A breeze came and the bubble went with it
And they all flew out of sight.

So next time you see a lonely bubble,
If it's not too high up and it's not too much trouble,
Take a peak inside and you might see
A faerie under a moonlight tree.

Hannah Carousel

THE UNREACHABLE

Love is breaking me up inside.
I see her, I want to hold her.
She smiles and looks into my eyes.
If she said hello I would be surprised.
Eyes frostily looking at my face
Hoping I do not look a disgrace.

Butterflies fly inside me.
As she flies around my mind,
The more I want her to be mine.

Paris coming back to thought,
I cannot take more taunting.
Possibly liking me over the person I portray.
Two names written in the book.
Looking on in complete shock.
Feeling like a shining rock:
I am not the only one knocking on her door.

When will be the time to strike?
Is it - take a hike?
Timid of others knowing.
Will they tell her?
She is the perfect piece of art.

The day begins with a 'hi',
At least she gave it a try.
Her eyes locked on their target like a lion on its prey.
She stares over, walking through the door,
Freezes that split second,
Flicks her hair back to reveal her beauty.

She walks closer.
I see her smiling.
Looks at me,
Oh! She is not frowning.
Wow! She must care
Holding, that stare.

Kieran Bark

LIFE'S CHALLENGE

In this world of trouble and strife,
We cope with what is sent to us,
It's all a part of life.
Sometimes we find that life is hard
But God is watching over us,
To protect us and to be our guard.
At times we feel full of despair,
And it seems that life just isn't fair.
Are we fed up with violence and crime?
Do we shut the thought out from time to time?
We must all help one another,
Whether it be friends, relatives, father or mother.
Do you feel that everything is going wrong?
You mustn't weaken,
We must all be strong.
We mustn't give up in time of strain,
After all there'll be nothing to gain.
Do we look back on our lives with shame and sorrow?
Well, don't, you must look forward,
There's always tomorrow.
When bad things happen and we just don't care,
We must talk with our friends,
Our problems to share.
When there is no answer, when we ask why,
You'll have a friend with a shoulder on which you can cry.
Don't dwell on things that happened yesterday
Because there'll always be another day.

Jackie Jackson

ALWAYS GLOW

Nanny, you have got to get better
And if you don't, you will fly up to Heaven,
With the angels and be like a star shining bright,
Dazzling like you were in life.
You meant so much to us and were always there,
To share our dreams and our cares.
Even if you don't return, I know
Your face in my mind, will always, always glow.

I know that you are happy now and no longer in any pain.
For you are with Grandad, together once again
With all our prayers and loving thoughts,
You will suffer no more, although this is a heavy price:
As you will never come back, into our lives.
Many memories I have of you have dashed across my mind
But none compare to having you back by my side.
These memories and images I will forever cherish
And I know unlike life, they will never perish.

I will never regret my last words I was able to say,
'I love you, see you soon,' before you passed away.
And when the tears come streaming down my face,
I will always know I have lost somebody that I can't replace.
I shall think of you as resting from the sorrows and any fears
In a place of warmth and comfort where there are no days or years.
And believe that you are living in the hearts of those you touched
For nothing loved is ever lost -
And you were loved so very much.

Emma Blagden

SEASONS OF MY LIFE

Here sits a woman
In the middle of her life
Surrounded by her belongings
But still looking for the light
She feels quite frightened
About the life that lies beyond
Will she be happy there,
Or sink in life's deep pond?

Her spring days have past
In a flash, a shimmer and a haze
Babies she's been blessed with
In life's confusing maze
She feels her autumn is approaching
Although her summer still hangs on
Why does life pass so quickly
Like the words to a song?

She fears a lonely winter
The cold darkness of the days
The empty hours so endless
Before she fades away
So many people her life has touched
In so many different ways
She longs to be with them
For an eternity of days.

But summer is still here
There's some warm days still to come
Days of bright sunshine
Filled with love and family fun
She looks at her life and smiles
Knowing she's been blessed
Her autumn and her winter
Could still yet be her best.

Nicola Sadler

INDIA

India, my heart is yours.

Roller coaster rides of
Tooting horns
Sacred cows
And dedicated pilgrims.

In your heat
I slither and writhe
And wait, wait, wait
For your relieving rain.

India, am I alone as I weep
To see your children
Arms outstretched
Longing eyes
Living in iron and dust?

Himalayan sunsets
A thousand colours draped on beautiful skin
Air spiced by a million smells
And now I've breathed you
I'll never be the same.

England, your order is stifling,
Overwhelmed by your silence
Waiting for sounds that never come;
No temple bells
No early morning pan-clanking
No wailing sabzi-wala.

Just bland air, queues, supermarkets,
Your own consumer chaos.

England, your lovers are many -
But my heart is elsewhere.

Anna Robinson

MY DAD

See my dad, it makes me sad
He won't be around forever
He's 85 now, still sound as a bell
Still trying to be that football player.

He takes my son, with a flask of tea
To watch the local team
It gives me a tear in my eye, when I realise
Exactly what my dad means to me.

He's always there, in his chair
Doing the quiz on the telly,
He looks up at me and smiles, and says
'Each day's a bonus when I wake.'

'Why's that?' I ask and he replies
'I've had far more years than your grandfather had,'
That then makes him sad,
I expect he still misses his dad.

So I look at him each day, with new eyes
And I smile at my dad, trying not to be sad
When I realise just how much
I love my dad.

Janet Jannaway

IT WOULDN'T CHANGE ME . . .

'Well, you'd feel sick if they came up,' Gran had said
Now we all do the Wednesday draw (as well as, not instead)
'Mind it's not half what it was,' piped Gillian
As we tut at the thought, of a paltry 3 million.

Craig Richardson

TEARS ON YOUR FACE

(In memory of the lost and abused children of Jersey)

Tears of sorrow from your yesteryear,
Nightmares of your past that won't disappear,
Voices in the night that scream while you sleep,
That knife of abuse that has cut you so deep,

Friends that went missing now reappear,
No one could hear them in their time of fear,
Now being relived, your terror of hell,
What you have lived through, words cannot tell.

They say time's a healer but is this true?
Will time erase the sorrow that's inside of you?
The world now knows of what it is they did,
At the hands of monsters when you were just a kid.

Now the time has come, you can stand up and speak,
The nation is behind you should you feel weak,
Tell the people what happened in this terrible place
Don't be ashamed of the tears on your face.

Christopher Cloarec-Pollard

THE PHYSICS STUDENT

Spinning colours, buzzing poles:
Teach me physics, so I know:
Whizzing about me as if in love,
Nitrogen paints the sky above.
Electrons gather, mate and break:
Maintain the world and congregate.
God, I wonder, are You there?
Something must have put this here.
The world: a sentient piece, miraculous art,
It takes my breath, then takes my heart.
People claim that science breaks:
I believe that science makes.

Sarah Jackson

THE DEATH OF ROMANCE

Romance has passed away today
After a long and painful death.
I buried it myself
In the garden,
Below the roses.

Romance has passed away today
After being scratched and stabbed.
You killed it yourself
In your house,
On your bed.

Romance has passed away today
After much suffering and pain.
But its memories still remain
Etched and engraved
In my heart,
In my head.

Ophelia Chamberlain

WISHFUL WANDERINGS

I walk along the lonely shores
Hoping to gather seashells
To take those back to the ones
Who've never seen the sea
I walk across clouds in the hills
Far away from the iron mills
Hoping to smell a sky-blue me
I wake up with the birth of a star
That guides me to a space afar
That sees the sun plunge in the sea
I ain't a poet, nor a seer
I don't have pearls but just a tear
I'm just good old me . . .

Avishek Parui

UNTITLED

My beautiful love, I hope you can see,
How much you dearly mean to me,
My heart would be empty if I hadn't found you,
Our love is so deep, our love is so true.

The days go by and it's clear to see,
I want you forever beside me,
My biggest dreams have all come true,
I thank you for loving me and for being you.

The way you make me laugh and smile,
You make every day of my life worthwhile,
You are my life's one and only true love,
My guardian angel sent from above.

You are radiant like the most beautiful summer,
I know in life there will be no other,
Every day I wake with you beside me,
The most loving feeling there could possibly be.

Hayley Huttlestone

THE SHADOW

When out of the drawer the photograph fell,
It caught me off guard when I saw the look,
And smile on the face I knew so well,
In far-off days when the photo I took.
And the stab of regret was all the more keen,
For I thought I had long got over the stage,
Of wishing and yearning for what might have been.
I took this snap when still of an age
To do things on impulse, without any thought
Of checking to see if the angle was right,
So there, on the photo, my shadow was caught
Reaching to her, in the evening light.
A joining bond needing light to stay
For when passion's flame faded - it vanished away.

Tom Robertson

SUNSET OVER THE JURA

It is warm for April
We sit outside 'Charlie's Bar'
In jeans and T-shirts
Sipping Erdinger and Desperados
Picking at the crisps and nuts
Slowly smoking duty-free Marlborough

Watching the young people with their phones
And laptop computers
Conversing at once with each other
And with the world at large

The sky changes colour
Gone is the cloudless blue
In creep other hues
Purple, yellow, orange, crimson
As the sun goes down behind the Jura

The trees change from light to dark green
An electric storm erupts above the mountains
Reflected in the bubbling fountain
As it rises and falls.

Here we have no rain
Divonne remains warm and dry
As we sit and watch the sky
The lightning flashes between the clouds.

Like the synapses in our brain
Firing one upon the other
Triggering thoughts unrelated
The conversation waxes and wanes
As we sink deeper into a comfortable
Camaraderie
We drink 'To absent friends'.

Words are no longer required
As the sun sets
On yet another day
We are satisfied.

Grant Meaby

ASYLUM

(Growing Old Disgracefully)

My father is a stranger,
a last edition on the shelf,
a shadow of his former self.
He cannot say my name.

Once a frame of strength and vigour,
now a feeble, broken figure
of regressed mind and memory,
devoid of reality.
submerged in senility.
He does not know my name.

A radical demeanour change,
aggressive persistence,
involuntary incontinence
warrants medic intervention
and damage limitation.
Perhaps he will say my name.

A routine diagnosis,
arteriosclerosis,
non compos mentis.
He needs reorientation
and expensive medication
which NHS refuse to give.
Care is palliative,
prognosis diminutive.

Recommended confinement,
the geriatric regiment,
curtailed environment,
and cook-chill nourishment.

I still see the old timer
despite the cruel *Alzheimer*.
I still love my old man
though he knows not who I am.

David Jones

TERRIBLE TWOS

I wake up in the morning with one thing on my mind
To leave a trail of destruction for Mum and Dad to find
I'll cry and whine until I get my own way
I'll smash and grab and ruin your day
I'll mess up rooms and spill my drink
And fill my nappy with a nasty stink
I'm like a wrecking crew, I'll demolish the house
I'm at my worst if I'm as quiet as a mouse
I only eat sweets or anything messy
Let's face it guys, I like making you stressy
I pinch friends, I bite my brother
Annoy my dad and break my mother
I have a nap, rest for a while
Then it's back to attack with an innocent smile
You've tidied up whilst I slept
But for tidy rooms I have no respect
All my toys should be on show
I don't understand the meaning of 'No!'
Breakfast is floored, lunchtime is fun
Tea is stuck to the doors or all over Mum
I seek and destroy, but I don't know why
I break my brother's toys and make my sister cry
When I'm done and you're out-of-your-head
I'll leave you to tidy whilst I'm tucked up in bed
You'll sit downstairs all tired and weary
With ears on stand-by waiting to hear me
You know that when you finally get comfy
I'll wake up screaming so you'll come and hug me
Then you'll sleep whilst I recharge
And in the morning again, I'll take charge.

Andy Marsh

CRAWLING OUT OF HELL

I am not sure of why I cry, or even why I care
For in the dark, I fell apart and you were never there
To taint me now, on solid ground, would only do more harm
So stay away, please don't sway, leave me here to calm.

You looked at me, I couldn't see, the light that I saw then
And now I know, then it showed, time will be my friend
Do not assume, I am blue, although maybe I am
You; the cause, that has taught, me to understand.

In weathered time, we shall find, what we were searching for
I know I'll see, to then believe, we only closed the door
Left ajar, though now too far, to turn back again
So in the end, let's not pretend, we deserved more pain.

You weren't there, to ever care, for my weary heart
So tell me now, on trodden ground, why I fell apart
I have searched, for all it's worth, to find my own faith
Yet in the night, it's not alright, full of too much hate.

I will not fight, to lose to strife, or a coward's game
I'll stand tall, through the fall, and shall not be afraid
For hope will deal something real, to make me believe
Then I'll make good of the hate and I will succeed.

You broke my heart, I fell apart, but I am OK
The sun is here, you disappear, in the light today
I won't make those mistakes, that you made so well
Left in shame, lost in pain . . . though crawling out of Hell.

Jennie Hope-Kirk

SOME THINGS ARE EASIER TO PAINT

I cut my hair in the mirror
After a few beers,
I don't do a bad job
But she is not impressed.

She sits naked on the bed
As I take a shower, cold.
She rests her unnatural feet
On an unread copy of Marx.

I dry myself with a newspaper,
The print leaves its mark on me,
She lights a dry cigarette,
Passing it to me with a sigh.

I sit down, naked, next to her.
The curtains are drawn closed.
She moves away in silence,
And I pull the hairs from my toes.

James Orr

REMEMBER ME

Remember me, I was the one
Who smiled at you, as you walked on,
Who let you walk, escaping fast
From one more fool who couldn't last.
I didn't grasp at fleeing heels
I smiled a smile, for you to see.
So frightened of my strong embrace,
So keen, determined, to make haste.
I was the one who set you free
I was the one who let you be
Who saw relief light up your face.
Remember me? I did not chase.

Judith Johnson

SOMEONE

Eyes as deep as the mists of time
Be with me, walk with your hand in mine
I will love you, with the gentleness of spring
In abandonment, that a new life brings

An ageless time, as you stop to see
The little things, that you do for me
A loving look, if one can say
That quells the storms of hectic days

How could a tear creep from those eyes?
If I were at fault, I would realise
'But no, it's something from someone'
Who gave feelings, that hid the sun

How could this happen to one such as you
Who let fear and doubt, come creeping through?
Still strength in friends, will keep you strong
Holding you close, to heal the wrongs

Then in this time, you should really know
To take my love, wherever you may go
Remember in the days to come
'My love and help, won't hide the sun.'

Ian T Howard

UNDER WRAPS

My daddy was a mummy, it's hard to contemplate.
My daddy was a mummy, no wonder I'm confused.
My daddy was a mummy, I know it sounds kind of funny.
My daddy was a mummy, I'm telling you.
My daddy was a mummy, of course it's true!
My daddy was a mummy, that's the funny bit.
My daddy was a mummy, down in the darkest pit.
My daddy was a mummy, the Pharaohs knew.

Peter G H Payne

I'M NOT HURTING

You ripped out all that I am
With your sudden absence
With all the reasons
Infecting my body like cancer
Unwell, I've become with your choices

I've turned to stone
Feeble emotions I won't start to grow
My words cannot moan
Until I can understand, what you've done
When will the emotions sick in?
Bacteria, dirty smell like scent

Untitled like a homeless drifter
I need to fade; blackout
Someone; kind, please give me amnesia
So I can start anew
Doing things again, without being precautious
Or nauseous on the fact that,
You ripped out all that I am
With your sudden absence
With all the reasons
Infecting my body like cancer
Unwell, I've become on choices

My mind numbs
Words starting to flee
Because it's not welcomed here
No time for an insignificant tear
I am working here
Trying to piece, a shapeless puzzle
Thank you, Amnesia
I'm now a detective

Never been good at reflecting
I'm now human
My soul feels elevated
Unchained to distorted values
The umbilical cord is finally broken
Unconditioned to a conditional love

Not time for déjà vu
This case is almost finished.

Suad Jama

I NEED SOMEONE

I need someone
To feed me squares of silky chocolate
Like letters into a red velvet letterbox,
To cover my back with cushions of foam
From depths of blue bath lagoon,
To make a fuss of me with home-made apple pie
Drowning in lashings of sunshine sauce,
To tell me how marvellous I am at talking paint
Across a canvas of expressive strokes,
To massage my feet with mint, lavender and mallow oils
So dancing on grass runs as smooth as milk,
To print my poems in reams of languages
Reaching Tibet and far-thrown places,
To take me off on a journey with woolly llama guides
Trekking over pathway stones to meadows,
To send out smoke signals of desire
Above looming mountains of monotony,
To point out all the constellations
In the midnight sky of spattered stars,
Oh, and just to publish this . . .

Vivien Steels

SALUTE TO A SISTER

(Charlotte 1928-2008)

The early years were not of ease,
A time not filled with verve.
The first born one, of yet six more,
Was called upon to serve.
The pre-war years were grinding hard,
So she, to work, must go.
Tasks were many; first family,
And then to stitch and sew.

Those troubled, toiling, hard days,
Were soon more darkly grim.
As warring planes and whistling bombs,
Struck houses whim on whim.
Within their home they cowered; ere,
That fate let time expire.
With rumbling noise, then deadly roar,
Was house devoured in fire.

With God's good blessing all were saved,
Except a little one.
Then Charlotte cried out; 'Where's the babe?'
Then into flame was gone.
She carried then, from out the fire,
Her brother; saved from strife.
The youngest child - forgotten one.
Now gifted second life.

Her other years were just as hard,
Such times would make folk wail.
Yet time again, and time again,
Her spirit did not quail.
Throughout these struggles; by her side
Was she with Arthur blessed.
A husband, stout and fair and good,
Whose love would stand the test.

Her just reward, for toil in life,
Was first of all her son.
With Michael came more gifts in store,
First Simon; then young Jon,
The richness of a life well-lived,
For years ninety and one,
Is all the friends and family,
All shining as the sun.

George England

COME AND GONE: PART 1: ARRIVAL

I have been waiting for this moment
For as long as I can remember,
Waiting for you to finally arrive,
Nine months later, you are here.
I've been waiting so long to see you,
But my waiting has now come to an end.
My baby is now with me . . .
My dream has finally come true.

Your eyes are so like mine . . .
Warm, cosy, and blue.
You have your father's smile,
His hair colour too.

After five minutes I spent with you,
You were taken away from me.
What has happened? I'll never know
Apart from I lost my baby. I lost you.
My first child was stol'n. Taken from my family,
What did I do to deserve this? My child taken from me!

Please tell me what I did
For you to take my child away!
I will never see my baby again
Except in a grave where she lays!

Emily Louise Clayton

ISPCP

(Irish Society for the Prevention of Cruelty to Pumps)

Shuffling and shuddering 'round the big house
no one can hear, no one can know, or can they?
But even water knows well
you raise it forth.

Anew, go forward with a wrench
in hand. Water needs to flow no matter what.
Frozen,
pumps won't mend themselves. No
protection from wild elements and worked

without concern by proprietors begging
to right their needless neglect.
Taken you home if I could and rewind
the misfortunate past; there

without pressure, truly recoil from scorn.

B P Kilmer

DEAD METAPHORS

Smoking's like the wind that takes your sails,
And sweeps you out to deep and gracious seas,
That healthy breeze soon leaves
The sails, just limp material
That I am stuck with
In these breathless water mists.
My drifting has direction though,
The air is thick but waters flow
To distant places I don't know
Of, striking cliffs or stroking sands.
Out of my control, yet in my hands,
Even now I see that distant bay
With hope I'll drift ashore some day.

Philip Nind

STOLEN MOMENTS

In the stolen moments before the church bell rings,
Or the few seconds before the early bird sings,
In the silent breath before a newborn baby cries,
The gap between the tick that counts the seconds going by.
The hush that comes just after an announcement has been made
And the stillness of a paused home movie being played;
The darkness just before the first glimmer of the dawn;
The peace of hidden secrets that closest friends have sworn;
The gaps between the words that are typed upon this page;
The emptiness between the steel bars upon a cage;
These precious moments surrounding us however small they seem
Are our first and final breath and all the moments in-between.
When you cannot see me or the feelings I have for you
Is when I feel them most of all, because of all the things you do.
When I have a chance to miss you my heart begins to ache,
I'm scared to move in fear that it could suddenly break.
That is when the emptiness of all the things above
Starts to feel so full, of this thing that they call Love.

Carrie-Ann Schless

CAROL

Twenty metres adrift, we turned around,
Each holding their end of the broken thread
Severed by a blunt phrase, clumsily said
From my uncertain manhood's shifting ground.

Her now distant, devastated look wound
Itself in and out of the years ahead
Along with the acrimony it fed.
For wounds to heal a harder skin must be found.

'Bon Anniversaire mon amour.' Last line
She'd sent unaware. Coward. No reply,
Struggling to make a part of me grow
To fatherhood and all it would define,
Down to the reflex to self-justify
Each single metre, all those years ago.

Richard Ward

I WANT TO BE . . .

A tailor who'll tell you how you look,
A soldier if you need protection,
A chef if you don't want to cook,
A navigator if you need direction.

A stylist who'll comment on your hair,
A pillow to rest your head,
A chauffeur to drive you anywhere,
Or a co-pilot instead.

An instructor when you want to learn,
An examiner if you want a test,
A nurse that shows you some concern,
When you're not feeling your best.

A magician with a clever trick,
A carpenter if something breaks,
A doctor if you're feeling sick,
A masseuse if your body aches.

A trainer when your mood is sporty,
A maid to help clean mess,
An accomplice when you're feeling naughty,
A priest if you must confess.

An audience when you have a tale,
A plumber to fix a leak,
A barman if you need a cocktail,
A support if you are weak.

A post officer with a letter,
A singer if you want a song,
Gentle arms to hug it better,
When something right goes wrong.

A dance partner if you desire,
A clown when you need a laugh,
A shield if you are under fire,
Who'll take the flack on your behalf.

A detective when you've things to find,
A mechanic when there's stuff to mend,
A councillor if you lose your mind,
But above all else a friend!

Friends don't have to be these things,
As friendship should be free,
But after seeing all the joy it brings,
It's just who I want to be . . .

Rob Bishop

JOURNEY

As I journey this life and path I take,
What kind of choices am I to make?

Will I choose honour, true passion and drive,
Or will I exist more dead than alive?

Will I pretend and wear a masked faced,
Or will I wise-up and see love in each race?

Will I act tough but real issues evade,
Or will I admit, 'I too am afraid!'

Will I give Earth my helping hand,
Or will I just bury my head in the sand?

Will I take time and discover my skills,
Or will I seek numb with sugar and pills?

Will I be bold, be awake and feel deep,
Or will I dream dreams only in sleep?

Will I build something that lives on for years,
Or will I leave only destruction and tears?

Will I care much, love and spread hope,
Or just seek attention and constantly mope?

Will I cease climbing because I might fall,
Or will I choose life and give it my all?

Hazel Trudgen

WARNING!

A sensitive soul just entered onto
The stage wearing something silly!

I am deadly serious, don't laugh at me
If you do
I'll think you did it intentionally
To put me down
I am no clown
I wear a frown.
I try to be macho
If you laugh I'll try and catch you
Bring you down with a rugby tackle
After that laugh or that cackle
I am deadly serious!
It wasn't just a turn of phrase
I am not just going through a phase
That I'll get through
I am not like a teenager in a bad mood
If you laugh I'll think it rude
And I have taken up kick boxing
So don't mess with me, dude!
I may not be the muscles from Brussels
Or like Russell Crowe, that angry actor
But if you laugh at me I'll go off like a nuclear reactor
I hate detractors, critics and such
If they laugh at me I won't be able to take it, it'll all be too much
A vein will go pop in my head
The stress will kill me and I will be dead!
So don't laugh at me unless I laugh first
Otherwise either you or I will be dead, who knows who first
And my family will fear the worst
As I have been cursed with this disposition
Of being sensitive for my own good!

Daniel Hooks

FLORIDA VACATION

The couple decided they were getting too old,
To take anymore of Minnesota's biting cold.
A decision was made; instead of waiting the duration,
They would go to Florida for a mini vacation.
They couldn't leave on the same day,
The husband went ahead to pave the way.
He made it down to Florida and checked into a hotel,
Opened up his laptop and sent his wife an email.
The other part of this story,
Is about a preacher who went to his glory,
When his widow arrived home,
She went to her computer alone.
She was checking for emails from relatives and friends,
Who weren't able to be there for the end.
Back in Florida the man was on the phone.
He was talking to his wife who just got home.
She said there was no email and that she had to fly.
He looked in the sent file to determine why?
He saw a typing error on the message he sent.
He knew that someone somewhere was wondering what it meant.
Meanwhile cross the country the widow screamed and passed out on the floor.
Her son ran through the house and opened up the door.
He wondered what the email said that upset his mother.
He read the email on the screen and there wasn't any other.
To my loving wife,
I've just checked in, love of my life.
Everything is ready for your arrival tomorrow.
Looking forward to seeing you, until then I'm in sorrow.
Your devoted husband, dear,
PS. Sure is hot down here.

Dianne Mulcahy

RETROSPECT ON 16

You buy me flowers
Same as the ones your brother buys his girlfriend
Call me late at night
Deep-toned voice that is yet to break
Tell me I'm pretty
Compare me to a starry night that you don't understand
But, your sister said I'd like
Say we are deep, endless, and timeless
Ask to know me more
More than just my smile
That lights like a billion constellations orbiting your soul
You tell me these things and I fold
Into your arms
Let you complete your love line into mine
'Cause that's as close as my mother will let us go

You say you love me because,
We can spend a day together
Say you could love me better than,
Any love song can sing
Love can define
Cupid can aim
Dreams could imagine
Kisses can taste
Emotions can feel
Needs can want
Poetry has written
But you can't say the way love can love
'Cause this teenage love affair
Only exists in the context of Facebook
Face pages that say you heart me
I am wifey, baby
Sickly sweet, sweet talk, sweet moves
Sweet nothings, sweet somethings
And I fold,
Let you complete your love line into mine
'Cause that's as close as my mother will let us go

On Valentine's Day;
You give me Mackie D's under dimly lit light bulbs
Dried sticky cola on plastic tables is where
I accidentally place my hand

Try to wipe it under and instead, find chewed gum
At the movies you share with me
Your Orange Wednesdays discount
A large Coke, 2 straws and medium popcorn
Cos it's cheaper than buying me my own
You walk me to the bus stop and wait with me
We let buses go past, squeeze in goodnight kisses
Under timetables and graffiti glass
Our 'come in for coffee' moment
I tell you I fight with my mother
You say your father left
So, we obviously must from this shared moment
Create an understanding between us
Draw each other closer and do what my mother
Doesn't know we think about

I fold . . . I let you enter for longer
Unprotected and naked your love line in mine
Makes me fight with my mother even more
Choose between my friends and you
Make me wish Maybelline could make me believe
I was born with it, because you
Don't tell me I'm pretty anymore
We begin to fight more.
You say the battery is dead
When your phone is clearly engaged
I kiss my teeth, cut the phone while you speak
Make wise cracks, like
'Have a Snickers and get some nuts'
Just to piss you off
You call me a drama queen,
I call you a downgrade from my last
We go back and forth, forth and back
Till I cry on purpose to make you crumble
And then I win, and we are back to being in love again
Hearts blushing, butterflies fluttering
Sickly sweet sweet talk, sweet moves
Sweet nothings, sweet somethings.

This is as real as this teenage love affair will get
This is what we have, not what
You try to make me believe we have
I do not love you the way love needs to be loved
Only how to kiss you and make it seem I do
You don't know what it means when a man
Truly loves a woman
We don't have years between us, just days
No romantic holidays, only half terms
No communication, just unlimited texts
No trust, just he says she says
No lifelong commitment ceremonies, just the time
It takes to say your last name and my first name in playful giggle
We have a teenage love affair
That is just as young as we are.

Zodwa Nyoni

HOME

Noon in a country inn, farm men sit gossiping
Homely chatter of folk, sharing the latest joke
Appearing at the door, a man not seen before.
His long black hair aglow, shining in a bright halo
Earrings that she would choose, on his hands strange tattoos
Silent now, as they stare, all eyes upon him there
To this familiar room, he had not come too soon.
Despite the barman's frowns, double rum he downs
In one gulp, turns, retreats, out to the sunlit street.
Inside, the why and whom reclaims the silent room
Fortified for his task, was courage all he asked?
Down the expectant lane, where the bright bluebells reign
Wild garlic in the hedge, reminds me of his pledge
This task to cleanse his soul, reaching his cottage goal
As his hand and gate meet, the rusty hinges squeak,
The sound to trace, at the window appears her face
The cottage door flung wide, arms outstretched, no more pride
All inhibitions fled, 'I knew you'd come,' she says.

Arthur Mylam

NOISES

A leaking roof,
A squeaking gate.
These are the things
That resonate.
A whispered prayer
Upon our knees;
A burst of birdsong
From the trees.
A crying child,
A mewling cat;
The mail collapsing
On the mat.
The milkman with
His tinkling glass;
The steps of strangers
As they pass.
The local kids
On their clattering bikes;
The paperboy
In his running spikes.
These are the sounds
That slowly rouse us
Out of our beds
And out of our houses.

Simon R Gladdish

UNTITLED

Two rivals walking down the road
One sees the other and he just knows
There isn't anything he can do or say
To stop that man a-coming his way
Eye meets eye, the line is drawn
They both know the day has dawned for a fist to fly,
Shirt to be torn
Fair lady to cry and a friend to mourn.

Max Dean

THE DRAGON SLAYER

With green-scaled body
And on his back
His wings lay folded
Thick and black.

With arrow-tipped tail
And nostrils of fire
This reptilian fantasy
Of maiden's-desire.

Whilst in his lair
The reptile sleeps
On twigs and leaves
He's bedded.

But through the forest
A rider comes
To see the beast
Beheaded.

To betroth a maiden
This brave knight
Must slay the dragon
In fair fight.

Through sunlit trees
In frosted morning air
He rides intent
To reach the lair.

Then into clearing
With leisurely stroll
Came mounted fighter
On horse black as coal.

His high-polished armour
Catching the light
To the centre of clearing
Rode the brave knight.

With shield and sword
And lance at hand
He faced the lair . . .

Mark Himlin

ENCOUNTER

How pleased I am to meet you,
Our paths may cross again,
If you wait a minute,
I will go and find a pen.

Next week on Tuesday,
You might like to see?
And if you have no other plans,
You could go there with me.

What a lovely jumper,
Such unusual eyes,
I can hear your trousers moving,
In-between your thighs.

Would you like a cup of tea?
Another cigarette?
A few thrills with company,
The best I've ever met.

Don't mean to be misleading,
Your breasts are very fine,
You seem so independent,
Though I'd never make you mine.

And please will you believe me,
Though I'm smiling when I stare,
I do not imagine pictures of you,
In your underwear.

It's simply that you make me laugh,
You know just how it feels,
Friendly advice if you don't mind,
You'd suit stiletto heels.

Nadia Mejjati-Alami

TIME NOT ON YOUR SIDE

You don't know why you never saw it coming, but you got old.
People, places changing you feel left out in the cold.
Memory fading hangovers feel much worse,
Time you had on your side now it's all a curse.

Aches and pains a-plenty hair is going grey,
Life seems slower, fading from day to day.
The looks you depended on dissolve and lines appear,
Things you never thought about consume you now with fear.

You look back over life and analyse your mistakes,
You achieved nothing you didn't have what it takes.
Better to have loved and lost, you think about what slipped away
Thinking clichés are what all the happy people say.

One day closer to the grave, how did I spend my time?
Jealous of others living a better life than mine.
You can't change your past no matter how much you try,
Time is always pushin' on until the day you die.

Ageing like a fine wine was the dream you dreamt,
Staring Father Time in the eye treating him with contempt.
Now it's all caught up on you, how could you be so naïve?
Being old and frail is not what they had you believe.

Losing hold of your senses, life has left you drained,
Nobody interested in your stories or the experience you gained.
Moving into the final phase at least you had a go,
So much you could have done but now you'll never know.

Ged McAlley

THE WIND'S WORK

Those whose initials are now remembered
Near deep scored leaves, burdened by time-worn hands,
Are weathered in the wind's work and severed.
Idle fires of young roots fail now to stand.
Greetings ceaselessly thrown to the sky in jest
Returning to an awkwardly proud breast.

Michael Roberts

WHERE IS THE WORLD I DREAM?

Where is the world I dream
And the blades of grass that whisper?
Where are the mountains that will you to move them
Standing mighty in view of streams softly flowing?
Where are the trees that sway in the northern winds
Offering shade to readers below?
Where are the violets that give life to spring
Defying the colour of Man's tainted brush?
Where are the fruits that grow on the vine
Whose memories I've eaten in days of hunger?
Where are the clear skies of welcome blue
And its tenants of a million birds?
Where is the music that seeps from strings, defying
Finding its way rightly in your ears?
Where is art that defies all words
And questions your very being?
Where is the beauty that falls in your eyes
To defy all meagre words?
Where is my love
Falling softly to me like a feather?
Where is truth that questions not
Demanding all rhetoric be silenced?
Where is justice blind and noble
Balancing on the scale of righteousness?
Where are the symbols of peace falling from high
Landing before a fleet of tanks?
Where are the cures that ask so much
To be given out like candy at playschool?
Where are the lands untouched by the curse of black gold
Pure neath heavens unbroken curtain?
Where are we in galaxies lonely sphere
Dancing on a wrecking ball?
Where am I in this here world?
I live in the one unreal . . . the dreamer's world.

Philip John Traynor

SWEET NICOLE

It was August I remember
I remember when I met her
She was perfect I remember
In her body mind and soul.

In September I remember
I remember her all over
She was perfect I remember
In her body mind and soul.

In October I remember
I remember her all over
We were lovers I remember
In body mind and soul.

In November I remember
I remember lies she told me
She was wilful I remember
Wilful to the nth degree.

In December I remember
I remember it was over
Still, she is all that I remember
Love forever sweet Nicole.

Sean Joyce

THAT'S WHY I LOVE YOU

In the darkness of winter
Wet and cold I look at you!
You lift my blues with the warmth of smile
The buds of spring begin to open
While the birds sing as butterflies spread their wings.
The sun shines from the light blue sky
There is warmth all around
What can this be, is it magic?
No! It's the glow of your aura
You're beautiful inside and out.
That's why I love you.
My sweet Valentine.

Duncan MacFarlane

MY LITTLE BROTHER

I have a little brother, he is always looking sad,
He pulls my hair, and sucks his thumb,
He's very, very bad.

He yells, and screams, and is sick a lot,
His hands are really smelly,
I wish he wouldn't use the sink,
And remove hair from his belly.

I tell him not to pick his nose, it really is quite sad.
He sometimes wipes it on his sleeve,
He's very, very bad.

He stamps his feet, and shakes his fist,
He always wants his way,
I think he's finally lost the plot.
He hit poor Auntie Kay.

I think he is in trouble now, he really is a cad,
He's taking things that don't belong to him,
He's very, very bad.

He is crying very much right now,
He's sorry for what he's done,
There's a policeman knocking at the door,
Because my brother's forty-one!

Kenneth Anstiss

EMPTINESS

When the clouds have flown beyond you,
And there's nothing left to see,
When the world is full of emptiness,
Will you remember me?

Samantha Howe

UNTITLED

Thinking
Like the air flowing
Through trees
You passed me by
You left my side
I swear I tried.
You left me to deal
With my fear, dear.
Afraid I was to
Abandon the person I was,
Afraid to see the
Person I'd become
Afraid to wander
Alone, without you.
But I will manage
I know I will,
So I sit here still,
Thinking.

Lauren Shirreffs

THE JOLLY MAN

I once met a jolly man
Who once worked in a morgue.
I met him in a hospital,
The psychiatric ward.

We were eating Irish stew
And it was full of gristle.
It made you want to spit it out
Just like a freakin' miss'le.

What animal was in this stew?
For eating it was hard.
The jolly man just smiled and said
'Granny a la carte.'

Daniel Savage

NOT MEANT TO BE

To experience the nausea
Then actually being sick
To experience the flutters
Then feel the first kick.

To experience the scans
Then pictures of your baby
To experience a bad back
And indigestion maybe.

To experience Braxton Hicks
And rushing to the hospital
Then going home again
And going back could be possible.

To experience your waters break
Then the sound of the sirens
And you're rushed in an ambulance
As your birth canal widens.

To experience contractions
Laying in the delivery room
Waiting for the baby
To emerge out from your womb.

To experience the baby
Placed straight on your tummy
And your heart skip a beat
The first time you hear 'Mummy.'

To experience this must be
The best thing ever
But for this one thing
I was enrolled never.

Paula-Marie

GRANDMA LOVES HER COMPUTER

You listen to Incy Wincy Spider while playing a Teletubbies PC game,
Whilst I listen to Elvis and play at trying to manage my finances in a spreadsheet.

Your tiny fingers glide effortlessly over the keyboard,
You instinctively know which buttons to press,
You are queen of all super highways and binary kingdoms,
All your commands are obeyed without error messages.

You experience joy, as your imagination plays amongst the pixels,
The monitor is your own, wonderful, magical, flickering, light show.
Me, I just plod along trying to master this tool, this inanimate object,
Praying that this thing will do my bidding without crashing.

You are young, your mind is a sponge,
Knowledge is yours for the surfing.
My brain is old, new technology scares it.

Enjoy, have fun little one, the future is yours as it should be.
Yes, Grandma loves her computer,
But not half as much as she loves you.

Joan Morgan

MESSAGE IN A BOTTLE

We stood throwing smooth round pebbles
Into the cold, chilly, salty sea.
We watched the surface break and splash
As it swallowed them like they were tea.
The water began to tickle
And lick my toes, leaving nought behind.
We wanted to catch the train home
But the sunset had caught my tired mind.
Were the fishes finding loved ones,
And did all the dolphins close their eyes?
As our comfy beds called us back,
My heart escaped like the seagull flies.
Were you looking at the sunset?
My aching body was missing you.
Had you already gone to sleep?
Will my small message of hope get through?

Barbara Pearce

SLOW DEATH OF ANOTHER TRADE

I watch the fluorescent tube flicker.
I am still stuck here, but it's dependable.
There are gentle erosions to mark the passing of time.
The bumper telephone message pad is almost finished.

I am still stuck here, but it's dependable.
The fax roll needs replacing.
The bumper telephone message pad is almost finished.
Someone cracks a joke about women's tits.

The fax roll needs replacing.
We are almost out of padded envelopes.
Someone cracks a joke about women's tits.
Someone comments that all men are redundant and useless.

We are almost out of padded envelopes.
There are circulars about staff productivity to send.
Someone comments that all men are redundant and useless.
Someone kicks the photocopier and curses.

There are circulars about staff productivity to send.
A culling of inessential workers seems inevitable.
Someone kicks the photocopier and curses.
Poor budgets are blamed yet again for maintenance issues.

A culling of inessential workers seems inevitable.
The lift keeps jamming on the second floor.
Poor budgets are blamed yet again for maintenance issues.
The whole company seems in danger.

The lift keeps jamming on the second floor.
The union expresses its anger in no uncertain terms.
The whole company seems in danger.
Perhaps it would be wise to consider moving on.

The union expresses its anger in no uncertain terms.
Heads will roll about the static pay levels.
Perhaps it would be wise to consider moving on.
I begin to scour the classified jobs section.

Heads will roll about the static pay levels.
Mass redundancies are said to be the most likely outcome.
I begin to scour the classified jobs section.
I need work in a new trade that's dependable.

David Bryant

ADVERSITY

At times we find ourselves undone,
By someone's selfish ways,
They seem to think it's so much fun,
To darken all our days,

They reach into our very soul,
To places we hold dear,
Their lies and pledges take their toll,
We think we should not fear,

Then suddenly all is revealed,
We've found out they have lied,
Trust is shattered, fate is sealed,
Good sense must be applied,

We move away, they move along,
To do some other ill,
But who will be the winner here?
Whose life will be fulfilled?

We must dig deep, we can rise up,
Like the phoenix from the ashes,
But what of them, their wasted life,
When all around them crashes?

But we are wise, we've moved away,
The truth fresh in our mind,
All will be well, we must believe,
If we are good and kind.

Carol Marshall

LANDSCAPE

The joy, the overwhelming thrill
Of standing high on a Herefordshire hill
Observing the gently rolling land
Sculpted by the Master's hand

Majestic trees of oak and beech
So very near yet out of reach
Provide a canopy for sheep
When resting on the hillside steep

Rows of poplars here and there
Point their fingers to the air
Just like soldiers in a row
Where daffodils and daisies grow

Hedgerows thick with may and elder
Honeysuckle growing wilder
Hiding robin, blackbird, wren
Cosy in their leafy den

Of this sight I never tire
Sunsets spreading like a fire
Don't let progress spoil this sight
Surely we should have the right

The right and will for preservation
Let us try to keep our nation
By uniting as a band
Forever a green and pleasant land.

Ann Boyd

GOOD MORNING SUNSHINE

A rolling spherical burning sight
Fell from the stars and out of the night

I watched it creep into the dawn
Fill the sky with a gaping yawn

Filling every corner full of light
No stone unturned, it was so bright

I watched it climb up every wall
Down the path and along the hall

Into the fields and on to the ponds
On every flower and fern and frond

It rested on each bush and tree
Did it want to be set free

Ran down the road and down the street
As though it had a friend to greet

On every roof glass window and door
It placed its mark but said no more

Moving on it filled the earth
As if the sky had given birth

It drank the dew and had its fill
But did not stop to pay the bill

On its way it merrily went
Filling every crack and vent

Over the stables, over the hay
But still it had no time to play

Dodging clouds and miner showers
Moving on with its great powers

Dancing over seas of green
What a sight to be seen

Then it seems to come to rest
Men stripped off their hats and vests

Females put on skimpy attire
As though themselves had set on fire

Then both put on a stream of cream
Like actors playing out a scene

Laying back upon the sands
Like soldiers waiting for commands

When lobster-pink its job was done
So it went a rolling on

Late afternoon, cricket it went to see
Then on it went in time for tea

Then just as quick as it had come
There was a roll upon a drum

Pulling back from street and wall
From path and along the hall

From lawn and tree and pea-green sea
Pond and field and golfers'-tee

From tall roof tops and lofty towers
From off the flowers and daylight hours

It pulled along its mighty light
Then disappeared into the night.

Janet Vessey

THE NEWS TODAY

I got the news today
There was another star up in the sky
That had aimed for the moon
But didn't get that high

Instead it stayed just above us
So that he could always see
And watch us from the heavens
And be with us for eternity

He will make sure he is the brightest
So we can always watch him shine
And he will live forever
In the eternity of our minds

And in the many years to come
His star will always glow
And even if no one else can see him
We will always know.

Nicole Franklin

CAN YOU NAME THE MYTHICS?

Like dragons, a popular one
Witches, phoenixes, griffins and goblin
To gods of moon and sun
Can you say where on Earth they reside?
No! They don't breathe you say
But my knowledge of mythics is greater
And one still lives today.

The gods gave him a heart
Melted in furnaces bold
To give him morals and feelings
And kindness in the form of gold
Next his skeletal structure
Needed to be fair
So picking the best clouds they had
It made him lighter than air
His stomach was built of iron
And steel did make his liver
So in the face of danger and evil
He would stand and never quiver

Next was brought a cloth of Heaven
No finer thing to wear
Then the angel sewed into it courage
In the form of a single hair
Then each goddess stroked the beast
To let love pass through his soul
This left behind stripes on the fur
The colour of warming coal
The gods took the mountains below
And shaped them without flaw
Then wrapped them into the cloth
To make each sturdy paw

Last they took to make the face
One with courage but was kind
Someone who will strike fear
Yet leave no one behind
Two stars were nestled for his eyes
And silk prepared his nose
But where it came to his new voice
It was the God Zeus who chose
Blowing on the gentle beast
Zeus gave him the voice of a God
So he would always find respect
And would never have to look hard

The creature opened his wise eyes
To look upon his new home
Bowing before Heaven's gate
He asked humbly for the tome
That held the story of his creation
To never be seen by Man
So he is not hunted for wisdom
Or to destroy another clan
And with this he leapt through the stars
Towards the jungle below
The dust from angel's shimmering
Into his fur as he'd go

So listen well to the end
The creature with figure so bold
Will forever live upon this Earth
Since long before days of old
If you ever see in a bush
Two stars shining bright
Take joy in knowing you just saw
The Tiger in all his might.

Samantha Lacock

DEAD ON THE DANCE FLOOR

She walked slowly to the middle
Such a beautiful sight
The crowd mesmerised by her beauty
The only jewel in the night

She started so gracefully
The audience gasped in awe
If possible they could sit there
For evermore

So gracefully she moved
So captivating she twirled
So beautifully she danced
Locked up in her own world

The floor gave into her steps
The wind danced with her feet
The spectators clapped eagerly
Like a child given a treat

Some watched in admiration
Others with pure envy
But she expressed her unique talents
For all the world to see

She danced with all her might
From deep within her heart
She danced with endless glory
A glory with which she won't part

They gasped again as she turned
Revealing the beauty of her face
Then she fell so slowly, so beautifully
With such grace

The crowd clapped so seriously
Standing up for respect
They whistled, jumped and hooted
Such a dance they will never forget

She lay in that captivating position
While the cheering died
She didn't move, she didn't blink
Her mouth curved in a slight smile

The platform was silent
More silent than a grave
The crowd began to stir
While the beautiful dancer laid

A man stepped forward
And touched her smooth face
Her lips were slightly apart
Her eyes glittering in space

He sighed and stood up
Looking at the expectant crowd
He didn't know how to say it
But he had to say it loud

So lovely she danced
He said
So beautiful she looked
But I'm sorry I have to say this
And his head he gently shook

So that was it, her last moment
Under the dazzling night sky
Like an angel she collapsed
With so much glory she died

Dead on the dance floor
Talent we shall never see again
Dead on the dance floor
This is where our story ends.

Sajida Mohammed

DAD

Moments gone, lost forever
Golden dreams, everlasting love
Long summer days long forgotten
Evening mist softly unfolding
Silent memories, silent tears
Mistral winds whispering your name.
Listen.

Maria Riccardi

SMOKE AND FIRE

Smoke curls, swirls and swells inside of me
As day takes flight into night to rise in new lands.
Like my grandmother sniffing mudhombo*
As the ancients sitting on matombo**
I inhale holy smoke to snuff out Babylon's lairs
Aware of the snares 'pon these pondo shores.

Here I'm chicken Georgina singing Heaven's blues in foreign
Longing to fly away home to Zion,
But Zion's ruled by fists of iron
Wielding sjamboks***, clad in gumboots
Mushing freedom's youthful gaze to a pulp
In untold stories of the night.

In graveyard shifts I clock work,
In her majesty's service
Yet I too am a queen in my brown skin
From cushitic kin singing David's psalms
Of palms crossed in Bantu bloodlines
Migrating south where Shona battle lines
Mis-signed treaties
Causing state lines to be drawn
In Rhodes' imperial train line,
Soon derailed in transit by the black starline
Racing to Lancaster's **** finish line in vote lines,
Singing rebel rhythms.
Schooled in freedom's rainbow ribbons
I grew riddims in a dread never knowing
I'd throw ash and dust
On my mother;
A woman whose head bore
A bread basket, now a casket
Shrouded in sovereign gowns
Of king's growing poverty in my natty kinks,
Pushing me to penitentiaries abroad,
To serve illusory lords and infirm inmates.

I'm longing for release
From panning gold in these rivers of brown excrement.
I'm puffing magical fires to keep my roots alive
And my routes alight,
To guide my way home
When freedom's prayers are born.

**mudhombo - a band of snuff; a tobacco powder often sniffed by elderly people*
*** matombo - rocks or stones*
**** sjamboks - a whip or baton stick*
***** Lancaster House Agreement (1979) signed between Zimbabwe and Britain when surrendering colonial power to the Black Nationalist government*

Tendai Marima

WILD RANSOMS

Along the cliff edge -
Too far to safely reach -
These white bells tantalised
With their strange scent:
A pungent odour on the breeze
Their signature.

Later, in Roseland,
We saw them grown like weeds:
Filling meadows, smothering hedgerow grass,
Covering the roadside verge
Like gentle drifts of snow.

And at St Just, filling the churchyard there,
Bluebells and ransoms like a haze
On every bank, round ancient graves.

And, through the palm
That grows where you now rest,
A solitary ransom flower had set.

Though far away in miles and time,
The smell of garlic takes me back -
Transports me instantaneously
To that spring day:
The tiny church, the muddy creek,
The ransom flowers and you.

Patrick B Osada

ICE CREAM BONES AND CHOCOLATE BLOOD

Humans are fragile things, you should know by now
Be careful what you put them through
Slow down as you steal the space, for numbered are your days
Youth is your ace;
Youth . . . beautiful youth
We walked through the walls until we found the truth
Thinking the angels won't begrudge us, thinking the smiles would be smooth
They blend in lies with our every day life
Life . . . fleeting life
One day you're in plenty, the next it's strife
They say they want nothing, they say they want your wife
Not your life, better your death
Death . . . cold, cold death
The world loves us, but so does the Earth
Be you a Yule tree with your roots in the earth
or a ship at moor with no wish to berth
Be your skin to bone or wide of girth, betwixt iron breasts and free skirts
in full view of your age
age . . . treacherous age
creeps upon you in hoodwinked homage
only to desert you when you pretend a sage
with demons and minions expecting you above,
in peace to war they hate to love . . . summer love
happened upon when our spirits rove
we swore to never kiss a miss and never miss a kiss
even if it equates to bliss
bliss . . . simple bliss
may it not stop to please, even if it replaces our ease
turbulent thoughts and even fees, we care not if it's on lease
seduce the gods and romance the geese,
the token till our lives cease
as we watch transfixed on peace
peace . . . scarred peace
we were given in exchange for sealed lips, tampered goods in our arms to keeps
our lips sealed we were bullied to suck, they swing life's bat
and we are forced to duck in efforts to earn a buck;
we rely on wits, lollipops, love and luck
luck . . . relative luck
gives the wherewithal to be a cock, where happenstance and talent might not
work caught between a rock and a hard place,
no wonder we go nuts and bolt a-ways ways . . . wayward ways

evil companion for your nether days
chocolate and blood run through my veins,
that's where our similarities end
end . . . means to an end
we scarce can tell what it portends, as we regress to the portal and forget the bends of thoughts we begin and words we end.

Bolade Ogunfuye

TRUE LOVE SIGNS

Love is patient, love is kind,
Love will always give you peace of mind.
Love suffers long, having patience with others
Who have done us wrong.
Love does not envy or parade itself,
It likes to see others ahead of self.
Love is not puffed up or proud in any way;
It is not rude but shows goodness in its display.
Love does not seek its own rights
Or even getting even with others in a fight.
Love is not easily provoked to anger or take offence
But is gracious in forgiveness, in the power that it sends.
Love thinks no evil or keeps a record of wrongs,
It erases each one until all the pain has gone.
Love does not rejoice in people's evil reports
Rather it rejoices in the truth and the love it exhorts.
Love bears all things, holding others up and defending
While their broken hearts are being restored and mended.
Love always believes the best in others
Not being suspicious in the lives that suffer.
So, finally my friend; love hopes all things,
Always continues to be strong in whatever life brings.
Love never gives up on others but affirms all the time
Enduring to the end, persevering, loyal -
These are the true love signs.

Rosemary J Brooks

SURVIVING BPD

It's hard to hate the world, when you come, to except
It's your imagination
Your imagination
That makes you a victim of its crimes.
Rosa don't leave me
Rose don't hurt me
Rosa I love you
Rosa I hate you
Come here, go away now, I can't hear you
It's hard to hate the world, then you come, to accept
It's your imagination
Your imagination
That makes you a partner in its games.
What is all this shouting in my head?
Why have you been telling me I'm dead?
(I'm dead)
Who is this that standing by my side
And who do I forget the mirror hides?
No truth to tell, no truth to lie
Rosa I hate you
Rose I need you
Rose don't leave me,
Rosie, darling, I can't tell you what I ought to,
Come here
Go ahead and go now
I can't hear you
But I cannot face it if you're not around
Please don't leave me in my head,
Alone.

If you're out there and you can hear me,
        really hear me talking softly, smoothly,
I just need to get it out there; into mid-air,
I am lonely in my world of silence talking louder now.
Need to find my way, need to find a way.
Anywhere, everywhere I look I see the image of the time we were together now,
I miss you but maybe I can see it ever so really in my eyes back from my mind,
Are you there? Can you hear me? Can you feel it?
If it's real please let me know, as I want it, more than ever to be near so we can go.

Run away now, feel the light upon the sky,
See the waves as they hit the sun.
Please be near me, never leaving, as I know I can't be alone.
Can't be alone.

Alice Emery

THE GHOST OF BOBBY JONES

The mist had cleared when he appeared,
By moonlight, good fortune met.
A life after death, a ghostly breath,
That I shall not forget.
From off the sea over St Andrew's tee,
A cold wind strongly blew.
I watched in awe as his well-struck ball into the darkness flew.
The ball ran long and smooth gilding on,
A pale and graceful light.
Who paused to turn at the Swilcan burn,
Soft fading from my sight.
I hastened after, drawn on by laughter,
And the knowledge of his game.
To hear a gallery, somewhere close to me,
As they cried out his name.
From the bunker of Hell he played out well,
By the road hole drifting, with darkness lifting,
I watched his putt roll in.
His last drive sounded, on firm ground bounded,
Towards the valley of sin.
The final hole played, he turned to wave,
To speak in mellow tones.
'Goodbye,' said he, it was the last I'd see,
Of the ghost of Bobby Jones.

Philip Warwick

FAR TOO MANY

Far too many cigarettes,
Stubbed out
In my face.
Far too many
Insects,
Flying about this place.
Far too many
Spiders,
Spinning in my head.

Far too many
Hours spent,
Inside this baking room.
Far too many
Brain cells dead,
I'm in that zombie mood.

I got to get out.

Far too many
Locks and bolts,
Securing my front door.
Lost my keys,
I lost my keys,
I can't get out no more.
I get down on
My hand and knees,
Scrabble under chairs,
Beneath a pile of maggots I,
Find my hammer there.
The one I use to
Crack the backs
Of roaches on the wall,
I use it now
On the windowpane
To get me out of hell.

I'm standing in the garden when
It begins to bloody rain

Far too many
Dustbin lids,
Playing in the street.
Far too many
Bloody kids,
Suffering in the heat.

Far too many
Vehicles,
Driving far too fast.
Far too many
Earfulls,
As I'm walking past.

Far too many
Domestic scenes,
Of easy married grief.
Far too many
People on,
Far too many
Streets.

Far too many
On this world,
As it spins around.
A lonely, cold and helpless
Rock,
Sinking without sound.
The whole entire universe
Locked up in a box -
No wonder it's so hot.
Help me, I'm melting.

Ant Smith

THE SINISTER CISTERN

There are so many things that I dislike
Everyone who knows me will agree,
But the strangest thing, the oddest thing
I believe is peculiar to me.

Another soul in thirty-five years
Who understands, I've never met,
My total horror, complete fear of
The sinister cistern of the toilet.

It started long ago
When I was four or five
I went into the bathroom
And was taken by surprise.

The toilet top had been taken off,
Naturally I peered in,
But quickly wished I hadn't
As my mind started to spin.

I stepped back hurriedly and
Tightly closed my eyes,
The need for the bathroom disappeared
The hairs on my neck began to rise.

Time marched on and on
To this day still if the lid is missing,
The same feelings come flooding back
I must retreat fast as the panic's beginning.

It's hard to explain what brings this on
I know that it can't hurt me,
But the combination of all the parts
Just upsets my balance of chi.

Cold, silent, grey water
Submerged levers, balls and metal chains,
Remind me of medieval torture chambers
Down dark, damp dungeons flooded with rain.

Maybe in a past life
I had an unfortunate encounter,
In a dungeon with a plumber
That involved some sort of slaughter.

But for as long as this fear lingers
In this life I'm travelling through,
The lid of the sinister cistern
Must remain attached to the top of the 'loo'.

Clair Bula-Edge

AND SO I PRAY

The stars, the moon and the sun are my friends.
They guide me through rough times till the End.
Morning sunshine brings the glorious light of the day.
The evening stars shine so bright but never in the day.
Than the comforting light of the Moon, who guides us through the night.
Makes me forget my sorrows and realise,
That Day and Night in total control of equality,
What our ancestors understood and visualise in perfect harmony.
So pure in heart, with a strong unity in their community.

They have known and taught us.
But we choose to forget and take the ignorant path to confuse us.
'The Truth shall set you free' - but do we acknowledge?

Sometimes I am sad to see, that some people don't want to be free.
Could this be a path of distraction?
Or further more into complete isolation!
I do ask myself what is going on today?
We try so hard but we end up alone in a way.
Is this the Way forward?
Is this the Way to find?
True happiness and not loneliness, we sometimes really don't mind.
We have managed not to care about human kind!

Slowly and steady with every little step and help of a friend.
We have to change our ways - today!
But first I will try and change myself - and so I pray

Nicole S Vitzthum

UNTITLED

Childhood is light and wisp-turned
its vapours waft and whirl in eddies at
the base of life, dwelling as a current which only occasionally
brushes the hairs on our forward striding calves.
The voice of childhood is dim, nightblown -
one might easily mistake it for the wind
it plays against the cheek
with the
softness of a mother's hand
and whispers to us
with words
we no longer possess -
Sometimes, photograph in hand,
the child smiles up into our chest
our lungs fill with mornings,
crossed distances,
we grow luxurious
in our being and feel ourselves infinite
draped across time
like a satin sash in the breeze

but then

when our eyes truly meet those of the boy
we exhale all connection
and there remains only the sound of our own breathing
carrying our consciousness onwards
away from all form and beginning.

Lee Render

FACEBOOK

I no longer want to be commented on what I'm wearing
But what I'm here to say
I no longer want my statue
To be the best way for me to communicate
I believe I'm here for a greater purpose
Are materials really worth it?

In a world cluttered with things
Getting tagged won't take away loneliness
Covering the truth for a second
Just to smile in an 8 megapixel

Most chats just lead to general gossip
Gossip likes to hurt people's feelings
Rumours create things that stick

A social network
Where the unsocial
Can imposter
A place where you can be anyone
Where talent is something you can foster

Keeping in touch
Is always a treat
With life taking us to different roads
When can we meet?

I put my life on a page . . .

Suad Jama

CRUCIFIXION OF THE HEART

Why is there blackness deep in my heart?
I thought that my life was due a fresh start,
Yet slowly it rises, momentum it gains,
That self-loathing feeling is rising again,
This way and that way I try to resist,
But nothing can save me from my own dark abyss.

The cycle has started, the circles been drawn,
The crown again woven from darkest of thorns,
And now that I lay here, the sickness begins,
My heart on the cross again laden with pins,
Resurrection I seek, yet none to be found,
Only the darkness, where feelings are drown.

Yet you are the sunshine that brightens my day,
The stars in the night sky which show me the way,
I long for salvation of your deep loving kiss,
Your tender embrace that fills me with bliss,
The depth of my love I can never explain,
So why does this darkness return once again?

Paul Evans

A HYMN FOR A FRIEND

If you ask me what's the meaning of happiness,
I would say it's like a bright sunny morning,
If you ask me what's cheerfulness
I would say it's like my pal's face so charming
If you ask me, what keeps me going
I would say it's the hope to see her smiling
If you ask me what's wisdom
I would say, just to hear my friend talking
Her name itself is expression;
I don't know why I envy her,
Maybe she is the happiest being found ever
I pray to thee, oh soul maker
Let her life blossom with happiness forever
All I can give her is friendship that will last forever.

Bijin Jose

ILLUSIONS

I dreamt a dream, which wasn't what it seemed
The shadows that loomed out of sight
The soft patter of footsteps that gave me a fright
The cobwebs around my heart
As it vigorously tried to restart
The howls of the wind from a land far away
The rush of the ocean, forcing me to sway
The fairytale illusions I conjure in my mind
The prince charming that's hard to find
The longing words of happily ever after
A home, children, a mother and a father
Until the headless knight disrupted the sky
His sword raised high
I ran and fell in a heap of leaves
To find myself in a forest full of trees
The dream I dreamt seemed so real
I could taste, I could hear, I could feel
I saw my life flash before my eyes
My childhood, adulthood, the tears of pain and joy I've cried
The dream, I dreamt slowly began to fade
The last I saw was the knight's blade
Then a soft, warm glow of the morning sun fell on my face
To touch my bed and feel my heart race
I was home, it had all been a dream
I got up. I told myself it was an illusion of the mind, that's how it seemed
Till I glanced in the mirror to see the headless knight
Standing so close to my right.

Miss Samsam Hussein

LITTLE ARCHIE

Little Archie Straighton
Twelve years old at best
Took on a morning paper round
You never would have guessed

But one morning bright and early
One dark December morn
At a time when Archie got out of bed
With the rising of the crack of dawn

So to the paper shop nice and early
To start an early round
Carrying his large bag of papers
Through the streets making nary a sound

With his skinhead haircut
And his bovver boots on his feet
With an attitude of a twelve-year-old
Who lived mostly on the street

But no thug was Archie
He was just following the current trend
Most of his friends dressed this way
No harm did he intend

But this fatefully December morning
Whilst walking up Old Mother Bailey's drive
To put her morning paper through the front door
Down past her old beehive

All the bees were agitated
Flying around in a swarm
The air was beginning to fill with smoke
Her front porch felt rather warm

Looking through the letter box
Archie saw flames were blazing down the front hall
And lying at the bottom of the staircase
Was Mrs Bailey, obviously having had a fall

Poor little Archie's dilemma
Racing through his head
Did he run to town and raise the alarm
Or break in the front instead

Realising the seriousness of the situation
And that to wait may be too late
He kicked the door, which flew open with a crash
And ran in, he did not hesitate

Grabbing Mrs Bailey
With all the strength his little frame could raise
Dragging her down the corridor and into the garden
Out from inside the smoky haze

As Mrs Bailey regained consciousness
Started shouting for her granddaughter Flo
Who was apparently asleep in an upstairs bedroom?
So back in the house did Archie go

Dousing himself with water
With the hosepipe attached to the side of the house
Dashed back inside and up the burning stairs
Faster than any mouse

In the distance could be heard the ringing
Of a fire engine's bell ring belting out
It flew up the narrow lane
Pulling up with a screech and a fireman gave out a shout

Mrs Bailey by now was well with it
'He's gone back inside,' she loudly cried out
As suddenly Archie appeared at a window with the baby
Threw it open, shouted 'You will have to catch her, look out'

Three firemen held out a blanket as Archie quickly let the child drop
They caught young Flo, now in a shawl she was wrapped
Who was now saved from the blazing inferno?
But little Archie was now inside trapped

As the flames burst out of the windows
An explosion was soon to be heard from inside
And the roof now had began to cave in
It was plain to see that little Archie had died

A braver hero you would have never encountered
The townsfolk all said for many a year
Mrs Bailey could never look at her granddaughter
Without shedding many a tear

The little cottage has now long gone
Replaced, by a bright, shiny plaque
In loving memory of their young hero
Who lost his life, will never come back

If there is a moral to this little tale
It's never judge a book by its cover, don't get caught
By a skinhead boy in his bovver boots
Who was not the tearaway everyone thought.

Owen Robert Cullimore

BRIGHTLY COLOURED BIRD

(Dedicated to my late mother, Margaret Parsons)

'Brightly coloured bird flying high
Fly me to another sky
A sky where there is no more rain
A day when we shall conquer pain
Take me through the future's door
Show me what I've not seen before.

Brightly coloured bird flying high
Fly me to that other sky
Show me the meaning of existence
Show me the way and offer your assistance
All the questions that linger on
Answers of no meaning that seem to be wrong.

Brightly coloured bird flying high
Fly me to another sky
A day when we will be immortal
Define the meaning of what is normal
Your feathers are so bright and fine
Drift with me and give me a sign
Brightly coloured bird flying high
Fly me to that other sky.'

Chloe Parsons

A LIGHT IN THE STORM

Like thunder the waves crash
Against jagged rocks they smash
Waves riding on the wind's breath
Rising to a climax then dying a death

Foaming fingers grasp the air and fall
Breaking hard against the lighthouse wall
The light still flashes through the spray
In the dimming dusk and end of day

Nature batters this creation of Man
Against its side thunderous waves slam
Silhouettes on the horizon, peaks of the storm
Walls of water shatter like glass only to be reborn

Finally a lull, peace in the storm
A gap in the clouds, the breaking dawn
The wind starts to fall and with it the sea
The storm is gone, the sun is set free.

Alan Brafield

AUTUMN

How swiftly summer's burning gold has fled:
Now softer colours bathe our smarting eyes
As gentle dreams, from sleepy trees, rise
Like misty halos round each burnished head.
Then fluttering curls of sulphur, brown and red,
Stirred by autumn's melancholy sighs,
Leave songbirds dumb, in petulant surprise,
As all their leafy sanctuaries are shed.
Then autumn wanders ev'ry field and lane,
And strews her luscious fruit on hedgerows dressed
In shawls of silken web and purple stain,
Till, sped by winter, shivering, to rest,
She sinks beneath her gaudy counterpane,
And lays her weary head on summer's breast.

Mary Roberts

LOST

'Twas one day during time of war
When we were on the farm,
Loud knocking came on our back door
We jumped up in alarm.

A mother's anguish plain to see
Was on that woman's face,
As she stood there in front of me
At our old country place.

She gave a cry so loud, so shrill,
'My children they are gone:
I left them in the churchyard till
I'd said a prayer just one.'

'Where can they be? You must please help,
I've searched in every nook.
They're carried off by some big whelp,
Kidnapped by some strange crook.'

With soldiers from the camp nearby
We hunted all around;
But as the evening dusk drew nigh
They still could not be found.

'Now let us think,' a soldier said,
'Where we may hear some news;
'Tis time those tots were warm in bed,
Not wearing out their shoes.'

'The pub!' he cried with gleeful shout,
'I'll go there straight away,
They must have heard without a doubt
If babes have strolled that way.'

And sure enough when he looked round
That friendly public bar,
He knew that he at last had found
Those children from afar.

For more than two miles they had strayed
Through lanes to them unknown;
Our two little girls, tired and afraid,
An open door were shown.

Now tucked up safely in their bed,
So glad to be at home,
A solemn sermon to them read
Never again to roam.

Nora Beddoes

YOU

Across a room I see you there,
You stop,
You wait,
You stand and stare.

I want to talk to you,
I know I can't.

You look at me,
I look at the floor,
Pink-faced, you go out the door.

Quietly I sit and give you a glance,
Hoping for a chance,
You see me here,
Sitting alone,
Lost in this world all of my own.

Sitting alone,
Texting on my phone,
Smiling, waiting for you to ask me anything at all,
Just for a chance,
Maybe a second glance,
Anything,
To talk to you.

Amy Parkinson

OBITUARIES

In the Independent, Guardian of our Times
Between the angst and the jazz CD reviews
The 'Can you be green?' debate 'whilst listening to the blues'
I frequently find pleasure in the death of obscure figures
And others, whose names may have been in the news

These people are, or were, the Great and Good
Judges photographed in robes and wigs
A scientist who once did something with pigs
Asthmatic academic dead from dusty books
Shaky plastic surgeon dead from dirty looks
Television producer, serial seducer
Public school teacher, a preacher of values
Once whiter than white
A famous musician found with his flute
In the missionary position
At dead of night.

Pugnacity. Tenacity. Combative. Abrasive.
Brutal. Influential. Formidable. Direct.

And just as a footnote
Some of them got married
And some even had kids.

Jeff Morris

WAITING

I sit and dream of long ago when I was young and fit
Confident in all I did, oozing charm and wit
I've had my days of lack of care and doing what I did
But after all, in the old days I was just a kid
I learnt to see things differently, I've got the scars to prove
I found out the hard way to get things on the move
Life isn't just a load of fun, it's serious at times
I ate of the bitter fruit, (not lemons or green limes)
I had it hard a few times, I drank the bitter cup
But then as I look back on it, it's part of growing up
Now I'm in my seventies I'm settled and I'm slow
And I'm in God's waiting room until it's time to go.

Margaret Rankin

DEAREST FRED

It's been three years, two months,
six days now.
Since Great Aunt Lil popped her clogs,
bless her soul.
Yet she never let us forget her.
Purple rinse, wonky glasses
perched upon her twitching nose.
As in her will she left us
her most valued possession.
Fred-
an old stuffed feline.
Who stands awkwardly in our hall,
Fur standing electrically on end.
Permanently frazzled.
Amber eyes on stalks
watching. Waiting to pounce.
Countless times have come,
and gone where I have tried
to accidentally break him,
or move him somewhere
a little more discreet.
Until Flo gets home from
work, shrilly demanding
'what've you done with him now?'
the battle cry, heard
at least once a week.
'Snap his legs and I'll snap yours.'
Half-hearted apologies fall from my lips
as I dutifully return him,
to his rightful place.
Conversations become stilted,
then supper's served with spite.
Tuna. Because she knows I can't
stomach fish.
'You're turning into your mother.'
The only reply I can muster.
As Fred watches on,
laughing.

Bethan Hughes

MUM . . .

Mating of the flesh . . . blending of two bodies and souls . . .
A miracle created . . . nourished and protected in the cosy depths of a glowing mother.
A bit of Dad and a bit of Mum . . . cherished and loved . . .
They are one in you . . .
9 months of pain and joy . . .
9 months of waiting and longing . . .
A kick . . . a punch and she smiles . . .
Her tastes are yours . . . her breath yours . . .
Pain brings upon cheer . . .
After all the love and waiting . . . there you come, almost ripping your mum apart.
The pain forgotten at a glance of your pink screaming face . . .
Arms envelope you . . . you are protected once more.
Feeding you brings a glow on her face . . . the scars you leave on her ignored.
A toothless smile sends her gushing at you.
Your life is more valuable than anything in the entire universe . . .
A tremble from you and she'll rock the world to stop it.

All your 'growing' pains are hers too.
The first scrape from a careless stumble . . .
The gentlest treatment opted . . . kissed lavished on your li'l Boo-Boo . . .
Yes and No followed without questions.
Hugs and kisses taken and returned . . .
Good or bad . . . she knows best.
Soon things change . . . she accepts it without a complaint.
Her tastes are forgotten as your demands increase.
Your tastes are hers . . . your breath hers.
She stops you from bad and you question it . . .
She tells you what's good and you question it . . .
Fussing and grumbling . . . tears and anger . . .
How does she know what's best?

A new doll or a cycle . . . her needs are second to yours.
Everything that you could possibly need to keep you
happy is yours . . .
But are you content?
The tears . . . the sad faces . . . irresistible . . .
You get everything you desire and much more.
After all, you are hers . . . she wants that glowing smile on your face!
Mum . . . she teaches you . . . to share . . .
to care . . . to be good . . . to be careful.
She tries her best to make you the nicest, smartest ever . . .

Giving you everything she had desired as a kid . . .
Loving you much more than anyone ever could!

Slowly you make friends . . . good ones and bad ones.
She knows now she has to share you with the world.
Home? Boring!
You go back as late as possible . . .
She waits every evening.
She worries . . . she frets . . .
You tell her to keep out of your affairs . . .
You tell her you know best.
You tell her you aren't her baby anymore!
But of course . . . she knows you are . . . and you'll always be.
She ignores your hurtful words . . .
She turns a blind eye when you disrespect her.
Teenage . . . it'll pass! That's what she says!
You hate her for stopping you from all the cool stuff you could do!
She doesn't want you to drink . . . smoke!
How can you join your friends?
How will they ever accept you?
Who is she to stop you from living your life?
Do you stop to think . . . why does she accept you no matter how far you try to get away?
Why does she care even when you kick aside her love?
Why does she call you hers . . . even when you hate her so?
Why does she cry over every mistake you make?
Why do you forget?
You are a part of her . . .
Every minute she spent taking care of you . . .
Keeping you happy . . . only to see you kick it away?
Can you give them back to her?
Can you ever do everything she did for you?

One day you wake up . . .
You realise just how much Mum ever did for you.
Then you think . . . well . . . one day you'll do the same for your kid . . .
It's something every parent does!
So you forget about saying thanks . . .
Silence from you . . . and she just smiles and hugs you . . .
You tell her she is embarrassing you.
Soon you fall in love . . .
Mum's ecstatic! Someone's going to love her baby as much as her.
She's wrong . . . no one can love you as much!
But you find your love as boundless and overflowing as the sea.
You think it's deeper than what you feel for your family.

Marriage . . . the most beautiful thing!
You create a part of yours soon.
A little bit of your parents . . . a little bit of you and your soulmate.
Your little marvel . . .
The circle begins again . . .
It's too late now . . . you see everything your mother did for you.
You can't tell her just how much you love her . . .
You can't thank her enough . . . can you?

She's your mum . . .
Don't hesitate to tell her you love her . . .

Thank her . . . it won't hurt you . . .
Bring that glowing smile on her face . . .
Try to keep her happy . . .
Do what she has done for you for a change . . .
Mum . . . No one can ever take her place!
No one can ever love you as much as she did.
Show her you love her just as much.

Pearl Debra Lobo

UNTITLED

We collected the shards from the sad grey heaps that were left,
the toll of the bomb raid the night before.
Early morning saw the survivors leaving the shelters,
blinking in the morning light, like moles bursting up from below.
Not knowing, as we children didn't, that flowery piece was the Favourite of Mrs Jones, now buried deep in the rubble.
She would never know that we children were playing with the beloved remnants of her China cabinet.
Our star item for sale, a complete China flower, placed reverently
in the centre of our eclectic heap.
The gaps between the houses like drawn teeth, the untouched houses reaching in solitary splendour to the sun.

Lynda Day Bidston

THE UNSOCIABLE CAT

As she sits upon my lap,
My unsociable cat,
It's always been
This way it seems.
Adorable and friendly to me,
But for no other to see.
Runs away if new people are in sight.
Taking her flight.
Under the bed or behind the couch,
Disapproving looks from Sophie no doubt,
As for dustmen day, she never comes out.
Not keen on men, only tolerating them in the room,
She sits staring and pondering perhaps they will go home soon.
Outgoing and playful during the day,
When we are alone together
She prefers it this way.
Knocking at the door she pretends to sleep,
With one eye open craftily she peeps!
In Sophie's opinion large groups are a disgrace,
Let alone parties and big bangs to her distaste.
Adventures outdoors occasionally on mornings,
No longer than an hour, cautious of warnings.
A cough, woof or miaow, brings her hurling right back,
All puffed up like she's been in a cat attack!
Desperately looking up at me, wailing to come in,
With a look of, 'where have you been.'
Through the door, all around my legs,
'Is it just you and me today?' she says
'Yes,' I reply, my beautiful unsociable cat.
Just the two of us, contentedly she settles upon my lap.

Claire Nicole Long

COURAGE

I have summoned the courage
To live another day
To push my toes out from under the covers
Sit momentarily on the side of the bed
Rub my eyes and clear away the sleep
Stretch my arms high and my legs out.

I have summoned the courage
To fix a cup of coffee
While I watch squirrels romp and play in the trees
Through the picture window where
On so many other occasions - I have
Cried for or yearned for
A brighter future.

I have summoned the courage
To take my medicine
Though none of it takes away the pain
Finding no pill that can fix my broken heart
Or ease the discomfort deep in my bones
That so eagerly seeks to rob me of who I am.

I have summoned the courage
To cry out to God in prayer
One more request
To receive His protection
Affirm that all my needs are met in Him
And not have doubt or worry about
How I will survive with little
And still be able to help others in need.

I have summoned the courage
To brush my teeth and wash my face
While I wonder what the day will bring
Or where my fated life will take me
Or leave me
Curious if I will sigh in relief or grief
When at day's end I rest my weary head.

I have summoned the courage
To toil in a field that is not my own
To pursue another's dream
And not let mine gather dust in a corner
To hold another's passion sacred
While unearthing my own hope chest
Opening my own Pandora's box
Holding on for dear life to my brass ring.

I have summoned the courage
To face another day without excuses
Remembering how fearfully and wonderfully made I am
And resist the undertow - the pull - to close my heart forever
But instead release love
Like a pair of wing that beat the air
To risk it all
And live like there is a tomorrow.

I have summoned the courage
To open my journal and read
Where the road of life has taken me thus far
And defy the twin gods of discouragement and disappointment
To embrace joy one more time
Enabling me to pick up my pen
To write again.

Diane Lewis

WE ARE NOT

Forever young
We are not.
Mind and spirit
Stay the same
Getting old
Is to blame.

Niall McManus

ROSIE DISCOVERS SNOW

Rosie wakes and her teeth are a-chatter,
She's normally cosy, whatever's the matter?
She gets up from her cushion and goes for a walk
What she sees from the window puts her eyes on a stalk

Oh my, oh my, what has happened out there?
The colours have gone, it's turned white everywhere
Green has gone from the grass and brown from the soil
What can she do to fix this turmoil?

She goes back to her cushion to think for a while
Should she phone the police? But how will she dial?
She will wake the humans, that's what she'll do
They'll sort this out, they might have a clue

Oh my, oh my, what has happened out there?
The colours have gone, it's turned white everywhere
The bushes she plays in are fluffy and bright
The humans will have a terrible fright

She runs to the bedroom and makes a small call
It was too quiet, they did not hear at all
She jumps on the bed and pads on her mum
She's padding so fast now just like a drum

Oh my, oh my, what has happened out there?
The colours have gone, it's turned white everywhere
The road was once black and the fence reddish brown
But they're now wearing a white dressing gown

At last, at last her mum's getting up
She walks to the kitchen and picks up a cup
Rosie jumps on the side with one big bound
She needs some help with what she has found

Oh my, oh my, what has happened out there?
The colours have gone, it's turned white everywhere
The sky should be blue, not this wispy grey
This is such a strange mysterious day

Her mum twists the cord and opens the blinds
A smile appears at the sight that she finds
Rosie's shocked, where's the shouts and the screams?
Maybe it's not as frightening as first seems

Oh my, oh my, what has happened out there?
The colours have gone, it's turned white everywhere
The neighbour's car, it should be bright green
But the top of it's covered and cannot be seen

Here comes the postman delivering the mail
But what's that behind him? He's leaving a trail
She's desperate to go and see what it is
Oh dear me, she's in a terrible tizz

Oh my, oh my, what has happened out there?
The colours have gone, it's turned white everywhere
What are the flakes falling down from the sky?
Rosie's still scared and gives out a small cry

Where is she? Where is she? Her mum's gone outside
But Rosie just follows, her mum is the guide
Should she be scared now, she just didn't know
She steps on the layer of crisp, cold snow

Oh my, oh my, what has happened out there?
The colours have gone, it's turned white everywhere
The powder's not scary, press down and it goes
It's now her friend and not one of her foes

The sun is now shining but what's happening there
The white blanket's going, it's now laying bare
The snow is now melting, the colours seep through
Rosie's now calm; she sits down and sighs, phew

Oh my, oh my, what has happened out there?
The colours have gone, it's turned white everywhere
It's now disappearing, it's nearly all gone
The colour's returning with the sun as it shone

Moral

When things appear different
And you feel a bit scared
Just get someone to help you
Problems ease when they're shared.

Kath Millar

VOICES OVER THE SURF

I sat amidst the spray from the breaking surf,
Transformed my inner being to an ethereal turf,
A power bestowed heightened senses to discern,
A kaleidoscope of voices thrown up from an urn,
Like ashes of the departed sown in the balmy wind,
To nature returned a temporal home this cycle find.

In the distance, the mighty whale leads his pack,
Homing instinct this path and journey surely track,
This annual sojourn coded through million years,
Shoreward wind carries the clarion call all prey fears,
Symphony of a hundred notes, his presence intimate,
This purpose a command or a love song to his mate.

On this sea I hear the deafening roar of ammunition,
A galley of war in the fog a ghostly definition,
Sails unfurled, the wind whistling, rigging taut,
Hundred hands loading the cannons, victory sought,
An eerie mix of wounded cry and suppressed pain,
Chills my heart and a shiver runs down my spine.

Rudely waken from my dream on the water's edge,
Salty spray rests on my face as the dew on the hedge,
Perhaps an echo of my heart's cry, I hear a distant call,
Your holy presence by my side this summer evenfall,
Voices over the surf a concoction of emotion evoke,
But my heart, this instant, your eternal company invoke.

Barnabas Tiburtius

THE OPPORTUNIST

She gleams on the forecourt like sun on the snow,
Her engine was purring, raring to go,
The red of her body was hot like a flame,
The roar of her pistons just calling my name.

I stroked down the bonnet with a lover's caress,
She'd taken my fancy I had to confess,
I swooped down upon her like a bird upon prey,
It only took seconds before I was away.

Out on the road with engines full heat,
I was cruising my way full speed down the street,
From second to third and up one more gear,
She ran like a dream, I had nothing to fear.

Then out of a siding like a cat on the prowl,
Came the scream of the siren's unforgettable howl.
Blue sapphire lights flashing, all through the sky,
I had nowhere to go but I was going to try!

Adrenalin pumping red blood through my veins,
I tried to outrun them through sidings and lanes,
But time running out and escaping growing thin,
I had no other choice, I had to give in.

Like leaves in the autumn when summer has flown,
I sit in my prison right here all alone.
Justice prevailed and I got what I should,
But I have to admit it, the ride was damn good!

Angela Taylor

WHAT IS LOVE?

What is love?
Love is friendship
Love is companionship
Even citizenship
Love can come in many forms
Love can harm
Love can calm
Love can be one of the norms
Love means supportiveness
Love means happiness
Love are your children
And your grandchildren
Love can be optimistic
Love can be sarcastic
But can also be bombastic
Love can bring unhappiness
Love can fetch loneliness
Love is emphasing
Love needs understanding
You need to work together
Be there for each other
Love can be unique
When you find your own technique
What is love?
It's when two people
Fit together like a glove
And stand strong like a steeple.

Pat Hunter

APRIL

April is a vagabond,
A laughing wayward child of spring,
That lures the swallows home again,
Causing the lark and thrush to sing.

Pale sunbeams dance and dazzle through
The misty green of budding trees,
All earthly things begin to stir
And whisper secrets to the bees.

The flowering cherry, rosy stands
Besides a grassy bank of flowers
Of Celandine and Dandelion
That blooms and seeds and tells the hour.

Capricious winds blow cold and chill
And scatter raindrops - icy now,
That bend the golden daffodil
And pluck the blossom from the bough.

The showers fill the lakes and streams
Then sun peeps out as clouds roll by.
The rainbow bends her lovely arc
Beneath the canopy of sky.

Now April's spent - her course is run,
Must hasten on and cannot stay,
She takes another turn about,
And wanders into sober May.

Ann Dempsey

THE GIFT

The hour is late on Christmas Eve, the cold blends with the dark.
All that's heard is the howl of the wind and a guard-dog's nervous bark.
The thorny teeth of the rambling rose are lit by a yellow moon,
As they scratch and screech on the windowpane, tap-tapping their jerky tune.

A chink of glowing orange light shines through that leaded glass,
To tempt us to approach and view from where those rays were cast.
Our eyes adjust to cope with light, such contrast with the gloom,
And there we see an ingle nook and ash logs warm the room.

Flickering shadows from the fireplace dance along painted walls;
Red wax from Christmas candle flames spits out then drips and falls.
And sitting by that open fire, tucked up all snug and warm,
A lady sleeps, chin on her chest, untroubled by the storm.

Her wrinkled skin has tales to tell of lifelong years of toil,
Mixed in with joyous times she'd say were riotous, right royal!
But all that's passed and now to move is naught but constant pain;
She lives in hope there'll be a day she dances once again.

Opposite in short-sleeved shirt and trousers casual style,
A man whose skin is smooth no more sits brooding for a while.
He fumbles with a notebook and grapples with a pen,
Jots down two words and then one more and does he count to ten?
Quite clearly there's frustration in his actions and his look,
And see how one hand quivers as he tries to close the book.

There is one other lady - her looks belie her years,
She also has experience of laughter and of tears.
But as you gaze upon her as she sits and sips her tea,
You sense a warmth, compassion and ne'er a thought of 'me'.

The open fire, the ash logs keep out the cold of course,
But the real warmth in that brief scene comes from a different source.
It is this special lady, who smiles and chats away,
As all three are now wide awake on this new Christmas Day.

The wrinkled lady by the fire, the old man, pen in hand,
Know all too well the debt they owe and hope she'll understand
Their words will never be enough, so great their debt to her,
For her gift equals those of old - gold, frankincense and myrrh.

David E Anderson

THE ARRIVAL

The stirring fanfare of trumpets
Echoed and vibrated around the great hall.
The courtiers, richly clad, drew aside to clear a path.
Seated on his throne, the renowned King leant forward,
His royal symbol, a lion of gold, gleaming on his crown.

Turbaned slaves slowly, opened the massive cedar doors,
Revealing a colourful pageant of such splendour
That it drew a gasp from those around.
At the head of the procession, the Queen in all her beauty,
A Nubian slave on each side leading a black panther.

The Queen's shimmering robes flowed from her shoulders,
Embroidered silk glittering with gemstones.
Her dark eyes gazed in wonderment
At the magnificence of the court,
The ornate columns and glowing lamps.

A simple band of gold encircled her brow,
At its centre, her namesake,
A diamond-studded star.
Her whole demeanour spoke of one born to rule,
Confident in her power and beauty.

At her back, the procession waited:
Slaves bearing chests of gold, boxes of rare spice,
Caskets of precious stones, sandalwood and cedarwood.
King Solomon, the mighty ruler, stepped down from his throne
And stood beside the Queen of Sheba.

Their lips spoke the formal words of greeting,
But at the merest touch of their hands,
A look passed between them,
A look banishing all other sights and sounds.
He, who worshipped the One True God,
She, who glorified the Sun, Moon and Stars,
Spellbound.

Joan Hawkes

SAWTELL SUNDAY

We sit and relax at the table,
With 'long blacks' near to hand.
Ahead of us - the ocean,
White surf and golden sand.

Friends gather, under shades,
Half hiding from the sun,
There are no strangers here,
As staff greet 'everyone'.

People head towards the beach,
With towels and brightly coloured bags.
They show respect to every tide,
And swim between the flags.

Children run and laugh and smile,
And play all sorts of games.
Two pine trees, stand proud and tall,
And make perfect climbing frames.

Soothing music fills the air,
Haunting, dreamy tunes.
Birds fly past, high on the wing,
And disappear above the dunes.

Rescue staff, stand alert,
Searching for a soul to save.
Surfers drift and linger,
As they wait to catch a wave.

Dolphins sometimes visit,
So we stare with scanning eyes.
Two words can describe this place,
'simply - paradise.'

John Millar Kent

WRONG NOISES

Don't miaow at that pig
A cat makes that sound
A piggy says 'oink'
With its nose to the ground

Nor does that horse bark
That's a doggy of course
Try to say 'neigh'
That's more like a horse

Oi! Silly Billy
What are you doing now?
A sheep doesn't moo
That's the sound of a cow

And that lion won't cluck
Of that fact I'm sure
It's hens that go cluck
A lion goes 'roar!'

What's that? A worm?
It says nothing at all
Just slithers about
All slimy and small

You hissed at that snake!
What a clever young lad
Now you're just being silly
Don't snore at your dad

Dan McPheat

ME OLD BANGER

Our holiday, we leap in car
No four-by-four, no Jaguar
The wife and I, three kids in rear,
It's an old Ford banger, that I bought last year.
We got it through its MOT,
Three hundred quid it has cost me.
No worries now, we raise a cheer,
As I rev up, engage first gear.
Two miles down the road a shout,
'I'm feeling sick, let me get out!'
Another ten I'll make a bet,
'Are we nearly there, Dad, yet?'
Now on the motorway, it's clear,
Then what, all us motorists fear.
Ahead I see, a braking light,
An ambulance dashing to the site.
Policemen clearing up the wreck,
Whilst I crawl by, with rubber neck.
The wife reminds me, 'Do take heed,
Be alert and watch your speed!'
The kids all shout with an accord
'The journeys long, we're getting bored.
For half an hour we've played I-spy
And fifty red cars, have passed us by.
We want to eat. I need a wee,
I think me mom wants a cup of tea.
I'll have a burger, I'd like a scone,
Buy us something Dad, go on.'
'The price of food in here's too high,
Just have an ice cream then let's fly.'
In half an hour, a shout of glee,
'Look over there; I can see the sea.'
I lay me down upon the sand.
Say to the wife, 'Love, this is grand.
Who would have thought, we'd get this far,
In that little, battered, old Ford car.'

Albert Watson

THE TRAVELLERS

When winter comes and the nights draw nigh,
And the frost glistens under a moonlit sky,
The cold winds blow
And in turn bring snow,
This then brings the travellers, oh.

This happy group come each year,
To perform their play and bring good cheer,
Their clothes, their music
And merry laughter,
Will touch our hearts for many days after.

The scene and action of their play,
Takes you back to that first Christmas Day,
How a babe was born
On Christmas morn,
And Herod, of course, was put to scorn.

It's not hard to guess that these folk believe
In everything they say, and they truly leave
You in no doubt,
What life is all about,
And the villagers say these folk are devout.

The travellers soon leave this place,
And of this group you'll find no trace,
Except a sense
Of reverence
That lingers with some awesome suspense.

We love to see these travelling folk,
For 'tis they that bring sincerity and hope,
We wish them well
Where next they dwell,
As we wait with expectation for the next Noel!

Maureen Alexander

MODERN LIVING

'What is this life so full of care
we have no time to stand and stare.'
Words of a poet now long gone,
reflecting upon his world gone wrong
and sadly those sentiments still display
for some, an apt description of today

There are those who idly stand
staring at an unfriendly land,
where selfishness and greed hold sway,
increasing their poverty day by day,
for jobs are now quite hard to find,
so debt and despair control their mind

The luckier ones still busily seek
to earn enough money during the week,
to meet all the bills as they fall due
and feed and support the family too
and if a holiday is to be had
it's an evening job for Mum or Dad

For others, when daily toil is done
mobile phones provide much fun.
The Internet is there as well
to search for things to buy and sell;
and if music is a real desire
an iPod plays what we require

Superstores can meet the needs
of whatever kind of life we lead.
And any time we want to shop
they are open round the clock
and payment is not due at once
a credit card gives several months

If there is some cash to spare
countless delights provide a fare
of restaurants and gastro-pubs,
betting shops and gambling clubs,
discos with the flashing lights
and most are open every night

Are these the things we really crave?
A shopping mall, the weekend rave?
Instant food in micro packs?
Burgers from the local Mac?
No fresh veg, no Sunday roast?
No morning porridge or hot toast?

Slow down this life of rush and tear,
find time to stop, to stand and stare
at all of nature's wondrous sheen;
Its hills and dales and fields of green.
Then with the family, hand in hand,
explore, enjoy, this wonderland.

David Dallimore

SEASONS

Each spring the Earth's reborn and nestlings sing;
Around primula patterns the woodlands ring-
To all living things that dice and dance,
Life's cycle grants another chance.

In summer we, with seaward gaze-
Rest, reflecting 'neath the sunny haze.
The fields and forests' resplendent glow;
Life is sweet but do we know?

With autumn comes the changing hues,
Leaves are chasing fading summer dews.
The transition's golden, we are beholding -
Chaff-cut harvest fodder stocks a'loading.

The winter days darken as the year grows old;
Scenes snow-scaped, windswept, icy cold;
'Round fires we ponder on the year that's gone,
Did we do right? Did we do Wrong?

We'll ne'er know for sure till the nestlings sing;
Last year's the shell the fledgelings fling;
On the woodland trees yet another ring;
We contemplate and await the spring.

Roger Oldfield

OPHELIA

Sometimes she feels a menace in the clock,
Where the cuckoo, meditating her death,
In tender shades of blue, pauses to mock
The passing sky, as he tortures her breath
Through his two notes whose each percussive shock
Scatters her mind like petals from a wreath.

Her summers, burning in a bridal wreath,
Briefly defy the bodings of the clock,
Briefly belie the adolescent shock,
The hidden bruise that widens into death,
Though flowers and cuckoos, flaring in her breath,
Feel, in their flame, the ashes they half-mock.

Smiling out of her lips, her voices mock
Her schizophrenic cuckoos and the wreath
Of tortured babies latent in her breath,
Where life resolves into a two-way clock,
Whose twisted arms calliper birth and death
To that one point of dissonance and shock,

All music, scattered in that primal shock,
Stumbles in her own voice. Her summer's mock
The dying cuckoo, as he works her death
Into the petals of their fading wreath,
The meditations of a troubled clock,
She feels the sky faltering in her breath.

Voices, neologising in her breath,
Create a barrier to the summer's shock.
In tones of tender blue, they bid the clock
Murder the cuckoo. Wordlessly, they mock
Feathers and petals, drowning in a wreath
Above the lips that cannot read their death.

Wordlessly, though they cannot feel her death,
They shape it, as the cuckoo in her breath
Tortures the music from a dying wreath
Of sky and petals. All the inward shock
Widens into a blue that seems to mock
The crises of the cuckoo and the clock.

And was it death or a mere lingering shock
That took her breath? And do her voices mock
Her drowning wreath, or die into the clock?

John W Wilkinson

FATHOMS DEEP

Sodden driftwood wrapped in seaweed
Tossed up by the tide
Father Neptune's gift to combers
Ghosts of ships that died.

Ancient legends tread the seabed,
Ships at anchor ride.
Countless divers search the corals,
Antique myths defied.

Riddled hulks below lie rotting,
Centuries of pride.
Trellised playpens in Atlantis
Fishes seek and hide.

Hungry underwater currents
Feeding off the tide.
Solemn sentimental values
Of crews now denied.

Timeless epitaphs for seamen,
Lord with me abide.
Inside Davy Jones' locker
Life and death reside.

Sidney A Gadd

MY BETTER HALF

I'm a very patient person
My patience has come to an end
It's time I got in a car
To drive you round the bend
Okay. Take a refresher course.

Gosh, about time too, long overdue.
I think I need a whisky
To get over the shock
I've found an instructor, Martin
They say he is one of the best.
I'll go for automatic, give the gears a rest.

Have no fear, you won't regret it my dear.
I'll be able to drive you round all year
If you don't like how I drive
You will have to play my old game,
Walking home in the pouring rain.

Catherine Wigglesworth

RUMOURS OF LOVE

Love is like spring-
New love is happy and full of energy.
Harmonious energies in all you do.

Love is like summer-
The time when love and lovemaking is at its longest.
Time and energies are running high and seeds will flow.

Love is like autumn-
Leaves, falling and changing its colours.
Love becoming cooler as autumn mists.

Love is winter-
When love is in the past,
Painful and cold like ice.
Love has gone dark and bitter.

When your love goes cold like ice you know winter is here and love is no more.

St. Catherine Henville

OUR LITTLE FLOWER

I was tidying in the garden eighteen years ago today
When a frantic phone call told us you were on your way
Your arrival being imminent sent me into a fluster
The journey down to greet you allowed me my thoughts to muster
When at last I held you I was overwhelmed with feeling
Powerful emotions surged for you that tiny being
Little did I know back then we'd develop a rapport
And I'd regret moving away so I could see you more
Every summer you would come up here with us to stay
Sometimes we'd come and fetch you; sometimes we'd meet halfway
We rediscovered haunts of old granddad and you and me
You walked for hours around the zoo when you were barely three
We took you to the seaside, built sandcastles on the beach
When cold you ran to fetch a blanket I'd left out of reach.
Together we would sew for hours with beads and lace and ribbon
Then you would potter off to water flowers in the garden
Chatting away to granddad often left you mystified
So he would walk and talk with you and explain away your whys
We visited museums, showed you how things used to be
Then came home and baked big cakes together for our tea.
Weekends we'd go off camping, you loved sleeping on the ground
As it grew dark you went torching with a new pal you had found
We explored caves beneath the earth to show how stalagmites were grown
You loved all of our adventures and we seldom heard you moan
You had a catchphrase years ago when your impatience struck
'Do it' you would say to us, over time that catchphrase stuck
We shared many precious moments over the ensuing years
We had such fun discovering things and rarely saw your fears
Just like a little flower we've watched you grow and flourish
Fond memories of those happy days we both will always cherish
At last our flower has blossomed and today has come of age
To start a life of drama performing on the stage
The world is now your oyster; your choices are immense
Always do what you feel right and use your common sense
Your future lies before you, tread carefully as you go
Enjoy it and be happy as you were those years ago.

Joan F Barwick

THE HOUSE MARTINS

You should have been here by now!
What is your delay?
The Atlantic Ocean - maybe too rough!
Whatever the reason,
Take care and don't give up!

Your home outside in the controls room is still waiting,
No one has moved in,
But it might need a maintain,
With probably a repair,
A feather or two here and there,
To make it home again;

So little birds hardy and strong,
Hope it won't be too long,
Before we see you soon . . .

Hip hip hurrah!
I saw one of you today,
And then another one of you soon after,
No doubt your mate,
Welcome back!
And enjoy your stay.

Jane Milthorp

UNTITLED

You fulfil my days with happiness,
Those days you make me smile.
You take away my loneliness,
Which makes it all worthwhile.

You mean the whole world to me,
From the very first day we met.
You can continue my family tree,
I hope this don't seem a threat.

You are the one I love,
The one I understood!

Sarah Rowe

A MAN'S LAMENT

Have you ever been clothes shopping?
I ask my fellow man
If you've ever been with a woman
Then I know you'll understand

Women go in every store
Try on all the clothes
Ask you for your opinion
Won't settle for 'I suppose'!

We can never say the right thing
We just don't know what it's like
Does her bum look big in that?
Is it just too tight?

All the other guys just standing there
Around the entrance to the store
Never wanting to venture into
A place better just ignored

Sometimes a woman's sneaky
Distracts with talk of sex
And before we even know it
We're inside the local Next

Why can't women be like men
Buy the first thing that they see?
As long as it fits OK
That'll do for me

So next time you're dragged into town
Amuse yourself by spotting
All those other poor guys
In danger of death by shopping!

Paul Duddles

LIFE'S JOURNEY

Sun peeps out behind the rain clouds blowing
Across the sky, on day of sun and showers.
Rape flowers shine like gold fields glowing
Beside the river, among the green-leaved bowers.

As walks the gentle maiden with her hound beside her
The birds sweetly praising their Lord with joyful song
And horse and rider trot along the field there
When farmer on his tractor comes along

A sudden shower, its raindrops sprinkle on us
The sweet, fresh smell of water on dry ground
Brings hope of fruit and flowers in days before us
With apple pie and blackberry jam all round

And now our walk is over and home we go
To start our chores and daily round of jobs
We wash, clean and make our dough
To feed us, then after lunch we'll go and cut some logs

Day by day this pattern lies before us
Just like the plan the Lord has for each one
And if we listen for his voice to call us
We'll know one day he'll welcome us back home.

Eileen Smith

LIFE'S THE THING

Life's the thing, so be alive
And always look alive,
Whether you are seventeen,
Or rising eighty-five,
It's not the length of years that count,
It's the quality that determins what kind
Of living yours is going to be,
There is no generation gap
Age is illusory
Life's the thing
Enjoy it, love it, live it,
Gloriously!

Vera May

HIGH STREET KINGSTHORPE

Kingsthorpe village born and bred
Raised next door to the farm
Played in the fields all my childhood
Never came to any harm

Lived in high street, grew up there
Everything was in easy reach
High street had everything in it
Even a school to teach

At the top was the cobbler's shop
Across the street the chippie
Further down, the farmyard
Sometimes a little wiffy

Then came the Baptist church
Where we went to Sunday school
Outside which we met our gang
Under the gas lamp tall

Cross the street again, here's the sweet shop
Where I spent my three penny bit
Two-penny worth of kali
And a penny liquorice stick

The outdoor beer house that comes next
Then carry on down to the school
A little further down we're at Green End
With a long well to keep you cool

Now this is really the end
With the church on the little hill
Everything stops right here
As we go down into Kingsthorpe Mill

But the years have changed everything
Most of the shops have gone
The chippie is an Indian takeaway
But the outdoor beer house lives on

The farmyard's gone now, in its place
Luxury houses built of stone
And if I could move back there
It really would be going back home.

Jean Muttock

THE CHRISTMAS DONKEY

I bore my gentle burden to the stable door.
For Bethlehem, it seemed, could offer us no more.

And then, at last, we could rest, we travellers three,
Joseph, Mary and a sad old donkey like me.

It did not last; a scream and a cry pierced the night
And a star filled our stable with wonderful light.

I saw a babe asleep upon a bed of straw,
And shepherds bearing sheep knelt down in silent awe.

The babe awoke to greet this scene of wordless love,
While wheeling stars seemed to dance in the skies above.

My years of kicks and hurt began to fade away
For I had played my part in this baby's birthday.

This simple service was somehow setting me free,
For love had embraced a sad old donkey like me.

Margaret E Gregory

WHAT FOR?

At first they had no idea who he was
Their job was to clear up the mess
No time to think about him as a man
Or of his loved ones' deep distress
They moved with haste, no time to waste
Dog tags removed to, later, be sent home
No certainty that his remains would follow
They carried on while filled with heartfelt sorrow
The order came to push on to the line
They could do no more, there wasn't time
Forward they struggled through the mud
Each man doing the best he could
The noise and dirt became too much to bear
They hated leaving wounded comrades there
They had no choice, they had to fight this war
No one answered, when they asked
What for?

Hilda Slater

LOVE

Free thoughts, clear reason, departed
Interchange from the heart and the head
Just a touch or mere look, word needn't be said
How the ways of our being is fed.

From the low, then the high evince
Where the mind agitating, where since
The experience arousing sensation to wince,
The body, electric province.

Intercostals, bearing the pain
Impaired, the echelon of the brain,
Alternate feelings, drain the existence, wane
And wax, incontrollable bane.

Two mouths thirsty for either one,
Bodies 'twined, heartbeat involving none
But for each other, their thoughts wanton and run,
Ecstatic ache, what have we done?

Nina J Jarman

HOME SWEET HOME

I am home again, where I belong,
I've travelled far-gone, on and on:
I've seen the sights and
Sailed over the seas;
But England is home,
The only home for me.

Home, England my home:
More beautiful than anything I've seen;
Home, England my home,
So beautifully dressed,
In every shade of green.

The foreign shores I love to see,
The world and all its mysteries:
But heart and soul will always be,
Home in England, the only home for me!

Hetty Launchbury

SINBAD OF THE SEVEN SEAS

Beneath the swaying palm leaf's wavering shade.
Sits Sinbad, storyteller, ready to ply his trade.
He tells his tales with practised ease
Of the time he sailed the seven seas.
Tales of wondrous treasure, jewels and gold.
Monsters that make the blood run cold,
Of men who were buried alive in the sand.
The king who turned all to gold.
With just a touch of his hand.
Of beauty that men killed to behold.
Of crying women on their way to be sold.
Men who would kill just for the thrill.
Women who made poison their deadly skill.
He told of the forty thieves and their treasure-filled cave.
Of the numerous women he had been called upon to save
Daughters of kings and often their wives
Were grateful to him for saving their lives.
He set sail on seven voyages
Each more dangerous than the last
On the seventh voyage the ocean is deep and vast.
A sorcerer seeks revenge for some imagined slight
Shrinks the beautiful princess she is 'miniaturized'.
Now sea monsters of tremendous size he must fight.
And centaurs with a hundred eyes add to his plight,
Just when he believes all is lost.
On to a sandy beach he is tossed.
There he finds a genie imprisoned in a flask.
Sinbad frees him. It's such a simple task
The Genie grants him three wishes.
And the princess promises many kisses.
Two wishes are quickly lost to the Genie's evil lies.
With his last wish the princess is restored to her normal size.
The evil one is vanquished by Sinbad's noble hands.
The king offers Sinbad gold, servants and, lands.
The princess is a willing prize.
But to the crowd's surprise Sinbad sadly sighs.
Although it is tempting to wear a golden crown.
He is not yet ready to give up the sea and settle down.

One night he takes his boat and disappears.
He does not return for seven years.
Then once more he sits on the harbour wall.
Telling his story to one and all.
Now all his stories have been told, all the thrills are done.
Life is suddenly empty, all its excitement gone
So he sits alone in silence on the harbour wall.
Whilst deep inside his heart the seven seas call.
It is for adventure his heart and soul cries
His friends with good intentions beg him to be wise.
Stay here and grow content, happy and fat.
But he will have none of that.
So once more he sails into the night,
Straight on till the day dawns bright.
Here he will meet his monsters for the very last time
As he sails into the sunset and uses the last rhyme.

Ron Vickerson

WHERE DRAGONS FLY

Drawn to the water
Where the dragons fly
And the sky is reflected
For my true love and I.

I still her voice above the whispering willow
And remember the picnic we shared
Back home that note on my pillow
You saw a future, but you were scared.

Life flows like a river
More constant than the love I could give her
And the stream of words we passed
Got lost as the fisherman's cast
Hit the water where the dragons fly

And I go where the dragons fly.
Sitting under a cloudless sky
Thinking as the river flows
I miss her, wonder if she knows.

Vernon Ballisat

BUDDING ROMANCE

He'd never been there before,
he's never been there since,
so it's fate that they met
at that trashy wine bar.
His mate pointed her out
as she came through the door,
'Ye she's alright,' he said. How romantic.
But just an hour later and they were kissing,
it was love at first dance.
They spoke on the phone
and arranged to go out on a date.
The big night arrived
and he stood at the door full of desperation,
fuelled by teenage dreams and sexual frustration.
He picked a flower from the centre of the bunch
and passed it to her mother,
who blushed at once, embarrassing him even further.
That wasn't supposed to be her reaction;
she was even older that his own mother,
The flowers took her back to a time before innocence lost
and she wished that she was in her daughter's shoes
which at that moment came clip-clopping down the wooden stairs.
She looked just like a princess,
both pairs of eyes starring on agreed.
She actually didn't look a lot different to her mother at that age,
except luckily for her she had her father's nose.
Her date took her by the hand
and planted the softest kiss upon her cheek,
as the camera went snap.
'Oh Mother, please behave!'
The door closed
and a third silhouette joined the two already looking out,
upon the silent lovebirds from the comfort of the lounge.
It was a silence that said everything that needed to be said
and everything that can never be said with mere words alone.
He opened the car door like a true gentleman,
but for how long would his raging hormones allow him to act this way?
For now however,
his thoughts never strayed further than a single kiss goodnight,
when for the briefest of moments her beautiful delicate lips would meet his.
He took her to the pictures and they watched a film that she chose.

They had a brilliant time, the night was perfect,
that was until he pulled up outside her house.
As she placed one hand on the door handle,
he placed her other inside his
and leaned in - for the magical kiss,
only for his other hand to roam a little further than she had wished.
Her hand left the door handle and connected with his face,
she stormed from the car and up the drive.
The moment had been spoilt, the moment had been completely lost.
Her mother had seen it all from behind the twitching curtains
but her daughter didn't want to talk
and marched purposely straight to her room.
And as the young man banged his head on the steering wheel in despair,
accidentally sounding the horn.
The young girl cried into her pillow;
the premature ending to a budding romance.

Anthony Hett

THE SEVEN SINS

The seven deadly sins make it very plain,
If we indulge in any of them, we've nothing much to gain,

Sloth is self-indulgent, from bed it can't arise,

Lust makes people have affairs, resulting in pure lies.

Avarice is greedy, its appetite for more, consumes the unsuspecting,
and strikes them to the core.

Pride sits on her golden throne, aloof, and cold of heart,

Anger gets the best of folk and drives them all apart.

Gluttony is stealthy, it creeps up from behind, on love of food it
does depend, and increased weight you'll find.

Envy casts her mantle over those who wish for more,
If only they had half as much as those who live next door!

Life's hard when it is easy so, to live a happy life,
Don't fall prey to these seven sins, or life is full of strife!

Jasmine Grace Geddes

OH, WHAT A LOVELY WAR

Just a kid when war began,
Dodged the 'evacuation' plan,
Rationed food and rationed sweets,
Collecting shrapnel from the streets,
Listening to Lord Haw Haw's lies,
Watching dogfights in the skies,
Perfect English summer days,
Before old London's set ablaze,
Now the lamps were doused of light,
We saw the stars come out at night
And found, in time, and what a lark!
Like cats, we could see in the dark,
Blackout curtains - bomber's moon,
Put out that light - they'll be here soon,
'Siren's gone - come on, my dear,
Down the shelter till the all clear,
Come on, Duck, get out of bed,
Soon they will be overhead.'
Through the garden's flowerbeds,
Filled with cabbages and King Eds,
'Dig For Victory' was our slogan,
But leave the grapevine and the Logan
And so we piled into our shelter,
The dog as well, came helter-skelter,
Emerging at the break of dawn,
To rising sun - or chilly morn,
Heavy mist, or fog, or rain,
Come night, we would be back again.
A big adventure, in our heads,
To sleep al fresco, in bunkbeds,
With torch and candle - soup in jug
And 'siren suits' to keep us snug.
And as the war went waging on,
We reached our teens - myself and John,
With Andrews Sisters - Crosby's croons,
Nat King Cole - Glen Miller's tunes
And though at war, we didn't stop
Going to the local hop.
Locarno nights, dance music bands,
Walking home whilst holding hands,
Or upstairs on the 2d bus,

With no one there, apart from us.
So naive and oh, what bliss,
If he should steal a timid kiss.
And then - in time - but late, of course,
The Yanks arrived in heavy force,
They stole our girls and drank our beer,
'Overpaid and over here!'
Too young to fear the dangers there,
To understand - or even care,
Absorb the hardships that we saw,
To us, it was a lovely war,
With blacked-out windows, darkened streets,
Rationed food and rationed sweets,
Clothing coupons, bombs galore,
But still, ours was a lovely war.

Hilda Jones

LIFE'S ADVENTURE

It's been a great adventure.
Spending life with you this way.
And I've loved each passing moment.
Seeing you on every day.

Never thought that we were destined,
To live life as man and wife
And to raise two sons together,
Start them on the road to life.

It has been a great achievement.
To stay together through the years.
But it's been a happy journey
With our share of joy and tears.

And it seems that fate intended
That you were made for me.
All those things we've done together
Were always meant to be.

But someday, we must be parted
When it dawns, we must be stout
This great love we share is timeless
We'll meet again, I have no doubt.

Graham Thomas

JOURNEY TO FREEDOM

(Inspired by 'The Holy Spirit')

Rejection, hurt and pain
They've left such a stain
You suddenly feel like you'll never love again
You gave it your all
You tried to stand tall
But then there it was, the inevitable fall
Your heart is so torn; your mind is so worn
From the thoughts of despair that are continuosly born
So many feelings of doubt you just have to shout,
'Where are you my Lord? Please, bring me out!'
My child I am here I told you never to fear
'Cause I'll dry every tear
As for your hurt and your pain, your rejection stain
The feelings you have that you'll never love again
Reveal them to Me, the One who died on Calvary
Caused the blind man to see
Cured an advanced case of leprosy
See *when you cast all your cares upon Me*
That alone will set you free
Those feelings of hurt and pain
Are turned into victories gained
And now you're ready to walk into the light
Although it's still midnight
But remember, *these light afflictions are but for a moment*
It's an opportunity for your atonement
'Cause I already own it, your problem, that is
Now your deliverance has come
Your victory's been won
Your head is up high; your tears are all dry
Your pains and your stains can now be proclaimed
As broken bondage chains!
For I reign as the Lord God
Thy staff and thy rod; who prepares a table
For I alone am able
To do the divine for those whom I call mine!
When I called you out of the darkness
I told you, 'I got this!'

So go and be free
Tell the world about me
Tell of how I brought you out and gave you a victorious shout
Now that's something to talk about!

Kwabena Danquah

CHESTNUT TREE

Down where the river meets the sea,
There stands an old horse-chestnut tree,
Where as youngsters we would play,
When we were part of yesterday.

'Neath where its laden branches hung,
The carefree songs of old were sung,
In those halcyon days of youth,
When all was pure when all was truth.

Oh, what adventures we had then,
By river haunt and pirate den,
For then we knew we'd live forever,
And nothing would our friendship sever.

Yes, in our youth, the grass was greener,
Birdsong sweeter - senses keener,
The young know naught about tomorrow,
Of lies, deceit - of death and sorrow.

'Tis later, when we grow to men,
We have to leave our pirates' den,
Our childish thoughts we set aside,
We have no place to run and hide.

Why must we lose our youth sublime,
To that old enemy called time,
I'd give my all, once more to be,
A child beneath the chestnut tree.

Arthur L Haskell

TIANANMEN SQUARE MASSACRE

The students came to express their mourning,
The army came to give a warning.
1989 in Tiananmen Square,
The government didn't want them there.

The protester stood to make a block,
The government didn't care, the tanks didn't stop.
1989 in Tiananmen Square,
The government didn't want them there.

Two to three hundred said the government, not ashamed,
Two to three *thousand* were killed, many others claimed.
1989 in Tiananmen Square,
The government didn't want them there.

From the 14th of April to the 4th of June,
Many students won't be coming home soon.
1989 in Tiananmen Square,
The government didn't want them there.

Tanks, guns, plenty of bloodshed,
And everyone knows you cannot bring back the dead.
1989 in Tiananmen Square,
The government didn't want them there.

For those seven weeks, many students were killed,
For those seven weeks, much blood was spilled.
1989 in Tiananmen Square,
The government didn't want them there.

Hu Yaobang, with the sudden heart attack,
What was the reason? Did they ever look back?
1989 in Tiananmen Square,
The government didn't want them there.

With the massacre over, the government still doesn't regret,
But as for the rest of the world, they will never forget.
1989 in Tiananmen Square,
The government didn't want them there

For this disaster, the government is to be blamed,
For this disaster, it should be ashamed.
1989 in Tiananmen Square,
The government didn't want them there.
In Peking, Tiananmen Square,
The government did not care.

James Brixey

MAISY'S 30TH 2009

Happy 30th birthday Maisy, on the first of May.
You're a grand lady of the road, and a good pal of mine.
And I'm wishing you many happy returns of the day.

I liked your golden looks and style, as we both drove away.
A lovely sunny afternoon, and we were looking fine.
Happy 30th birthday Maisy, on the first of May.

We travelled near and far, until we found a place to stay.
We rested and enjoyed the view, then came the time to dine.
And I'm wishing you many happy returns of the day.

We loved to see the ocean and the golden, sandy bay.
We continued down country lanes, then paused near trees of pine.
Happy 30th birthday Maisy, on the first of May

Remembering all our past years, of joy, freedom and play,
Shopping trips and picnics, with beautiful sunsets that shine.
And I'm wishing you many happy returns of the day.

Old pal, a Renault 12 TL saloon, again I'll say,
You're still going like a dream, the very best of your line.
Happy 30th birthday Maisy, on the first of May.
And I'm wishing you many happy returns of the day.

Doreen Ranson

ROBIN AND THE SHERIFF

Robin Hood and his merry men
Were enjoying their dinner down in their den
When the Sheriff of Nottingham came riding by
His sword in his hand and a gleam in his eye

Many an hour he'd been riding and looking
For Robin whose goose he hoped to be cooking
But Little John saw him as did Friar Tuck
If the Sheriff but knew it he was all out of luck

The Sheriff was captured and taken to Robin
They didn't hurt him but the poor man was sobbing
They tied him up whils't they ate their dinner
And the Sheriff knew then he'd be no winner

'Twas then that he thought he would plead and he'd beg
He'd stand on his head or hop on one leg
And do all the things that the court jester did
If they gave him some dinner he'd pay a few quid

The poor man was desperate and did all he could
But to Robin and his men the man's name was mud
He sat and he watched as they carried on carving
The Sheriff was drooling he really was starving

He cried out to Robin, 'I'll be really good
If you'll give me a bit of your Yorkshire pud'
But Robin he knew that it was all lies
Because he saw the glint in the Sheriffs' eyes

They untied the Sheriff and put him on his horse
And as he rode away none felt any remorse
They gave him no dinner but they had all his money
They stood there and laughed, they thought it so funny

As the Sheriff into Nottingham came
He knew he had only himself to blame
The peasants laughed to see him his pants round his ankles
And he thought to himself, *now this really rankles.*
'*I'll catch that Robin soon*' the poor Sheriff thought
Though he knew none of Robins' men could be bought
He'd think of a way as he lay in his bed
'Twas Robin Hood's face would be a deep shade of red

All night long the Sheriff lay there awake
So he decided to have some chocolate and cake
When *'Eureka'* he cried as a thought came to his mind
'*Okay Robin*' he thought, '*I'll repay you in kind*'

The Sheriff decided he would hold a fayre
He knew Robin would come, he wouldn't miss a dare
But Robin wasn't daft he suspected a trap
He thought '*That Sheriff must think I'm a sap*'

Dressed as a woman Robin went to the fayre
Strolling along as if he hadn't a care
He spotted the Sheriff upon a high stand
Looking all around with a rope in his hand

The Sheriff he thought he was playing his ace
He wasn't to know he was about to lose face
Climbing the stand Robin grabbed hold of the rope
Pushing the Sheriff, Robin said, 'You are such a dope'

As the Sheriff lay there prone on the ground
Robin pulled on the rope there was barely a sound
The canvas sling parted with an audible sigh
And covered the Sheriff in dung from his feet to his eyes

As the Sheriff lay there Robin started to laugh
'You know Sheriff,' he said, 'That was your biggest gaffe
I think really you should get back to the boozer
Because let's face it Sheriff you are the world's biggest loser.'

Donald Linnett

WHAT IF?

What if birds swam and fish flew
The sea was green and the grass was blue

People were old and then grew young
And ended up back in Mum's tum

The sun was cold and the moon was hot
And in the daytime we could not see a lot

There was no war and everyone was friends?
We would live happily ever after until the end.

Justin Dodd

ME, MYSELF AND I

I look at the road I am taking,
It's just me, myself and I.
I take this road, carefree,
Not afraid to die.
I'm driving along this road I'm taking,
And nothing is breaking inside.
As long as I have my money and I,
Then I'm not afraid to die.
As I'm sitting in this car of mine
Heading where royals dine,
I'm thinking, what a world I'm living in
So free, so easy and fine.
As I'm driving down this road
Something takes me by surprise,
With all this money and freedom
Will I still have it when I die?
Maybe so, I don't know,
Let me play with it now, so I bow
To my audience, lay it bare; throw this money in the air.
As I throw this money in the air
I see a figure so strong just sitting there,
Sitting in the air
I see this figure sitting there.
Maybe I don't know, I must have told a lie
Because now, I get this feeling where I'm afraid to die.
It's not this figure that's scaring me,
It's where I'm heading that's bringing me,
To see that the figure in the sky is the talk
Of many who put their last penny just to see
This figure in any form, size but at its strongest vigour.
I've not paid to be blessed
Yet there Jesus stands now next to me
Like I'm the average man, no more, no less.

I see this road I'm taking
And now I can feel my heart breaking.
This money isn't going to heal
This pain I can feel.
I see the last tree fall,
The last fish caught,
The last word spoken
And I think to myself

This money isn't going to shelter me,
This money isn't going to feed me,
And this money isn't going to talk to me.
I'm stuck on this road
But it's moving
Something that seemed so clear
Starts moving.
I think to myself, how do I cope
When I'm left with Jesus
Whom I've lost hope?
This money is choking
And I feel a poking,
'Mate, I thought you were in trouble,
but it's fine, you were just sleeping,'
I find myself looking at this Samaritan
I feel like weeping.
I look at this road I am taking
I don't know if I've got hope,
I don't know if I can cope,
I know this is one way
But somehow I'm turning back on this lonely highway.

Sonya Nikolosina

TIME

Quiet and fresh is the new day at dawn
Weak are the sun's rays as they find their warmth
Bright is the birdsong that welcomes the day
Thank you for all this to its maker I say.

Soon rush takes over as the day passes on
Sunrise and birdsong are long past and gone
Then into evening with no time to spare
For the quiet and beautiful world that's out there.

If only we'd make time to stop and admire
The birds, trees and flowers in radiant attire
But the world rushes on and we are a part
Too busy to admire each day as it starts.

Sylvia G Bartrip

TO THE GARDEN OF THE BELOVED

I have been travelling
I have been on a long journey ...
A journey to the unknown.
In scaling the heights and plummeting the depths of that unknown,
Baggage, defences, dependencies and controls have been shed en-route
Making space for hitherto unrecognised truths and loves and more.
I have come to this place in light, with light and to light.
There is warmth as I begin the approach to the inn of my beloved.
I have been a long time coming to this place.
I have taken a circuitous route.
Diversions and road blocks have kept me away.
Blocks that I have held in place -
Blocks that I have manufactured.
... Work ... a driving force on and on and on ...
... My separateness
... My fear of losing space and identity.
All effectively keeping me from that place.

Gradually, letting go of these elements she shed weight,
Became light as silk, gentle as gossamer
And tiptoed into a garden of love.
It abounded with wheat, poppies, spring flowers and such space was there ...
It flowed acre after acre into infinity bathed in sunlight.
The warmth embraced her, wrapping long arms of golden sunbeams
Freely and protectively round her body.
She smelt the earth and the sun and the flowers
And simply imbibed the beauty to intoxication.
Joy overflowed.
Tossing her head and laughing at the forget-me-not blue of the heavens
She lazily trickled her fingers in a languid stream ...
She just was.

In this place she came upon a tiny rose bush.
There was but one tiny bud on the bush, a bud of immense potential.
She decided to become that rose bush and so, pushing down roots
Drew on the fruits of the earth to live.
In time, she emerged in full blossom.
A deep, soft, satiny, warm, pink rose - quite the most beautiful flower.
The scent was of Heaven.
She looked out from the centre of her exquisite pink rose
And saw herself standing swathed in all her difficulties, sadnessess,
Sorrows and aloneness
And felt immense compassion for her.
She spoke gently to her and urged her to go out into the real world
... To really live ...
... To really love ...
In the hidden capacity which she really has.

I am still travelling.
Only the journey is different now.
There are delicate paths
With moveable obstacles
And many ways to choose.
There is a visible signpost to that garden of love
To that place that I do not frequent enough ...
My heart, where my wondrous pink rose is alive.
I found much on this journey.
The reality and truth of choice -
I can choose to love and to allow love in, or not.
I can let go of control and enter chaos without losing my life.
I have a new-found judge to guide me.

And still I need to remember,
Still I need to learn how ...
Need to recognise my humanity
Need to recognise my warmth
Need to recognise my love
Need to recognise my stumbling difficulties ...
And I can go back to my heart
And gently open the door of the beloved to see again
What messages are there for me.
There is love for me, for me to take into the world.
It is constant and I may choose to remember ...
May choose to keep my awareness alive.

Jane Winship

THE FIRST TOOTH

I've had a really dreadful week,
For I've not been very well.
I've got this pain inside my head,
And my gum's begun to swell.

I've run a real high temperature,
I'm a wreck and that's the truth,
But then this pointy thing appeared,
It's apparently - a tooth!

Well, my mum got so excited,
That she went and called my dad,
And blubbered down the telephone,
Sometimes, mothers are *so sad!*

This miracle's been photographed,
('Such a perfect little pearl')
And emailed to my relatives,
Living all around the world.

So, now I am quite famous, though
I don't understand at all,
Why all this fuss has come about,
Over something quite so small

As a single white incisor,
That's protruding through my gum,
When my parents have a mouth full,
And I've only got the one!

I suppose that it's connected,
With me growing more mature,
Like wearing shoes and having pants
That don't smell of strong manure!

But as for this old teething thing,
Well, it *really* is a pain,
So I think I'll get some *plastic* teeth
And not suffer it again!

Shirley Scriven

WHY DADS ARE SPECIAL - A TRIBUTE TO FRANK BURTON - 27-12-1938 - 24-11-2008

You were always there, always caring,
Sociable and friendly, lively and fun,
Making me laugh was your speciality.
You were a real charmer,
Joking with people, when we took you for a meal.
Now you are gone, it is unreal.
Nothing is the same,
You must have been in pain,
When you had your second stroke.
Why did it happen to such a great bloke?

I sense your presence when I am alone,
Or sometimes in your home.
I wish I could see you,
Wish you were still here with me.
You are always in my heart,
We will never be apart,
For your spirit is alive and well.
Forever around us you will always dwell,
So although your life was cruelly cut short,
I am grateful for everything you taught me
And most of all, I am ever so glad,
That you are forever my dad,

For every memory of you,
Is when you made me laugh
And that is worth a fortune to me -
A millionaire - as you are my dad.

Taryn Louise Smith

MY REMEMBRANCE

At 5am this November morning
As I recollect that this is a special day,
I am making my way to work, this being
Sunday, I know others will go to church.
Standing near the Railway Bridge, in the dim
Artificial light, I noticed the quiet of this new
Day and that those asleep may have never
Seen their village at this ghostly hour. I look
Down at its emptiness and watch shadows
Move from under a swinging light and see the
Wind sweep the dry, crisp leaves, golden and russet
Brown, loudly along as they find shelter against
Doorways and gutters, clogging also the rain drains.
All this rushes through my mind, as I wait for
My lift, the thought of age-old men and women
Who themselves have no reason to be out of bed
But will, because they're still alive and kicking.
They, last night, would have met fellow heroes at the
Albert Hall, who did their duty like them when they
Were called. Again this weekend, live for their
Friends, who never came home, by remembering them
Recalling the days when they were young and answered
To their name.
For them we have to live, never forgetting the pain of war
That forever haunts us who have grown old in peacetime
While the vision of our comrades dead, lie forever young.
The turnout of veterans in Whitehall by the Cenotaph is
Enormous and the crowd watching too, is huge.
The colours of the ribbons and the battalion berets worn are
Complimented by the high standard of spit and polished
Shoes.
Shining and gleaming medals that are worn with pride by
Soldiers who stand ramrod straight, letting their battle
Wounds
And missing limbs take second place, in honour of those
Who gave their lives should be remembered first.
The camaraderie that bond soldiers is special, in that they
Give selflessly of themselves no matter the years of being
Apart, when they do see each other on parade, at reunions
They behave as if no years have passed and the memories of
Yesterday come flooding back, reliving the war stories

Told.
The great, two minute silence is lead by Her Majesty and
Her
Government and in that eerie silence, can be heard the
Mind
Playback of a million memories, each caught up in his or
Her
Own war that's personal to them. The remembered fallen
Faces,
The loud scream of, 'Get up!' and the emptiness felt in going
On
And leaving them to be counted and found later. The noise
That
Disorientated you and your deftness in not hearing the command.
The question asked in the years since, 'Why me?' and the
Guilt it
Carries, in the faces of those families whose sons,
Never return. My two minutes of remembrance is over as
My lift pulls up beside me, the leaves that lay about my
Feet have
Become for me this Sunday morning, my own remembrance
Poppies
To the fallen. As I too remember all since 14/18 and 39/45
Wars and reflect
Silently on my service in the Irish Guards, our fallen
Men who
Lie buried in Happy Valley, Aden. 1966/67 and the
Sacrifices made
By young Irish Guardsmen of today.

Philip Anthony McDonnell

NIGHT SISTER

(In memory of Ann)

Corridors mirror day's ever shifting sounds
Pause for a quiet lull, till her nimble steps go lightly!
Soberly clad in blue, she treads her nightly rounds
Her presence ever still remains; I'd like to think it might be!
I wonder at the door handles, if they now miss her touch
I wonder if her sounds, absorbed by wall, are evermore retained
Or behind each picture or each wall plaque -
Could it echo her sound back
Is her time hidden behind them, as though she still remains?
Is her voice held suspended in the time and in the space
Do the walls and the corridors remember her face?
Are the prints of her footsteps still etched in the floor?
Could it be there still waiting for her to come through the door?
Could there perchance, be a curious sign
P'raps a fleeting shadow, a need to look behind?
Her scent quickly gone, or a whispered familiar
A chuckle of endearment or something similar
Perhaps it's a memory specific to you
A fragment of time that lies treasured but hidden
You've placed in a corner and wrapped in a veil
To keep new and unspoilt as the day it was given
When next you're along the paths that she walked
And your mind echoes the words that the both of you talked
Smile in the places you remember she's been
And see her in your heart how she'd want to be seen.

Andrea Rossington

PRE-BUDGET 2008

The Chancellor wants us all to spend
So I'm off to see what help I can lend
Shopping to aid the economy
Filled with seasonal bonhomie ...
Some golf clubs for Dad - that's not very much
So I'll add in a bottle of Scotch
A fur coat for Mum, now that's an idea
But I don't think she'd like a crate of beer
Will that be enough? Well, no, I doubt
I'll have to get my calculator out
To give the economy a bit of a lift
I need to think bigger, if you get my drift
For hubby, I'll get a new set of wheels
At £250 off, doesn't that beat all deals?
But to make it worthwhile, I'd best have another
If I leave son out, I'll be in bother
For my sister, perhaps a new sparkling ring
To help old GB it's the ideal thing
And then I mustn't forget the aunties
I'll get them some Janet Reger panties.
So the shopping is done, the bills are mounting
But what the Hell - who is counting?
Like the Chancellor, I can always borrow
And pay it back at some distant tomorrow!

Margaret Campbell

LOOSE ENDS

On the Isle of Dogs, when fashion was king,
to take off one's tail, was the fashionable thing.
Like coats, they were left on a peg in the hall
and escutcheons were worn with no tails at all.

On the village green, a feast had been planned,
oh, the invitations were frightfully grand,
we'd like you to come at a quarter past three
and kindly remember to RSVP.

When the day came, the guests were excited,
bar one little dog, who'd not been invited.
No, Chump wasn't pedigree, he was crossbred,
a mongrel, with clever ideas in his head.

He waited, then in the middle of tea,
That cerebral dog hollered, 'What about me?
I'll give them a fright they won't ever forget.
I'll teach them a lesson, I'm not finished yet!'

He climbed a tree on the edge of the wood
and he started to shout, as loud as he could.
'Fire! Fire! There's a fire! Fetch the fire brigade,
Leave the party at once!' ... The guests so afraid

scuttling and rushing to find the right tail,
grabbed any-old-end that was left on a nail,
with dramatic affright, ran out of the tent,
their tails and escutcheons all incongruent.

There wasn't a blaze; no flames and no smoke,
it seemed it was someone's idea of a joke.
Young Chump was delighted, he chortled and laughed,
he said, 'That'll teach ya, you don't 'arf look daft!'

For each little dog was trying to find,
his own wagging tail on another's behind.
And still when they meet, they all check without fail,
sniff, sniff, 'Excuse me, are you wearing my tail?'

Rosa Johnson

I AM NOT YET DEAD

I am not yet dead,
Oh, hear me,
From the all-knowing smile,
That was sneer all the while,
Oh, free me

I am not yet dead,
Oh, hear me,
When the Greatly Flawed Plan
Claims assent of Man,
Conceal me

I am not yet dead,
Oh, hear me,
If broken and lame,
Under carriage of blame,
Then heal me

I am not yet dead,
Oh, hear me,
When Facebooks of friends
Are designed for their ends,
So spurn me

I am not yet dead,
Though I have no mind,
No idea in my head,
At least that's what they said,
Discern me

I am not yet dead,
Oh, hear me,
But if wish to control
Should take over my soul,
Then, burn me!

David Speed

DEAD PAN PUB

The head in the window
It didn't say, 'Hello!'
It didn't say, 'Goodbye!'
It didn't say, 'You know?'
Sat there indifferent,
Sat there from morning,
Not smiling, not yawning,
Insignificant.
The head in the window,
Just plaster, no bones.
The head in the window,
No laughter, no moans.
It watches and waits
Not counting the plates.
The head in the window,
Can't cry,
Can't jump through a hoop.
Can't say:
'There's a fly
In your soup!'

Zelick Mendelovich

MY HUSBAND'S FACE

A face often wrinkled with laughter,
A mouth where a smile often plays
Eyes of blue, twinkling, wrinkling,
Teasing me often
Dispelling my worries
Disturbing my thoughts
Disentangling my dreams.
A face sometimes tired and unshaven
So gentle when waking from sleep
A face, which when seen at a distance
Still makes my heart miss a beat
Makes it dance
Makes it sing
Makes it leap.

Teri Backhouse

WHY?

Why did he go? Why did he leave?
Why did my man want to deceive?
I loved that man with all my heart
I never thought that we would part.

He's had the best years of my life
Why did he want me for his wife?
I cooked his meals and cleaned our house
And now he has another spouse.

I doubt if she'll love him as much as I
I feel so sad that I could cry
I lie awake for hours on end
How I'd love my marriage to mend
If it wasn't for my daughters four
I'd want to die, of that I'm sure.

To me, they are a tower of strength
For them, I'd go to any length
I love them like I loved their dad
I wonder why he turned so bad
If only he knew the harm he'd done
When he left me for another one.

He's shattered my faith, he's broken my heart
How I wish we weren't apart
My marriage vows I'd make again
But next time God, spare me the pain.

I never thought, when I said, 'Yes'
My marriage would end in such a mess
All I wanted from this life
Was to end my days as Gordon's wife
For reasons that I'll never know
Gordon felt he had to go.

Joan Beer

BEYOND THE VEIL

If I should pass beyond the veil
And leave you here to grieve,
Do not think of me unkindly,
It was not my wish to leave.

It was never my intention
To leave you all alone,
We were so good together,
Much better than on our own.

Remember all those many times
Throughout the passing years,
The joyfulness, the heartache,
The laughter and the tears.

It has been a great adventure,
Walking through life with you,
A pleasure and a privilege,
With one so kind and true.

The first time that I saw you,
You took my breath away.
I knew you were the only one,
Until my dying day.

And that is how it's always been,
It was simple to arrange,
My love for you is timeless
And never will it change.

And sometimes, when you think of me,
Remember, call my name,
For I am here, behind the veil
And things will be the same.

Keith Ball

BRISTOL PRIDE

In the subway, by the bus station,
the homeless man was shouting.
So everyone looked the other way,
as you do.

I came closer and heard the words,
'If you were proud of Bristol,
you'd pay to get rid of rubbish like me.'

Would we?
Pay the price of a single ticket to 'Anyothercity'?
Maybe.

I hurried away, as you do,
to a comfortable home and a hot dinner,
but the homeless man was on my mind.

If we were proud of Bristol,
we'd pay to get rid of rubbish like him.

Pay for a hostel bed, a training programme, a hot dinner,
or even just a Big Issue.

If we were proud of Bristol,
there wouldn't be any rubbish like him.

Busy, I avoided the problem,
as you do.

If I was proud of Bristol,
I would ...

What would you do?

Mary A Peace

A WOMAN'S PRAYER

Hello You up there, it's me. Who's me? You might well ask
Toiling here below at my everyday, boring tasks.
Am I a menopausal maniac or just a weary drone
Tired of plodding to and fro and staying home alone?
If I am menopausal it's not something I'd recommend
Maybe I'm just doolally tap and going slowly round the bend?
My brain won't function with my mouth - I'm a Stanley Unwin clone
Once, I could type and talk and dream, whilst answering the phone.
I could decorate till midnight, work, then party all night long
Now my eyes start to bat and my head starts to nod
When one glass slithers over my tongue.
But I must try and be realistic and logical, positive too
Not panic, not get depressed and to my own self be true.
I do have many talents, things of which I'm proud
They may not be very obvious and I may not stand out in a crowd.
But I've done my share of mothering and wifing for many a year
I've held many hands and changed many bums
And mopped up buckets of tears
I've fed armies, moved houses when all I wanted was to curl up and sleep
I've applauded, consoled, protected, cajoled when feelings have run really deep.
I've dealt with tantrums and heartbreak, measles and mumps
Stitches and broken bones too.
Been chauffeur and housekeeper, baker and nurse
What else could a woman want to do?
I've taken in strays with two legs and four and taken it all in my stride
Nobody told me what to expect when I was a young blushing bride.
I dreamed of white chargers and knights in chainmail and battles they'd fight just for me
They'd promise me the moon and the stars for good measure
But all this was not meant to be.
I came down to Earth with a bone-aching thud, when I realised what was in store
Pots, procreation and porridge and all that again and then more.
Well, this lady's for turning, my heart's all wrung out
I'm putting me first, of that there's no doubt.
This mother, wife, sister, daughter and friend
Absorbing other's problems till it drives me round the bend.
Life is flying past me and I refuse to watch it go
So I'm spreading my wings and from now on
The answer is, 'No!'

Margaret Cass

SUBLIMATION - THE ANTIDOTE TO LOVE

Have you heard of sublimation? No! Then allow me to elaborate
And perhaps clarify the meaning of this term. Let us therefore
Define this noble trait that is to 'sublimate'.
According to the dictionary, it means 'to raise feelings of love, to
Elevate and to purify the above to a higher plane'.
To use the intellect to inform matter of its proper place, to
Exercise dualism between body and soul.
I have been informed by a gent 'who should know' that the
Medicine to cure loving feelings is to 'sublimate' the same.
'Sublimation' is the name, 'now let's play the game', which sets
Hearts aflame, for some peculiar reason, perhaps my dear, it's
Treason, alas the heart knows no season.
Does the physician view love as a condition, 'which must be
Treated'?
Could it be 'Lord forbid, contagious'? 'How outrageous that
Would be'! Love then requires a prescription in case the 'infection'
Spreads to the physician. The antidote to such a condition is,
You've guessed it, 'sublimation'.
Ah-ha! But wherein lies reason, when love is in season, my
Dearest physician?

Maureen McDaid

SYMPHONY OF THE SEASONS

Just listen to the rhythm of the rain upon the pane
And the rumble of the torrent as it courses down the drain
And the crackle of the lightning as it dances thro' the sky
And the whistle of the wind as it makes the debris fly
It's Mother Nature's melody that stirs imagination
From the tinkling of the raindrops to the tornado's devastation
The crescendo of the elements as each attains its end
Destructing forces recognising neither enemy or friend

No matter what the season, the force is there and dormant
But like ingredients in chemistry imbalance causes torment
And pressure in the atmosphere can begin cyclasmic stress
Where the problem starts or ends is anybody's guess.

Ron Marriott

MA'S NIGHT OUT

Make-up, hair done,
Mother can't be late,
It's seven o'clock on Wednesday,
A very important date.

Ma rolls up at the village hall,
Her friends have saved a seat,
All ready for their Bingo,
The weekly, friendly treat.

Local gossip passed around,
Pens now at the ready,
The caller is about to start,
Just waiting for old Freddy.

Glasses perched on Mother's nose,
The caller in his lingo,
Shouts, 'Clickety-click' and 'Kelly's eye',
When Mother yells out, 'Bingo!'

The numbers on her card are checked,
From the players, not a sound,
'Pay the lady out, young man,
That's the snowball, fifty pound.'

Ma could not believe her eyes,
As she stuffed notes in her bag,
Went all hot and flustered,
Then lit up another fag.

Half-time it was celebrations,
With crisps and cups of tea,
Sorry, there's nothing stronger,
But this week the treat's on me.

Ma gets home, chuffed as can be,
Keeps counting all her money,
'You'd never realise, Pa,' she said,
'It turned me up quite funny.'

Pauline Vinters

HOME TOWN

Long ago and far away,
In the past of yesterday
This place was famous for 'Three Bs'
Bulbs, beer and biscuits held the key.

Brick kilns, red and dusty then
Provided work for many men,
Estates and farms and parks aplenty,
This was life in Nineteen Twenty.

Time and tide have changed all that,
Old firms replaced by council flats.
Offices, shops and banks abound,
No peace and quiet to be found.

Our neighbours rate as important places
Windsor, Henley and Ascot races,
London just a throw away,
With trains that travel there each day.

Still we have our dear old river,
Nothing can change its rhythmic quiver,
The boats and anglers create a balm,
A silent oasis - providing calm.

Sometimes not the friendliest place
It presents a multifarious face,
Its image always changing - shedding,
This is the age-old town of Reading.

Mavis Johnson

FAITH

He was nobody else's but Tom's dog
And a pretty untidy affair.
A bit of this and some of that,
With lots of shaggy hair.
During the summer holidays
You never saw them apart.
They were running and romping all over the place,
Two pups with just one heart.

Now, Tom he was a bright lad
He grew up to be nobody's fool,
Winning himself a scholarship
At the county public school.
Each day when he came to the station
To catch the morning train,
That little dog lay by the porter's room
Until Tommy came home again.

Then suddenly, out of nowhere,
War put an end to such times.
Tommy was made an officer
And posted to the front lines.
His dog, well, he was faithful,
Summer, winter, come what may.
He waited just outside my door,
Waited every day.

It must have been six months later
When Tommy came home on leave.
There was a commotion at the station
Like you would never believe.
The dog, he was on the platform
With the brass band and the village squire
Tommy, it seems, had won a medal
For bravery under fire.

The dog, he started barking, before the train came into view,
But he stopped when he saw Tommy.
I swear to God that's true,
He just stood there, looking at him,
With all his excitement gone.
No one else took notice,
But I knew there was something wrong.

Tom, he never settled down,
He walked and walked across the fields,
With a faraway look in his troubled eyes
And his little dog at his heels.
After seven short days at home,
Tommy's return to duty came
And the little dog was with him, as he caught the packet train.
He lay at the end of the platform
Until the engine was out of sight,
Then he gave me a sort of funny look
And disappeared into the night.

I saw him from a distance
Every now and then,
Wandering through those empty fields
Where he and Tom had been.
Then one misty Sunday morning
And I still don't understand,
That little fellow's face appeared
He was watching the paper clenched in my hand.
It was as if he could read that telegram
To say that Tommy was dead and gone
And that he lay buried beneath some foreign sun.
Me, I'd like to see that grave,
Because of one thing I am sure
His little dog will be close by,
Now and for evermore.

Peter Butterworth

MADNESS

O ut of all the things in the world, I
B ecame to be known as the obsessed
S omeone slightly crazy
E ven though I had done nothing to deserve
S uch a harsh, maybe unfair, judgement
S o? I love to watch you
I enjoy hearing your voice, seeing your smile
V ictorious only in greeting.
E verything's perfect, you'll never be mine.

Saara Mahomed

NEW LIFE

(On observing a mountain top shaped like a lady lying down and awaiting the birth of a grandson)

I saw a lady lying,
  Outlined against the rising sun.
I heard a lady sighing,
  Still five more burgeoning months to run.
I heard a lady crying,
  The strengthening pains had just begun.
I saw a lady exultant;
  A baby boy is born.

I saw a husband ecstatic,
  Holding his longed-for baby son.
The moment of birth so dramatic;
  A new life on Earth has now begun.
I saw a midwife empathic;
  How many births has she seen?
Now another little miracle,
  On this bright September morn.

I saw a baby lying,
  In his cradle in the sun.
I heard a baby sighing.
  Will his little life be fun?
I heard a baby crying,
  'I need food and warmth and my mum.
Then all will be well
  In my little world.'

I saw a grandmother lying,
  On a beach so far away.
I heard a grandmother crying,
  'I wish I could be with them today.
Tomorrow a three hundred-mile journey,
  Then I'll see my grandson for the very first time.'

I saw a joyful meeting,
'Oh isn't he so sweet?
Oh! Look at the size of his fingers,
Look at his tiny feet.
I wonder who he looks like;
Is it his dad or his mum?
I think he must be hungry,
Cos he's started sucking his thumb.
Ah! Now he's gone to sleep.
Let's creep away quietly so
That we don't wake him.'

Chris Baxter

STANDING PROUD

He stands alone, so tall and broad
a monument of time gone by
His branches outstretched for all to see
what a glorious tree he used to be.

His crinkly bark, his magical shape
Of twisting branches, reaching out to feel and touch ...
as if to embrace everyone who looks
and takes time to look and stare
And declare of its wonderful age
And how time seems to have stood still.
What stories and tales he could tell.
His leaves have long time gone and left his branches outstretched,
to give him this marvellous shape with bumps here and there
Where insects and the creatures still linger ...
Although he looks so bare, who does care ...
About this wonderful monument standing there?
Some care, it is like life - age comes to all ...
Yes we all get old,
We all have our beginnings and we all have the end,
But like this tree still standing so proud,
Almost shouting out loud, our roots ...
His roots - still strong in the ground
For the entire world to see and for others to follow
Just like me.

Normski

THE BEAUTIFUL AND THE TRAGIC

The scattered colours of an autumn fall,
Lush green trees swaying gently, so tall.
Deep blue oceans and fields of corn,
Dew on the grass in the morning's dawn.

Battlefields and barren wastes,
Tower blocks put up in haste,
Factories lurking in the haze,
Cardboard boxes in the alleyways.

Laughing children playing in the snow,
Delighted smiles and eyes aglow.
A Sunday roast in a happy home,
To be loved so much you're never alone.

The fearful eyes of a child of war,
Begging cries from the starving and poor,
Lonely tramps wandering the streets,
Rummaging through bins for something to eat.

The proud groom and the happy bride,
Contented new mother, baby at her side.
Lovers strolling along, hand in hand,
Their feet leaving footprints in the sand.

Drunken husbands going home for their kicks,
Hopeless junkies living for their next fix.
Abused child shrinking away at your touch,
Innocent eyes that have seen too much.

This world is full of mystery and magic,
Just as it is full of the beautiful and the tragic.

Sarah Peck

DREAMING

Today I took my camera out and looked at the photos
I had taken over the years
Some were taken years ago -
A little faded maybe and could bring the tears
It took me back to the old thatched house
We shared in bygone days
I could see Mum and Dad and all of us there -
So happy in the old style ways.
Sometimes I could see us all crushed in
With not much room to spare
Content in simple ways
And whatever we had we would share
Then to the garden we would go,
Fruit to be picked and seeds to sow
Dad just loved the garden -
He was nature's man and loved to show
Everyone what he could do
With shrubs and apple trees and even rushes
Mum would bake the bread
On the big griddle hanging on the crook
Sometimes it didn't get time to cool
Before we took a slice or two, with butter dripping
And ran outside to join the others skipping
The hens were cackling - some had laid an egg or two
It was just great with so many things to see and do
But that was then and this is now -
So much has changed since then
I've just opened my eyes - the photos were lovely
I'll do it all again.

Vera McKeown

THE SHOPPING TRIP

The supermarket, all glass and granite
The banks covered in grass with trees upon it.
Doors open wide as I step on the mat
I wonder what Mum would have made of that!

One pound for the trolley on loan to me
Gleaming bright as silver would be.
Not the wicker basket, which held the shopping intact
I wonder what Mum would have made of that!

The fruit and flowers, oh, what an array!
Where do they get the money to pay?
Only daisies and violets, nothing to pay.
Not the smart wrapped bunches on display
I wonder what Mum would have made of that!

The salad in the airtight packs dated too, very posh
Not the lettuce with mud and caterpillars to wash,
Brought from the allotment in a bucket, put on the mat
I wonder what Mum would have made of that!

Fruit and vegetables all the year round,
No time to wait till the season came round.
Not like the first mouth-watering peas from the garden to pick
Or the frozen carrots as hard as sticks
I wonder what Mum would have made of that!

Cling-wrapped meat in trays, so small
No oxtail, pigs' fry or bones for stock,
One good joint would shame the lot
I wonder what Mum would have made of that!

Two aisles of biscuits and cakes to choose from
Crisps, chocolate, nuts all two for one.
Not the jam tarts and pies on the sill to cool
Making you hungry on the way from school
I wonder what Mum would have made of that!

The shelves full of sauces to put a buzz in the dish,
Packets and jars for curry, Indian or even fish
Just Oxo's and flour and some stock from the dish
The best-ever gravy, you would be a fool to miss
I wonder what Mum would have made of this!

The bakery department, two full aisles
Brown bread, white bread, bread cakes in piles
Sliced and uncut bread, cobs and bread without fat
I wonder what Mum would have made of that!

The wine department, oh, what a lot!
Not the beetroot and dandelion stewed in a pot.
Cans and bottles, none from the jug
That frothed over the top as it poured in the mug
I wonder what Mum would have made of that!

The checkout counters, rows and rows,
One for a few items, one for the most.
Cheques and plastic, no cash to be seen,
It is unbelievable; it just has to be seen
I know what Mum would make of that!

Mary Parker

TRAVELLING MAN

Just a travelling man passing worldly wisdom where he can,
Here and there, not perfect, but relevant to life and the moment,
Well-travelled with life at hand, wisdom from the natty fursman,
Life's still working its wisdom from nature man and beasts for alls
Knowledge to increase.
Travelling Cornwall's wild rivers and streams,
Trailing coarse gorse paths on cairns
Rocky cliffs scrabbling for grips and footholds
Deserted country lanes,
Widening his experiences of life watching nature's
Wonders to widen your eyes.
Photos of an instant, a moment in time
Beauty that beguiles captured within a gasp
A picture postcard sight,
An experience all should embrace,
A sight in mind so pleasant, content and kind,
Enjoy in music and life a pondering thought he thinks,
The natty fursman learning as life goes by.

Kevin M Clemo

THE SONG OF THE MINERS

I am telling a story,
By my old gran from Wales.
She's a wonderful person
And loves to tell tales.

She spoke of my grandad,
Who worked hard underground.
Of the lamps on their helmets,
And the comrades they found.

They all sang together,
No time for a chat.
And worked for long hours,
It told on their backs.

They couldn't stop work,
And have a break with the boys
They sat on wet floors
Amid dust and the noise.

Their favourite lunch,
Was raw onion and cheese.
It tasted so good,
In the seams on your knees.

When the shift was all over
They did not hang around.
Just went to the cage,
And rose up to the ground.

The young men went drinking,
To lay dust they would say.
The old men were wiser,
And kept all their pay.

Many of the miners,
Lost their lives digging coal.
The earth claimed their bodies,
But never their souls.

If you walk on the hills,
And you don't make a sound
You might hear the old miners
Sing far underground.

The sound is melodious,
A wonder to hear,
But their souls are in Heaven,
With Lord Jesus don't fear.

If you have moved from the valleys,
But still love their tales,
With the 'hwyl' in your heart,
You will always love Wales.

Esther Annette Davies

AWAKENING

Perception is a funny thing;
A shift can change this world we're in.
From a spoilt, selfish world of hate,
To the flow of love into its fate.

Look through another's eyes and see,
A place you thought could never be:
Devastation or pure ecstasy;
Your world relies on energy.

Beneath the atom, what is there?
Vibration; movement, pure and bare.
The solid world of which we see,
Is nothing but pure energy.

Pessimist turned to optimist,
The energy now begins to shift.
Vibrations greater, fast and free;
Changing the things, and how, we see.

Devastation changed to ecstasy:
From our soul's own prison, now set free.

Perception is a funny thing.
We're not just here to work and sin.
Isn't it time we changed some things,
And learned to *see* the world we're in?

Sarah Heptinstall

THE STORY OF THE PEAR

Winter was over and blossom was blooming,
Spring became May-time and summer was looming.
White petals on breezes - now fruit could be seen,
For those who looked closely: pears, small, hard and green.

Their roots searched for moisture and watered them well,
Their skins felt deep warmth as the sun's rays they fell.
From childhood and youth, then to adults they grew;
God's mellow fruitfulness - natural and true.

Autumn arrived - the fruit; large, ripe and mottled
Were harvested in - then tinned, dried or bottled,
But one pear; a lady from England decreed,
Must stay juicy fresh to fulfil a good deed.

For sad and alone in a prison there dwelt,
An Englishman living who now rarely felt
The love of humanity; the simplest touch -
To look for a smile was often too much.

Romania, you see, is too far away
For friends and relations to just spend the day.
No one came when visiting times would allow,
So this special lady decided to vow.

She vowed that she'd search, seek and finally find
Romanian folk - so incredibly kind -
Who, on her behalf, would visit the prison
And so carry out her personal mission.

The world held its breath as that special day came,
Selflessness seeking neither fortune nor fame:
When three innocent folk to prison they trod -
And so entered Hell with the presence of God.

The convict, therein, as normal was dreaming
Of life after prison - perfect and gleaming.
What else can he do with 24/7
And only a bed as transport to Heaven?

By the cell came a guard with news quite bizarre,
Visitors were waiting, but not from afar.
Confused and bewildered; escorted away,
Thinking that prison humour must be at play.

A smile, he first noticed, reduced him to tears -
Anxiety melted and so did his fears.
Unlike others he'd met, these meant him no harm -
For the first time in months he felt only calm.

Bags of food they had brought: ham, peaches and cheese -
First class fine fare, for which he only said, 'Please,
Please spend the next hour simply chatting with me -
Your time more important than all China's tea.'

So two sisters and their brother: siblings three -
Who work countless hours and rarely are free,
Sat talking with him about nothing and much -
But, in giving their time, gave God's gentle touch.

Then back to his cell with bags overflowing,
His heart full of joy, his soul simply glowing.
No judgement they'd given; just time, love and food -
And took from the prison his depressive mood.

These gifts freely given - so gladly received -
From Romanians; yet by England conceived.
And when he unpacked; saw that ripe, juicy pear;
Kindness from many - friends - the symbol of care.

Anon

THE COOKER AND THE CUCKOO

As I was riding out one day,
I saw a Cooker in a field;
There it stood, so lonely and very much in need.
Along came a Cuckoo
And perched upon the Cooker said;
'Hello little Cooker, what are you doing here?'
'I'm waiting to be cooked upon,'
The Cooker replied,
'Should you have a little need,'
Said the Cuckoo,
'My need is for the air I breathe,
The grass and tall, thick trees,'
Then flying off, left the Cooker standing there;
Still very much in need.

Arnold Monk

TO DEREK: CROSSING THE BAR (WITH APOLOGIES TO TENNYSON)

He was proud of being a Scotsman
Of Menzies stock, to Glasgow true.
He was proud of being Irish
And of being English too.

He loved to walk each country's hills
In rain and mud like glue.
He loved to sail their silver seas
And face all winds that blew.

He might have liked a larger yacht
With women for a crew.
But that was not to be, alas,
With 'Goshawk' he made do.

The day has come to say farewell
And drink a glass or two.
Bless you, my blue-eyed sailor lad
We'll cross the bar with you.

Irene Wainwright-Snatt

DANCE

Dance for me is sunshine and passion,
something for me that never goes out of fashion.
Dancing is like a breath of fresh air,
after a smog that feels like despair.
Dance for me is sweetness and light,
something I know I can do right.
Ballet, modern and tap dance,
it's like it takes me in a trance.
Break away from my daily grind and enjoy what I may find.
Happiness, hope and that thereafter,
a break from the dark that fills me with laughter.
So glad I found a way to break free,
makes me feel I can live my ultimate dream.

Donna Weeks

TRUDGE ON MY SOLDIER

Trudge on, trudge on, my soldier
Think not of the price it would cost
If your life would be lost

Trudge on, trudge on, my soldier
See the seamstress sewing up your clothes
Sewing up your woes
Sewing up your foes

Trudge on, trudge on, my soldier
Remember the stun
On the face of one
Who was killed by your gun

Trudge on, trudge on, my soldier
Hang all hopes
Cancel all protests and
Pray this isn't our stop . . .

Trudge on, trudge on, my soldier.

Maral Kassabian Svendsen

CHILD

Dreaming of my first child,
A little boy like his father
Hazel eyes, brown hair
Cheeky smile with a devious glare.

A little footballer or singer
A dancer or a chancer,
Just like his father, no time for educational answers
Gets his degree from the streets of life
One of the boys always in strife.

When he is a man with the world at his feet
He needs to be guided or he'll end up like me.
A young man with problems, I can't have that,
He needs a good start no looking back!

One day he will be a dad like his father,
But maybe he will offer better answers?

David Hazelgrove

A LESSON IN FAITH

On a cold, wet, windy afternoon
When walking in the woods,
I stumbled on a fairy tale
A stranger calm and fair,
She asked me why I looked so sad
And why I wore a frown,
So I told her I was just a clown
With moondust in my hair.
She said, 'My child, that's not the way
To prosper in the sun.'
She took my hand and led me down
To a tingling, freeborn brook,
Then quietly said, 'Please lean your head
And watch the water's stars,
Say nothing more and nothing less
Just take a long, deep look.'
So I leaned across as nature's mirror
Shimmered in my eyes,
And what I saw behind my face
Beyond that clown's disguise;
Was a stranger with two giant wings
A force of love and light,
A burning candle sent from God
To feed my struggling sight.
With pounding heart I turned around
And lying on the ground,
A single piece of golden paper
Fluttered in the wind,
And as I picked it up and read
The words reached far within,
Touching way beyond the realms
Of the goosebumps on my skin.
It said, 'My child, you think you saw
An angel at your back,
That in that water's kind reflection
I stood there as a bowl of grace,
But it wasn't me, those wings weren't mine
But yours and yours alone,
Now use them wisely, love their lust
And trust their warm embrace.'

I took this sign as spirits teaching
    Lessons pulled from cosmic wells,
It showed me faith is not for turning
    That we're much more than human cells.

Andrew Hobbs

COPING WITH DEMENTIA

Where am I and who are you?
What I am doing - I haven't a clue
What day is it? I don't know the year
What's on your eyelash . . . do I see a tear?
Have I had dinner or was that my tea?
Let's have a sandwich and cup of coffee
Where are my slippers? I can't find my shoes
The socks are all odd ones
And some have no toes
Where are my glasses? I can't see a thing
Is that the doorbell or telephone ring?
My mind is all fuzzy . . . I cannot think straight
My words come out fumbled . . . and slow is my gait
I try very hard to fulfil my tasks
But cannot remember what anyone asks
Shall I just sit here . . . perhaps have a doze?
Then I can think of whatever I choose
I'm back in the air force - high up in a plane
It could be a Spitfire or fine Hurricane
The clouds are so fluffy . . . the sky is so blue
Everything's peaceful . . . it cannot be true
My family love me, I cannot deny
To help me endure this - they can only try
My world is a whirl I cannot control
God help my reason and cherish my soul.

Joyce Beard

MEMORIES

Your memory it's like the pages from your favourite book
Turn them over, one by one, and take a real good look
Thinking about my life long ago when I was a young boy
Even now the thoughts are enough to make me jump with joy
Always try to get peace of mind to anticipate the unexpected
That's one good piece of advice in life I have always reflected

I remember the days in summers long ago drawn out and warm
With windows left wide open to sample that cool breeze at dawn
Watching horse-drawn carts delivering milk and our daily bread
Our pace of life was much slower then that's something to be said
In those miserable wartorn years, when rationing was at its peak
You were issued with a ration book to be used only once a week

I remember seeing the canal barges navigating the many locks
They transported everything from coal, and tar, to building blocks
Those long hot days of summer lazing there with nothing else to do
Until someone suggested to break the monotony we visit our local zoo
Carrying our gas masks to school each day in case of an air raid
You had too much to think about then to worry about being afraid

I remember waiting in long bus queues to visit our local beauty spot
With people all around me laughing and explaining last night's plot
Time was of little essence shuffling along in that never-ending queue
You knew once aboard the bus you could find plenty of things to do
Overcrowded transports would sometimes mean standing all the way
But that was the way of life back then challenging each passing day

I remember my journeys on a railway train now that was a real treat
Smoke pouring through the open window choking you in your seat
The old steam train chugging along the tracks at a nice leisurely pace
I've sometimes watched a car on the road as the train it tried to race
And those days spent by our local rivers it's a memory you don't forget
Watching the steamers gracefully sailing past while fishing with your net

Nights spent down the shelters and there were certainly quite a few
In the early morning witnessing bombed out buildings of people we knew
All the games we played then were all friendly where everyone took part
Ranged from tip cat, hopscotch, rounders, to hide-and-seek in the dark
Many hazy pictures appear in my mind of my friends of yesteryear
Hoping I could cast away the vale of time and make them all reappear

The war ended with celebrations and there were parties in the street
You could see the relief on people's faces out shopping when you meet
Boys and girls of my age had never experienced the many luxuries of life
It was just nice to kick-start your life again after all the trouble and strife
You made the best of what you had then for money was in short supply
But those memories are like a treasure chest of golden days gone by.

Raymond Thomas Edwards

TIME CLOCK

Many mysteries surround us, we try to understand
But we're no nearer to the truth, than when time first began
So much for us to learn, not knowing where to start
Life on this magic time clock can sometimes break your heart.
How do the precious seeds know, when it's time to grow?
How does a farmyard cockerel know when it's time to crow?
How does an unborn chick know when it's time to crack the shell?
How do the storm clouds know when it's time for a rainy spell?
How do busy bees know, when it's time to build their hives?
There are millions of questions we ask throughout our lives.

Who was it told the morning sun, what time it was to rise?
Who told the moon and stars - it's night-time now to fill the skies?
What about the snowflakes, who designed such pretty patterns?
I wonder who told glow-worms, when to light their lanterns?
Who built majestic mountains, from the base to the clouded top?
Who gave the sea its boundaries, and where it had to stop?
Fog and mist simply gather as if pulled from a hat.
Frost falls at the coldest time of the year, who decided that?
Someone set this time clock, then said, 'Ready, steady, go!'
Kick starting each new season, plants and creatures know.
Who scattered the stars and planets, for all of us to see?
We do know who to thank for this, Lord God, we now thank thee.
Amen.

Josephine Smith

A SOLDIER'S REVERIE

Came a lull in the fight in the searing heat,
I took rest in the shade of a tree;
And wondered if the folks back home
Ever thought of me.
I remember a windswept, rainy town,
A snowy landscape from my door,
A spring day in the country,
A balmy breeze on the sandy shore.
Thoughts of Nancy in my arms,
And Mother serving tea,
With Father snoozing in the chair.
A picture of domesticity.
A shout went up
'Incoming fire'
A whistle then a thud.
'That was a near one' someone said
Of a closely landed Scud.
Awakened from my daydream,
Again I was on red alert,
With backpack and my weapon
Ran to aid those who might be hurt.
Our corps lost a well-loved soldier,
Another comrade lost an arm.
Dear God we pray lead the way
And save us all from harm.
We took a lot of flak that day,
And replied with fierce attack.
At last the guns fell silent;
That's when we hit the sack.
We count the days to going home,
And as the time draws near,
We get more anxious to survive
Till we're with the ones that are so dear.

Margaret Tindale

TAKE ME AS I AM

Take me as I am,
Tired, worn and dirty,
Take me as I am,
Ugly, worthless, and full of pity.
Take me as I am,
Sad, stupid and suicidal.
Take me as I am,
For I can no longer take me.

Take me as I am,
Awake, clean and happy,
Take me as I am,
Sweet, kind and full of love,
Take me as I am,
Intelligent, wonderful, truly a find.
Take me as I am,
Not because I am wanted,
Because I want you to.

Take me as I am,
A woman who needs love,
Compassion,
And strength,

Take me as I am,
stong,
Independent,
And wise,

Take me as I am,
The way I am now,
The way I always will be.

Just take me as I am.

Chantel McGleno

RABBITS AND BUNNIES

Beatrix Potter's books told a tale
Of Flopsy, Mopsy, Cottontail
Peter Rabbit was so naughty
Took cousin Benj'min on sortie

Br'er Rabbit was before my time
He was a trickster most sublime
In Wonderland young Alice met
A late White Rabbit in a fret

Little Miffy pure, cute, girly
By Dick Bruna, for reading early
Did 'Watership Down' make you weep?
'Bright Eyes' song caused my tears to seep

Easter Bunny giving and kind
Leaves choccy eggs for us to find
Each wrapped in brightly coloured foil
Sweet sugar treats our taste buds spoil

Cadbury's Bunny, caramel
Relaxed and mellow to soft sell
Long lashes fringe her flirty eyes
She's seductive, feminine, wise

Playboy Bunny is more hardcore
So sexy makes the lads want more.
Duracell Bunny is fast and pink
Running shoes on gives a cheeky wink

Disney's Thumper, helpful and cute
Tapped his foot and was never mute
'What's up Doc?' asked lil Bugs Bunny
In cartoons which are so funny

So afraid Wallace and Grommit
By the curse of the Were-Rabbit
Film-watching folk wanted to know
Who framed Roger Rabbit? I dunno!

That Donny Darko's rabbit Frank
Was an apocalyptic crank
In fatal attraction boo hoo
Poor little bunny boiled in a stew

I will not mention coney fur
For making coats to gift to her
Nor rabbit pie in golden crust
You'd not want to eat it I trust

In country fields I scan to see
Rabbits hopping by hedge and tree
My fingers long to stroke soft fur
But come near me they wouldn't dare

In close proximity I'd find
Bright jewel eyes, shining and kind
Two lovely long ears, straight and tall
At the back a cotton-tail small

Their noses twitch curiously
When sniffing air downwind of me
Whiskers round their soft mouths wobble
Two huge front teeth to gnaw and gobble

Burrow dwelling, life underground
Is where the creatures can be found
The male a buck, female a doe
Just how deep do their tunnels go?

As a term of endearment fond
Bunny and Rabbit nicknames bond
Parent to child, between lovers
Pet names are not used by others

Comparison is a habit
Women are told not to rabbit
Meaning they are talking too much
Not that they should live in a hutch

Commonly thought a rabbit's foot
Will bring the holder much good luck
This belief appears to forget
It hasn't helped the rabbit yet

As each new month dawns early on
Before you speak to anyone
Turn your money over and say
'White rabbits' for a lucky day

Within the zodiac Chinese
Rabbit people will likely please
By nature they are sweet and kind
And good company you will find

Any bunny rabbit I missed
Sorry you were not on the list
Do accept my apology
And my kisses one, two and three.

Patricia Susan Dixon MacArthur

MY LITTLE FRIEND

You're there when I come home
And when I leave.
You lie beside me when I awake
And when I sleep.
You rouse me when I'm tired;
Heart beating evenly and softly
Like a metronome.

Your skin is pale and grey,
And I don't care.
I always see the whole of you;
You never act two-faced.
You keep me going,
Never let me stop.

But where are you now?
You've gone somewhere else.
The morning smells aren't the same
When it's not you waking me up.
I need you,
My precious wake-up call;
My little alarm clock.

Claire Rogers

A MANY SPLENDOURED THING

Love is like a crystal;
Magical and strong;
And love's the faintest heartbeat
Of a haunting song.
Love's a bright reflexion
Of everything in life
And love's the deepest feeling
That overcomes the strife.
Love is all-enduring;
Yet as fleeting as a sigh;
Is fickle and heart-rending;
Yet can lift the spirit high!
Love is sweet and tender,
Like the first sweet flower of spring,
But needs the warmth of kindness
To aid its blossoming.

Love was the world's beginning;
And remains throughout the years
To give the lilt to laughter;
And the reason for the tears.
Love is like a diamond;
A many splendoured thing,
And radiates a peacefulness
That touches everything.

But love is all demanding
And commands a sacrifice:
True love's a shining pathway
O'er the bridge to paradise.

Patricia E Woodley

THE PROSPECTOR

The battered hat upon the head, had been punched a thousand ways,
in frustration at that empty pan, under the sun's hot rays.
The weathered face was soaked in sweat,
still eyes stared out across the plain,
his hands grasped invisible rocks, then let them go again.
For seven secluded months, he had panned this scrambling stream,
sifting through the rocky moraine, pursuing his lifelong dream.
From the melting snows in spring, to this amber autumn day,
he had watched the wild geese fly in, now they flew away.
Sometimes a solitary grain would lay, in the base of his pan,
gleaming, mocking, saying, 'Find my companions old man.'
Four times the pan had shown, the haunting hue so bold,
four times he had discovered, a false fortune in fools gold.
At twilight he would gaze with a look of madness in his eyes,
convinced that all the earthly gold, was in the western skies.
In latter weeks he would talk aloud, to anything that moved,
to snakes, the birds, and butterflies, not one disapproved.
His melancholy moments, stretched into depressing days,
the strong, sturdy stride was now, a wandering of the ways.
His mind was always searching, along that cursed stream,
no more convinced the gold was there, yet held within his dream.
Now the eyes moved, the hands held rocks again,
but the legs refused to answer, the message from his brain.

It happened just this morning as he crossed the steaming creek,
his legs gave way beneath the mist, he stumbled, weary, weak.
There was no strength to resist, as the water took him on,
he recalled crawling onto sand, then the world was gone.
When he came to, the sun was high, water washed around his feet,
his vision saw the salient, where the rocks and sky did meet.
He closed his eyes and turned his head, his body racked with pain,
fearing now that he would never walk again.
His mixed up mind was searching, through the tunnels of despair,
'twas then he opened his eyes and all the gold was there!
A splendid seam two feet across, glowed from the shaded stone,
and stretched back into darkness, where the spirits danced alone.
Luminous lights and colours raced around that spectral space,
whilst a million stars competed on that rugged rocky face.
A lifetime's hopes and hardships, passed before him, now so clear,
the future full of fortune for a moment ghosted near.
His heart was young again! Warm blood rushed through his veins,
at last his destiny drew close, secured with golden chains.

His hand reached out and touched the gold, and from that moment on,
all reality had left his mind, all reasoning had gone.

The evening air was suddenly chilled with a creeping cold,
his eyes were filled with sadness, the tears were hard to hold.
His life and luck were leaving, with the ripple of the stream,
as his final thoughts still struggled with reality and dream.
Now the sky was darkening, the gold was fading fast,
the battered hat fell from his head, the hands were still at last.
A lonesome curlew flew above and wailed its forlorn cry,
as the final rays of sunset, faded from the western sky.

Phil Aylward

YOU HAVE NO DEFINITION

You know no meaning of that word,
How when your heart is lifted, the feeling's absurd.
But you know nothing of this emotion,
As you left my heart torn, from all the commotion

That the horrid affection, you shared with me gladly,
Do you ever think you embraced it, madly?
You always thought you knew what was right,
But you never said those words; you just put up a fight.

Now I've moved on, and the loss is not my own,
But yours, you fool, in that withering home.
I shan't lie and say I don't miss you,
As most nights, my eyes crave for a tissue.

But as I think now, on that word meaning adore,
It was easier for me, to shut that dark door.
Happiness? I don't think you ever understood,
Every night you sat there chewing the cud.

As I moved in the north, leaving south to the south,
The words my heart pleaded for did not depart your mouth.
My beloved true enemy, you broke everything.
But you don't understand,
            Madness you bring.

Rebecca Elizabeth Parr

FRIEDREICKS ATAXIA

Walking to school was a big deal,
Not walking straight, an idiot I would feel,
All the kids would whisper and name-call as I walked past,
I hoped it would never last,
As time went on, the clumsier I'd be,
People would still laugh at me,
Hating myself for not knowing why,
All I seemed to do was cry.

At sixteen I was diagnosed,
The disease was exposed,
Only the name I was told,
I still didn't know what the future would hold,
As I got older the harder it became,
Still having all the torments but at least I knew its name,
Looking drunk is all people would see,
I wish they would stop and look at me.

Concentrating with each step I take,
Hoping my legs don't buckle beneath me, how I ache,
Holding on to the furniture or people around me,
So I can walk, you see,
In my early twenties I went into my first wheelchair,
And for the first time people treat me with care,
A feeling of relief, no worries of falling,
Maybe my this was my calling.

In time I learnt things about my disease,
Slowly destroying my nervous system, how it likes to tease,
Balance, coordination, reflexes will be lost,
To what extent and to what cost?
Deteriorate as I will,
This disease can also kill,
Many obstacles I will face,
I will meet them and try to keep grace.

Nearing my mid-thirties I am,
Doors have opened, doors have shut, sometimes I gave them a slam,
I am now a wife and a mother,
Would I trade my life for another?
No, my disease makes me who I am,
I have done all I can,
Friedreicks Ataxia is its name,
A rare neurological disease is its game.

Jo Benson

SPECIAL

Emotionally behavioural children are so misunderstood
If they were able I'm sure they would
Explain why they behave this way
This just ain't easy they'd probably say

If you look behind the way they act
Good in them this is a fact
Patience, understanding, is all they need
Don't believe all you read

Some experiences they have had to see
Much more than you and me
They don't want to be this way
Is what they'd all say

Just give them a chance to show you
The best is all they can do
Kids like this deserve the same as us
I know at times they make a fuss

So next time you see a kid acting out
Speak to them quietly, no need to shout
They will respond if you show you care
All they want is to be treated fair.

Sue Wyatt

THE BAG LADY

A little old lady with a sad, smiling face,
Living her life at her own gentle pace,
She wanders the highways and byways all day,
Looking for somewhere for her next night-time stay.
A doorway or bus stop, or a bench in the park,
Just somewhere to rest through the hours of dark.

When her family all left her she chose this sad life,
But she's somebody's mother, was somebody's wife.
Her husband, God bless him, has long since passed on,
And it's years since she's seen either daughter or son,
So she took to the streets like a little grey mouse,
When the home that she cared for became just a house.

Her hair is bedraggled, her clothes are in rags,
And she carries her life in two carrier bags,
There are threads hanging down from the hem of her skirt,
And the shoes that she wears let in water and dirt,
Her hat and her scarf barely keep out the cold,
Such a change from her days wearing diamonds and gold.

In her heyday she wore just the finest of things,
And attracted the glances of princes and kings,
But too soon her looks, like her money had gone,
Her husband had died and her children moved on,
Her home was a house now, all empty and cold,
And nobody cares now she's lonely and old.

So she took to the streets for her new way of life,
A rejected mother, long since widowed wife,
Now she's nothing to worry her weathered grey head,
Except where she's going to make her next bed,
So she wanders the streets at her own gentle pace,
A little old lady with a sad, smiling face.

Alan Davis

THE ONE WHO CARED

(Dedicated to my mum, Cissie)

I was so busy being a mother and wife
Mine was a very hectic life
She was always there
So caring and kind,
I was always full of my own troubles,
But she didn't mind,
Sitting there for hours all alone,
Never once hearing her grumble or moan,
She always smiled, never complained,
My best friend but I didn't know
Until it was me sat all alone
How I miss her now she has gone,
The tear I shed when on my own,
To see the love in her eyes,
Her gentle smile,
If only we could sit and chat awhile,
But the only thing left is the empty chair,
Of my darling mum
The one who cared.

E Ayres

HELLO, DO YOU REMEMBER ME?

(My friend with Alzheimer's)

As I walked into the hospital room
He was alone and sitting in a chair
I looked at him, there was something wrong
That was not my friend I knew sat there
Through my tears I reached out my hand to him
Praying softly, 'Hello, do you remember me?'
The same lovely blue eyes looked past my face
I was no one to him, how could this heartache be?
I feel so much pain and sadness for my friend and his loved ones
How does this terrible illness start?
It is tragic and sad, my friend has gone far away
Although he sits right here
I am glad he doesn't understand our tears and our broken hearts.

Thelma Anne Barton

SUMMER SOLSTICE

Today we see the Sun God, at his greatest height and power,
He's given his energy, breathed his life, to each beautiful sun-kissed flower,
His rays of light have inseminated, the deepest and darkest earth,
Giving life to dormant seeds, energy released, for new and precious birth.
We connect with his light, we feel his love, in everything we see,
From the softness of the whispering grass,
to the leaf adorned woodland tree.
We feel his gentle warming breath, as it warms the summer breeze,
We hear him, as it gently stirs the leaves upon the trees.
His presence manifests to us, in oh so many wondrous ways,
We see the effect of his omnipotent power,
As warm shimmers, in the summer's haze.
We feel his warmth as his rays of love,
Flow down and caress our mortal skin,
His life-giving energy, renewing and recharging, each cell of our body,
So deep within.
Each flower contains his energy, a true reflection of dedication and love,
A gift of life to be treasured,
Fuelled by his endless presence, from high above.
His presence is all around us, he resides in our deepest soul,
His light shines brightly within our hearts, making our spirit whole.
His shining light gives us guidance, as we travel in love on our way,
Illuminating our every step, as we tread our sacred path each day.
Though be not sad, for after today his presence begins to wane,
For even though the days grow shorter, in our hearts his light shall remain.
For tonight is a fleeting moment of stillness, on the ever-changing wheel,
For the wheel will keep on turning,
And his strong presence again we will feel.
For even on the deepest and darkest, of a soulful winter's day,
His energy though burning weaker now, still finds to us a way,
To break through the enfolding darkness, which now, doth so freely abound,
To remind us of his promise, of new life and love, yet to be found.
We give thanks for his power, his energy, his love,
His warmth and his beautiful light,
Held forever in the bonfire, and deep within our hearts,
On this summer solstice night.

Corinda Daw

MAGICAL DEVON

Rough seas created crystal spires from spray, a magical sight
Seagulls swept down to the water's edge then quickly took up flight.
The lifeboat was out, the brave crew held on tight
The powerful wind lashed up the waves, it promised to be quite a night.

The morning tide deposited driftwood from a former fallen tree.
Air was fresh and salty, smelling of the sea.
Unusual shells glittered in the sand, nature's gifts are free.
What a glorious day after the night before, it had turned out to be.

The dramatic shores of Devon where the tide flows in and out.
Leaving lovely little rock pools where children squeal and shout.
Their nets are brightly coloured, red, yellow, blue and green
And all along the seashore sandcastles can be seen.

Boats bobbing on the gentle swell, all is calm at last.
Fishermen sit mending nets, later to be cast
Crates of crabs and mackerel ready to be sold
All packed tight with ice to keep them fresh and cold.

The rugged rocks of Hartland are a staggering sight
When the sun casts a gentle glow and sets them all alight.
The sandy beach of Saunton surely is a dream
Where surfers ride the waves a pleasure to be seen.

The shores of Devon are where artists paint the views.
Then hang them in the galleries for all to go and choose.
Their cameras at the ready for when the time is right.
To capture a charming picture morning, noon or night.

Pamela Margaret Wild

MEMORY LANE

As we are left with memories dear,
Christmas to remember is the best time of the year.
Returning to a house and garden I well remember,
The date I recall was the 25th of December.
Walking down memory lane by the garden wall,
There stands a fir tree growing tall
Once decorated and with presents on the front room floor,
Also a faithful old dog asleep by the door.
Christmas came and the twelve days went,
To us the life of that tree was not spent.
So we planted our tree by the garden wall,
To let it grow erect, fine and tall.
Memories like this of a Christmas past,
Will stay with you while life shall last.
Children do not mean to be unkind,
They make their own way in life leaving us behind.
They do what they think is best,
Like swallows they spread their wings then leave the nest.
It seems unfair to put it mild,
Along life's way one has to lose a child.
You see Joseph and Mary as we all know,
They lost their child many years ago.
Our faithful dog grew old and his eyes grew dim,
So we had to say 'goodbye' to him.
He's as happy now as he's ever been,
Romping in paradise in pastures lush and green.
He's laid to rest by the stream with its gentle flow,
Under the old oak tree where the snowdrops grow.
I paused a while by the window I know,
To see happy children with their faces aglow.
They also have a decorated tree on the front room floor
And a faithful old dog asleep by the door.
As if turning back my life's pages it is now time to go,
So I turned away as it has started to snow.

I must not cry, I must be bolder,
Then someone shakes me by my shoulder
Saying, 'Wake up Gran, you've been dreaming I should say,
Wake up Gran, it's Christmas Day.'
And there the Christmas tree stands on the floor
And our faithful old dog asleep by the door.

Tom Basford

EVERLASTING LOVE

My love will never fade away,
Though weeks turn into years,
My love will never fade away,
Through all life's bitter tears.

A love like ours comes only once,
How wonderful to know
The love we had together,
Will last while rivers flow.

I hear a rustling in the trees,
It is your voice I hear,
Telling of your love for me,
And calming all of my fears.

While blossoms on the trees do fall,
And flowers fade away,
My love goes on forever,
Forever and a day.

My love was there for all to see,
Like a beacon shining bright,
My love is there and still will be,
Although my day has turned to night.

Cyril Maunders

THE POWER OF THE PEN!

No singing, no dancing . . . Just the power of the pen!
I've enjoyed writing poems since I don't know when!
To perform with an audience would be sheer delight
But there's no comparison when it comes to write!

I write songs, I write music, and I do love to sing!
And I have such a passion to share everything.
One day I'll be famous . . . Yet it's all just a dream!
I guess I must learn to choose the right theme!

Words are so powerful . . . They build up or pull down!
So I try to encourage and not make you frown.
For a word in season is fitting and wise,
It could be a real gem in the recipient's eyes.

Yes life is full of heartaches; of this I have no doubt.
But it's also filled with good things . . .
We must seek them out!
A cheerful smile, a compliment, will help us on our way
But the power of the pen in hand
Will bless not just today . . .
But down through generations and then beyond . . .
Who knows?
Like seeds that are planted in good soil
They grow and grow and *grow!*

Christine Saunders

LET THERE BE PEACE!

Let there be peace upon this Earth,
No wars in mind for whatever they are worth,
Let there be unity amongst us all,
And no undignified thoughts,
Against our countries at all,
Let peace be an icon of precious faith,
And let all of us renew our ways.

Colin Hush

NATURE'S SPRINGTIME PALETTE

When winter ends and leaves nought but colours dull and grey
Then Nature shakes her palette out to change each tired day.
The snowdrops are her heralds to help the spring unfold
Before the daffodils awake and Nature paints in gold.

Wild flowers by the wayside, their glories each display,
Celandines and primrose, new dandelions each day.
Too soon the colour changes and now the paint is white,
Anenomes to coat the woods, their flowers a wond'rous sight.

White hawthorn in the hedgerows, a beauty to be seen,
Then Nature paints the trees in, with many shades of green.
Almond and cherries soon, a froth of pinkest bloom,
But Nature's on the move again and looks to change her tune.

Blue, the last colour to stand alone as she paints in the bells
And then a riot of colours the end of spring foretells.
As we move into summer we know we should not fear
For the brightness and the freshness will all be back next year.

Vi Robinson

OSTARA - DAY OF THE SPRING GODDESS

Celebrate the coming of the goddess, who tiptoes from her sleep
Amid the cruel climes of winter, to salute the spring.
She bears her gifts of fertile fields and teeming rivers deep,
And hails the great god Pan, as king.

Demeter and Ceres wear crocus cloaks against the chill,
And nesting birds throughout the lengthening days do sing;
While barren fields that suffered all the winter winds so ill,
Await the great god Pan, as king.

Overcast and sullen skies give way to sapphire-blue,
And sunshine bathes the ground so lately lost to icy sting;
While all about there comes a bright and incandescent hue -
Which is the great god Pan, spring's king.

Anne Rolfe-Brooker

THAT SPECIAL SOMEONE

What is it that we're looking for? Not everyone's the same,
You open up your heart but is it really just a game?
Life's to short to waste it looking for that person who doesn't exist.
Someone tall, dark and handsome who everyone can't resist.
But if you found that someone you'd soon lose them to someone else
Cos there's always someone waiting to play that game of cat and mouse.
I'd like someone to accept me for the person that they see
And not someone to change in time to the person that cannot be.
We've all got funny little ways, no one's perfect that's for sure
Why must it be that people are always looking for that little bit more.
It's the simple things I'm looking for, kindness, caring, just a hug
Not to be told you're special then get treated like a mug
To share the simple things in life is all I'd really ask
Not someone who says this and that then hides behind a mask.
Is there really someone out there for everyone like I'm told?
I'd just like to find some happiness before I get too old
I've tried my hand at being a wife but it ended with a broken heart
So now I'd just like to have some laughs and make a brand-new start.

Lin Hodson

AUTUMN

Autumn is coming, when all the leaves turn brown
But first they go to orange and red and then come tumbling down
When their colour starts to turn, the woods are all ablaze
It's like a colourful painting, everywhere you gaze.

The hawthorn and the holly are showing berries of red,
While blackberries are glistening all along the hedge.
The crab apples are ripening and the elderberries too
And in the field the mushrooms are starting to peep through.

The hazelnuts are falling, chestnuts join them on the ground,
Autumn is a luscious time, nature's bounty all around.
But winter will be coming, when everything is grey
And then the time we wait for is a happy Christmas Day.

Marie Morgan

THE DEWDROP

There it was, hanging one side
Of the gentleman's nose
When I was buying apples in the shop
He was picking out apples, rather a lot
Oh dear, will it drop off his snout?
Have a look, it's still hanging about
Like a dewdrop round and clear
While buying bananas I looked up
And he was there
The bananas were wet
Has it dropped? No not yet
He followed me to the carrots
I'll hurry and get mine
In case it drops

When at the bus stop
I looked around and there he was
It hadn't fallen to the ground
The wind was blowing and it rained
His face was turning the other way
And on his ear was a dewdrop
Dangling there
Was it the dewdrop blown
Off his nose?
Or was it a raindrop
That's dropped off his cap?
Oh dear, what do you think of that?
A bit nottie isn't it!

Grace Rose M Bean

DAY IN THE LIFE . . .

My day is dawned by the birds that sing
And then the dreaded alarm clock ring
A new day opens its doors to impress
The trials and tribulations to address
Breakfast, radio, the news to hear
Sometimes it's happy, sometimes we fear
Ablutions over and dressed for work
To earn that crust our pockets lurk
The day to day grind does take its toll
But it's also so nice to be on a payroll
Recession or not it's hard to bear
Out of a job wouldn't be something to cheer
Nine to five our focus looms
On computers, paperwork and different rooms
The daily toll of figures and custom
Makes one appreciate a job, that's just awesome
End of the day brings a pleasured mind
To have earned a crust, a meal now to find
Home again, the evening starts
Washing, cooking, divided in parts
'Relax' our minds calls at the end of the day
Bed, our pillow's calling, as we prepare to lay
Dream world begins reflections of our world
As we sleep with our thoughts warm and curled
Treasured is each and every looming day
As we awake next morning to earn more pay
We are so lucky 'cause money we've got
Our jobs are our godsends, are they not?

Caroline Bone

THE TEDDY BEAR

I'm a large teddy bear. A cuddly toy.
Waiting to be chosen by a girl or boy,
The toy shop is my home which I share with others,
Dolls and pandas are my sisters and brothers
Each day that passes I look out and wait
Someone must choose me before it's too late
Many children have come and gone,
Am I too big, is something wrong?
The dolls and pandas are going fast,
Looks like I'm on my own, the very last.

Now in comes a boy who looks very sad,
Confined to a wheelchair pushed by his dad.
His limbs are twisted, hands are clawed,
Face unsmiling, sick and bored.
I feel very sorry, but what can I do?
I'm only a teddy bear who's feeling blue,
Then the boy finds me and shouts with delight,
His dad picks me up, I know I'm just right.
This is the moment it will be bought,
Freed from the toy shop where I thought I was caught.
Now I am special, a treasured toy,
Loved and cherished by a disabled boy,
He will never leave me, run off and play,
Together as friends we can share our day.

Stephen L Freeman

YOU ARE MY POETRY

You are the poetry on my mind,
In every tender thought I find,
In every passion of my heart,
In every wish whilst we're apart.

You are the poem that I feel so deep
In every dream whilst I'm asleep.
You are the poetry I write,
The words that haunt me through the night.

You are the poetry in my head
When all the daily cares are shed.
You are the poetry constantly
With every breath that comes from me.

You are my thoughts at break of day,
My dreams, my joys, my hopes, that lay
Within my heart. So let it be,
You fill my life with poetry.

Helen E Langstone

OH, LOVELY BED!

Oh, lovely bed!
Lovely pillow for my head
Lovely duvet all soft and puffy
Lovely cup of lovely coffee
Lovely Agatha Christie novel
('Murder on the Orient Express')
Lovely cat purring
Tucked up behind my knees.

Old age
Mirrors childhood in many ways
But not in the child's reluctance to retire.
Oh, lovely bed
And lovely sleep
At the end of a long, long day . . .

. . . at the end of a long, long life.

Christine Kennett

MY DAY

As I slowly wake up in the morning
And think of the day ahead,
I know that the Lord is watching
As I struggle up out of my bed.

I know that the Lord is listening
As my prayers to Him I speak.
I have so much to ask Him
And His guidance I need to seek.

As I look out of my window
And I drink my morning tea,
I think of all the wonders
That He has shown to me.

The sun that's rising in the sky
Its warmth to cover all.
The different colours of the leaves
As to the ground they fall.

The hours pass, to the shops I go
There's such a choice to eat.
How can we really have so much
Fruit, vegetables and meat?

I think of all the peoples
In countries far and wide,
Who haven't any food at all
Nor even any pride.

They have so little, we have so much,
How can we put it right?
Please listen to my prayers, Lord,
When I go to bed tonight.

And now the day is over
And back to my bed I creep,
I thank you for my blessings, Lord,
As I shut my eyes to sleep.

Edie Mee

THE WITCH IN THE TREE

I heard the strangest thing could be,
A witch entwined in an acorn tree.
And the tree was the witch and the witch was the tree,
So close was her hold intrinsically.
The witch, she chose for sole company
A cat as wild and wilful as she.

And ever anon, seven years from seven,
By a mountain cave, where the starlit Heaven
Alone, could see her sad, ceremony,
She would lay her wild cat to rest, finally.
Then, with never a glance or a thought further bent,
She would rise with the wind on her broomstick, pent
In one thought only pervading her mind,
'Ere the rise of the sun a new vassal to find.
'Twas the reign of night, at the turn of the year,
When men live in shadows, and treasure a fear
Of spirits that watch in mists and trees,
In the snow-tombed earth and perilous seas.

It was late, as I saw in the dark, alone,
The lights on the hill, how they flickered and shone.
As the night grew deeper they came no more,
And the road lay bare like a wave-swept shore.
Then the veil of the moon fell soft on the grass.
Furtive, and pensive and silent it was.
A squirrel peeped from the garden shack,
Clutching the brown nut he dare not crack.
And the few scant leaves were like ears on the trees.
Waving branches whispered portentously.

But the clouds of heaven have no respect
For heaven's hierarchy; their grey shawls stretched,
They passed on down the night sky, one by one,
Till the solace of moon and stars was gone.
Save one darker patch that fell from the rest,
Parting the clouds with silver crest.
No moon bestowed that soft silvering,
Nor sigh of wind that faint quivering.
She descended with wondrous turn and skill,
The witch in the tree, by my window sill.

She looked at me once with half-shut eyes,
She would wait and wait until the cold sunrise.
Her grey hair shone in its own silver fire,
And her hard grey face was lined with wire.
No host it was to joy or tears,
For she had been thwarted for hundreds of years.

A pinprick sound in the dark expanse
Of the night; now here, now there, nearer it came,
Wending a path to my windowpane.
I saw her take one sure leap, no more,
Suzy, the little black cat, next door.
Brave little Suzy with cry forlorn,
Sensing the augur of early morn.

I called and called but strong was her will,
She would not come in from my window sill.
The witch listened viperous, she'd watched every move.
Her deep black eyes, pools, venomous, shone,
Intense, as if she possessed by right,
The little black form that crouched in the night.

'Come little cat, away with me
To the rim of my far-off territory.
Come, you shall scratch and pine no more
By obstinate pane and fast shut door.
The caves of the Earth unfettered and free,
You shall enter at will, every crevice, and see
Tiny lizards scuttle, mice and serotine.
They shall all be yours, you may stalk unseen.

You shall climb to the crest of the mountains high,
And watch the moon come riding by;
How she casts her light on the granite below,
Touching its brow with her silver glow.
Mystic power will be yours and you shall quell,
With the faintest twitch of your sensitive tail,
The iron bell that clangs in Hell,
And the demons that dance in the rain.
Great beasts that pound the forest floor,
Shall defer as you pass, they shall crouch with awe.

Though lions and tigers cower with dread,
None shall touch the faintest hair of your head.'

In the round of Sue's yellow eyes I could see
Frantic figures of fantasy.
Newts and toad and serpents bane,
Writhe and twist in her tiny brain.

'Come little cat, come in to me.
Don't heed the lies of the witch in the tree.
Cosy hearth and loving hand,
You will seek in vain from her sterile wand.'
The old witch shattered my plea with her scorn,
She had all night long, she would strive till dawn.

'I will teach you the craft of mischief too,
Harm that only the witch's cat can do.
You shall roll on the clouds, on Phoebus raft,
And clutch at the prong of Neptune's shaft.
All the cats in the world will hear your call,
And you shall lead them one and all.
They shall climb every step, every stair, every steeple,
Open bedroom doors and pounce on good people.
And the bells will ring out loud and clear,
That the curse of the witch's cat is here.
Cats shall rule the Earth and the sky and the sea,
And you shall be queen of the dynasty.'

The old witch smiled, she knew she had won,
And six hours stood 'ere the rise of the sun.
Sue tensed every nerve and made ready to spring,
Ghostly arms moved out for this last severing.

Then a spider walked out on the window sill.
Sue raised her paw, but she did not kill,
So fleet and smart and dapper was he,
And he cared not fang for the witch in the tree.

The moon beamed forth malevolently.
'You may weave a skein for her neck,' said she.
The old witch scowled, seething inwardly.
Then Suzy turned her glance to me,
And I drew her in with my eyes fervently.
Then calmly, she showed the old witch her back.
(Oh Sue, you were ever the best of crack.)
If the old hag felt hurt, then verily,
I know how she felt cos you do it to me.

I felt her paws warm on my neck, on my cheek,
And the little sharp pricks she could not help,
And her wet, dribbly nose searching over my chin.
'Twas a moment of joy - she was in - she was in,
And I shut my window latch on the fiend.
And all that night slept right merrily,
With the little black cat that came in to me.

Florence Lyster

WE ARE ALONE NOW

Pages of discarded newspapers dance along the street,
Lifted by the howling wind they seem
To dance on dainty feet,
Pale as touched by moonlight
Like graceful fleeting sprites,
They go wafting past my window,
Disappearing into the night.
A black cat touched by moonbeams
Hurries forth with nervous gait
To some unknown assignation
For which he's plainly late
And all the world is empty
Save some shadows passing by,
I shiver and close the curtains, then on my bed I lie.
My cat with coat of fluffy white fur
Pads swiftly to the top of the stair,
Then searches out her night-time lair
In the linen cupboard and starts to purr
And all the world's asleep but us,
We are alone now just me and puss.
Humanity has whispered away into night
We can only lie here and dream till it's light.

Frankie Shepherd

A FIVE-YEAR-OLD'S COMPLAINT

My mother does not understand what life is all about
She often tries to ruin mine with her perpetual shout.

If I'm playing hide-and-seek with other girls and boys
My mummy's voice comes calling,
'Don't make so much noise!'

I was lying on the beach, touching golden sands,
When Mummy's voice came calling,
'Go and wash your hands!'

I was counting little insects along my granny's path,
When Mummy's voice came calling,
'It's time to have your bath.'

I was sliding up and down, rolling in the snow,
When Mummy's voice came calling,
'It's time for us to go.'

Oh please, oh please won't someone with my mother plead,
And tell her that I have a private life to lead?
'Oh Matthew, I do understand,'
My mummy said to me,
And then I heard her calling,
'It's nearly time for tea.'

That made me feel much better,
And I ate up all I could;
Soon Mummy's voice was cooing,
'Oh, you really have been good.'

Margaret Bailey

LEOPARD, IT'S TIME TO CHANGE YOUR SPOTS

A chameleon can change its hue,
When surroundings change its colour changes too.
With some crawling creatures it is apparent
Their camouflage is quite transparent.
Easier for others to change, than ourselves, we find.
Times change, us with them, or we're left behind.

In order to work, 'the wind of change' needs to be real.
More tornado-like than a breeze you barely feel.
Politicians beg us all to change,
Pondering, we find their principles a little strange.
Plus ça change, plus c'est la meme chose.

A Danish proverb says,
'Lawyers and painters can soon change white to black,'
But who has succeeded in changing things back?
If I choose to change my opinion or my clothes,
Have a change of scenery, then a question I pose,
Does this change of heart affect only me?
World-changing issues disturb each family tree.

In nature miracles occur, who marvels, who sees
Life cycles of frogs, trees, butterflies or bees?
Pessimists see only change and decay,
Optimists feel climate change we can delay.
Think of small changes to benefit mankind,
Let us be the ones to care and to mind.

Sue Holmquist

THE SPICE OF LIFE

The family, comes first to me,
It's the joy and spice of life,
Though I love my son and daughter,
I adore my darling wife.

I had my ups and downs of course,
And my share of pain and hurt,
But, I love the little girlies dear,
Though I never was a flirt.

I mean my wife and daughter,
And my granddaughters three,
They mean as much as life itself,
They're all the world to me.

Their carry on, I dote upon,
The things they do and say,
And everyone, a better con,
To steal your heart away.

They're all that's great and wonderful,
To me and my dear wife,
They're joy and love and happiness,
And all that's great in life.

James Baxter

NATURE'S OUTLINES

The spider spinneth its web,
Upon the hawthorn tree;
Outlined in glistening dewdrops,
A delicate tracery,
For all the world to see.
The leaves all yellow and brown;
Fall from their parent tree.
Against the sky bare twigs reveal,
A delicate tracery,
For all the world to see.

Doris Mitchell

COCKTAIL OF SEASONS

Birds now busily building nests,
Spring lambs dancing in the clover.
Little robin throws out his red breast,
Blossom and buds burst their colour.
Life anew ever turning
Time flowing as a never-ending stream.
From birth, nature of life is learning,
Soon to fend, survive and dream.

Summer sun, so warm and bright,
Fruits of life so plump and glowing.
Green leaves such a wondrous sight.
Sweet-scented air on breezes blowing.
Children skipping through the fields,
Children off to the sand and sea.
Old ones watching, memories concealed,
Now leap back to what used to be.

Autumn arrives, with paint on a breeze,
Turning green leaves red and gold.
Winds assist in dismantling trees,
Soon to brace up to the cold.
Kicking and crunching the leaves under feet,
A sound to enjoy when out strolling.
Each season holds beauty, to the eye a treat,
Sky, sea and land ever rolling.

Snow falls slowly, softly to Earth,
From a sky that's lost its colour.
Layer by layer it blankets the land,
Its appearance of bleached white flour.
Underground bulbs kept warm and safe,
Whilst we need a crackling fire,
To huddle cosily from the biting taste
Of icicles and crystals on frosted briar.

Monica D Buxton

SEVERN SUITE AT THE BRASS BAND CHAMPIONSHIP

To Manchester we came that day
Intent on hearing brass bands play
A motley crowd, heads gold and gray
Assembled
As Elgar's themes rang out so clear
Remembered notes of yesteryear
Swirled round our ears as, tier on tier,
We waited
Which one would capture hearts and mind?
Set nerve ends tingling, beauty find,
Amongst melodic notes that bind
Tone poem?
Bridgewater was a fitting name
To link with Worcester's son of fame
Cathedral spires and leafy lane
Transported

The organ, hymn and choir sing out
Of Edward's signature no doubt
Resist temptation now to shout
Enigma
Our pulses race as notes assail
Awakened senses, thoughts derail
Make hopes and dreams of no avail
Nostalgia
Conductor's touch, here soft, there firm,
With aching arms cajole and yearn
To draw out magic in their turn
Suite Severn
With grandeur, pomp, then light and shade
Sweet melodies the air pervade
Then join in joyful dance parade
Such feeling
No words such passion could inspire
But music sets our hearts on fire
It seemed our hands will never tire
Applauding
And did Sir Edward then reflect
On times when bands did him reject?
How sweet to hear Bram Gay perfect
Notation
At last performances are done

Adjudication has begun
All are convinced their band has won
The Open
Then Wallace, Gay and Scott come out
Of one accord, they have no doubt
For whom we soon will raise a shout
New champions
So who is now the best in land?
We roar as Marple takes the stand
And Cheshire smiles on winning band
Elation

Marilyn K Hambly

REMEMBER TO FORGET

Remember to forget the injuries done to you,
Remember to forget the wrongs that folks construe
Into your actions that were noble, pure and true,
Remember to forget - it's better if you do!

Remember to forget the gossip that you heard,
For if you pass it on more trouble may be stirred,
Remember to forget to speak in haste the angry word,
Remember to forget - remorse is then deterred!

Remember to forget that word - unkind, untrue,
Remember to forget those thoughtless words that flew
Straight as a dart into your heart and pierced it through and through,
Remember to forget - your peace of mind renew!

Remember to forget the faults of other folk,
Remember to forget the nasty words they spoke
That did bitterness, unhappiness and agony provoke,
Remember to forget - new friendships to invoke.

So remember to forget - as your life you live,
But if you should forget - remember to forgive.

Greta Bray

COME TO PARADISE

Take my hand and come with me,
away from the traffic's roar.
Leave all the daily hassle, politics,
and all the daily chore.
Walk this way through the garden gate
what you will see transpire.
Heaven here on Earth
not just a garden to admire.
It may only be a tiny garden but
you must admit it has it all.
Walk through the rose arch,
down the path to the waterfall.
Now you can relax and listen to
the songs of many a tiny bird.
Tit, finches and warblers and
a tiny wren too can be heard.
Relax by the side of the pond,
watch the fish at play.
The tumbling water from the fall
helps soothe your cares away.
Now aware of the perfume
as it awakes the nose.
The jasmine, sweet peas, stocks
and abundance of the rose.
Walk down the windy path to a
wisteria-covered cabin made of wood,
its latticed windows give it charm.
Inside it's really good.
It's cosy comfort, a private place
it's peaceful serenity, divine.
Within my secret garden,
so beautiful and it's mine.
Shaded by a great ash tree,
against the heat of the sun.
A gentle breeze for perfection
relax when the day's work's done.
When it comes to evening and all
the lights come on to light the way.

It takes on a Spanish feeling
quite romantic one could say.
Reviving memories of Elcapistrano,
Spanish nights, so long ago.
Now I have it all, Paradise,
in my secret garden, blessed I know.

I Keeling

IT COVERS TRACKS

It covers tracks and shifts the desert sands.
It cools the overheated brow and soothes the cheek.
It fills the brightly coloured sails to billowing shapes,
and sways the crops to seas of golden waves.
It whips the water into frenzied foam.
It carries high above a fragile paper shape
and lifts the smoke in swirling coiling whirls.
It wafts the scents of garden blooms afar
and fans a flickering flame to furnace heat.
It causes havoc with tremendous force,
and dries the soaked earth to solid grains.
It cools the blazing heat of tropic sun
and drives the rain across the parched terrain.
It screeches and it whistles through the eaves.
It wrenches wilting foliage from the trees
and sweeps the minute sand grains far.
The ridged flat deserts are suddenly transformed
to towering foothills with gullies deep.
And as the wind abates becoming inexplicably subdued
it wills the noonday buzzes into sleep.
This silent, gentle, violent unseen thing
remains a constant factor of our lives.

Nina Woolf

WEB OF FEAR

The one creature in this world
That can make my toes curl
Is the one with eight legs
Spinning those sticky, creepy webs.

Spiders

Even the tiniest catches my eye
Sending shivers down the spine
Their hanging homes cling to hair and skin
Heartbeats pumping adrenalin.

Spiders

They seem to be everywhere,
Especially in the bath when I stand bare
Across the ceiling eight-leg speed
Images causing great terror indeed.

Spiders

This terror I cannot control
Friends and brothers find it droll
But there are men who share my fear
Cannot bear these creatures near.

Spiders

They seem to seek my room at night
Once espied and screams in flight
'Dad,' I call, 'please take it away;
Into the garden out of my domain.'

Spiders

Why do we this innocent fear?
He works hard insects to clear
In England we have none that bite
But still horrific pictures fill my mind of

Spiders!

Evelyn Sawyer

PARADISE

My name is Maxi Bubbles
I'm an orphan stray you see,
But I am very lucky now
A kind family look after me.

Abandoned by my owners
With no home or food at all,
I had to beg and plea for scraps
From friends just over the wall.

I don't know why they left me
As I'm such a beautiful cat,
I really would win prizes
And break the judge's heart.

I like my new home very much
They treat me like a king,
The love and gifts astound me
You sure should hear me sing.

I have been to see the vet man
For injections to keep me safe,
Got a lovely carrier for Christmas
To take me there in state.

I also have new friends to play
Two collie dogs they are,
They treat me with respect they do
But I daren't go too far.

I get to sleep in Mother's bed
How lovely, cosy and warm,
I think I have landed in Heaven
As I snuggle up safe from harm.

Rosalind A Sim

IS IT, PEACE IN OUR TIME

Peace in our time, sixty-five years since,
When war drums stopped and fighting ceased,
Aircraft carriers, put down their anchors,
Our flying men, no more to conquer,
The guns and the flak, all stilled for a time
Army, airforce and navy, drinking good wine
To celebrate victory over the Rhine.

Peace in our time, sixty-five years since,
War crimes committed, the foe did wince,
'Discharge' was the password, for home all were scheming,
'We'll meet again' words with new meaning,
Embarking on troopships, from a land set free,
No more to hide and to flee.
Victory, was ours, and we shouted with glee.

Peace in our time, sixty-five years since,
War crimes committed, law courts convinced,
Some paid with their lives, some barred for life
From an outside world still full of strife,
We promised a war to end all wars,
But we cannot predict what is written in stars
Where the victory, when anger still mars.

Peace in our time, sixty-five years since,
As thousands of unemployed, counted their pence,
Miners' long strike, turned father against son,
Brother against brother - who was wrong?
Thugs still run riot at football matches
Conservatives' schemes they are a-hatching
What better world in this sixty-five years hence?

Is it peace in our time, sixty-five years since,
Black bishop take pawn, and climbs the fence,
Tables are turning, black leads white,
For freedom they are fighting, do we see the light.
One word in Europe is misunderstood,
To come out of Europe some think would be good
Now all change to digital TV, TV requests,
Peace in our dreams.

Is it? Peace in our time, sixty-five years hence,
What of the now, the world in recession,
High tax and interest rates closes the businesses.
Drugs and computers disturbing the masses,
We who are left, grown old,
Now, as veterans, draw our pension,
But wars are still causing a tension.

Peace in our time, sixty-five years since,
What of the future - the world moving faster,
To fly to the moon, is that the answer,
Or will it all end in total disaster?
Great Britain once great in a world of great men
Perhaps: - hope once more, in a world we can Ken.

Irene Lee

THE DAWN

A pale pink glow brightens the eastern sky,
Dawn is breaking and the world awakes.
The birds start singing and search for food,
The fox disappears into his lair.
There is promise in the new spring day.
The sheep start grazing, munching the green grass,
The cattle make their way to the stream.
The skylark soars high into the sky,
A perfect morning for a lovely day.
And there is contentment in the heart.
The cattle suckle their hungry calves,
Noisy tractors start their busy day,
Some light sirrus clouds high in the sky
The sun breaks through, morning has come.
A warm day and there will be no rain.
A light breeze blows and the air is sweet.
The mountains stand out strong and imposing
That feeling of strength flows through our being,
The flowers open and the leaves unfurl,
A happy day for all mankind to share.

Glenys B Moses

THE HUGE RED BRANDY GLASS

(In memory of Aunty Eleanor)

To everyone who sees it, it's a glass, to me it's Aunty Eleanor
Who received it for her work back in the past,
Who knows how long I'll have it or, how long that it may last,
I see a heavy work-worn woman going off to Mass,
Her faith in God, it really was first class,
Between religions in those days the gulf was really vast,
Mixed religious couples nailed their colours to the mast,
She joined her husband in his church and was a happy lass.

Two sons were born, Alan and David, they were from Welsh stock,
Her husband was quite overjoyed and he became her rock,

Life it was hard, she worked all day then made the family dinner,
When you eat with a hoard of men, you're not going to get thinner.

Her husband died, she then lived with Alan, her eldest son,
Her legs could not support her weight,
They were no good to walk upon.

Jean Paisley

THIS IS THE LIFE?

Being chauffeur-driven in a fancy limousine,
Taken to the best hotel - treated like a queen.
This is the life!

Lounging in the garden on a lovely summer day,
Someone serves me strawberries with cream upon a tray.
This is the life!

Curled up by a blazing fire on a winter night,
My favourite book, a bowl of soup, oh, what sheer delight!
This is the life!

A child cries out in hunger, alas, there is no food;
A mother, sad and desperate - she cannot feed her brood,
Another child without a limb, or maybe cannot see,
A country torn apart by war, no hope there seems to be.
This is the life?

Winifred Chubb

A FAREWELL NOTE

I am a breath of wind that blows across your face
I am a memory that barely lingers in this place
I am a sad sigh that is easily dismissed
I am those words that were once in anger hissed
I am a pale shadow floating softly by
I am a condemned man's last wailing cry
I am the shining knights of old so brave
I am that once visited, easily forgotten cave
I am déjà vu rising yet again
I am a weak, dim, guttering flame
I am the same stars shining above each night
I am an old bird's last trembling flight
I am all of these things and yet I am not
For I will never be so easily forgot
Even though I have died my memory will remain
Even though I have gone you will still remember me the same
So this isn't goodbye my friend, or even farewell
For we will meet again above, where weary souls do dwell.

Elizabeth Benson

WATERCOLOUR

Sullen clouds, still bruised from recent storm,
Reflect upon a still depressing estuary grey;
Plaintive cries of curlews herald break of day,
When dawn's first exploratory stabs of white
Flood the anaemic tidal scene with fragile light,
Haemorrhaging to intensify the watercolour;
When, from the corner of the morning's eye,
Out of the blue and faintly bloodshot sky,
Across separate pools of this broken mirror,
The foreign body of a single heron flies -
Almost confusing its silent image with itself;
Casting no shadow, as it haunts the beach,
Stalking the trembling shallows for its prey,
On these shores a death must come its way.

Derek J Pluck

EDUCATIONAL SMACKDOWN!

'Morning staff, good news for you,'
The Head announced with a grin,
'This term we've an American wrestler
Who'll be administering discipline!'

'Just carry on as normal,
You won't even know he's there,
He'll just skulk around in the staffroom,
Fixing extensions to his hair!'

Then . . . striding out through clouds of smoke
Hollering a deathly scream,
The wrestler burst into the room . . .
And perched by the coffee machine!

A mass of rippling muscle,
A spray-tanned American hunk!
Flexed, permed and veiny,
Crammed into sequinned trunks!

Spluttering, the Head then carried on,
'I think you'll begin to see,
The school will be a better place
Patrolled by WWE!'

So the wrestler remained in the staffroom
Quaffing protein shakes
Poised by the bright red telephone
As for that call . . . he waits!

And very soon it began to ring,
Shattering the calm . . .
'What's that . . . uh-huh . . . science, eh?'
And in a flash . . . he's 'gawn'!

There was chaos in the laboratory,
Mayhem in the building,
Miss Jenkins needed assistance . . .
. . . And . . . 'darn it' . . . 'some punk's gonna be . . . filled-in!'

The classroom door was kicked clean off
And the wrestler began to shout,
'What you guys need is discipline . . .
. . . And I'm here to sort you out!'

Holmes was flung out the window,
Whittle 'slam-dunked' in the bin,
Smith was pinned to the periodic table
Right in-between arsenic and tin.

Dukes was dunked in the fish tank,
Webster tied in a knot,
And Serlin was filed in the cabinet,
Right in the 'naughty boy's' slot.

'This looks marvellous fun,' said Miss Jenkins,
'To help you can't be so wrong?'
'Be my guest ma'am,' said the wrestler,
'Just make sure that your goggles are on!'

Between them they mixed lots of chemicals
To produce a combustible flash,
School kids exploded everywhere,
And they landed, a defeated mass.

The adults had white-washed the contest
Making the students' lives hell . . .
A tag-team duo without parallel
Finishing 'right on the bell'.

'My job here appears to be over,'
The wrestler snarled at the stack,
'But any more of that behaviour,
And, sure as molasses . . . 'I'll be back!'

The Head was thrilled with her project.
In assembly she was happy to say,
'One day my wrestling experiment
Will sort out all schools this way!'

So 'beware' you insolent children,
Just 'check' you miscreant youths,
That the teachers that you're cruelly annoying . . .
Aren't wearing lycra beneath their posh suits!

Chris Martin

SAFE STREETS AND LANGUAGE

A gang of frantic, anti-semantic catchphrases
went looking for Queen's English to sort out
They lay in wait in a present-tensed hate
Quite rigidly opinioned and not subject to doubt

Being grammatical transgressors they literally pasted
their intentions to the mast
And watched as groups of succinct paragraphs strolled safely past
As cowards, they waited for a solitary statement
Weighed down with exclamation marks; a victim, there at last

Then out of the grim silence a lonely sentence came along
Linguistically crippled and awkwardly writ
A line, cruelly discarded from a third rate love song
With none of the graces, devoid of all wit

And in defending itself from the literary shelf
to which it had been consigned
It stuttered on, its sense all but gone
And its intended meaning maligned

From between the lines, they stepped out
into that God forsaken, misspelt plaice
Intent on doing him harm
They stood threateningly before him and stood face to deface
Devoid of all mercy and empty of charm

In a shot, it was got! They spun around its compound verb
And slapped its proper noun
Then punched each word and never cared
As its syntax tumbled down

It lay there, disordered; a nonsense, with commas well knocked out
'My meaning!' it moaned and its meaning they denounced
Its predicate, predicated
Its capital missing and its each word mispronounced

Thus with bad overslanging they'd put it in its place
With mutters and mumbles thrown in
Just abbreviated violence shoved hard in its face
But although assaulted from behind,
It took it full square on the chin

But then up without metre, it stood strengthened by prose
And swore it'd not scan incorrectly nor 'ere would lie down
and hide away
Unuttered on some discarded, torn page with cowering adverb
and trembling noun

It'd walk tall the streets of this town and fear not who it met
And of one thing this sentence was sure
It'd split their infinitives if it saw them again
and give them a piece of its own metaphor

It would quatrain in a phrase gym and carry a well-sharpened pen
And meet their foul cursing with sense
And hit them full square with the who, why and where?
Plain English would be its defence

And louder they might be and quite tersely brash
But a participle of speech must be quite selflessly brave
If the streets are to be safe for expression with dash
And language itself is to be saved.

Henry John Stewart

A DOUBLE PROBLEM

I always remember your birthday,
How could you forget mine?
I'm mortally offended,
This is the third time.

Last year there was no gift.
The year before no card.
This year it's neither,
To forgive you - I find hard.

You are my closest sister,
Of this there is no doubt.
The fact that we are twins,
Should help to sort this problem out.

Dorothy Foster

FOR MY MOTHER, WITH LOVE

Dear Mother, I rarely tell you
How I appreciate you being around
Your helping hand is always needed
You share the love you've found.

To me you're one in a million
To me you're simply the best
Sometimes you don't deserve my worries
That I lay upon your chest.

Out of all the women who walk the Earth
God placed me in your care
No one could ever do more for me
But you've always been there.

At times I've taken you for granted
And I know I've given you pain
I'm sorry for ever letting you down
I'll try not to hurt you again.

I want you to be proud of me
I want to give you something in return
For all the support that you've given me
For being my mother, one who's so concerned.

Never have you put yourself first
Never have you neglected my needs
I'm so privileged to have you for my mum
So thank you for everything you've ever done.

And thank you for being there
And thank you for teaching me how to love
But most of all thank you
For the love you so willingly share.

Michelle Holton

THE GYPSY

She was as Irish as the shamrock, a lively bonny girl
with eyes of green and creamy skin that shamed the finest pearl.
With flouncing skirts and shoulders bare she strutted into town
and every male that passed her by looked her up and down.
The vicar's son, a quiet lad, was smitten by her charms,
he longed to hold that feisty girl forever in his arms.
One summer's night when the air was warm in the tavern she was seen,
there sat two burly sailors with the gypsy in-between.
The boy could not contain his rage as jealousy took hold
he surveyed the trio sitting there with eyes so hard and cold.
He threw down the gauntlet to the men and challenged them to fight,
but no one knew the tragedy that would unfold that night.
Both men rose and faced the boy, their blows rained thick and fast,
he could not compete with both of them and fell to the ground at last.
As he lay there motionless there came a flash of steel
a sailor dagger in his hand had an urge to kill.
Bare of foot and tousled hair the gypsy stood between
the sailor and the prostrate boy, with eyes of smouldering green.
Alas too late she realised as the weapon was swiftly thrown
she had no time to step aside and the cruel blade struck home.
She sank to her knees, her green eyes wide, the blade had
pierced her heart
she died as she lived all eyes on her playing a major part.
They say, that on a summer's night around the village green,
with flouncing skirts and tousled hair the gypsy can be seen.

Jean E Reynolds

THE VILLAGE CHESTNUT TREE

Where would our village be,
Without its chestnut tree?
Bereft of shade and sheltered strength,
Harsh brick, tile and rulered line,
Tidy pavements, hard and grey.
'An empty village', we would say.

The chestnut tree in spring,
Is where our songbirds sing.
They perch upon the highest, tallest bough.
The tree is full of life,
And music fills the air.
Blossom falls like softly drifting snow.

The summer breeze will gently tease,
White petals 'long the way.
The gutters fill, and pavements turn,
To dancing flowers of May.

Where would our village meet,
And rest their weary feet?
Would the children play, without our tree?
Gone would be the sound,
Or laughter running round,
And silence only, sadly, rule the day.

Oh, guard our tree to always be,
Or think to plant again.
So when we leave and others come,
There always will be there,
A strong, majestic chestnut tree,
For all the world to share.

Hazel Mary Farrell

CRY OF FLOWER SELLER

Velvet petals scent the air
Buy orchid for your lady fair
Golden lily, the crimson rose
Take with you when you propose
Freesias for her wedding gown
Golden daffodils, on them not frown

Roses dark red, violets rich blue
With them send love true
Ask forgiveness when you're wrong
For that message someone longs
Send sweet flowers from my barrow
Do not wait until tomorrow

Send with love gift to treasure
Give your lady lots of pleasure
Snowdrops white like the dove
God's gift of nature send with love
Seal your fate, shoot Cupid's arrow
Buy sweet flowers from my barrow

Forget-me-nots, a mother's cry
Ease a pain, a weary sigh
Ivy with its many greens
Mixed with primrose looks supreme
Brightens the days that are dreary
Makes a room nice and cheery

Sunflowers with a face of sun
Tall and elegant above all run
Mistletoe, holly and ivy too
Gathered for you when the year is through
Buy some flowers from my barrow
Do not wait until tomorrow.

Pearl Powell

THE LAMENT OF THE CORNER SHOP

Oh give me the days of the old-fashioned shop
There used to be one in every street
Where up until 10pm you could pop
And there a friendly face meet.

Whoever happened to be waiting on
Would smile and say, 'How do you do?'
But alas these polite shopkeepers are gone
No one now says, 'How can I help you?'

Flowers in buckets used to stand by the door
Brooms, fire shovels and scrubbing brushes too
Wash leathers, soap flakes, pails and a whole lot more
Donkey stones and bags of dolly-blue.

Our little shop smelled strongly of coffee
And I can't remember anything nicer
Than watching the girl cut cooked ham for me
On that big, shiny, electric slicer.

Fresh fruit and veg or processed in tins
Sticky sweets in rows of glass jars
Dummies, nappies and safety pins
Girls' dolls and little toy cars.

Bread and fancy cakes came fresh each day
Eggs, butter and cheese all for sale
And if you were over eighteen by the way
You could buy cigarettes and Newcastle Brown Ale.

Candles and coal and bundles of sticks
Pens, paper and drawing pads too
Screws and nails if you had something to fix
Tools for all that you needed to do.

Paraffin for your heater you could always get
A nozzle or a washer for your tap
A box of firelighter bricketts
Rat poison or a mouse trap.

Each little shop was a real treasure trove
A gossip-mongers paradise as well
For on every local scandal or love
Someone had something to tell.

But gone are these shops known to you and me
They couldn't have economically survived
Also that friendly community
The day of the supermarket has arrived.

E Bowen

PENNANT VALLEY

In the slumbering innocence of dawns,
In the sun that is new each day,
The valley awakes.
To the green, bell-ringing chapels
Of the singing woods,
To the cool streams of our dreams and longings,
To the mountains
Where our prayers rise like smoke
In the quiet morning air,
To the spirits of the rocks and trees
Who sing the songs
That have no words.

But all too soon the sun
Completes his daily round,
Slips slowly down the westering hill.
And curious stars draw near
And hold their breath
Hush now, come closer,
Listen,
You can hear the dewfall,
And the grass
Growing in the high meadows.

Harry Stevenson

WHY AM I WAITING?

Why am I waiting so long in this queue?
There are so many others waiting too,
I got this appointment; they sent it to me
I thought they'd be ready for me to see

The doctor's not there yet, the nurse comes to say
I am thinking now what a waste of a day,
How long will it be? Will he turn up?
Have I time for a drink in a can or a cup?

I'm feeling quite hot now; I've waited so long,
Shall I go and complain, would that be wrong?
I'm getting impatient and nervous too
How much longer? What shall I do?

A glimmer of hope I see at the door
A man in a white coat plus two or three more,
Is this the man I'm waiting to see?
The nurse shouts out a name, yes it is me!

I walk to her desk to give her my name
Just to check there's no one else with the same,
She looks up and smiles sweetly at me
Just take a seat dear, he's having his tea

I am not disillusioned, the man needs a break
But how much as patient can one take?
I could have had a cup of tea
I think I will, and he can wait for me!

Margaret Greenall

THE SNOWMAN

There he stands, a lone figure of white
The snow is falling, it's a picturesque sight.
He has a broomstick tucked under his arm
His little friends hoping he won't come to any harm.

A striped scarf, carrot nose and eyes black as coal
No one for company, not even a mole.
It's a long, frosty night for the little snowman
Who has this old broomstick tucked under his arm.

At last it is daylight, he gives such a sigh
Oh, where are his friends who live nearby?
They promised to visit him every day
Because this is the place they usually play.

The snow has stopped falling, he hears voices at last
He sees children running towards him so fast
They see that their snowman has come to no harm
He still has his broomstick under his arm.

They all laugh and play, have lots of fun
But the snowman is melting in the warm sun
'Oh dear!' they chorus, 'What can we do?'
'There will never be a snowman as nice as you.'

They went for their lunch but had no appetite
And soon they returned with their faces so white
No snowman was there, they felt quite sick
You see, all they found was his old broomstick.

Hazell Dennison

HOW I WISH THAT I COULD FLY A PLANE

What I think is an amazing sight
Is to see an aeroplane in flight
Whether flying low, or flying high
It amazes me, how it stays in the sky
It flies over land, and over sea
How the pilot finds his way puzzles me
With no signs, and no road
The pilot still arrives with his heavy load
Then he turns around, and is on his way home
And still manages to find the aerodrome
Where he took off, some hours ago
He lands the plane, in sun, rain or snow
The passengers then alight
And thank the crew for a pleasant flight
They load up, and they're off again
It must be nice to fly a plane
To me, it's the best job by far
All I can manage is to drive a car
I've driven a lorry, and I've driven a crane
But how I wish that I could fly a plane.

William G Evans

LOST COUNTRYSIDE

I look to the fields, but what do I see?
Rows of neat bungalows, tiny and twee.

Cross children scream, where once only was heard
The soft bleating of lambs, and the cry of a bird.

Three wise old horses looked over my wall.
'Apples for Dapples' they came to my call.

A barn owl swooped down, silent phantom in flight.
There's no longer a barn, there's only a 'site'.

And I grieve for the green fields I've known for so long,
No more peace, no more quiet, their habitat gone.

Sue Joyce

MICHAEL JACKSON

It came to us via a text message.
The way of the world today.
Confirmed by the TV bulletins.
Michael Jackson had passed away.

Blank stares fell over our faces.
As the various images appeared.
The fans began to congregate.
The sad news bringing with it tears.

A true 'phenomenon' in our lifetime.
He gave up his to entertain.
But all the money and fame in the world.
Proved little to gain.

So a fond farewell to the 'Thriller'
You'll never be forgot.
RIP Michael Jackson.
The King of Pop.

Kerridwen Niner

A SUNNY RECESSION

It's really quite stressing
And somewhat depressing
The Government's in a right state
This country is on a handcart to Hell
And we all seem resigned to our fate
The bankers all shake their heads in despair
Your money, it just seems to go
The Chancellor stands with a note in his hand
And says how much cash we all owe
But summer is looming
The flowers are blooming
Of sunshine we'll all get our fill
Unless though of course
The Government tells us
The sun is on loan to Brazil.

Lynne Marie White

PRAISE TO ST CELIA

'If Music be the food of love play on
Give me excess of it'
So spoke Oberon, the fairy king
To fair Titania in their magic ring
For Avon's bard knew oh so well
That music casts a special spell
Charm it can the savage beast
Bring to the weary peace and rest
And gentler on the spirit lies
Than tired eyelids upon tired eyes.
A melody can haunt your every day
With memories that over play
Sometimes a smile, sometimes a tear
Sometimes a picture sharp and clear
Some music lifts you from this earth
And gives your life a second birth.
E'ne when it seems the depths of Hell
Are ringing out a funeral knell
Its soothing balm can heal the sore
And bring back paradise once more
So thanks to Celia let us give
Her gift of music helps us live.

B G Metcalfe

HAPPY HOSPITAL STAY

Here I sit from my hospital bed,
Out of the windows the sky turns red,
Clouds passing quickly, silhouettes of which you could be fond,
Aeroplanes crossing to the airports beyond,
Nurses doing their duties efficiently,
Sorting out cathetures and canulars,
Pills and potions,
For those with less motions,
Blood pressure, oxygen levels and temperatures taken,
Not all of this done when you're fully awaken,
Us poor patients in pain and discomfort,
Nurses caring and sharing in a professional way,
To make sure we have a comfortable day,
Bells are ringing for help and understanding,
Patients brought back from theatre,
Made better or bits taken away,
Fast asleep in a dream world
A wonderful place to be,
An eye opener I can tell you,
From a patient just like me.

Marian Clark

BOARD AND MORTAR

I'm number three, with much esprit
I came through university.
After headaches, smiles and lots of trials
I got the blessed science degree.
My family think I'm off my tree
I have to say that I agree
There's four of them and one of me
With my scroll and science degree.
Hours of lab work studying spraints
Walks through marshes, bogs, complaints
That we would never find
The answers science claims to mind
And now, equip with all this folly
Am I really 'off my trolley'?
Will I pinch myself and find
My degree is in my mind!
Will I know as scientist
That all of life is buts and if
And when one day they ask of me
'What is your philosophy?'
Will I answer 'In the Fall'
When God to man gave hope to all
For tho' I have a science degree
The answer is in The Trinity

Sarabeth Wood

BROKEN DREAMS

Here in this land of dreams,
We'll wander 'ere with woven hands,
Murmuring softly lip to lip
Over the pebbles along the sands.

Two mortals us, we are alone,
Not seeking friend or foe,
A meteor of burning hearts,
Whilst our love blossoms and grows.

At peace with the heavens
And the stars that glisten,
At one with the tide that gleams,
Like the snows of winter
It comes and goes,
It's farewell to a million dreams.

At peace with the waves that tumble in,
Only to say goodbye,
When their moans and sighs disturb the night,
As the cruel rocks lash their feathery ways,
Fragmented, they break then weep
And sob for broken dreams.

Nora Wilks

THE VERY LAST VIKING

I am Hjalmar, the very last Viking
And I think I'm very striking
I am as tall as a giraffe
But as soft as a teddy bear

As a Viking, I need to be bright
And I think I'm very right
I am as strong as an ox
But as gentle as a leaf blowing in the wind

As a Viking, I travel to foreign lands
To see many sands
I am as fierce as a tiger in battle
But in my homeland, I am as elegant as a flamingo in flight

I like to sing a song
So I use my tongue
But as my boat cuts through the waves like a knife
This is my last journey across the seas

Just like the runic alphabet
Through picture and symbol
I was a man but now I'm a myth
I'm gone, I am the very last Viking.

Martin Schwartz

HAPPY ANNIVERSARY 2009

We've had our highs, we've had our lows;
We've had our joys and had our woes.
Among the ups, among the downs
We've had so many smiles and frowns.
We've had some laughter and some tears,
And sometimes gaiety and fears.
We've had our 'happies' and our 'sads',
We've had our 'goods' and had our 'bads'.
Along with pleasures and with pains
Have come some losses and some gains.
We've had the sorrow and the joy.
We've had the girl after the boy.
Sometimes the tea is mixed with coffee,
But never the 'ha'penny with the toffee'.
Rarely 'had our cake and e't it';
But often had our task and met it.
We've had our loving and our fights
And, afterwards, our lovely nights!
We've had our 'yesses' and our 'noes';
Perhaps some 'comes'; perhaps some 'goes'.
We pay or taxes and our dues;
We say our 'Ps' and, too, our 'Qs'.
But now I'll say my fav'rite 'Q':
I thank God for the lovely you.

Frank L Appleyard

THE LOST GRIZZLEGROAN

The Grizzlegroan was very sad, as sad as a fellow can be.
Out in the forest he'd lost his dad, and wouldn't be home for tea.
Is lost correct? I hear you say; well some of you, I'll be bound -
or to put it another way, his daddy couldn't be found.
The Grizzlegroan had searched for hours,
or so it had seemed to him.
Manfully using all his powers he'd searched 'til his eyes grew dim.
'Til his eyes grew dim with tears of rage,
as well as with tears of fright,
For a Grizzlegroan of tender age should never be out at night.
The wintry sun had long since fled, and the trees in the forest, tall,
towering black above his head made him feel frightfully small.
A Quackanbark who was passing by spoke to the Grizzlegroan.
'You know, it's silly and wrong to cry, just because you're alone.'
'I know, I know,' sobbed the little G as he related his plight.
'Then you'd better come home with me,' said the Q.
'You're welcome to stay the night.'
Hand in hand the two of them went down a path
that led to a stream, where the Quackanbark had pitched his tent
and lived upon berries and cream.
Early next day when the new sun arose
to light up the grassy glade,
both of them tripped away on their toes to a spot
where the Cannygoons played.
As everyone knows, and you do, I suppose?
A Cannygoon's awfully nice.
From the minute he grows he listens to woes,
and is specially good with advice.
The Quackanbark was the first to speak
when they came to a Cannygoon's pad.
'Excuse me Sir,' he said with a squeak,
'this Grizzlegroan's lost his dad.'
The Cannygoon didn't reply for a while
but sat with his chin in his hand.
'The things people lose,' he mused with a smile.
'It's something I can't understand.
Mislaying a dad is a terrible loss, so don't ever do it again.
Small wonder we wizards get angry and cross.
Young Groan, do I make myself plain?'
The poor, little chap blinked back a tear
and shuffled his feet on the ground.

'I'll try very hard Sir, never you fear,
if only my dad can be found.'
The Cannygoon waved his gold magic stick
without any further palaver,
and after some spells that were jumbled and quick,
there stood the Grizzlegroan's father.
'Tell me, my son, is this person the one?'
said the Cannygoon, dropping his stick.
'Is he the one whose losing you've done?
I can't always manage this trick.'
'It's my dad, it's my dad,' cried the lad, with a laugh,
and his father was full of surprise.
Upstairs, in his home, he'd been taking a bath,
and still had the soap in his eyes.
'Thank goodness for that,' the Cannygoon sighed.
'It's a bother when magic goes wrong.
You could never imagine how much I've tried,
and some spells are incredibly strong.'
He pointed his stick to a gap in the trees
and adjusted his cap on his dome.
'Now you must hurry away, if you please,
for I'm sure they'll be waiting at home.'
The Grizzlegroan said goodbye to the Quack
and thanked him for all he had done.
Dad lifted his son to ride on his back,
and set off for home at a run.

Ron Dean

REFLECTIONS

I looked in the mirror
And was shocked to see
A grey old man
Looking back at me.
'Are you really me?'
I heard me say,
'Decrepit and so
Old and grey.
It only seems
A short time since,
I jumped over gates
And ran in sprints,
Climbed up trees,
Jumped off walls,
Chased pretty girls
And cricket balls.'

My reflection listened,
Patiently,
And when I'd finished
Spoke to me.
'In our youth
Days are long,
Warm and sunny
And we are strong.
Time, like athletes
In a distance race,
Moves along gently
At a steady pace,
Gathering momentum
As the race proceeds,
Taking the last laps
At full speed.

I sat down in my chair
And pondered.
All the time
That I had squandered,
Resolutions, ambitions,
Promises broken,
Deeds not done
Love unspoken.
Time complaining,
Being boring,
Instead of being out
Exploring
Different lands,
Different places,
Making friends
With new faces.

If per chance
You read my rhyme,
Consider how you
Spend your time.
Don't put off
Until tomorrow,
Time's one thing
You cannot borrow.
Grab hold of life
With both hands,
Taste the fruits
Of foreign lands,
Say your piece
Without fear or favour,
Drink from life's fountain,
And enjoy the flavour.

Ted Moore

THE HANDSOME ONE

As I entered the gates, our eyes met
He looked startled, how handsome he looked
He stood proud and elegant
The sunlight shone, his hair glistened red

I watched him turn and walk away
What was he doing here at this time of day?
There was silence everywhere, just tranquillity beneath
the trees and the sun
But why was he here, the handsome one?

He chose to come here because he was safe
He didn't have to fear this place
For none would harm him here, only the spirits of the past
Somewhere he felt free at last

No chasing, hunting for the kill
Just peaceful, quiet and still
The handsome one startled me and made me stare
As he stood without a care

Take your time, let me indulge your beauty
Lovely bright eyes, red hair and little black socks
Feel free my handsome fox
Only the dead rest here inside the cemetery gates.

Gertrude Schoen

THE CAPTAIN'S DAUGHTER

From headquarters in Quata,
the Captain could see on television,
the ethereal sky of Baghdad,
azure,
minarets and domes,
silver and golden
the purple horizon
of early evening,
the emotional impact
and the imam calling
his followers to prayer
so poignant before shock
and awe.

Now before Basra
the artillery barrage ceases
the Captain signals
challenger tanks to go forward,
a ruined house,
a soldier cries,
'A baby Sir!'
The Captain alights from his jeep
finds the ruined house
cradles the baby girl in his arms.
'You are what we both wanted,' he says,
'I shall call you Aminah,
the daughter of the prophet Mohammed.'

Gerard Allardyce

THE STRANGER

I work for Sightsavers
It's a charity you know.
Saving sight in many places,
That you or I may never go!

I don't work on computers,
Or in the mail room there,
I'm just a humble cleaner
Of loo and desk and stair!

I'm not the same as you are,
I'm a creature of the night,
I come out, when you've gone home
And toil with all my might!

You see me in the corridor
And never blink an eye,
I'm just part of the furniture
As you pass me by!

Sometimes you say, 'Cheer-i-o'
Or, 'Night' as you sign out,
But you don't really know me
Or what I'm all about . . .

I take a pride in all I do
No matter what it is,
You won't find a dirty floor,
Worktop, sink or loo!

Then when my work is finished
And the lights are all turned out,
I vanish like the evening mist,
My work here all complete.

But I'll be back tomorrow,
When I do it all again!
But you, still won't know me
Will you?

If you passed me in the street,
I'm just the silent stranger,
That you never want to meet.

Rose Childs

THE DOVE

Gone was the time I could smile,
Forgotten was my memory of you,
Then that I had a feeling deep within my heart.

A feeling that I never wanted to depart,
Like a flower coming into bloom,
Like a mist on a cold, dark night,
It was then that I stopped thinking of you.

The shadow that you cast upon my soul,
Is but a memory of times that were old.

I see before my eyes, a path that I can take,
A path that leads to the forgotten lake,
Where I once met you and fell in love,
And you turned me into a dove.

I let my wings carry me across the lake,
Then I soared up high into the dark and frosty sky,
Upon the winds I did rise across the dark and lonely sky.

Unto where I did not care,
For the memory of you was too much to bear.

Stephen Edward John Cook

DESTITUTE

A vagabond shuffles, dragging his feet,
With nowhere to go and nothing to eat.
His clothes in tatters, his face streaked with grime,
A begging hand quivers, but no one has time.

This vagrant of no fixed abode,
Humiliated, bent and pigeon-toed;
Looks for his supper in a waste paper bin,
Cutting his finger on a torn off tin.

This enfeebled vagabond hunches, a pitiful sight,
Where will he sleep? Such a freezing night.
He hauls his body towards a dimly lit lamp -
Is this the bed of the travelling tramp?

Carole McKee

THE LINCOLNSHIRE LURCHER

I was born in Lincolnshire, somewhere in the Fens.
One of several lurcher pups, so my story begins.
'Twas taken by a master who did enjoy the hunt,
to be used for catching hares like trophies to be won.

Off across the fields I went in my pursuit of hares.
Tearing up the farmer's crops, but I did not care.
Just doing what came naturally, it seemed like harmless fun -
- chasing, catching, killing hares like trophies to be won.

Until the day the farmer came to chase us from his land.
My master quickly sped away in his old, battered van.
I was left discarded - oh, what had I done?
Only been hare coursing for trophies to be won.

So I roamed the countryside for several nights and days.
Had no food nor water, and nowhere safe to stay.
Hungry, cold - I did not know - would my master come?
In my plight, felt frightened, like a trophy to be won.

Finally I was rescued by a centre for stray dogs.
They said, 'We'll find you a home and hope it won't be long.'
But no one seemed to want a dog who had chased and run
after hares, like they're just trophies to be won.

Then one day a lady came - she wanted a new pet.
Looked around but wasn't sure which one she should get.
I saw her - she saw me - there was an instant bond.
She said, 'I'll take this lovely dog, he's a trophy to be won.'

Now I'm still here in Lincolnshire, somewhere in the Fens.
But have a very different life, so my story ends.
There's food to eat, a place to sleep in my forever home
And lots of love - that's far above - the best trophy to be won.

Margaret Richer

VIGIL

As twilight passed - the evening gone
And eyes into the darkness shone,
Under the night sky's misty bowl
I rushed headlong for the beacon of that soul.
Oh world that drowns my heart with tears
You've also granted me some happy years,
So while Beltane's ashes to the winds are sown,
I thank you for all those that I've known:
Good friends with whom I've broken bread
Sadly, some of which, are now dead,
Yet in this life's cycle I shall aspire
To remember fondly those who shared my fire.

Those, who by their many splendid ways
Filled up my world's varied days -
Those that lay with me at night
And in love or passion held me tight,
To those bright spirits who gave me joy
With humour's tonic - bold or coy.
Laughing, loving, living, giving;
Crying, yearning, passing, mourning -
Affection given from so many quarters,
Eternal moments from sons and daughters:
Memories frozen in time's own frames
Of beauty glimpsed in candle flames.

Often my heart would break asunder
As I tried to absorb each new wonder,
But wait - the darkened hours of night give way
To the sun's first virgin light of day -
So many things seem forever new,
Like flowers kissed by morning dew
And like the dawn I now await,
Each sunrise could be Heaven's gate:
I thank all the gods for this and more,
This abiding life, for rich or poor.
Yet there's no way to price its worth -
I value so, my time on Earth.

Paul B Whittaker

MORTALITY

I'm not the lazy clouds adrift in endless skies
Will not sparkle like eternal stars forever
Or blaze each morning in a flaming orange dawn
After startling sunsets when Heaven appeared to shimmer.

I'm not the silver moonlight or resplendent sun
That radiate their spellbinding charm,
I'm not the unleashed fury of a sudden storm
Not the thunderclap that shatters the calm.

I'm not the majestic trees that shed autumnal leaves
Their stunning grandeur to unfurl again in spring
I'm not the wandering wind or soft whispers of a breeze
Nor the kaleidoscopic colours that a rainbow brings.

I'm not the crashing surf that merges into the sea
Forging waves that eventually massage the shore,
I'm not the breathing ripples in fields of golden corn
Nor the fearsome torrents of a gushing waterfall.

I'm not a haunting mountain, silent and still
Nor wild meadows of brilliant colouration,
Nor am I untamed landscapes of magnificent array
Nor nature's year-round source of inspiration.

For I am simply mortal with limited existence
Yet my endless thirst of Earth's beauty will never die,
Splendours of the seasons are a logical progression
But the years are ageing swiftly and alas, so am I.

Celia Auld

CANADIAN SUMMER STORM

We walk out of the cool, air-conditioned restaurant
into the soft wall of hot, humid air in the street,
so thick you can almost touch.
Sighing, we ease damp T-shirts away from sticky skin,
and trudge towards the station, weary, on leaden feet,
thankful we don't have to rush.

No visible sunshine today, the clouds keep it hidden,
but in this week of hot days, it is hotter than ever.
I pray for a cooling breeze.
The thought's barely left my head, when, glancing behind,
I see clouds form, dark, there, on the bank of the river,
movement among the tall trees.

We take to our heels, trying to outrun the deluge
stagger, laughing, sweating, into the brightly lit hall
with the first clap of thunder.
Fireworks of white summer lightning light up the black sky
and as we watch in wonder, the first bright raindrops fall,
tearing the night asunder.

For hours we sit, drinking in the son et lumiere,
the great cacophony of sound, and flashing light,
not caring that the train is late.
Almost resentful when a far-off jingling bell
tells us this awesome spectacle is over for tonight.
The north-bound Amtrak will not wait.

Elizabeth Rae

THE PUDDING INSPECTORS

The pudding inspectors
The pudding inspectors
They knock on your door
And lay down the law.

They rifle through your trifle,
Check your custard
Cuts the mustard.
I've even seen them
Count the sprinkles
Sitting on the cream.

The pudding inspectors
The pudding inspectors
They burst into rooms
Armed with their spoons.

How airy are your fairy cakes?
Would they go down well
With Tinkerbell?
They tape the squelch
That jelly makes
And send it to the lab.

The pudding inspectors
The pudding inspectors
Should all be put on trial.
There's already a measure
For our puddingy pleasure
It's simple
It's a smile.

Duncan Jones

TIME FOR MYSELF

Moments that I have captured in time
They are no one else's to have, only mine.
Walking along with the sun on my face
Free as a bird in my own private space.
Driving in the car all on my own
Singing out loud to my favourite song.
Cycling fast with the wind in my hair
Feeling exhilarated and as light as air.
Swimming solitary length after length
Gliding through the water, absorbing its strength.
Reading, quietly consumed by the words
No sound, only my breathing can be heard.
Eating a meal cooked just for me
Savouring each mouthful as if it were the last to be.
Enjoying a bottle of red that I desire
As I warm my body by a roaring open fire.
Alone with my thoughts, secluded in time
Just me and my pen, creating this rhyme.
These are the moments captured in time
They are no one else's to have, just mine.

Jo Howson

VOWS DO LIE

When we met our love was the silver lining on that cloud
We saw that rainbow
Hand in hand on the shore
Marriage vows was our line
Little pot of gold we had
We made our patch and set our home

Kids followed soon
Our love was so strong
Family said our love was made in Heaven
Our marriage dreams have come true

Everyone was so glad
We were young, in love
We thought our dreams were made in Heaven, below
We believe

Honestly nobody thought we would go our separate way
Two kids at university and two kids are married
One's at home with his mum
Like a swan with her chicks under her wings

They say life begins at forty
I hope you are happy
Whom are you with today?
But the kids still love their dad

Family pride may break like a picture frame
But children still adore their mum
Like chicks under the wings of their mum

Happy days, times gone by
Parties and anniversaries, everybody expected we would last
What changed you after all these years?
What guilt and temptation drew you away?
What happened to that perfect fellow I married?

We achieved all our dreams
Our relationship was so strong
You have betrayed our love

It hurt so much to the one you loved
May God bless you whom you are with
My God show me love again
With my children beside

You always hurt the one you love the most
With kids love . . . I forgive you too!

Ranjit Singh

Us . . .

Listen to my heart, tick-tock, tick-tock
It's beating for us both.
Reminding us of an oath,
As pure as its sound, tick-tock, tick-tock
Only you can understand its saying,
Coz you hold the key to its riddle,
One that caught us in the middle
And left us praying
For many days like these,
When the sun comes out with ease,
Even if it'll be raining,
I know you'll be there with your kindness,
And protect me from the madness.
We'll continue laughing,
Coz we're beautiful together . . .

Roland Ciorobea

A NICE CUP OF TEA

Don't you just love those words, 'I'll put the kettle on and make a nice cup of tea?'
They make you feel cosy and safe as can be.

When life deals out some untoward disaster and things all go wrong at a pace,
to settle things down and have a calming effect one can't beat a 'nice cup of tea'.

From floods to earthquakes, to stains on a dress, at weddings and funerals and celebrations,
you will often hear said, 'Let's all have a nice cup of tea.'

When Aunt Margaret's husband left her, when Marie got herself pregnant unwed,
when the dog ate our Xmas dinner those magical words were said, 'I'll make a nice cup of tea.'

We may have progressed from leaves to tea bags in a cup,
we may not have cosies to keep a pot warm or a strainer for leaves from the pot,
but still those words are uttered by those whose need is there, 'Let's have a nice cup of tea.'

When builders come to do a job in the house or police come to take Johnny away,
there's always those words of comfort, 'I'll make a nice cup of tea.'

When Dad cut himself shaving, the cat was sick on the carpet,
when our holiday had to be cancelled as little Jessie had a bad throat,
when the car wouldn't start for work the next day, 'Let's have a nice cup of tea.'

The options are endless, you can't beat it - it's as English as roses for me - those
magical words in times of great stress, 'I'll make a nice cup of tea.'

Jill Johnson

SEE THE REAL ME

Don't let me be invisible, please see,
Don't brush me aside, notice me.
I want to be loved too,
I want to do things like you do.
I want someone's love to share,
Don't send me out of the room, please tell me that you care.

I know I look different but my heart beats just the same,
Don't make fun of me; I don't like that kind of game.

I may get angry sometimes, but don't you?
You know in your heart what's true,
I want to go for a walk without people staring.
Whatever happened to people caring?
When you make me feel like the clown
Why don't you see the tears that run down?
I didn't choose to be who I am, but I am here to stay,
God gave me life and I want to enjoy every day.

Perhaps I can't write or read,
But when I'm cut I bleed.
See I'm not different from you am I?
So understand, please try.

Linda Randell

HAPPY DAYS

I look out my window and see the sun
My thoughts are with you all the time
I know in my heart we will have fun
Walking along with your hand in mine

Cool breezes blowing through my hair
When you are by my side
Our minds are blank, without a care
And off we go for a ride

I've always longed to see your face
And you to hold me tight
I hope that we can stand the pace
Come morning, noon or night

Those days will never end
When at last it's you and me
No broken hearts to mend
So happy we will be.

Phyllis Nichols

SELF

I made a patchwork quilt of moods which showed my state of mind,
An item that assisted me to mentally unwind.
A relaxed and rich rewarding day, which left me feeling mellow,
What other colour could be used, but squares of primrose yellow?
But ire or resentment, enraged by something said,
My controversial conflicts - it must be brilliant red.
Yet hours of agile climbing to find an awesome view
Gave stupendous satisfaction, the colour - cloudless blue.
An aura of dejection when self-confidence I lack,
When the world seems dark, depressing, it's definitely black.
But falling, flawless snowflakes, a truly wondrous sight,
Gives peaceful, placid feelings - the squares a spotless white.
Days of humour, laughter, happiness all told,
Assorted patterned patches of colours manifold.
And now my quilt is finished, my temperament revealed,
But who'll unearth my secrets? On this my lips are sealed.

Maureen Watson

WATCHERS

There had been fireworks. But that was earlier.
The sleeping soldiers, deep in the dereliction
Of their duty, thought themselves
As safe within the confines of the night
While their superiors were similarly
Locked away in sleep, and so, uncaring,
Did not think a rude awakening could come,
For after all they guarded only
One dead body, not possessed of means,
They thought, to bring them grief,
Or even cause disturbance at untimely hours.

The ground had shaken. A heavy stone
Had rolled, and dislocated from
Their dreamy slumbers they had started up
And grasped their weapons automatically
In trained response to threatened danger;
Then bemused, they fell away
For all they could contend was empty air
And flashing lights and immaterial beings
Armed with points of fire. Their swords
Had need of substance to prevail
Against, and here was none, but only presences.
So each and every man bereft
Of all that made him soldier crept away.

They could not face their peers and told themselves
They must have dreamt, though none among them
Could gainsay, the body that they guarded
Was no longer there.

Joseph Smedley

MY FAMILY

I have got seven lovely daughters
Also I have got four boys
When they were all much younger
They had loads and loads of toys

There were dolls and prams and footballs
Strewn around the floor
Whips and tops and marbles
One could hardly get through the door

They are all more or less grown up now
With children of their own
And now my family has dwindled
There is only one son left at home

I'm a widow and thought I'd be lonely
I miss him and always will too
But now there's my grandchildren, all twenty-eight
So I've no time at all to feel blue

The love that surrounds is wondrous to see
What more could you really expect?
After all, I'm a mum and a nanna
And this then is my family.

Jean Skitrall

GROWING OLD

When I look in the mirror, who do I see?
Can that aged, old woman really be me
I cannot believe that her hair is so grey
The wrinkles and lines that appear every day

Where is her youth and the soft skin gone
Faded by years, the weather and sun,
Years of working and being a mum
Times of heartache, as well as fun

But as I grow old, I have time to reflect
Life has been good and I have no regrets
But my youth has gone, along with my years
I feel so sad, but it's too late for tears

The peace in my heart, is now, here to stay
Growing old, is not, such a huge price to pay
For the fullness and love, I now have in my life
I would not swap, for youth, with pressures and strife

But with age comes knowledge and longing fulfilled
A purpose to life which is abundantly clear
Gone are the worries, problems and fears
So when I look in the mirror my face seems to say
I'm not sorry I'm old - life's still precious each day

Angela Soper-Dyer

MY RETIREMENT

I am feeling as fit as a stripling though the backswing of life
has begun;
I am piquantly pink and I'm healthy, I will go out and follow
the sun.
Walking mountains and hills are my passion, they're a challenge
to all young at heart,
Where the air has a sparkle of crystals and the winds cut as deep
as a dart.

From the lowlands the seasons will beckon all the vagabond
spirits to rise,
'Leave your tenement flat in the city, go and capture the
sparrowhawks' cries;
Watch the veilings of cloudlets descending, smell the gorse in
the meadow and glade;
See the soft shafts of moonlight cast shadows where the sunlight
had childishly played.

Through the Highlands the ghosts there will lead me in the
footsteps where legends were made,
At Glencoe or the loch side of Appin where the slain met on their
last parade.
Clansmen died for the cause of their country, they were honoured
wherever they fell,
Since those bloodletting days man has mellowed, to the sword he
has bidden farewell.

These are not hills foreboding with danger like the fear-grimaced,
Andean peaks,
But they're gentle hills touched with contentment and a solace
the traveller seeks.
Where the rambling streams ripple and rumble to the echoes of
lapwings and jays,
Among pasture lands sheep-shorn and shaggy and the wind-stalking,
mist-moistened braes.

Since the open hills fill me with wonder with their warm-coated
colours at dawn,
I will count as a blessing each morning, and tomorrow and
ever anon.
When I catch the first rays of the sunrise with their rich
multi-shadings of dye,
I will marvel how nature emblazoned that unpaintable canvas,
the sky.

I'll be spurred on by dreams I created, the illusion of hill
beyond hill,
With their sun crests askirting the skyline, where the silence is
breathlessly still;
And where valleys are green on the mountains and the untrodden
trails are unkempt,
I will walk with that surging inside me and will see what my
dreams left undreamt.

John Jordan

FRED DIBNAH

A hail and hearty man, worthy of praise,
So much knowledge gleaned from a short phrase.
A steamroller buff, steeple jack, nerves so sound,
Whether repairing chimneys, or raising them to the ground.
Recent TV programmes, showed Fred in a different light,
Visiting bygone steelworks, preserved engines running on site.
Nursed with devotion, driven by steam power,
By dedicated men, not paid by the hour.
Flashbacks to foundries, repetitive rolling mills,
Channels of molten steel, moulds ready to fill.
Some using half a ton of steel a shift, forging fifteen hundred barge nails,
Or producing sturdy ring chains, impossible to fail.
Coalmines and textile mills, stokers, working in teams,
The birth of trains and ships, powered by steam.
Conscientious workmen, engines shining and neat,
Fred has exposed industries, almost obsolete.

Mabel Wall

A BABIES WORLD

I'm under five
Arrived recently
Unknown world
Different territory

From the comfort of my mother's womb
Safe and sound
Everything I needed
Didn't need to scout around

Food for thought
Energy
Attached to Mum and proud
And now I'm living somewhere else, mixing with a new crowd

Bright lights
Darkness
I'm told that's a TV
Computer games for children
Education just for me.

A room with a view
Cradle and all
Some people come to visit me
Wow, don't they look so tall

They make noises, pull faces
Gee - what's happening?
Maybe it's a way to communicate
Or they just don't know how to sing

Whaaaaa! Whaaaaaaaaa!
They should try that for size
It always works for me
I get a result every time

Milk to drink and rusks to eat
Lots of cuddles and plenty of treats
I'm the centre of attraction
A natural fact
Wait till the next baby joins us
Then we'll see if they can match that!

A Babies World.

Raoul Dero

THE DOCTOR

Some place to go
With your stories of woe,
With a pain in your head
Or when you wish you were dead,
With a sniffle or a bug
When you need a wee drug,
With an ache in your back
When you've gone right off track,
You need some place to go.

Some place to go
With an ache in your tum,
With a pain in your leg,
When you wish you were dead,
When you don't really know
What's causing your woe,
When your legs and arms ache,
When you're finding it all
A bit hard to take,
You really need some place to go.

Go to the man without any pain,
Perfection of life, with nothing to gain,
The most charming man
The handsomest smile,
Go to him
And talk for a while,
He'll make you feel well
Take you out of this hell!
Now that's some place to go!

Rebecca Weir

MOVING HOUSE

We've lived here for 30 years
To leave will probably bring some tears
The time has come for us to move
And time alone will this prove.

How do you sort out thirty years of your life
Disposing of things and not causing strife?
How do you bid a happy home goodbye
Without a wrench, without a sigh?

First you worry, will it sell?
Lots of people looking, it's going well
Everywhere must be tidy, not a muddle to be seen
Who do we think might be coming, a king or queen?

Next you wonder, where shall we go?
Is there our sort of place going on show?
Do we want a house, bungalow or flat?
A good estate agent will know where they're at.

Just when you think the moving day is sorted
Stop everything, it's all been aborted
'We can't make that date,' announces one in the chain
So it's back to the drawing board and start again.

Frustration sets in, the house looks a mess
The idea of moving appeals less and less
Ring the solicitor, what does he think?
'Not to worry,' he says, 'we're right on the brink.'

We are definitely on the move, a date's been set
It's all stations go, we're pleased, and yet
The decision now made causes a moment of panic
The next few days will certainly be manic.

The actual day arrives, of course it pours with rain
We make a vow we won't do it again
From one house to another we flit
Not too painful, well only a bit.

So now it's getting used to our new address
Trying to get sorted without too much stress
Planning and arranging the rooms will be fun
So yes, on the whole we're glad we've come.

Norah Bennett

IN AN ENGLISH SUMMER GARDEN

Through the open window the mantelpiece clock
Chimes three.
In the garden Summer and Time
Simmer.
The horse chestnut shades a baby.
Great-Grandma reminded of childhood afternoons beneath the
Leafy lattice.
Listening to Mother reading from that big old storybook.
Flowers hail the fine-winged to call.
While on the embroidered tablecloth
Stand scones and home-made strawberry jam.
Wood pigeons coo, conversation bumbles as
Silver meets bone china.
The half-hour
Chimes.
Somewhere in England.
Somewhere in Time.

Tim Smith

IN MEMORY OF FREUD

Sleep peacefully, my faithful friend,
Rest your weary head.
It's autumn now and fallen leaves,
Lie scattered on your bed.
I've come today, to talk awhile
And just to let you know,
That I will not forget you,
As the seasons come and go.
It's nine years now, since I fell for
Those big brown eyes, so full of love.
I never thought you'd leave so soon
And it really hurts, it does.
There's just one more thing,
I'd like you to know,
Though, I suspect you already do,
I would never have missed the chance,
To share my life with you.

Veronica Taylor

THE KEYS OF THE MACHINE

Just like a smiling crocodile
Lays on the bank of the river Nile
The lights dance before you and all the while . . .

You know, what you know,
And you know very well,
This is it and it is
Both Heaven and Hell.

Like a dog without a muzzle,
And a baby on a bus
All the people staring
And it seems cold and uncaring

But what you must remember
Though you're trying to forget,
Is though you think it's over,
It really isn't, not yet.

Just remember your love.
Your sense of self and fear.
Though positive moves to negative,
The change will get you there.

Spreading, scratching,
Like a herd of goats.
Endlessly preyed on.
For the higher ones to gloat.

But there is a way out,
If you can pay the price,
Though your instant reaction,
Isn't that nice.

Ordered chaos,
Or chaotic order?
In my humble thoughts,
I feel on the border.

So hand me the keys,
Though I'm still a child.
I'll ask to be stronger,
And to live free and wild.

Too soon and too much,
For mankind,
It's been said,
To a dreamer who dreams alone in his bed.

He's never alone,
But you don't see and hear,
What's always there,
So close, so near.

This time I've remembered,
And I've set it in words,
Just playing the game,
Like the bees and the birds.

So this fractal puzzle,
Which seems to fuzz all,
Is all inside,
You, me and all.

A glint in the dark from the eye of the father,
And the smile of our mother.

Joe Clarke

A ROSE-PETAL LAMENT

A love of rose-petal likeness - indeed!
For do roses not wither and crumble away?
Roses stab and such thorns, they sting
With a bite as black as a ribbon of night,
Do roses not fade, and die?
A lament -
For love of rose-petal likeness,
Such pleasurable angst.

Jemima Palfreyman

ALL CHANGE AT WATER LOO

I rushed to catch the six-fifteen, quite out of breath;
The laptop nestled on my knees,
Would help me solve some enigma of life and death
As frenzied fingers stabbed the keys.
At Waterloo I took the Tube to reach the City,
Jostling all the passers-by;
I reached my desk to cope with all the nitty-gritty,
Frantic calls demanding why
I hadn't sold those risky shares the day before.
Quite late to follow up my hunch
Which now became far too insistent to ignore -
My resignation beat the Crunch.

The next few weeks were vacant, glum, as my depression
Deepened, growing ever glummer . . .
But then, as everyone foresaw, a deep recession,
I sought training as a plumber.

Now I bask within the clank of joints and pipes
- The rattle of the Tube was worse! -
Free from all the gloomy cant of City-types,
With time to scribble out a verse.
I really do enjoy the time to fix a junction
(Far, far from Clapham, might I say)
Flushing with success and having no compunction
For keeping heart attacks at bay.
My simple interest is coming with the pressure -
Just the water, not the blood -
The air within the toilet smells distinctly fresher
Now I've stopped that leaking flood.

Having made redundant all those screens and scanners,
I provide entertainment for my screws and spanners.

Vaughan Stone

ONE LIFE

Soft and sleek, so stealthily, she slips into the night,
On velvet pads with silent tread, she'll vanish out of sight.
Blacker than black her satin coat, big golden eyes to see
All the night-time dwellers in the shrubbery.

I stoop to give her supper, but as I put it on the floor . . .
Like quicksilver, like mercury, she's out the kitchen door.
Gossamer child, my lovely girl, at moonrise out you go,
Child of the night, a faerie child, you're free as air, I know.

She's always been a little wild tho' she adopted me,
And how I love my gossamer child - dainty, lovely, free.

Now you're eighteen you sleep a lot,
Now you don't hear me calling you, or my love words in your ear
Once you could hear a mouse squeak, the flit of a bat,
Or the rustle of a bird in a tree

But eighteen is still a great age for a cat,
And you still have your sight, with your great golden eyes . . .
Sleep, Mitsa, in your suddenly silent world . . .

Now apple blossom petals fall on Mitsa's softly sleeping form,
Pink petals cover her now in her garden
Where she used to sunbathe, and climb the apple tree.

So now she sleeps forever beneath it,
And lovely shades, ghosts of Mitsa,
Leap and linger in the grass
Where she spent so many lazy summers dozing.

Her once lithe and graceful body lies peacefully beneath her tree,
And only softly falling leaves, or rain and snow
Can touch her now . . .
Sleep, sleep, my Mitsa, my child, my friend,
My everything, my love . . .

Diana Price

COPING WITH GRIEF

Silence and I daydream of how life was
Then you enter my mind uninvited
I look across to your chair
But I cannot see your face
Because you're no longer here.
I think about you, as tears trickle
Unheeded down my cheek
The house is so silent, no creak on the stair,
No cough to say you are there.

The stillness of the empty room
Now the laughter has died too soon
We never talked of death
As we drifted into old age
But it waited in the wings
And caught us unaware.

Seventy is the new fifty we are told
If we live by the rules of good health
Until cancer takes control of the body clock
To creep up with such stealth.
In death you were brave, like an Indian chief
I know that your spirit is strong, like the Navajos
Cherokees, Cheyenne, spirits in the sky above
You are everywhere, yet nowhere my love
Until the big box of happy memories I can unlock.

How will this new phase in my life unfold?
I still long for your love, your care
To take away my heartache, my despair
I have to carry on alone, keep busy
Each day is a new challenge, tasks to be finished
I will find some sunshine
If, and when, my grief has diminished.

John Houghland

A COUNTRY CARILLON

Come let us walk in Moorlawn Coppice
And gather bluebells.
Near gnarled tree roots in crack and crevice
Hiding the sett where the badger dwells
Ferns like crosiers unfurl their verdure.
The wood resounds with a musical sound.
The cuckoo's notes echo in bell-like rapture.
From Ethiopia it was Derbyshire-bound.
In the valley the River Hipper meanders
Telling the story of its birth, its source
On moorland soon to be pink with heathers
As it flows past bushes of rhododendron and gorse.
In summer at Stonedge near the cupola
Swallows skim the water.
The dainty harebell displays its blue corolla
Graceful and poised like a ballet dancer.
Here the water wheel no longer turns
To power the bellows.
The great coal fire no longer burns
To smelt the lead. The packhorse deserves repose.
Down Hay Lane they've demolished the Dye Mill.
They no longer create a cornucopia of colour.
There are no more bobbins to fill
Nor threads in Atlantic-green, golden mace and ochre.
Simeon's school still stands
Built of stone in 1874.
Through the hour glass trickle the sands
And memories of children from Holymoor
Who came from Pocknedge, Loads and Chander
When they heard the peal of the big brass bell.
Some were choirboys at the church of Saint Peter.
Bats in the belfry? No, neither horseshoe nor pipistrelle.
The clang of the clappers of church and school bell
Strikes the rhythm for the rippling melody of Whispering Well.

Vivienne Brocklehurst

BLANK FACES

Waiting seems forever
Silent torture of non-active standing.

Waxwork figures till a cough explodes
Gridlocked in one single line.

Staring at something
Looking at nothing.

Feet slide and shuffle
Heads move to one side.

Not in service
We are not amused.

Distracted from his Doctor Who magazine
Amateur UFO spotter makes a sighting.

We all squint and focus hard
Not a mirage this time.

One, two, three, take your pick
A scurrying mad rush like the January sales.

Day saver, student ID cards repeatedly shown
Fed up pensioners in a bus pass push.

We file on, pulling out a spillage of coins
Then we wait yet again.

While the new driver changes over
Public transport convoy (room for one more only).

Seated, standing and swaying side to side
In blank faces torn up tickets hide.

Nigel Astell

IF ONLY I COULD TELL YOU . . .

If only I could tell you,
It's raining today.
A good day for sewing
Or tidying things away.

If only I could laugh with you,
Over Father's silly ways,
Share the happy moments
That help to pass the days.

If only I could hear you,
Explain a meal to make,
Going through each detail,
Taste buds ready to break.

If only I could smell you,
All powdered and grand,
Ready for going shopping
With me hand in hand.

If only I could see you,
Eyes opening wide
At the things I bought for you,
While I fill with pride.

If only I could touch you,
And give you a kiss,
Gently leaving you . . .
You are so greatly missed.

Viv Fitzpatrick

CAPTURED

Creative giveaway,
Flies, creeps, sidles, plays,
Opens new days
Embracing time.

Capricious runaway, smiles
At children sleeping in dreams,
Meetings on stations, paddling streams,
Toads under tree stumps, butterflies rare,
Steaming wet pavements, eagles in air,
Weddings and new hats, rides on steam trains,
Listening to music, walks down long lanes,
Climbing steep mountains, stars in the dark,
Holding the newborn, swings in the park,
Wave-chopping seas, towers that lean,
Fields shaking winter, trees turning green,
Exploring gardens, castles and spires,
Picnics on beaches, singing in choirs,
Meeting old friends, laughter and hugs,
Warming memories, hot tea in mugs.

Captivating stowaway,
Cargoed within the soul,
Treasures escaping days
Enfolding time.

Shirley Johnson

MY FAITHFUL FRIEND

Today has been a very sad day
My faithful old dog just passed away
She trust me, she knew I trusted her.

Lovely brown eyes, honest and true
Shining coat of black and white hue
Muddy feet sometimes, that didn't matter to me.

As a young pup, those first early years
Brought such fun, laughter, sometimes tears
Together we shared it all.

Walking together, through fields and woods
Farmland and streams, I know I should
Be grateful for memories like these.

She let no one touch me, of that I was sure
Protected me always, honest and true
She let no one come between us.

As she grew older, frailer and slower
I knew one day her life would be over
Lonely I'll be without her.

I look at her photo on the wall
Of her gazing, knowing all
The bond together we had.

I buried her in her favourite spot
Where she would lie when she was hot
Rest in peace, my true, faithful friend.

Margaret Goldstraw

NEVER LAND

'Come,' said Sleep, as she smiled at me,
Then taking me by the hand, she led me on
A wondrous trip, to a placed called, Never Land.
We roamed through forests, full of beasts
That never hissed or snarled,
Instead they smiled, showing fearsome teeth,
But purred to make me laugh.
No fear felt I, but growled instead,
As if to try to frighten them.
There were the strangest birds above,
All perched on mighty trees
And one of them opened up its wings,
Shook feather which made me sneeze.
We came next to a waterfall,
And in the sparkling spray,
We saw the little fairies, busy at their play,
They took up all the colours, and made a rainbow fair,
Then tossed and danced, and coloured me,
All over everywhere,
There was magic all around me,
In my hair they placed a jewel,
Alas it all came to an end, with,
'Come on, wake up sleepyhead,
Or else you'll be late for school!'

Dorothy Puttick

DOOM AND GLOOM

Doom and gloom you can't stay away
Why is it always on me you pray?
Lurking in shadows you're menacing indeed,
You thrive on my sorrow, desolation you feed.
You creep unexpectedly, engulf me with grief,
Once blessed hope, immense but so brief.
Your imminent emergence to strike, you await
And drain me 'til hollow, your appetite to sate.
You've dried out my soul with vampirish greed,
You've ripped out my heart in frenzied need.
My contorted insides you twist and you stretch,
Unbearably painful, I sob and retch.
Oh doom and gloom why my door you knock?
I slam in your face, turn keys in the locks.
No matter my cunning to keep you at bay,
Like a heinous vapour you find a way.
Expertly inveterate you cause me such pain,
I await you subconscious to visit again.
To wrench at my soul, to torture and steal
To break a heart that'll never heal.

Eleanor Pattison

I LIVE MY LIFE FROM MY HANDBAG

Handbag, shoulder bag, clutch bag or purse
I never go without one, leave it home or worse.
Wallet from the 'Countdown' trip
Hankies from the chemist.
Pens and pencils, plastic bags, pins and paper clips.
Keys to lock my own door, other doors as well.
A keyring reminiscent of a distant lighthouse bell.
Postage stamps in six-books, for letters big or small.
Diaries and notebooks for records one and all.
Wine gums for the children and toffees for the dog.
Photographs of babies and pets I used to have.
Tickets for the train and plans for theatre trips,
Driving licence, library card and colour for my lips.
All safe inside my handbag. I know just where they are.
It makes my life so simple in house or town or car.

E R Elgey

SUMMER OF LOVE

(Wild hyacinths)

Hyacinths grow wild in the Alps I'm told
Where the Partisans fought oh so brave and bold
Our soldiers too, who camped there in a foot of snow
For Italy's summers and winters are good and bad you know

I trust and love you spells Italy
Once having stayed here it is hard to say arrivederci
So beautiful in any season yet the Romanies droll
It is even, 'multi bello in the fall'.

A soldier I once knew bade farewell to arms
Drafted from Baghdad to recover in Italy's charms
A mosquito and flea-ridden, macaroni factory in Bari!
Visits to Rome, Naples, Pompei, Vittoria Venito to tarry

I've been to Italy and seen Michelangelo's ceiling in Rome
The last supper in Milan, and St Peter's dome
But I have never seen hyacinths growing wild
For one to pick just like a child

Jennifer Margaret Hudson

EARTH CRISIS

Our natural resources are becoming depleted
Earth's problems are deep-seated
We are manufacturing too many goods
Far more than we really should
Future generations are going to mind
The current consumption of mankind
A lot of us have an insatiable appetite
For more possessions; inducing Earth's plight

If we continue at this alarming rate
We will seal our planet's premature fate
Trees and forests are being cut down
So global warming could make us drown
Many species of animals are disappearing
While the End time seems to be nearing
Everyone must do their best
To make a huge effort to consume less

To get us out of our accelerating mess
We all must be careful and conscientious
Every time you purchase a product
Are you causing the world to destruct?
Ask yourself this important question
Do you really need that particular item?
If we don't soon change our ways
Our precious planet will be consigned to the grave
Then only God will be able to mourn
The loss of life that should have been born.

Tay Collicutt

THE WERN

It's only a tiny village
Somewhere near Oswestry.
No shops were there
Just a few houses and a pub
That's all there was to see.

I always said we would go there
It was the first time for me
But not for the one that was with me
She lived there - before she met me.

It was a very memorable moment
Coming back after all these years
And nothing had changed
Since she left there
To marry someone - me.

We parked one end of the village
Then slowly down 'memory lane'
We walked - me, for the first time
But she had come home again.

At the other end of the village
She stopped and said to me,
'That's the house where I lived.'
A wonderful moment for me.

We stood at the gate of the cottage
So deep in memory was she.
There were roses in the garden
Just like there used to be.

I knocked on the door of the cottage
And a lady came out to see me.
So I apologised for the intrusion
Then explained what we had come to see.

My wife then told her she lived there
Many years ago, you see.
The lady was very friendly
And invited us in for tea.

Well that was just what we wanted
To go inside just to see
This old-fashioned cottage so lovely
With memories of what used to be
For my wife - before she met me.

The old kitchen range was still there
The stone 'copper' where washing was done.
The old open fire in the front room
And above, it said, 'Home Sweet Home'.

We came out of that cottage
As though we'd been back in time
When all the men in the village
Worked hard in the local mine.

Slowly we walked down memory lane
Then back to the car - home again.
Many years have passed and I'm glad
We went back to 'The Wern'
Where she lived - before she met me.

Louis Robert Early

THE OLD HOUSE

The old house stood alone
With its thatched roof
Hidden within the fine trees

Smoke billowed from the chimney
It bought so many memories
Of childhood past
The old folk sitting at the turf fire
The music and the caric
The accordian, guitar and tin whistle
Children in dancing poms
Doing jigs and reels
The storytellers in their
Hidden black hats
Whiskey and potten galore.

Mary Porter

ENTENTE CORDIALE

'I'd love to go to France,' I said,
The year before the war.
I went, and came back full of it
And people that I saw.

Fifty years on I went again,
This time with spouse in tow,
And met my French friend and her man -
Their welcome made us glow.

I've just reread a note from her -
Now we've both lost our men -
That makes it very clear to me
How it was 'way back when'.
'We had to flee the foe', she wrote,
'Keep just one step ahead,
My brother at the steering wheel
Or we'd all end up dead.
We'd no spare clothes or food with us,
We drove while bombers dived,
We reached our loving friends at last,
And, by God's grace, survived.
After each setback we'd repeat
'It's not the worst,' once more,
And every time kept going
Till there was no more war.'

Just twenty miles of water, a little strip of sea:
Without it we might well have been
Brought low, my folk and me.
'Bravo, la France!' we say again,
Who never really knew
How truly bad it was for them,
What they had all been through.

Janet Bowerman

BAD MACHINES

One
Bad machines.
Escaped from the factories.
Heading on unknown trajectory.
An unknown place.
For an overfamiliar face.
Bad machines.

Two
Bad machines.
Unkempt fires keep a burnin'.
A storm's slowly comin'.
We constantly walk alone.
To the sound of breakin' bones.
Bad machines.

Three
Bad machines.
Factory production line fodder.
But constantly we grow older.
Too many lives and knives.
Broken husbands and wives.
Bad machines.

Four
Bad machines.
Put together at a cost to the nation.
Keeping strictly to the rules of Galatians.
Of bars and stars miles away.
All bad machines in every way.
Bad machines.

Five
Bad machines.
The harbingers of jubilation.
The sorrowful senseless sensation.
All broken into separate parts.
Starting from cold stop to starts.
Bad machines.

Robbie Campbell

REMEMBERING

Death . . . such a definitive word
A voice never to be heard again
Years of living together, learning to give and take
Now, a life alone, no more need to even bake a cake.

The house to tidy and cupboards to sort
The garden overgrown, weeds to be fought
The future was blank, all ambition gone
Where to start, everything too much to get done.

The wind dropped, the numbing cold disappeared
The sun struggled to cheer and warm the atmosphere
The woman looked and accepted that living must continue
The news was unsettling, so much to renew.

Greed and malice, thoughtlessness and waste
Were things her husband would never embrace
She determined to rectify wherever she could
The wrongs that touched her small world.

Endeavour to make the daily grind less worrying for some
Whilst trying to show how to continue caring and have some fun
Filled with a sense of energy, even though eighty
She stood and decided it was right to feel bravely
In charge of the ideals they were taught in their youth
Before war had changed and made families uncouth.

Ignorant of love, care and affection
To help those she knew and show correction
To change behaviour not natural to her standards
Who would then try to put others on the path to rewards.

That interaction at a helpful stage
May start a world of a new age
Perhaps, who knows, wars might stop and pigs might fly
She, at least, could only try.

Eileen Haran

CALL TO WAR

You call me, then dress me up
In khaki, blue or navy,
Send me to a foreign land,
A rifle, forced into my hand,
For close combat I am told,
As the missiles fly, high in the sky,
'Kill or be killed,' our leaders shout,
As the public sit in doubt,
The leaders of an enemy state,
Call up their boys the very same,
They dress them up to fight and kill,
Many youngsters lay deadly still,
The countries' leaders lay safe in bed,
Far away from the deadly deed,
Is this really just for greed,
All this despair I think it might, is this the fight?
And for every conflict and every war,
Brave men leave peace and an open door,
But then another fight, another war,
Always others give that helping hand,
For all the men from every land,
They fight for good and not for bad,
Those that die may their epitaph be,
No need for us to take up the gun
Or pilots brave to drop a bomb,
As a child my God taught love and peace,
The Qu'ran would teach the same,
When read it teaches good and love,
Not to kill, and be burdened with hate,
We have a voice, also a pen,
Please not the missile then,
Peace and love within our hearts,
Look up please to a clear blue sky,
Then our children will not ask why.

Dugald McIntosh Thompson

SOLITUDE

Solitude, what does it mean?
Is it when I'm enthralled in a book and drinking my gin?
Awake again at 3am, and hearing the rhythmic breathing of sleeping man.
Being lost in a busy town, yet there's no one about to ask?
Something I feel or hear when all's still and quiet,
As in winter when it's snowed?
The joy of being out in the countryside when only a bird can be heard?
A joy which can be shared.
The sheer hell of being trapped in an inescapable relationship?

Is it the loss of someone much loved?
Or fear of losing one much-loved.
Lack of a cuddle from someone special
You know they're with you, but their arms can't reach,
Can't touch. You can communicate by email or phone
But is not the same as a touch.
The complete and utter loneliness of grief or despair
That's just much too intense for you to share.

Jean Ivatt

POETIC WEDDING SPEECH

(Sunday November 16th 2003)

This wedding
Is the happiest day of my life;
To see this lovely lady
Become my wife
Is the best thing I've ever done,
Ending with a lovely honeymoon
Under the sun.

She has a lovely personality;
That's what attracted me to her in the first place.
She has a lovely face,
Consisting of beautiful eyes, nose, and lips,
And she has an enchanting kiss
Which blew me away.
That is why, on this special day,
I've come to marry you,
And say those special words:
I do.

Jason Pointing

THE PEN

The pen has power, rules lives of all women and men,
From their first breath, to their last, again and again!
When a baby is born, we hear a loud cry!
I am here, I've arrived, but who am I?
To the anxious nurse, Mum gives the chosen name,
With her pen, completes an identity form, the first legal claim.

Long ago the scriptures were written with a quill,
On a special parchment, and the history remains still.
Educated monks in monasteries, their various writings lived on,
Also scribes for past kings, on scrolls they wrote upon.
The feather quill and ink, later changed to pen and ink.
In schools, children had their own little desk inkwells, makes one think!

Pressures on life confirming our name, with our personal pen,
Must complete our diary with appointments, of where and when,
Schoolchildren with homework and essays, completed with their pen.
Goods ordered, goods signed for, letters and cheques and then
Birthday Cards, poems and writings, I am lost without a pen.
Ask any Traffic Warden, their fines are all definitely written!

So, where are you thinking of going today?
I bet your pen is locked somewhere safely away.
There is never a moment that passes one by
When, 'Where is my pen?' someone lets out a cry!
A Bookie's tiny blue pen, may bring 'a winner' for you,
And a game of Bingo, with coloured pens, bring you luck too!

In case your pen gets lost, engrave on it 'your name',
You are unique, and could eventually climb to fame,
Your signature then, would be craved by all.
If a writer, a pen name you may wish to recall,
A pen friend, can be a long-standing friend too,
Remember your pen of gel, will help you write, your last testimony for you!

Stella Bush-Payne

CHILDHOOD

Memories: ah yes, divine and of such pure innocence
they embrace my soul.
Misled: oh no, my innermost mind knew that such love was indelibly whole.
Love: heartfelt, and gentle hands caressed my worldly childhood perception.
Happiness: a three-up, three-down, with a glowing fire for a warm reception.

Grandfather: twinkling eyes, strong arms raised me to the ceiling or the sky.
Silvery hair: bristly stubble, comfortingly kind until his body said bye-bye.
Grandmother: small, bright and beaming of smile that betrayed a lost mind.
Deception: never, my love for that lady was always sincere
and never blind.

Great Auntie: a fount of fun, so vital and generous with a most genial laugh.
Spinster: yes, a love lost in war kept her single
and as steady as an oak staff.
Uncle: country trips, the whistle of steam trains and cool sparkling streams.
Auntie: understanding, flower fragrances and cuddles are within my dreams.

Mother: very precious, doting and radiant as the very first rays of sunshine.
Bond: unbreakable, unable to repay Mother's love within decades of time.
Support: rocklike, nurtured by spiritual warmth and expressive eyes of blue.
Mother: singing soprano, wearing light floral frocks and elegant dresses too.

Father: fairly tall, hard-working so we'd have a key to our own front door.
Father: and grandfather, off for a few brews and to buy some for their store.
Family: laughter, sitting around a fire to tell of stories of times long passed.
Happy: oh yes, just being in their company was all that I could have asked.

Possessions: a few, but wealthy regarding individual hopes
and expectations.
Sister: wee Mo, many magical times playing together and sharing situations.
Christmas: family circle, fireside aromas of roasts
and custard on currant pud.
Presents: excitable times, we lived a simple life
in a world that seemed good.

Michael Kendrick

SOMEBODY'S SONS

I drew back the curtains to a wonderful sight
deep snow had fallen, a foot overnight,
I joined all of my friends by the pond in a trice
pushing down gingerly testing the ice,
slipping and sliding on skates and tin trays
we children treasured those chill winter days.

But someone was watching, I looked round and saw
a group of men huddled together in the cold air so raw
hats pulled over eyes, coats trailing the ground
they shuffled away so dejected and down
they were prisoners of war, we were told to ignore
but to me they were lonely young men from the war.

I took one by the hand, the rest followed too
and I led them back home, surely friend can't be foe.
Mum called us all in for a hot meal to eat
packed round the kitchen table we all found a seat.
No language barrier, just laughter and joy
and by now I could see they were only young boys.

The happiness we gave them they could not disguise
I looked at my mum's face, there were tears in her eyes.
All too soon the sky reddened to a glorious sunset glow
the prisoners trudged back to their camp through the snow,
and I've often wondered war over and done
if they remember us . . . somebody's sons.

Millicent Hewitt

THE COTTAGE GARDEN

Little bird fresh from the nest, trying out his wings
He holds on to a tall bean pole while Mum looks on and sings
Swaying with the flowers, scared to try to fly
I stop and whisper to him, 'Go on and have a try'
I see the baby rabbits, so very cute to watch
And then they eat my marigolds which makes me very cross
I stand and at my feet the mole is lifting up my soil
He doesn't seem to care my lawn's been laced with so much toil
The two wild ducks which came one day could live in either pond
But no they like the swimming pool and waddle from beyond the border
Where my bedding flowers are looking fresh and new
The ducks walk through the middle in the early morning dew.
The squirrel sits outside and eats the crocus bulbs for tea
He tosses all the flower heads and makes a pile for me
He eats the nuts which I put out for all the birds to feed
My garden's such a busy place, there is no time to read
But love them all with all their faults, I wouldn't change a thing
My lovely cottage garden where all the birds do sing
And look, the little baby bird has found out he can fly
A perfect ending to my day beneath the evening sky.

Amanda Margaret Bosson

NATURE INSPIRATION

Beneath the surface
Thy heart feels worn
But keep thyself embraced
Feel thou not forlorn
Seek the heavenly light within
Giving thee a bright outlook
Taking away doubt and all sting
Feeling gentle as a rambling brook
Seek thee nature inspiration
Thou find thy life guided
Thy heart filled with emotion
Days' pleasant and contented
Sadness enters the life of everyone
It is comforting to know
The shining light within comes
Giving spirit when thou feel low
Beneath the surface
When one suffers sorrow
Nature inspiration offers faith
Through days that follow
Starting each day breezy and fresh
Gives a sparkle to the eye
Folk thou meet feel impressed
Respond and are without sigh
With nature inspiration in sight
To face each day
One feels inwardly bright
Even when skies be grey
With all doubt feeling
Thrust thy soul upon nature
Taking away all sting
Giving a beaming heart so pure
Beneath the surface
Keep warm thy heart
Look upward a bright outlook to face
Encouraging folk with a laugh
When time to go with emotion
Thou know thy life endured
Experiencing nature inspiration
Offering folk a life so pure.

J Foreman

AT THE END OF THE DAY

I used to stand at the door with my class,
their bags ready-filled with pencils, drawings, toys,
old toffees, items of gym kit to be washed,
and usually returned unwashed on Monday,
half empty lunch boxes -
sandwiches rarely to their liking.
I'd watch the mothers waiting for their -
all too often - inconvenient offspring.
They'd be puffing on their fags,
with snarl-mouthed alsatians and scrapping mongrels
tied to pushchairs, the occupants becoming impatient
with their mothers' nattering and non-attention,
often grizzling, seldom smiling
while loose toddlers of uncertain parentage
would race untamed along the school wall.
All of us waiting for the bell,
the death-knell to peace of mind for many children;
one mother one week, a different father or boyfriend another,
while many parents struggled on alone -
income support and housing benefit just about keeping
heads above water, with children slowly drowning
in a too-rough sea of non-belonging
and undecided custody.
To those who have no knowledge of this it is plain
that teachers and lack of discipline are to blame.
But I would have you know that we offer a lifeline
and provide a steady raft to which these children
cling each day,
we give ourselves, we comfort and understand
the often unloved, the frequently aggressive
and disturbed young of a society gone mad.
Therefore, before you sit in judgement and condemn
the modern ways of teaching,
stand at the school door with me at the end of the day,
watch and listen and then, please pray.

Jenny Proom

SEPTEMBER MEADOWS

(Song from the other man)

Standing in fall Friday evening honey, late-light now
I remember
Clear, citrine, warm May wine I'd sip in golden-
fielded September
Respiring in hot, heady, sultry musk of pine
straw spread like hay,
Transpiring under evergreens as yellowhammers
chirruped at play,
Swooping, singing, frolicking, flying freely up
and all around
In that expanse from my back door where new
baled hay lay bound
Like pellets formed and flung by giant hands beneath
blue topaz sky
As amber autumn's every tint stirred every sense in
afterglow to sigh.

I would remain long after all the wine was gone,
till harvest moon
Awoke the spirits of the night, a languorous night,
not over soon
If her shadow's flicker in my kitchen's orange
light making tea
Did not appear, her signal, then the evening would
be spent with me,
An evening in misty moonlight, lying naked in
the harvest breeze
Breathing musty scent of pine straw, autumn hay
and autumn leaves.
Yet, all my love was not enough, my deeds, my vows
could never seize
A love gone by before it came; she drank my passion,
dismissed my pleas.

So it was, in this September meadow where my passion
bled and died.
I buried it, made its grave, walked on before its heat
could well subside.

In all the many years gone by I carried not one bloom
to mark this place
Etched in the easy earth where moonlight mantled us
in each embrace.
Now fate has found me here again as amber day dampens
to harvest night
In same September meadows where twilight twines again
mid shadows' flight.

Though I softly speak forgiveness, I only see sore scars,
enduring wounds,
Of ghosts go down in haunted dark despair then rise
up from their tombs
To pierce my heart as if in tearing pain of bittersweet
I must regain
One moment of love intense once felt more soft-warm,
than harvest rain;
Yet, I am glad, so truly glad, my life stands now where I
have come to be,
Hoping here from tawny light into autumn harvest night,
now so is she - *all the more is she.*

Edgar Wyatt Stephens

UNTITLED

Ecclesfield folk are a kind folk,
Making a living from farming, file cutting, etc.
A history book full of village families,
Shops making a living from passing trade.
The smell of bread making,
Feeding the old and young.
Our church stands proud,
Shadowing over like a magnificent oak,
Swaying and whistling with the wind.
Church bells, striking the hour.
Two barn owls stand like statues
As the world drifts by.

Alan Hattersley

DIVORCE IS DEVASTATING

Mr and Mrs Jones
Did they ever have a thing going on?
The envy of all the world
Until real life situation
Dissipated the illusion of perfection
One night en route home from the in-laws
Mr Jones emphatically stated, 'I don't want to be married anymore'
Slightly shocked, kind of crushed yet not really
It had been months since they were blissfully happy
Not long ago they lost their baby
Days followed Mr Jones' declaration
Mrs Jones suggested counselling
Mr Jones enthusiastically negated
Mr Jones took Mrs Jones for granted
Presumed her to be a fool, kind-hearted
He did the worst possible thing
And treated her with cruelty
His audacity to stay our practically nightly
In a two week span was their ultimate undoing
On a Friday afternoon he sent a cowardly text message
About moving out and needing to make arrangements
She came home to find an empty apartment
With the exception of the energy from the blaring television
She spoke to his mother about the situation
He needed to leave today if he was filled with frustration
Minutes passed into hours as she awaited his return
Based on his recent behaviour she should have known
Well after midnight she received a message on the home phone
Telling her that he would be back in the morning
That he had an appointment to do some recording
That it was up to her if she wanted to be present
In came Mrs Jones' Bernadine from 'Waiting to Exhale' moment.
She cannot say how many times she re-pressed play
And how with each listen her rage multiplied exponentially
How dare he treat her this way
She was the one who supported and financed his dreams
And their household and entertaining activities
How could he
Mrs Jones looked at the clock and began to think
This moment changed everything
She showered and dressed in the early morning

Then headed to the home depot to do some shopping
One deadbolt lock replacement
Reality would hit when his keys no longer fitted
And his friends would be unfortunate to witness
Hell hath no fury . . . y'all know the rest
She came home and changed that lock with a quickness
Then hopped in the truck that was his dream car
And headed to see the financial planner
So thankful he was always working on a Saturday
She needed to hear what a rational, impartial party had to say
'People are people, just take care of yourself and your assets'
And with that they printed off the divorce forms and changed her taxes
She then headed to the dealership and had the ignition keys recalibrated.
A little *rare* courtesy and this all could have been avoided
No house, no car and now no wife either
Mr and Mrs Jones ended horribly when they started out most beautiful
So let this be a public service announcement to those who desire commitment
Take care that you protect yourself and your assets
You just never know how things will end.

Sardonynx Jade

COURAGE

The courageous find meaning in nothingness,
Remain persistent under all duress,
They focus on the stars a certain aim,
And when clouds drift between maintain the same.

They walk alone on even drifting sands,
And bear the greyness of each day
As early strength drains all away
Meet still as men what Man calls death
In faithful calm relinquish breath.

L J Harries

THE MULE AND THE PEA

'Fool!' said the mule as he sat on his stool,
'What me?' asked the pea. 'How dare you call me!'
The mule stared at the pea and with a fork in his hand,
Sprinkled sand on the pea and called for his band.
'You sit on your plate, not knowing your fate,
If I were you I would turn into a shoe
And flee from my life as a pea.'
Said the pea in dismay, 'Oh nay, oh nay
I cannot turn into footwear today,
Nor can I be eaten; I'm here to play.
You'll have to choose something else from the tray!'
The mule then gasped and really quite fast
He dived his from at the pea at last,
For he wished to dine on peas and wine
And it was after all dinner time.
But seeing the mule with weapon in hand
The pea rolled off the plate onto safe land.
He fell off the table, but to his surprise,
A chicken approached with hungry eyes
And viewing the pea as a wonderful prize
It pecked him up with some mouldy fries.
So the pea was no more, and as for the mule,
He ate all the sand, and the chicken! How cruel!

Janet Catherine Nevison

FORWARD PRESS INFORMATION

We hope you have enjoyed reading this book - and that you will continue to enjoy it in the coming years.

If you like reading and writing poetry drop us a line, or give us a call, and we'll send you a free information pack.

Alternatively if you would like to order further copies of this book or any of our other titles, then please give us a call or log onto our website at www.forwardpress.co.uk.

Forward Press Information
Remus House
Coltsfoot Drive
Peterborough
PE2 9JX
(01733) 890099